SV

Adolf Muschg
Sutters Glück

Roman

Suhrkamp Verlag

Satz: Libro, Kriftel/Ts.
Druck: GGP Media, Pößneck
Printed in Germany
Erste Auflage 2001

1 2 3 4 5 6 – 06 05 04 03 02 01

Sutters Glück

Für Siegfried Unseld

Erschrick nicht. Das was du nicht sagen kannst,
das allein frage ich dich.

Hugo von Hofmannsthal

2 ST.

I

Die Warnung

I

Der erste Anruf kam am 2. November, auf den Tag genau fünf Wochen nach dem Tod seiner Frau. Zwischen beiden Ereignissen hatte Sutter keinen Zusammenhang hergestellt. Doch die Uhrzeit – 23 Uhr 17 – blieb haften, denn der Anruf wiederholte sich in der folgenden Nacht auf die Minute genau, und seither hätte Sutter die Uhr danach richten können.

Das war im Wohnzimmer nicht nötig, denn die Uhr an der Wand, auf die er das erste Mal erstaunt, dann ärgerlich geblickt hatte, richtete ihren Gang sekundengenau nach einem Impuls, den sie, laut Gebrauchsanweisung, aus der Gegend von Frankfurt empfing, also über eine Entfernung von 500 Kilometern. Ruth hatte, gegen alle Gewohnheit, das Spielzeug von einem Versandhaus bestellt, vielleicht weil die zuverlässige Pedanterie seiner Zeitmessung angesichts der Frist, die ihr blieb, etwas Belustigendes hatte.

Als es läutete, saß Sutter im Märchensessel. Das Erbstück von Ruths Tante hatte seinen Namen, weil sich die Kranke auf ihm einrichtete, wenn er Märchen vorlas, Abend für Abend, um ihr die Angst vor der Nacht zu nehmen. Oft konnte er dafür sorgen, daß sie schon in diesem Sessel ein leichter Schlaf überraschte, der mit keinem Medikament herbeizulocken war. Die massiven, die ihr der Arzt verschrieben hatte, lehnte sie ab: Ich will keinen Todesschlaf, bevor ich tot bin.

Im Märchensessel hockte er nun selbst und las, ertappte sich dabei, daß er Ruths Stellung einzunehmen versuchte, nur brachte er seine langen Beine, wenn er sie anzog, zwischen den hohen Armstützen nicht unter.

Er las Kriminalromane, von denen er einen Stapel im Keller gefunden hatte. Dort gilbten sie seit seiner Studentenzeit vor sich hin. Er hatte sie vor dem juristischen Lizentiatsexamen gekauft, alle zwei Tage einen neuen, obwohl er sich bei jedem Gang in die englische Buchhandlung geschworen hatte, es müsse der letzte sein. Danach würde er arbeiten, nichts mehr als arbeiten. Statt dessen verkroch er sich mit der grün gestreiften Beute auf seine Bude und las die Bändchen weg, wie man eine Zigarette an der nächsten ansteckt. Das Rauchen hatte er vor zehn Jahren aufgegeben. Plötzlich hatte er sich eines Morgens geweigert, all das zu versäumen, wovon ihn die Zigarette zu entlasten schien. Er fühlte sich schuldig, wieder zu spüren, was ihm fehlte, aber noch mehr, was er tat. Tatsächlich blieb nichts mehr vom Genuß an den französischen Zigaretten übrig, nachdem es eine Woche lang gelungen war, die Sucht davon abzuziehen.

Aber auf das zwanghafte Lesen fiel er nach Ruths Trauerfeier zurück. Statt, wie es seine Absicht gewesen war, das Haus Zimmer für Zimmer zu räumen, hatte er sich schon im Keller von einem Stapel Penguin-Bänden einfangen lassen. Ihre Stories hatte er vergessen, ohne daß sie davon wieder frisch geworden wären. Beim Wiederkäuen schmeckte er nur noch das Abgelebte der mordbezüglichen Veranstaltungen und konnte eben darum mit Lesen nicht aufhören. Er redete sich ein, was ihn süchtig mache, seien nicht diese Geschichten selbst, sondern die darin mitgespeicherten Lebensumstände, unter denen er die Bändchen als junger Mann verschlungen habe. So fahnde er eigentlich nach der eigenen Zeit. Aber die hatte er ja schon bei der Lektüre vor vier Jahrzehnten verloren. Damals hatte er ebenso bewußtlos gelesen wie heute – und für den gleichen Zweck: eine Prüfung, die ihm widerstand, hinauszuschieben, um sie schließlich ganz zu unterlassen. Aber sich selbst zu vergessen, war mit 66 Jahren nicht mehr so leicht. Darum hielt er sich ein Buch vors Gesicht.

Für Ruth hatte der Sessel in der Dämmerung stehen müssen. Er hatte ihr gegenüber gesessen, auf einem Stück Bauhaus-Mobiliar, zwischen Ruth und sich die Leselampe, deren Licht nur auf die Buchseiten fallen sollte. Es mußte hell genug sein, damit er dem Fluß der Zeilen auch bei geschwächtem Augenlicht folgen konnte. Dafür lag der Lehnsessel im um so tieferen Dunkel, und es kam vor, daß er leer aussah. Ruths Morgenrock hatte ein großblumiges Muster, das dem des Jugendstilsessels verwandt schien; bei Licht wäre der Kleiderstoff ocker- und olivfarben gewesen, der Möbelstoff lila und violett. Aber Ruth wußte auch am Tag dafür zu sorgen, daß sie bei Licht nicht zu sehen war. Wenn er vorlas, barg sie das dünn gewordene Gesicht hinter einer Falte des Morgenrocks, so daß man denken konnte, ihr Kopf mit dem immer noch starken schwarzen Haar, das ihr keine Chemotherapie genommen hatte, tauche zwischen den Kelchen eines gewebten Treibhauses unter.

Das ist Safran, erklärte sie, wo er von Krokus geredet hätte, aber den Namen hatte sie eigensinnig für die Herbstzeitlosen auf dem Tantensessel bestimmt. Wer einer Kranken Märchen vorliest, braucht mit ihr nicht über Botanik zu streiten. Sie nannte den Sessel so, wie ihre Tante einmal ihr ganzes Haus genannt hatte: einen Sitz. Der Sitz ist ein Trümmer, Sutter. – *Ein* Trümmer, Ruth? hatte er gefragt, das gibt es nur in der Mehrzahl. – Willst du ihn Trumm nennen, nur weil er ein Einzelstück ist?

In ihrem Einzelstück war sie »immer weniger« geworden, das war eine ihrer festen, mit fortschreitendem Sterben fester gewordenen Redensarten. Ich werde immer weniger, Sutter, du brauchst nicht hinzusehen. Schau in dein Buch, lies weiter im Guevara.

Zu dieser Redensart besaß er lange keinen Schlüssel.

Nun saß er selbst in diesem Sessel und las seinen mordlustigen Kram immer weiter. Dazu hatte er das Leselicht auf Ruths Seite ziehen müssen, fast die einzige Veränderung, die er seit fünf Wochen im Haus vorgenommen hatte. Er brachte es nicht über sich, mit Aufräumen fortzufahren, darum fing er damit gar nicht mehr an. Es war schon eine Leistung, wenn er das Geschirr nach pflichtschuldiger Selbstfütterung wieder in die Küche zurücktrug, um, wenn sein Auge von der Seite abirrte, nicht schon auf den ersten Blick demjenigen drohender Verwahrlosung zu begegnen. Lesen, als läse man nicht; nicht lesen, als läse man: eigentlich starrte er diese Zeilen nur noch blind an, während sie im Buch vorbeizogen wie flüchtige Wirbel im Wasser.

Es kam vor, daß ihn, beim Scheinlesen im Lampenschein, ein Grauen vor nichts und allem packte. Dann stemmte er sich aus dem Sessel und fing an, in den erblindeten und verstummten Räumen auf und ab zu gehen; als käme, hätte er nur einen Augenblick länger ins Buch gestarrt, die übrige Welt lautlos zum Stillstand. Unverhofft fand er sich in der Küche wieder, dankbar für das schmutzige Geschirr, das ihm vorausgegangen war. Er wusch es unter dem fließenden Hahn so gründlich ab, als hätte er damit etwas für seine Anwesenheit getan. Und wenn ihm das brühheiße Wasser über die Hände lief, zuckte er fast mit Vergnügen zurück. Das Wasser war noch lebendig und hatte nicht vergessen, ihm Schmerz zuzufügen.

Grund- und maßlos aber fuhr er am 2. November zusammen, als ihn das Telefon aus seiner Zeitvergessenheit riß. Es mußte spät sein, das bemerkte er an seiner augenblicklichen Empörung. 23 Uhr 17 – wem fiel es ein, jetzt noch anzurufen? Er nahm kein Telefon ab, seine nähere Bekanntschaft wußte das. Die Leute, die sich als seine Freunde betrachteten – meist waren sie Ruths Freunde gewesen –, hatten gelernt, seine Kontaktscheu zu respektieren, auch wenn es ihnen nicht leicht fiel, wie er ihren Mienen entnahm. Sie durften ihn nicht in die Depression fallen lassen, die sie ihm fürsorglich unterschoben. Ebenso natürlich waren sie schuldig, seinen Rückzug gelten zu lassen. Er hatte sie, kaum noch höflich, von jeder Pflicht entbunden, auf ihren Wegen dahin und dorthin, nur weil er eben an einem dieser Wege lag, »schnell hereinzusehen«. Sicher, Fritz, ich komme zurecht.

Aber ja, liebe Monika, sei so lieb, dir nicht meinen Kopf zu zerbrechen.

Die Siedlung »im Hummel« war einmal für den Gedanken einer weitreichenden Gemeinschaft mündiger Menschen entworfen und von Architekt Schlaginhauf, einem Linken, auch wirklich gebaut worden, für 99 Jahre, daher kostengünstig. Schon nach zehn Jahren blieben Sutter und Ruth, für die Utopie des Gemeinsamen Lebens am wenigsten geeignet, die einzigen, die immer noch darauf saßen. Die Mitgenossenschafter waren getrennt, geschieden, arriviert, jedenfalls aus- und umgezogen. Immerhin war bei vielen der alte Geist rege geblieben, etwa in Gestalt von Schuldigkeitsgefühlen, und so klopften sie jetzt als gute Geister bei dem alleinlebenden Sutter an.

Du stellst dich tot, Emil, daß du damit in Ruths Sinn handelst, glaubst du doch selber nicht. Du weißt am besten, wie gern sie es lebendig hatte. – Dein Rückzug in Ehren, Emil, aber könnte es sein, daß du Konflikte vermeidest? Zu dumm, daß ich dir gerade einen zu bieten hätte – ich brauche Hilfe, Emil, und brauche sie von dir. – Emil, wenn ich ehrlich sein soll, das sieht mir nicht mehr nach Winterschlaf aus, das ist eine ausgewachsene Depression, und dazu gehört natürlich, daß du sie verleugnest.

Wenn du's wissen willst, Fritz: ich verleugne nur *mich*, und keine Depression.

Wenn dir nicht nach Reden ums Maul ist, Emil, wir können auch miteinander schweigen.

Danke, Fritz, im Moment wäre mir auch das Schweigen mit dir zu viel. Ich weiß, Monika, ihr habt euch gerade ein Cheminée eingebaut, ich glaube gern, daß es sich davor wunderbar schweigen läßt. Jeder wäre recht, in dieses Feuer hineinzuschweigen, warum grade ich?

O Emil, Depression ist eine Krankheit, und eine Krankheit ist kein Schicksal, Emil, diese nicht, Depression ist heilbar, man kann sie stützen, auch chemisch, es braucht nur Zeit und Geduld.

Ich habe keine Zeit für Depression, Fritz, aber noch weniger Geduld, mit dir über Depression zu reden.

Was tust du denn den ganzen Tag, fragen wird ein Freund ja noch dürfen, du verläßt das Haus ja nicht mehr. Trauerarbeit geht natürlich in Ordnung.

Danke, Fritz.

Aber das weißt du hoffentlich, vereinsamen solltest du nicht. Sprich nur ein Wort.

Ja, Fritz, meine Seele ist gesund. Ist das ein Wort?

Du erlaubst uns, wieder anzuklopfen.

Klopfet an, es wird euch aufgetan, wenn ihr's kurz macht und keine Bewirtung erwartet, sonst bleibt ihr zu lange. Aber tut mir einen Gefallen: verschont mich mit dem Telefon. Anrufe machen mich *wirklich* depressiv. Da ist mir ein Einbruch noch lieber.

So kamen sie denn als Einbrecher wieder, und wenn ihnen nicht aufgetan wurde, ließen sie eine Flasche Wein vor der Tür liegen, einen Rosenstrauß oder einen von Monikas selbstgebackenen Hefekränzen. Aber zum Hörer griffen sie nicht mehr, und so brauchte er nicht mehr aufzustehen, wenn das Telefon läutete, nicht mehr hinzugehen, wenn es ihn herschrie, nebenan aus der Küche und oben aus dem Schlafzimmer gleichzeitig. Wer immer noch anrief, war kein Freund.

Warum stellst du es dann nicht ab?

Du bleibst ein Mann guter Fragen, Fritz. Ich *will* es ignorieren. Es gehört zu meinen Errungenschaften, nicht hinzugehen. Ich lasse es läuten. Dafür muß es läuten *können.*

Aber nicht um 23 Uhr 17.

Auch für Regelverstöße gibt es mögliche Zeiten und unmögliche. Sutter rappelte sich halb auf, um das Telefon, eben dieses, abzunehmen und ihm alle Schande zu sagen. Einen Augenblick lang dachte er an einen Notruf. Aber wer hatte ihm um diese Stunde mit seiner Not zu kommen!

Doch dann blieb er sitzen. Er wollte hören, wie weit man die Unverschämtheit trieb. Zehnmal schon hatte es geläutet. Damit genug! Der Impuls richtete ihn auf, warme Wut schoß in seine klammen Beine. Sie trugen ihn in die Küche. Doch bevor er den Hörer hatte packen können, war der Apparat still.

Auch gut.

Grimmig humpelte er zurück, bei jedem Schritt darauf gefaßt, daß sich der Anschlag wiederholte. Nichts.

Schwerer atmend, als ihm natürlich schien, wollte er seine Lektüre wiederaufnehmen, wußte nur nicht, wo er stehengeblieben war. Was er jetzt zu lesen anfing, kam ihm ausgelesen vor. Aber so erging es ihm auch mit frischen Sätzen.

Die Bauhaus-Sitzgruppe wäre leer gewesen ohne die Katze, die, im Schlaf eingerollt, eben da lag, wo er gesessen hatte, wenn er Ruth Märchen vorlas. In dieser Stellung war sie schwarz, bis auf einen weißen Streifen, der die Linie des Hinterbeinschenkels zeichnete. Die weißen Haare der Katze waren flaumiger, das wußte er vom Bürsten, sie sträubten sich zarter, wie ein erhalten gebliebenes, jetzt auf kalligraphische Spuren begrenztes Jugendkleid. Ohne sie wäre die Katze auf dem schwarzen Leder verschwunden. Den weißen Teil ihrer Halbmaske hielt sie mit der schwarzen Vorderpfote bedeckt; die drei übrigen Stiefel trug sie weiß.

Nach dem Telefonschreck wurde ihm die Gegenwart der Katze tröstlich bewußt, und auch der Blick des Raums hatte etwas von seiner Hohlheit verloren. Die Außenwelt schlich sich zurück. Draußen war es kalt. Das Radio – er hörte nur noch Nachrichten, als gingen sie ihn etwas an – hatte Frost angekündigt, die Katze brauchte nicht munter zu sein. Sie zog das ungastliche Leder zum Schlafen jedem gepolsterten Kissen vor. Sie liegt am liebsten da, wo für Menschen nicht gut sein ist, hatte Ruth gesagt. Dabei hatte die Katze auf Ruths geschwollenem Bauch gelegen. Auf Sutters Schoß hatte sie sich nur für Sekunden niedergelassen, Sutter aber fand auf Ruths geblümtem Sitz: hier war gut sein. Hier fühlte er sich geborgen, wenn das Haus verödete.

Von der telefonischen Attacke munter geworden, blickte er der Wohnung ins Gesicht, und dabei schien sie es zusammenzunehmen. Auch die Katze hatte sich belebt. Sie erhob sich auf alle vier Beine, die sie paarweise streckte; erst die vorderen zum Kotau, dann die hinteren zum Bild des verwundeten Löwen. Dazu entfaltete sie das sparsame Weiß auf ihrem schwarzen Fell zu einer beinahe zusammenhängenden Zeichnung. Wenn ich sie lesen kann, hatte Ruth gesagt, tut mir nichts mehr weh.

Die Katze blickte ihm mit gelb geränderten Pupillen ins Gesicht und gähnte. Dem Gebiß, das sie entblößte, fehlte der rechte Fang. Er mußte ihr, wohl durch den Fußtritt eines Menschen, abgeschlagen worden sein, als sie eine Woche abgeblieben war. Die Katze war noch ein Kater gewesen, und sie hatten ihn, zu seinem eigenen Schutz, kastrieren lassen. Danach waren sie beide, Ruth und die Katze, nicht mehr dieselben. Beide waren häuslich geworden, nicht aus eigener Wahl. Die Katze hatte es überlebt. Sie hielt, auch wenn sie Hunger zu melden hatte, Abstand gegen Sutter.

Ja, Katze, sagte er, wir futtern. Pardon für den Anruf. Es soll nicht mehr vorkommen.

Der Anruf wiederholte sich am folgenden Tag, und als Sutter auf die Uhr sah, zeigte sie 23 Uhr 17. Diesmal verlor er mit Ärgern keine Zeit und war in ein paar Schritten beim Apparat. Aber bevor er ihn anrühren konnte, war er verstummt.

Am nächsten Tag stand er nach den 23-Uhr-Nachrichten in der Küche beim Telefon und blickte auf die Armbanduhr, die er nach der unfehlbaren im Wohnzimmer gestellt hatte. 23 Uhr 17. Nichts. Er wartete noch drei Minuten, bereit, den Hörer zu überraschen. Umsonst.

Nun gut, sagte er laut, der Kerl hat aufgegeben. Zweimal die gleiche Uhrzeit: auch der Zufall darf des Zufalls spotten.

Am nächsten Abend – er hatte gerade einen neuen Krimi angefangen – klingelte es wieder: 23 Uhr 17. Also doch, dachte er. Und war diesmal entschlossen, es läuten zu lassen. Er wollte wissen, wie lange es der Anrufer trieb.

Um 23 Uhr 19 läutete es immer noch.

Er hatte die Klingelzeichen gezählt. Bei 37 gab der Apparat auf – für zehn Sekunden. Dann fing er wieder an. Sutter stand auf. Nur mit einem Gang zur Küche war dieses Läuten abzustellen. Und verstummte schon, als er die Schwelle erreicht hatte.

2

Von diesem Abend an hatte er etwas Lebendiges in der Wohnung. Und bald stellte er fest, daß sich damit experimentieren ließ. Verließ er das Zimmer um 23 Uhr 09, trat er auf den Gartenvorplatz hinaus, in den Wind und das rasch fallende Laub, um zu lauschen, so meldete sich der Apparat nicht, nicht um 23 Uhr 17, und ebenso wenig, wenn er, fröstelnd und durchnäßt, wieder hereingekommen war.

Der Anrufer mußte Sutter beobachten, und dies aus eigentlich nicht vorstellbarer Nähe. Immer um dieselbe Nachtzeit gab es eine Person, die sich Sutters Verfolgung widmete. Versicherte sich ein Einbrecher seiner Abwesenheit? Er – oder wer immer – schien ja aber seine Anwesenheit zu prüfen, um nicht zu sagen: mit ihr zu spielen. Wenn das eine Form von Terror sein sollte – was sollte sie?

Ganz gewiß erreichte der Agent so viel, daß sich Sutter mit der Störung beschäftigte, und bald nur noch mit ihr. War der Schlüssel hier zu suchen? Gab es einen sonderbaren Wohltäter, der Sutter eine Beschäftigungstherapie aufzwang, die er den Bekannten verweigert hatte? Er begann sie im Kopf an sich vorbeiziehen zu lassen und überlegte sich, Anwesenheitsproben anzustellen. Geradezu befragen mochte er sie nicht. Sie hätten ihn für vollends gestört halten können oder – schlimmer – für wieder ansprechbar, sogar Hilfe suchend, und das gegen eine am Ende doch läppische Not. Ihren Rat konnte er sich denken: warum läßt du keine Fangschaltung legen! Und ertappte sich dabei, daß er diesem Vorschlag bereits mit Einwänden begegnete. So viel wußte er selbst: die Überwachung eines Handys bot kein unlösbares Problem.

War Sutter selbst hinreichend gestört, so konnte es auch sein, daß er sich seine Anrufe einbildete. Vielleicht entsprangen sie – allein, wie er war, einsam, wie er nicht sein wollte – einem pathologischen Wunschdenken, das sich seiner Kontrolle entzog. Fehlte noch, daß er sich Zeugen dafür in die Wohnung geholt hätte!

Ja, die fehlten noch. Unter dem Vorwand einer Bitte, von der er wußte, daß ihr Fritz und Monika nicht widerstehen konnten, lockte er sie um zehn Uhr abends aus einer »Psychodrama-Sitzung« in den »Hummel« zurück. Er hatte sie dann nicht festzuhalten brauchen: sie waren nur zu freudig geblieben, um ihre Beziehungskiste auszukramen. Sie hatten ihn durchaus mißverstanden, als er nach elf Uhr mehrfach auf die Uhr sah: nein, seinetwegen brauchten sie nicht zu gehen. Du bist ja wieder voll da, Emil! hatte ihm Fritz ins Gesicht gesagt, als er ihn vor Mitternacht unter der Tür an sich preßte. Und Monika, obwohl immer noch unverstanden, hatte sich ein Lächeln der Kumpanei abgerungen. Der Apparat aber hatte nicht geklingelt – er wollte keine Zeugen. Und Sutter war froh, über ihn nicht geredet zu haben. Schon lieber über Loslassen, Aufjemandenzugehen, Vonjemandemabgeholtwerden.

Als Störer in Betracht kam auch das Personal der wohl hundert Gerichtsverhandlungen, in denen Sutter sein Brot als Berichterstatter verdient und dabei sein Salz nicht immer gespart hatte. Leute vor Gericht sind Bloßgestellte, da kommt es vor, daß sie auch einen Bericht, der ihnen Gerechtigkeit widerfahren läßt, als Indiskretion erleben, als fortgesetzte Kränkung. Sutter konnte beim besten Willen diesem und jener zu nahe getreten sein. Und auch wenn sie ihm zu danken hatten: Sutter wußte, daß nichts so rachsüchtig macht wie die Zumutung von Dankbarkeit. Doch abgesehen davon, daß es der Kandidaten zu viele gab: wer sagte denn, daß es sich bei den Anrufen um eine Strafaktion handelte? Vielleicht wollte ihn jemand auf andere Gedanken bringen – aber welche?

Sutter, der sich selbst gleichgültig geworden war, interessierte sich jetzt für sein Telefon, den Anruf um 23 Uhr 17. Denn schon am nächsten Tag, als er allein war, läutete es wieder. Er hatte nervös darauf gewartet, doch diesmal nahm der Ruf eine neue Wendung. Es klingelte einmal, noch einmal – und nicht mehr. Wo immer Sutter Posten gefaßt hatte: er mußte sich nur außer Reichweite des Hörers befinden, damit es läutete, einmal, zweimal, und damit genug. War er einem Apparat aber so nahe, daß er gleich zum Hörer greifen konnte, so klang ihm daraus, nach kurzem Zögern, nichts weiter als der Summton entgegen. Das Gerät war nicht zu überlisten, weder im Erdgeschoß noch im Oberstock.

Ich bekomme anonyme Anrufe, hatte er Besuchern erzählt, und mit dieser Bemerkung eine Sturzflut mitteilungsbedürftiger Erfahrungen ausgelöst. Keiner und keine, die nicht von Belästigungen zu singen und zu sagen gewußt hätten. Da schnaufte es in den Hörer und begann zu keuchen und zu stöhnen. Da drohte einem eine Stimme unter Verwendung einschlägigen Jargons ihr baldiges Kommen an und erwartete von den Objekten seiner Belästigung ein gleiches, bestand auf Superlativen des Kommens oder Kommenlassens. Da forderten die Bedränger ihre Bedrängten in den abscheulichsten, dazu immer gleichen Formeln auf, ihre Brunst mit ihnen zu teilen.

Immerhin hatten diese Zeugen ihre Peiniger vernommen,

sogar ausreden lassen. Bei Sutter schnaufte und keuchte keine Stimme, sie antwortete nie, kam sogar der Frage zuvor. So zuverlässig der Anruf, so unfaßbar die Anrufende – denn Sutter begann sich die Phantasie zu erlauben, die Stimme, die er nie hörte, die er mit keinem Trick zu überraschen vermochte, gehöre einer Frau.

Zum Spiritismus neigte er nicht. Er glaubte nicht, daß Ruth ein Telefon dazu verwendete, sich zu »künden«, wie Sutters bäuerliche Vorfahren Botschaften aus einer andern Welt genannt hatten. Dennoch fing er an, die Katze zu beobachten, wenn die 23-Uhr-17-Nachricht kam. Aber es war viel, wenn ihr das Tier einen Rand des Ohres zudrehte, und wenn es schlief, rührte es sich überhaupt nicht.

Sutter erkundete, mehr als einmal, um elf Uhr nachts so lautlos wie möglich die Umgebung des Hauses, Ruths Taschenlampe im Griff, immer bereit, den scharfen Lichtstrahl auf die geringste verdächtige Form oder Bewegung springen zu lassen. Er beschränkte sich auf den Umkreis, von dem aus die Beobachtung der im Haus anwesenden Person möglich gewesen wäre – überaus theoretisch, denn wenn er nachts im Wohnzimmer bei Licht saß, zog er die Vorhänge zu; er war ja kein Holländer, auch kein Aquariumfisch. Er führte Buch über sein ereignishaft gewordenes Höhlenleben. In einem Journal hielt er fest, bei welcher Beschäftigung, in welcher Telefonnähe ihn das Läuten angetroffen hatte und wie oft es sich hatte vernehmen lassen. In dieser letzten Rubrik genügten Gänsefüßchen, denn seit Dienstag, dem 23. November, behielt das Ereignis seine Gewohnheit bei, zweimal einzutreten. Er wunderte sich nur über ein technisches Detail. Wer anruft, hat es nicht in der Hand, wie oft er beim Empfänger läuten läßt; das Signal in seinem Ohr entspricht nicht demjenigen des Läutwerks auf der anderen Seite. Sutters Unbekannte rief ihn aber nicht nur pünktlich, sondern auch sauber an, zweimal, wie mit dem Messer abgeschnitten, nie mehr, nie weniger.

Wer nicht an Spuk glauben wollte, mußte an ein Überwachungssystem phantastischen Umfangs denken, mit Abhörmikrophonen, Wärmesensoren und Bewegungsmeldern, die noch dazu auf ihn allein, Sutter, geeicht waren. Wenn es irgendwo einen Narren gab, der Sutters wegen solchen Aufwand trieb: warum ließ er sich nur durch einen einfältigen Doppelklang vernehmen? Und wenn er sich selbst nicht verraten wollte – wen oder was sonst?

Anfang Dezember hatte Sutter die gröbste Menschenscheu abgelegt und widerstand nicht mehr jeder Einladung zum Kaminfeuer Fritzens und Monikas, um ihnen nach vollbrachter Gruppentat beim Ein- und Ausräumen ihrer Spielkiste teilnehmende Beobachtung zu leisten. Doch jedes Mal kehrte er in den »Hummel« zurück, um für den Ruf um 23 Uhr 17 bereit zu sein. Er nannte ihn »das Zeichen« und mußte nicht mehr wissen, was es sollte. Aber es wäre ihm unrecht vorgekommen, es zu enttäuschen. Zu verpassen war es nicht, denn es war nur mit ihm zusammen im Raum, verhielt sich also dem Tod, wie ihn Sokrates beschrieben hat, entgegengesetzt; solange der Mensch da sei, könne es der Tod nicht sein; sei er aber ein-, so sei der Mensch zuverlässig abgetreten. So war es für Sutter nicht nur gefahrlos, der Glocke zu begegnen, es wurde auch eine Sache der Lebensart.

Das Zeichen bewies ja auch seinerseits dergleichen. Es war noch auf den Tagesablauf eingestimmt, der sich zu Ruths Lebzeiten ergeben hatte. Dabei hielt es die Termine mit einer Strenge ein, die ihn inzwischen erheiterte und rührte, wie die unausbleibliche, dabei überflüssige Mahnung einer Mutter an ihren erwachsenen Sohn. Die Ruferin betrat sein Haus, um ihm Gewohnheiten einzuschärfen, bei denen es offenbar auf die Minute ankam. Sie zeigte ihm an, wann sein Tag zu Ende sein durfte. Sie disziplinierte seine Ruhezeit und war ihm behilflich, seine am Ende doch depressiv gewesene Schlaf- und Lesesucht zu zügeln. Das Zeichen erinnerte an die Zeit, da die Märchen ihren Dienst getan hatten; als er jeweils zu hoffen anfing, daß die Ruhe, die Ruth an Schmerzenstagen umsonst suchte, sie gefunden habe, von ihr unbemerkt. Dann durfte seine Stimme leiser werden, bevor sie ganz verstummte und der Vorleser, einer Verabredung getreu, ins Schlafzimmer fortschlich, nicht ohne die Frau im Sessel mit einer Kamelhaardecke zugedeckt zu haben.

Nach diesen anspruchs- und leidvollen Zeiten war die einmalige, zweimal anklopfende Erinnerung um 23 Uhr 17 gar keine Störung mehr, sondern ein sanftes Memento. Es kam vor, daß er schon im Halbschlaf, nachdem er das Licht gelöscht und die Vorhänge geöffnet hatte, unter dem hereinzwinkernden Firmament seltsame Rechnungen anstellte. Las er die Anrufsminute zweistellig, so bestand sie aus zwei Primzahlen, 23 und 17. Die Quersumme ergab wieder eine Primzahl, die 13, und wenn er sie, nach dem einfachen Zifferblatt, 11 Uhr 17 schrieb, so war 11 die erste Primzahl mit zwei Stellen, und die Quersumme ergab diesmal 10, die Grundlage des Dezimalsystems. Zählte er zwei Rufzeichen dazu, so kam er auf die Zwölf, die Zahl der Monate, Sternzeichen und Apostel. Da das Zeichen auf Bedeutung zu verzichten schien, konnte er ihm ebenso gut jede beilegen. In einem Jahr 2117 konnte noch nichts geschehen sein; dann würde die Welt, wie wir sie zu kennen glauben – und ohne tiefergehende Kenntnisse unserer selbst verändern –, untergegangen sein. Aber was hatte sich 2317 *vor* unserer Zeitrechnung ereignet? In China, Mesopotamien, Ägypten? Oder rechnete hier jemand nach anderem Maß?

Seit er sich tagsüber wieder müde arbeitete, brauchte er nicht mehr endlos zu schlafen. Er hatte die Kriminalromane in einen der Müllsäcke geworfen, die seinen Willen zum Aufräumen schon im Dutzend bezeugten. Auch der Keller, den er während Ruths Krankheit nur noch betreten hatte, um dies oder jenes aus den Augen zu tun, mußte endlich »weniger werden«. Sutter überwand sich, den Überfluß seines Hauses nicht mehr als Andenken in der Hand zu behalten und einzeln zu mustern, sondern als Abfall zu behandeln. So brachte er Stunde um Stunde im Keller zu. Vor der elften blickte er auf die Uhr, die ihm sagte, es müsse genug sein. Dann wusch er sich die Hände, um das Zeichen in aufgeräumtem Zustand zu erwarten. War es gekommen, so wurde es Zeit, die Katze zu füttern und sich selbst eine Mahlzeit zu bereiten, für die er den Herd wieder in Betrieb nahm und sich den Küchentisch deckte, als gehe es jetzt nicht mehr bloß darum, den Hunger zu stillen, sondern als habe er auf Gesellschaft zu achten.

Um die Festtage veranstaltete das Reformierte Zentrum eine »Heidenweihnacht«, zu der ihn Fritz herzlich eingeladen hatte. Es gehe darum, das christliche Fest wieder da zu »erden«, wo es vor Christus angesiedelt gewesen sei, am Tiefpunkt des Sonnenjahres, wo die Nacht am dunkelsten, der Morgen scheinbar am fernsten sei: und doch bewege sich nun jeder neu geschenkte Tag wieder auf ihn zu. Man wolle auch die Finsternis wieder *erleben,* ohne die das Kerzenleuchten nichts weiter sei als eine Schaufensterdekoration. Dafür müsse man die Geister der Wintersonnenwende erwecken, und damit feiere man auch die Zwölf Rauhen Nächte mit, in denen die Tiere sprächen; das gelte auch für das Tier in Sutter, Monika und Fritz.

Sutter leugnete höflich, daß er diese Tiere vernehmen müsse und daß ein solches Fest für ihn gerade jetzt passend sei. Er gedenke Weihnachten und den Jahreswechsel mit dem ihm schon bekannten Tier, einer Katze, zu verbringen, ferner müsse er ans Briefeschreiben denken und Dank sagen für die allzu viele Post, die ihn nach Ruths Tod erreicht habe. OFritz – von Ruth so genannt wegen seiner Ansprachen, die immer leicht klagend das Leid der Welt einforderten – OFritz also sagte auch in diesem Fall: O Emil, ich bin ja so froh, daß du irgendwie wieder die Kraft zu einem klaren Ja gefunden hast, auch wenn es leider irgendwo mit einem schmerzhaften

Nein verbunden ist. Was er eigentlich hatte sagen wollen, war seinem kleingefältelten Theologenantlitz anzusehen: So, fauler Bub, du hast Onkel und Tante noch nicht einmal für die Bescherung gedankt?

Drei Monate lag der Haufen ungeöffneter Kondolenzpost schon in einem radgroßen Zinnteller auf dem Schuhschrank im Vestibül. Am Heiligen Abend hatte Sutter sich aufgerafft, die Umschläge nach Absendern zu sichten und zu entscheiden, welche zu öffnen und welche gleich in den Müll weiterzuspedieren waren. Doch schon beim ersten Brief blieb sein Vorsatz stecken. Denn die Adresse war aufgesetzt in der krakeligen, doch gewissenhaften Handschrift der Gastwirtin Seraina Bazzell aus Sils.

Die Achtzigjährige bedankte sich für die trostreiche Feierstunde, an der sie habe teilnehmen dürfen. Sie müsse Herrn Emil G. noch einmal sagen, wie viel ihr seine lb. unvergessene Frau sel. gewesen sei. Ferner möchte sie ihn davon in Kenntnis setzen, daß die Steine, mit denen sich seine lb. Frau die Taschen beschwert habe, auf Frl. Bazzells Wunsch von der Polizei zurückgekommen seien. Und da sie einen ganzen Sack füllten, habe sie diesen ihrem Großneffen mitgegeben, der am nächsten Samstag geschäftlich nach Zürich fahre und dem Witwer das Andenken direkt einhändigen würde. Des weiteren bestätige sie ihm die Reservation des gewohnten Zimmers für das kommende Jahr. Sie könne sich vorstellen, daß er am ersten Todestag seiner lb. Frau gerade in Sils an sie denken möchte, wo sie so manches Jahr glücklich gewesen seien.

Sutter saß betroffen: die angekündigte Lieferung war nie bei ihm angekommen. Allerdings hatte er in den ersten Tagen weder auf Klingel- noch auf Klopfzeichen geantwortet, noch weniger ein Telefon abgenommen. Der Großneffe war entweder wieder umgekehrt, oder er hatte den Sack vor der Haustür deponiert, und dann mußte ihn ein städtischer Dienst längst abgeholt haben. Dennoch stürzte Sutter vor die Haustür in die frühe Dunkelheit hinaus und sah nicht nur, wie schon seit Wochen, die elektrischen Weihnachtsbäume vor den Häusern brennen, sondern jetzt auch die Originale hinter den Fenstern. Unter dem großen Rhododendron vor dem vorderen Eingang, der seine Blätter im Frost faltete, lag halb versteckt eine Art Niklaussack, zusammengebunden mit einer schwarzen Samtschleife, wie sie Fräulein Bazzell zur Bändigung ihres noch immer starken Haars verwendete. Sutter wollte ihn heben und brauchte einige Kraft, um ihn vom gefrorenen Torfboden abzureißen. Öffnen ließ er sich eben noch, aber sein Inhalt, der wie ein Findling herauskollerte, war zu einem Klotz bereifter Nagelfluh verwachsen, von dem einzelne Splitter absprangen.

Sutter lief mit schon klammen Fingern in den Oberstock, zum Wintergarten auf dem Vorplatz des Schlafzimmers, leerte die beiden Gießkannen, die dort standen, ins Bad und füllte sie mit heißem Wasser nach. Dann ging er mit zwanzig Litern an den Armen die Treppe hinunter und zu seinem vereisten Brocken zurück. Als er ihn übergoß, war es nicht allein das nachlassende Gewicht der Kannen, was ihn zittern machte. Der Klotz dampfte, als wäre er glühend gewesen, und knisterte und knackte bei der ersten Leerung. Bei der zweiten fiel er auseinander wie ein Häufchen Bauschutt. Die Kiesel glänzten regenfrisch im Natriumlicht. Obwohl es sie verfärbte, erkannte Sutter einige Stücke an ihrer Form wieder; sie hatten lange genug auf der Leiste hinter dem Ehebett gelegen. Und doch hatte er nicht bemerkt, daß sie Ruth, vor ihrer letzten Fahrt ins Engadin, abgeräumt und in den Kofferraum geladen hatte.

Bei der Vorstellung, wie sie sich schon im eigenen Haus, bevor sie es für immer verließ, mit diesen Steinen abgeschleppt hatte, geriet Sutter ins Schwitzen. Er spürte die Finger immer weniger, mit denen er das Gestein in den Sack zurückfüllte, um ihn hinter die verschlossene Tür zu tragen. Er legte die Kamelhaardecke auf den Fußboden und leerte den Kartoffelsack ein zweites Mal aus.

Mit dem grüngrauen Geröll hatte sich Ruth erst für den Gang ins Wasser beschwert. Aber dazwischen lagen Steine, die Ruth von anderen Enden der Welt in die ihr eigene zurückgebracht hatte. Sutter erkannte den lehmfarbigen Sandstein aus einer chinesischen Lößprovinz, den löchrig gelben Kiesel vom Ufer des Sees Genezareth, den eckigen Splitter, schwarz und weiß, aus dem Geleiseschotter von Birkenau, die kleinen Steinpyramiden vom »Turm des Schweigens«, den persische Sonnenanbeter ihren Toten errichtet hatten. Scharfkantige Brocken aus der Zinne von Massada, bunt gebänderte aus den Wüsten Arizonas, ein Stück meteoritische Eisenschmelze, vom Himmel auf einen Strand Namibias gestürzt. Und das wie ein Bootsleib geformte schwarzgrüne Steingewicht, das Ruth aus Indien mitgebracht und sich, wenn die Qual unerträglich wurde, auf den Leib gelegt hatte.

Was hatten dagegen die Frostbeulen zu sagen, die ihn, wenn er die Steine in die Finger nahm, in aller Stille heulen ließen. Die Bescherung zum Heiligen Abend hatte ihn die Zeit, also auch die Zeichengeberin vergessen lassen, und er brütete über seinen Steinen, als sie sich meldete. Ja, ja, sagte Sutter tonlos. Vielen Dank.

Die Katze hatte sich herbeigeschlichen und neben Sutter vor die Steine gesetzt, ohne die Kamelhaardecke zu betreten. Ja, wiederholte er lauter, was fangen wir damit an? Die Katze begann sich, unter Aufwerfen des Kopfes, die Brust zu lekken, über der zwei ungleiche Ströme Weiß von beiden Seiten des Halses zusammenliefen, wie die verrutschte Krawatte eines Festbruders.

Einen der Steine hatte er von Ruth bei der sogenannten Verlobung – in Wirklichkeit hatte es eine solche Zeremonie nie gegeben – geschenkt bekommen: »für ein gutes Leben«. Er war bläulich, feinkantig, zum Kristall unterwegs. Daß er Ruth und ihn »zusammengeführt« habe, wäre viel gesagt gewesen. Aber er stammte aus der indischen Provinz, wo sie ein paar Monate in einer Religionsgemeinschaft zugebracht hatte, die ihr viel bedeutete. Von dieser Lehrzeit hatte Ruth Fotos mitgebracht. Sutter erinnerte nackte oder nur mit einer Windel bekleidete Männergespenster mit furchterregend vergeistigten Gesichtern unter wüsten Haarbüschen. Dazu hatte sie einen Text geschrieben, den einzigen dieser Sorte, den er von der naturwissenschaftlich ausgebildeten Ruth kannte, in einer Sprache disziplinierter, dabei ungelenker Einfachheit, angestrengt entfernt von aller Poesie.

Sutter, dem das Jurastudium endgültig unter den Händen zerronnen war, hatte damals für die Wochenend-Beilage des BLATTES hospitiert, die Raum bot für Bildreportagen. Und so wurde ihm aufgegeben, einer Autorin, die ihren Text samt Fotos eingereicht hatte, mit allem Takt zu vermitteln, daß ihre nackten Männer leider nicht in Betracht kämen. Das tat ihm weh, da ihn Arbeit und Sprache der Frau berührt hatten, aber Ruth machte ihm die Absage leicht. Der leiseste Argwohn, daß sie die Zeitung von Erfahrungen, die nur sie allein angingen, überzeugen müsse, genügte ihr zum Rückzug des Materials. Sie bat Sutter darum, sich jedes weitere Wort zu sparen, weigerte sich aber nicht, ihn bei Gelegenheit wiederzusehen. Und aus diesen Gelegenheiten, die Sutter für einmal nicht versäumte, wurde eine Verbindung, die, zu beider Überraschung, in die Ehe mündete. Ich glaube, ich kann dich gut aushalten, war ihr Jawort, oder das nächste dazu – es konnte ihm immer noch den Atem verschlagen.

Bevor sie zu der standesamtlichen – unter sich nannten sie es: »standrechtlichen« – Begebenheit schritten, hatte sie ihm diesen indischen Stein geschenkt, zur Bewahrung oder Bewährung, denn sie tat noch einmal eine Reise, diesmal zu einem indianischen Wüstenvolk, Native Americans. Als Erbin der wohlhabenden Tante war sie »ohne Sorgen«, wie man sich im »Hummel« ausdrückte. Wer sich dort ansiedelte, wie das Ehepaar Ruth und Emil – bürgerlich: Rohner und Gygax –, übernahm allerdings mit dem genossenschaftlichen Baurecht die Verpflichtung, sich dafür die Sorgen der weniger Begünstigten, namentlich in der Dritten Welt, zu machen. Diejenigen, die Ruth und Sutter miteinander teilten, schickten sich – wie auch ihre Freuden – von Anfang an nie so recht zur Stimmung des Großen Aufbruchs. Dafür waren sie nach zehn Jahren nicht nur die einzigen, die noch im »Hummel« ausharrten, sondern auch fast die einzigen, deren Ehe vorgehalten hatte, länger, als sie es einem geistlichen Herrn versprochen hätten: bis daß der Tod sie scheide.

Jener Bildbericht Ruths verschwand, und Sutter hätte jetzt Zeit gehabt, danach zu suchen, denn wegwerfen konnte Ruth nichts, trotz aller guten Vorsätze, »weniger zu werden«.

Katze, sagte er, aber die Katze wußte auch nicht, was er mit den Steinen sollte.

So legte er sie einzeln in den Sack zurück und schleppte ihn über die Treppe in den Oberstock. Hinter der »Frauenpalme«, die Ruth aus Taiwan als Schößling zwischen ihrer Wäsche geschmuggelt hatte, gab es einen Winkel, den die Sonne zu keiner Tageszeit erreichte. Dort stand eine Kiste aus hellem Holz, ein roher Kubus, nicht viel größer als eine Hutschachtel, verschnürt mit weißem Seidenband. Diese Kiste enthielt, was von Ruth übriggeblieben war.

Die Katze haschte nicht nach Fräulein Bazzells schwarzem Samtband, als er es mit dem weißen zusammenknüpfte. Die Eiseskälte war aus den Steinen noch nicht gewichen. Er baute eine Pyramide daraus. Einen nach dem andern lehnte er an die Kiste, bis diese darunter verschwand. Von der Turmuhr schlug es ein Uhr, einmal hoch, einmal tief. Jetzt war er nicht mehr sicher, ob das Telefon geklingelt hatte.

Im Januar fiel Schnee, und Sutter fing wieder an, das Haus zu verlassen, nicht nur für hastige Runden durch das Einkaufszentrum. Das Auto ließ er eingeschneit stehen und spazierte mit der gebotenen Vorsicht auf glatten Wegen durch eine erfrischte und wohltuend gedämpfte Wintergegend zum

Bio-Laden. Den gab es ebenfalls seit den Pionierzeiten des »Hummel«, nur war er nicht mehr selbstverwaltet, dafür hinreichend assortiert, um die provenzalischen, chinesischen, libanesischen oder malaiischen Ansprüche der neuen Bewohnerschaft zu befriedigen. Warum sollte man im eigenen Land auf den Geschmack fremder Welten verzichten, nur weil dort immer noch gehungert wurde?

Sutter – außerhalb seiner Wände: Herr Gygax – wurde noch gegrüßt. Kennst du den nicht mehr? Der war doch einmal ein bekannter Gerichtsreporter. Sieht zehn Jahre älter aus. Kunststück, er hat seine Frau verloren, und weißt du, wie? Sie hatte Darmkrebs und verweigerte die Behandlung. Dafür ist sie ins Wasser gegangen, bei St. Moritz, auf jeden Fall hat sie sich selbst mit Steinen beschwert, sonst wäre sie nicht untergegangen. Sie war eine gute Schwimmerin. Glücklich kann die Ehe nicht gewesen sein. Aber der Mann kommt zurecht. Sie hatte Geld. Die beiden logierten im »Palace«, wie der Schah von Persien.

So kam die Fastnacht, es wurde März, Anfang April heizte, statt des Ofens, der Föhn ein, und über Nacht brach der Frühling aus, Ruth hätte gesagt: wie ein Krieg. Sutter bekam sein Zeichen, Abend für Abend, regelmäßig um 23 Uhr 17. Er schenkte ihm kaum noch Beachtung. Öfter lag er schon im Bett und sah, wenn es sich meldete, nicht einmal auf. Die Lektüre war wieder anspruchsvoll und machte um so zuverlässiger müde.

So verstand er auch am 12. April das Telefonläuten als Mahnung, das Licht zu löschen. Da läutete es ein drittes Mal. Vielleicht wäre er nicht aufgeschreckt, doch die Katze sprang augenblicklich von Ruths Bett und verkroch sich unter ihm. Die Bewegung suggerierte so zweifellos das Eintreten einer fremden Gegenwart, daß Sutter sich aufrichtete und lauschte. Ist jemand da? fragte er halblaut.

Er bekam keine Antwort. Doch am nächsten Tag wurde auf ihn geschossen.

3

Hat es nicht geschossen, Franz? habe sie ihren Mann gefragt. Es schießt ja die ganze Zeit, Irene, habe er geantwortet, da hinten ist der Schießstand, wo wir eben vorbeigegangen sind. Aber es hat *anders* geschossen, habe sie geantwortet. Du hast etwas gehört, habe ihr Mann gesagt, und das sage er immer, wenn er sagen wolle, sie bilde sich etwas nur ein. Dabei sei er es, der nicht mehr gut höre, und von seinen Augen wolle sie gar nicht reden.

Bei dieser Unterhaltung seien sie durch einen Spaziergänger unterbrochen worden, der auf sie zugekommen sei, dort, zwischen den Bäumen hervor. Der sei gekommen, aber wie sei er denn gegangen. Er habe gar nicht gerade gehen können, und auch nicht mehr geradeaus. Hin und her geschlenkert sei er auf dem Weg, wenig hätte gefehlt, und er hätte sie gerempelt, gar nicht recht gesehen habe er sie. Noch nicht halb drei, und schon sturzbetrunken, es ist eine Schande in dem Alter, habe sie gedacht, dabei habe der Mann noch ganz proper ausgesehen und einen Kammgarnanzug getragen wie ein Herr. Aufgefallen sei ihr nur, wie er an der Weste gefingert habe, als suche er seine Brieftasche, und unverständlich vor sich hingeredet habe er auch.

Sie seien stehengeblieben und hätten dem Mann nachgesehen, und dann hätten sie gleich gemerkt, daß mit ihm etwas nicht richtig war, ganz und gar nicht richtig. Auf dem Rükken habe er einen dunklen Fleck gehabt, der mit jedem Schritt größer geworden sei. Franz, habe sie gerufen, der blutet ja! Da habe der Mann sich umgedreht, und jetzt hätten sie das Blut auch von vorne gesehen. Er habe mit beiden Händen in die Luft gegriffen, als ob er sich dort oben festhalten wolle, und habe zu taumeln angefangen. Und dann sei er gestürzt, noch keine zehn Schritte von ihnen entfernt, aufs

Gesicht sei er gefallen. Und nun habe sie, Irene Kienast, ganz deutlich das Loch in seinem Rücken gesehen. Von vorne habe er aber noch stärker geblutet, aus der Nase, und sogar aus dem Mund.

Vor Schreck wie gelähmt sei sie gewesen. Dann habe sie zu ihrem Mann gesagt: Franz, es ist ja doch geschossen worden! Auf den Herrn dort ist geschossen worden! Aber von wem denn? habe ihr Mann gefragt, wir haben doch gar niemanden schießen sehen! Franz, habe sie gesagt, das kommt jetzt nicht drauf an. Er ist getroffen, du mußt Hilfe holen, sofort! Aber wo? habe ihr Mann gefragt und sei ganz durcheinander gewesen. Da vorn, Franz, habe sie gesagt, lauf zum Schießstand, da müssen ja Leute sein und ein Telefon, lauf, Franz! Und du? habe ihr Mann gefragt, komm Irene, wir gehen zusammen! Du gehst, und ich bleibe bei dem Opfer! habe sie gesagt, wir können den Mann nicht einfach allein da liegenlassen. Und nachher habe er noch eine volle halbe Stunde so liegen müssen. Verbluten hätte er können!

Der junge Mann, der ihr, fortgesetzt nickend, sein Diktiergerät mit gestrecktem Arm vor die noch immer schreckensbleichen Lippen gehalten hatte, nickte jetzt noch stärker: Frau Kienast, Herr Kienast, sagte er zu dem Ehepaar, Sie haben den Täter gesehen. Sie sind die einzigen, die ihn gesehen haben. Beschreiben Sie ihn.

Nein, sagte Herr Kienast.

Sie wollen ihn nicht beschreiben?

Wir haben ihn nicht gesehen, sagte der ältere Mann.

Aber Sie haben ihn gehört, Frau Kienast, sagte der Reporter und schwenkte das Gerät vor ihrem Mund. Er trug auch eine Pistolentasche.

Ich habe den Schuß gehört, sagte sie, nur den Schuß.

Sie haben gesehen, wie sich das Gebüsch bewegt hat, sagte der Reporter streng, und dann haben Sie Schritte gehört, die sich rasch entfernten. Herausfordernd hielt er sein Gerät bald vor das eine, bald vor das andere Gesicht.

Ich habe nur die Schützen im Pistolenstand gehört, sagte die Frau, und die haben noch lange weitergeschossen. Ich dachte, sie kommen überhaupt nicht mehr!

Sie haben den Täter fliehen sehen, stellte der Reporter fest, flüchtig haben Sie ihn gesehen, war er alt oder jung? in meinem Alter ungefähr? trug er Jeans?

Hören Sie, sagte Herr Kienast, was wir wissen, haben wir der Polizei gesagt, und mehr wissen wir nicht.

In welcher Welt leben wir?

Das war die erste Frage der alten Frau, als die Helfer endlich eintrafen. Es war nicht die Ambulanz. Auch nicht die Polizei. Es waren die Männer einer Pistolenschützen-Vereinigung, die im nahen Schießstand ihr monatliches Training absolvierte. Zur Selbstverteidigung! Denn es waren Journalisten.

Auch sie suchten eine Antwort auf die Frage der alten Frau. Auch sie leben in einer Welt, in der aus heiterem Himmel Schüsse fallen. In einer Welt, wo man auf alles gefaßt sein muß. Einer von ihnen: der SUBITO-Reporter.

Er konnte den alten Mann zuerst gar nicht verstehen, der gestern um halb drei Uhr nachmittags in den Pistolenstand gestürzt kam und am ganzen Leib zitterte. Franz K. (73) meldete, draußen liege ein Mann in seinem Blut. Die Helfer sahen Irene (71), K.s Ehefrau, am Rande des Fußwegs sitzen. Er führt von der Endstation des Trams Nr. 17 durch ein Waldstück Richtung Widenbach. Irene K. hielt den Kopf des bewußtlosen Emil G. (66) im Schoß. Sie hatte ihn seitlich gelagert. Aus seinem Mund lief Blut über ihr geblümtes Sommerkleid. »Ich dachte, wenn er sterben muß, ist doch jemand bei ihm«, vertraute sie dem SUBITO-Reporter an. Dieser hatte schon die Polizei und den Rettungsdienst alarmiert. Sie ließen sich Zeit: 28 bzw. 32 Minuten! Da sprach es Irene aus: In welcher Welt leben wir?

Sie und ihr Mann hatten sich diesen Donnerstagnachmittag anders vorgestellt. Sie wollten den sonnigen Tag nützen, um das Grab zu besuchen, das sie für sich gekauft hatten. In Widenbach war Irene aufgewachsen, hier wollte sie an der Seite ihres Mannes die ewige Ruhe finden. Er war bis zu seiner Pensionierung Prokurist in einer Privatbank.

Doch als das Paar die ersten Schritte in den Wald eingetreten war, vernahm es einen Schuß. Er war, dachten sie, im Schießstand gefallen, an dem sie gerade vorbeigegangen waren. Wo die Journalisten den Ernstfall probten. Dann aber wankte der lebensgefährlich verwundete Emil G. auf sie zu. Er griff an seine Brust. Zwischen seinen Fingern schoß Blut hervor. Er brachte kein Wort heraus, denn auch sein Mund war voll Blut. Dann brach er vor ihren Füßen zusammen.

Pikant: auch das Opfer ist Journalist. Er war bis vor kurzem als Gerichtsberichterstatter beim »Tagblatt« tätig. Dort hatte er sich mit seinen kritischen Ansichten über unsere Rechtspflege einen Namen gemacht. Und nicht nur Freunde. Nach dem Freitod seiner Frau hatte er sich aus der Öffentlichkeit zurückgezogen. Die Polizei schließt einen Racheakt nicht aus. Emil G. ist inzwischen außer Lebensgefahr.

In welcher Welt leben wir? Die Tat wirft auch andere Fragen auf. Das Ehepaar K. hat dem SUBITO-Reporter zu verstehen gegeben, daß es den Täter, wenn auch flüchtig, gesehen hat. In der Polizeimeldung ist aber von »unbekannter Täterschaft« die Rede. Hat jemand etwas zu verbergen? Existiert eine Verbindung zwischen dem Gerichtsreporter G. und dem Ehepaar K.? Der Fußweg wird tagsüber normalerweise stark begangen. Warum war er an diesem Nachmittag menschenleer? Oder gibt es Tatzeugen, die sich nicht gemeldet haben? Und haben sie Gründe dafür? SUBITO fragt!

4

Sutter behält die Augen geschlossen. Er hört regelmäßige dumpfe Preß- und Pumpgeräusche, die er mit der Vorstellung »Herz-Lungen-Maschine« verbindet. Hinter den Vorhängen tickt, zirpt und piepst es von allen Seiten, die Volière der Lebensanzeigen, ein elektronischer Frühling, und gleich unter Sutter gurgelt stoßweise ein kleiner Quell. Er verstummt, wenn Sutter den Atem anhält, und beginnt, wenn er ihn ziehen läßt, zaghaft wieder zu quirlen. Sutter versteht, es ist seine eigene Luft, die ihm, wenn er sie ausstößt, von da unten antwortet. Und wenn er sie holt, am Nasenschlauch vorbei in den schmerzhaften Brustraum zieht, bringt er den Geist in der Flasche zum Schweigen, bis ihn das nächste Auspressen der Lunge wieder weckt. Der Himbeersirup der Kinderzeit fällt ihm ein, in den er durch den Trinkhalm Blasen stieß, nachdem sein Durst gelöscht war. Wo ist dieser wunderbare Durst in den letzten Jahrzehnten hingekommen?

Noch atme ich, Herr Bülau, und Sie gurgeln nur noch? sagt Sutter lautlos, ist das die Art eines Lebensretters? Ihr Name war das letzte, was ich vor meiner Ohnmacht gehört habe, der Notarzt hat Sie als Erfinder der medizinischen Brunnenstube gerühmt, die meine Brust entwässert. Und jetzt röcheln Sie, als säßen Sie darin eingesperrt und kriegten selbst keine Luft. Wer ein Wasserschloß bauen kann, leistet sich auch einen langen Atem, Herr Bülau, mit Ihrem Namen kann ein Mensch doch leben. Möchten Sie lieber Sutter heißen, oder gar Gygax? Muß ausgerechnet ich Sie atmen lehren? Sind Sie noch da, Herr Bülau? Wie wär's, wenn wir ein bißchen harmonischer atmeten? Ich gebe den Takt vor, und Sie ziehen nach, aber bitte mit Musikgefühl. Brodeln Sie nicht, Bülau, sprudeln Sie! Dum spiro spero – was auch der Dümmste kann, muß darum nicht gleich das Dümmste sein.

Sutters Selbstgespräch mit seinem Atem hat eine unerwartete Folge: ein Bauer mischt sich ein. Zwischen Sutters Beinen rührt er sich und stellt sich auf, als habe er einen Ruf gehört – den ersten seit unvordenklicher Zeit. Mach dir nichts vor, Sutter, du könntest sie angeben, diese Zeit, auf Jahr und Tag.

In der Brunnenstube ist es mäuschenstill geworden. Es hat ihr den Atem verschlagen, danach beginnt er zu röcheln, haltlos, taktlos. Denk an etwas anderes, Sutter, oder kannst du das gar nicht mehr? Gibt es Atemtherapie nicht ohne Atemnot? Muß das Leben gleich wieder wehtun? Die Erinnerung verbindet sich mit einem Brustschmerz, als habe sie jahrelang nur darauf gewartet, als Schußwunde bei ihm einzuschlagen.

Danach nimmt sich Sutter lange Zeit für den Versuch, an gar nichts mehr zu denken. In der aufkommenden Dämmerung hört er eine Blase nach der andern steigen und an die Oberfläche eines nächtlichen Wassers klopfen, ohne sie zu durchdringen. Eine gefangene Krone aus Bläschen hat sich gebildet, und in der Tiefe darunter erkennt er den Mund und das Haar, dem sie entwichen sind. Die letzten Lebenszeichen eines Gesichts steigen zu ihm empor und können ihn nicht erreichen. Er hat sich weiter vorgebeugt, um sie zu lesen, er weiß, daß es Fragen sind, und er bemüht sich, ihnen so weit entgegenzukommen, bis seine Augen im Wasser schwimmen. Es läuft ihm über beide Wangen, er muß den Wasserspiegel durchbrochen haben: da schießen ihm die Blasen in die Augen und werden zu berstenden Funken. Kein Wasser löscht sie, das Tränensalz nährt nur ihre Glut, und Sutter weiß, daß sie nicht aufhören kann zu glühen, bis sie sein Gesicht verzehrt hat, ausgewaschen und ausgebrannt; bis seine Augen den geweinten Tränen nachtropfen in den Stillen Ozean der ungeweinten, der Sutters Insel umzieht. Aus tiefer Dämmerung ist reine Nacht geworden, und in diesem Augenblick ist es unabweislich: Ja, ich werde blind.

Und nachdem dieses Ja so gut wie ausgesprochen ist, wird der Satz leicht, und Sutter mit ihm. Er muß die Gewißheit nicht mehr fürchten, nachdem er die Angst vor ihr entlassen hat, und da weicht sie auch; jeder Atemzug, der geht, eine Qual weniger, und jeder, der kommt, eine Ruhe mehr.

5

Sutter hieß nicht Sutter, aber Ruth hatte ihn so getauft, nach dem Besuch eines Museums in Lausanne. Sie hatten Arbeiten von Menschen angesehen, die sich nicht als Künstler verstanden, sondern als Mundstücke der Götter oder Werkzeuge der Dämonen; sich selbst brauchten sie nicht zu verstehen. Einer von ihnen hieß Louis Soutter. Er hatte in einem Altersasyl gemalt, meist in karierte Schulhefte, mit einem Finger, den er in Tinte oder Ruß getaucht hatte. Großzügig setzte er seine Figuren auf das Papier, Kobolde, Hausgeister, Hakenmänner, denen man leibhaft nie begegnen kann. Erst an den Wänden des Museums ist ihnen sogleich anzusehen, daß man seit der Kindheit mit ihnen gelebt hat.

Ruth und er waren in einigem Abstand von Soutters Bildern stehengeblieben, so daß anderen Besuchern, die sich dazwischen schoben, nicht auffiel, wenn sie mit den Bildern zusammen betrachtet wurden. Auf diese Weise bekamen Ruth und Sutter mit, was Soutter zu bedeuten hatte, und sogar auf französisch. Ein junger Mann in Begleitung nannte die Bilder »afrikanisch«, *une danse noire*, und machte den Tanz vor. Keiner hätte dem schmächtigen Brillenträger die Eleganz seiner Bewegungen zugetraut, die knappen Andeutungen von Tierhaftigkeit. Seine Begleiterin schien davon weniger überrascht. Sie trug ein lackiertes Gesicht mit Nofretete-Profil vor sich her. *Suttäär ilädölodöla*, hörte Sutter den jungen Mann sagen, und während er noch an diesem Silbenrätsel grübelte, trat eine Gruppe Gymnasiasten mit ihrer aschblonden Lehrerin ins Bild. Die jungen Leute wirkten gesetzt und prüften, was ihnen erklärt wurde, mit großem Ernst. Man könne es, sagte die Lehrerin, als Illustration von Platons Höhlengleichnis betrachten, das man kürzlich behandelt habe. Sutter paßte gut auf, denn er hatte das Höhlengleichnis nie begriffen, diese so sinnreiche wie komplizierte Geschichte mit den Schatten, die ein Feuer dergestalt an die Wand warf, daß gefesselte und abgewandte Betrachter sie zeitlebens für wirkliche Körper hielten. Er fühlte sich erleichtert, daß er vom Französisch der Lehrerin eben genug mitbekam, um sicher zu sein, das Gleichnis auch diesmal nicht zu verstehen. Immerhin schienen Leute, die des Denkens mächtig waren, über das Höhlengleichnis in Lausanne ähnlich zu denken wie in Zürich. Soutters Menschenstriche kamen Sutter danach noch einmal so stumm vor.

Das nächste ältere Paar sprach deutsch. Der Herr erklärte seiner Begleiterin, es handle sich bei Soutters Arbeiten um etwas der Kalligraphie Verwandtes, ihr aber auch geradezu Entgegengesetztes. Man habe nicht an Schönschrift zu denken, sondern an Rohschrift. Früher sei das Wahre, Gute, Schöne Thema der Kunst gewesen. Heute sei es das Mächtige, Rohe, Schroffe. Auf die Frage, ob er sich verständlich gemacht habe, nickte die Dame schwermütig. Sie schien aber froh zu sein, daß der Mann, von seinen Wörtern beschwingt, schon weitergegangen war, so daß sie noch eine Weile allein vor Soutters Bildern stehen konnte.

Sie waren damals noch nicht lange verheiratet, aber er hatte Ruth bald angemerkt, worüber mit ihr nicht zu reden war. Dazu gehörte die Liebe. Beide waren sie Einzelkinder gewesen und hatten lernen müssen, Dinge, die sie bewegten, vor den Kommentaren Erwachsener zu schützen.

Als sie den Ausgang erreicht hatten, stellte er fest, daß es das Bild, vor dem sie so lange stehengeblieben waren, als Poster zu kaufen gab. Ein Jahr früher, als er noch allein gelebt hatte, hätte er es gekauft. Mit Ruth kam das nicht mehr in Betracht. Sie wollte nie ein Andenken handfest nach Hause tragen. Nur bei Steinen machte sie eine Ausnahme. Was zur Erinnerung werden will, sagte sie, das meldet sich schon von selbst.

So hatte sie auch in der Zeit ihres Verlobtseins – für sich nannte er sie so, aber es hatte keine Zeremonie gegeben – nie ein Foto von ihm verlangt und ihm auch keins von sich überlassen. Sie brauchte kein Bild, um mit ihm zu leben. Ich glaube, ich kann dich gut aushalten. Sie traute ihm also zu, ihre Gewohnheiten zu teilen, auch die einstweilen unbekannten.

Nach dem Besuch der Ausstellung saßen sie auf einer Terrasse über dem Genfersee. Plötzlich sagte sie: Du bist Soutter.

Ich? fragte er. Ich habe kein »ou«.

Du bekommst auch keins, antwortete sie, und der Name wird nie geschrieben. Ich nenne dich nur so. Nur ich nenne dich so.

Und das tat sie für alle weiteren Jahre ihrer Ehe, auch in Gegenwart anderer Leute, für die er immer noch Gygax hieß. Ein Name, für den wenig spricht, außer daß sich beim »Scrabble« damit 23 Punkte holen lassen. Doch mit Ruth waren Eigennamen nicht zugelassen. Sie hatte ihren Mädchennamen Rohner beibehalten. Im übrigen hieß er auch noch Emil, aus welchem im Gymnasium, dank einem Lateinlehrer, der Spottname »Ämil« geworden war. In der Siedlung »Hummel« machte dann ein Mitgenossenschafter, Künstler mit Berner Hintergrund, einen »Äse« daraus. Die Eltern hatten ihn Gottlieb Emil getauft, und seine früh verwitwete Mutter hatte ihm auch einmal, über sich selbst gerührt, erklärt, warum. Es hatte etwas mit der christlichabendländischen Zivilisation zu tun, in der sie dem einzigen Sohn eine Hauptrolle zugedacht hatte. Als Ruth ihr vorgestellt wurde, hatte sie nicht nur die Wahl, sondern auch die Person – unter vier Augen, im Vertrauen – hinterher »falsch« genannt, worauf Sutter die Beziehung zu seiner Mutter abgebrochen hatte. Er hatte von ihr immer wieder schnell fertige Urteile über Menschen gehört, und dieses war eines zu viel. Es war nicht Ruths Art, gleich zu wissen, was das Richtige war. Doch kein Wort in irgendeiner Sprache paßte weniger auf sie als »falsch«.

Sutter ließ nicht mehr rütteln an seinem Entschluß, die von der Geburt erzwungene Nähe zu einer Frau mit einer selbstgewählten zu vertauschen, auch wenn diese für ahnungslose Augen distanziert wirken konnte. Diese Distanz war es, die er suchte und liebte. Ruth war die Entfremdung von ihrer Schwiegermutter nicht recht gewesen, doch hatte sie auch nichts dagegen unternommen. Emils Mutter hatte sich einer frommen Gemeinschaft zugewandt und war während eines Erweckungs-Gottesdienstes an einem Herzschlag gestorben. Ich hätte ihr zugetraut, daß sie mich noch lieber Gottlob als Gottlieb getauft hätte, sagte er Ruth. Sie wollte einen Prediger aus mir machen.

Jetzt also hieß er Sutter, und außer einem Fußballer, einem ältergewordenen Jungfilmer und einem kalifornischen Goldgräbergeneral war ihm noch kein Mensch dieses Namens begegnet. Er blieb ihm auch in Ruths Mund Zeit ihres Lebens so fremd wie im ersten Augenblick. Kein Mensch kennt seinen wahren Namen, sagte Ruth, nicht einmal das Rumpelstilzchen. Oder glaubst du, daß es sich wegen eines Namens in Stücke gerissen hat? Er erinnerte sich daran, daß er als Kind in der Heidi-Geschichte gelesen hatte, wie der Geißenpeter, nach dem Namen der nahen Berge gefragt, geantwortet hatte: sie heißen nicht.

Wieder eine der Erinnerungen, die sich von selbst eingestellt hatten und der es jetzt gefiel, bei ihm zu bleiben, länger als Ruth. In den Jahren ihrer Krankheit war es schwierig geworden, »von etwas anderem zu reden«. Aber sie wünschte es sich unerbittlich. Mit »Konfliktscheu« oder »Problemvermeidung« – solche Urteile lagen im »Hummel« nahe – hatte ihr Wunsch nichts zu tun. Sondern mit Anstand.

Das war Ruths Wort, aber sie verwendete es wie niemand sonst. Es war ihr als Kind in einem zoologischen Lehrmittel begegnet, das einen Hund mit gehobener Vorderpfote zeigte: »Hühnerhund auf dem Anstand«. Die Überschrift war ihr ein Rätsel. Nach dem Unfalltod von Ruths Eltern wuchs sie bei einer Großtante auf; mit dem Anstand, den diese dem Kind beizubringen versuchte, hatte der Hühnerhund nichts zu tun. Er wollte niemandem Pfote geben.

Nach dem Medizinstudium übersetzte sie populärwissenschaftliche Fachliteratur aus dem Englischen ins Deutsche, für eine Zeitschrift, die sich der »Bionik« verschrieben hatte, der Möglichkeit technologischen Nachbaus von Wunderwerken der organischen Natur, die sich auch mit Fotos prächtig illustrieren ließen. Außerdem, und immer ausschließlicher, beschäftigte sich Ruth mit einer indianischen Sprache, die wegen ihrer Rarität – sie existierte nur mündlich – im pazifischen Krieg gegen die Japaner eingesetzt worden war. Ruth war nach dem Abitur viel gereist, und vor der Heirat hatte sie einen Sommer bei den Navajo zugebracht. Mehrere Jahre später kam sie, diesmal ohne zu reisen, auf diese Erfahrung zurück. Dank ihrer Erbschaft brauchte sie nichts mehr zu tun, was Geld brachte, aber da sie Konsum als ungeliebten Luxus betrachtete, beschäftigte sie sich nur noch mit Gegenständen, die nicht käuflich waren und mit denen sich nichts kaufen ließ. Zu Ruths Themen gehörte der mangelhafte Sachverstand, mit dem die Natur konstruktiv Probleme löste. Sie löst kein Problem, ohne einen Witz zu machen, sagte Ruth, und von diesem Witz gibt sie uns nichts ab, denn sie läßt uns den Stoff dazu nicht finden. Den würde man nur finden, wenn man ihn nicht suchte. Die Natur konstruiert gar nicht, sie bastelt, klebt und probiert. Das Funktionelle, was uns an ihr einleuchtet, ist das Ergebnis eines Verfahrens, das wir nicht nachahmen können. Nicht, wenn wir es nur auf die Funktion abgesehen haben. Daß es auch noch funktioniert, ist nur der Abfall der Veranstaltung. Ihr Kern ist das Überflüssige. Es spottet jeder Ökonomie, wir aber sind zu einfältig, um daran etwas anderes wahrzunehmen als guten Sinn.

Ruth selbst hätte kaum etwas Unökonomischeres tun können, als die Sprache der Navajo zu lernen. Sie lernte sie nur für sich. Sie war sicher, daß diese Sprache nicht dafür geschaffen sei, weißen Männern Kriege gewinnen zu helfen. Eher erlaube sie die Konstruktion einer Wirklichkeit, in der Kriege sich erübrigten. Sie signalisiere etwas von jener genialen Bastelei, die Schmetterlingsflügel gebildet und den Nachthimmel schwarz gemacht habe.

Als Sutter Ruth kennenlernte, schrieb sie auf ihrem Computer an etwas, was sie »ihr Buch« nannte und worüber sie mit keinem sprach, auch nicht mit ihm – es ist schon arg genug, daß ich es schreibe, sagte sie. Sie hatte nie etwas davon ausgedruckt oder auf Diskette gespeichert. Nach ihrem Tod fand sich auf ihrer Festplatte eine endlose Folge von Silben wie AL-NA-AS-DZOH-TSAH-AS-ZIH-BESH-DO-TLIZ. Sutter hatte nicht den Mut – und nicht einmal das Papier –, diesen Code auszudrucken und einem Fachmann vorzulegen. Ich schreibe das nur, um es zurückzubuchstabieren, sagte Ruth.

Das war der einzige Schlüssel, den sie ihm hinterlassen hatte. Damals war viel von der Entschlüsselung des menschlichen Genoms die Rede. Ruth hatte die Buchstabenkolonnen des ersten entzifferten Chromosoms mit ironischem Respekt betrachtet. Sie staunen Blöcke, lachte sie, wenn ihnen ihr Rechner ein paar Milliarden Mal vorführt, wie er funktioniert. Sie vergessen dabei sogar, daß sie ihn selbst programmiert haben. Ihre Modelle verweisen nur auf sich selbst.

Inzwischen verstand er nur so viel vom Code der Navajo, daß er nicht darauf zu warten brauchte, darin einem Wort wie SUTTER zu begegnen. Diese Kappe hat sie mir aus Laune aufgesetzt, dachte er, ich werde nicht mehr erfahren, warum. Sie hat sich mit viel Unnützem beschäftigt. Vielleicht war sie dankbar, daß sie sich mit mir nicht zu beschäftigen brauchte. Unsere Ehe war weniger kompliziert, als das Leben für jeden allein gewesen wäre. Ruth wollte Sutter nicht entziffern, auch nicht zurückbuchstabieren. Sie wollte mit ihm leben, nichts weiter. Das war ihr *Anstand.* »Der Hühnerhund auf dem Anstand«. Er hat so viel und so wenig mit »Anstand« zu tun wie Gygax mit Sutter. Die Sterne der Sternbilder, sagte sie, haben auch nichts miteinander zu tun. Sie sind Lichtjahre voneinander entfernt. Trotzdem sehen sie so aus, als gehörten sie zusammen, und die Seeleute haben ihren Kurs nach ihnen gerichtet.

So ein Sternbild war unsere Ehe auch, und keiner von beiden sprach es aus. Ausgesprochen wäre es nicht mehr wahr gewesen.

Als Ruth von ihrem »Befund« wußte – er hatte darauf bestanden, sie ins Sprechzimmer zu begleiten –, begriff er auf der Stelle: dazu war nichts mehr zu sagen, wenn Ruth eine Chance bekommen sollte gegen den Krebs. An diese glaubte wenigstens er, und im Notfall glaubte er es für beide. Ruth aber schwieg zu ihrer Diagnose, da es für sie keine Möglichkeit mehr gab, mit dem Arzt »von etwas anderem« zu reden. Er war kein Sternkundiger, und so ließ sie ihn seine Rede halten, die ebenso sensibel wie positiv war. Ein positiver Befund ertrug für ihn keine negative Behandlung. Er redete ziemlich militärisch, denn er hatte eine »Strategie« im Kopf und bat Ruth herzlich um Mitarbeit. Sie nickte starr. Sutter wußte: das Schlimmste, was ihr jetzt passieren konnte, war diese gutgemeinte Rede zu ihrem Krebs.

Was dann kam, war nicht immer auszuhalten. Einmal weckte ihn, mitten in der Nacht, das leere Bett neben ihm. Er fand Ruth im Wohnzimmer sitzen, die Katze auf dem Schoß. Sie sagte: Jetzt bin ich der Hühnerhund auf dem Anstand. Sie hatte geweint.

Jedes Lebewesen hat seinen Anstand, sagte sie, und die Katze einen andern als der Hühnerhund. Die Pfote hebt sie nicht, sie macht sich klein, wenn sie lauert. Sie hofft, daß sie nicht gesehen wird, wenn sie sieht. Es gelang Sutter nicht immer, Ruths unbeugsame Wünsche zu erfüllen. Er mußte alles mitansehen, und er wollte es auch. Er bemühte sich, dabei ihr Gefühl für Anstand nicht zu verletzen. Aber er fand nicht immer das Rezept, es zu schonen.

Es gab immer noch gangbare Wege, von etwas anderem zu reden. Er las ihr Märchen vor, am Ende nur noch diejenigen der Brüder Grimm. Die Frauen in den Märchen waren keine Hühnerhunde, sie waren Prinzessinnen, Wasserfrauen, Stiefmütter, Mägde oder auch Teufels Großmutter.

Ein Wort wie »Anstand« war von keinem Märchen zu befürchten, und doch handelten sie von nichts anderem. Sutter begriff, daß *Anstand* ein Wort von hohem Adel war, solange es nicht ausgesprochen wurde. Nur zum Handeln war es gut. Dann verwandelte es Frösche in Prinzen und Stroh zu Gold. Und handelte immer auch von etwas anderem, von dem nicht zu sprechen war. Dieser Anstand war den Märchen nicht abzukaufen. Märchenadel ist vom selben Stoff wie unser Dasein, aber wenn dieses zu Pech wird, fährt er zu strahlen fort.

Ruth behandelte Schmerz und Todesangst mit dem einzigen Mittel, das sich zu ihrem eigenen Adel schickte: mit verschwiegenem Anstand. Die Märchen verdrängten nichts, und sie öffneten keine Tür. Sie zeigten nur, daß sie schon offen war, die Tür zum Jenseits von Gut und Böse, Leben und Tod. Einmal sah diese Tür aus wie ein tiefer Brunnen, einmal wie eine dunkle Höhle oder ein Wald ohne Ausweg und voller Ungeheuer. Die Märchen waren für Ruth eine Gegend vollendeten Anstands. Wenn sie Lachen und Weinen darin aufhob, war sie bei sich, und, wie er glauben wollte, auch bei ihm. »Zusammen« brauchten sie darum nicht zu sein. Glaubst du, fragte sie, daß Hänsel und Gretel zusammengeblieben sind, nachdem sie die Hexe verbrannt haben? Glaubst du, daß sie nach Hause zurückgekehrt sind? Haben sie noch ein Haus gebraucht?

Sie waren Geschwister, sagte Sutter.

Das sind wir auch nicht, sagte sie.

So hatten sie Abschied genommen, von der Hoffnung und voneinander. Die Märchen sagten ihnen, daß auf der anderen Seite des Daseins, im Licht des Nichtseins, noch große unentdeckte Länder liegen. In diesen wird man klein und nimmt einander bei der Hand. Man kann nicht größer sein als Leben und Sterben, aber durch Zauberkraft kann man dafür zu klein werden. Um sich nicht zu verlieren, nimmt man einander bei der Hand.

Da ging Sutter mit Ruth, wie der Hühnerhund mit dem Anstand, den er ohne sie nicht gehabt hätte. Auch der Anstand ließ sich seinen Hühnerhund gefallen, solange er ihm die Pfote reichte, die er so brav zu heben verstand.

Der Anstand hatte dem Hühnerhund zum Spaß einen Namen gegeben, den der Hund nun trug wie einen schiefen Hut: damit wurde er ein Witz. Doch was ein guter Witz werden will, das trägt sich mit Anstand. Er hieß Sutter und war lebendig geblieben, und zum Dank verpflichtete er sich, Ruths Tod den Namen zu lassen, den er nun hatte: Ruths Tod.

Die Witze der Märchen waren nicht zimperlich. Was sich wandeln muß, braucht starken Witz. Aus dem Hühnerhund konnte ein Prinz werden, aber auch ein Tierbräutigam, ein Bärenhäuter oder ein Reh. Ohne Borsten hätte Allerleirauh nicht zum Hochadel des Märchens getaugt. An Ruths Unterleib floß die Quelle ihres Todes, aber es hatte ihr Freude gemacht, wenn sein Bauer davon nichts wissen wollte. So kam er ihrem Schmerz so nah wie menschenmöglich, und aus der Nähe waren Schmerz und Wunsch nicht mehr zu unterscheiden. Sein Bauer war dumm, und so kam er ans Ziel, denn er strotzte von Natur, und seine Natur strahlte von Witz. Der Bauer konnte den Schmerz nicht besprechen, aber er durfte ihn berühren. Hier war er Daumesdick und, wenn er vergaß, daß er nur ein Teil war, ein ganzer Mann. Der übrige Sutter brauchte weder ganz zu sein noch ein Mann. In seinem Rest von Welt war er ein Strichmännchen, mit rußigem Finger auf kariertes Schülerpapier gemalt. Nicht von heute, nicht von hier. *Soutter, il est de l'au-delà.* Ein Pensionär, von dem man ein wenig Anstand verlangen darf, auch wenn er nicht mehr dicht ist.

Wie oft hatte er diesen Anstand nicht gekannt, Ruths Mühe, den Kleinbürger Gygax edel zu machen, vereitelt, bis sie den Versuch dazu aufgegeben hatte. Warum hätte sie sich sonst in ihrer letzten ganzen Nacht an Leonore gewandt? Sie wußte, daß es die letzte war, und ließ ihn schlafen wie einen Tropf. Noch wenn er in der Intensivstation daran dachte, kamen ihm Tränen der Wut.

Andere Tränen gibt es nicht, war vor dreißig Jahren die Rechte Lehre gewesen. Man weint nicht aus Trauer, wie man glauben möchte und glauben macht. Man weint immer aus Wut, gekränkter Eitelkeit, überströmendem Selbstmitleid.

So sollte auch Ruth lernen, ihre Tränen zu verstehen, als sie sich selbst untreu geworden war, auf Drängen von Fritz und Monika. Sie war ins Salzburger Land gereist, um sich mit ihrer Krankheit zu »konfrontieren«. Die »Selbsterfahrung«, die sie dort erwartete, tat sich etwas darauf zugute, Anstand nicht zu kennen, in keinerlei Form. Man hielt ihn geradezu für die Wurzel der Krankheit, wo nicht für diese selbst. Zum Glück wußte man im Salzburger Land, wie man Krebs und Anstand zu Leibe rückt. Man muß nur den Mut haben, den Dingen auf den Kopf zu hauen, was sie zu bedeuten haben. Bist du dafür zu feige, sagen es dir die andern. Dann verliert der traurige Mut auf energetische Art seine Traurigkeit.

Dann heulst du dir diese erst einmal ordentlich heraus – aus Wut über dich selbst, was sonst. Aber dann entwickelst du gesunde Aggressionen gegen den faulen Zauber der Selbstbeschädigung. Und jetzt sieh dich bloß an: du lebst. Wie fühlst du dich, Ruth?

Sie hatte fast eine Woche lang versucht, dieses Angebot auszuhalten. Sutter beschäftigte sich in dieser Zeit bis über die Ohren mit einem Fall, in den ein ehemaliger »Hummel«-Genosse verwickelt gewesen war, der Künstler Jörg von Ballmoos, der aus »Emil« einen »Äse« gemacht hatte. Er war der Liebhaber einer Halbasiatin gewesen, die seinetwegen ihren Ehemann erschlagen hatte, mit einer Axt.

Die Gerichtsverhandlung hatte anfangs der neunziger Jahre stattgefunden. Jahre später hatte sich Sutter noch einmal in den Prozeß verbissen, in dem er die Rolle eines Berichterstatters gespielt hatte, doch sein Bericht hatte dem Prozeß eine Wendung gegeben. Darauf kam Sutter, als ebenfalls geschlagener Ehemann, zurück, diese Wendung schien er nachträglich entziffern zu wollen, wie Ruth die Zeichen der Navajo.

Für jene Reportage war Sutter ausgezeichnet und von seiner eigenen Zeitung hoch gelobt, dann abgehalftert worden – so sah er die Dinge im nachhinein. In der Intensivstation stellte er fest, daß auch diese Erinnerung sich nicht abweisen ließ und ihn in Atem hielt, wie damals, als ihn das Näherkommen eines unfaßbaren Verlustes verschlagen hatte.

Das war das Letzte, was Ruth gebrauchen konnte. Und so mochte er über seinen aufgewärmten Prozessen sitzen, als sie sich dazu hinreißen ließ, im Salzburger Land ihren Anstand zu vergessen, einer frommen Legende zuliebe – derjenigen, daß auf einem umgewidmeten Bauernhof wunderbare Hilfe zu erlangen sei, für jedenmann und jedefrau, also auch Ruth.

Die sogenannte Selbsterfahrung hatte Ruth tiefer beleidigt als der Befund der Medizin. Mit dem Krebs konnte sie besser leben als mit einem todsicheren Urteil über den Krebs. Ein falsches Wort tötete schon zu Lebzeiten, und jetzt kam ihr vor, als habe sie in ihrer Gruppe nur falsche Worte gehört, und alle im Schutz größter Ehrlichkeit mit sich selbst.

In der Erholungszeit von dieser Therapie hatte Sutter ihr das Märchen vom »Simeliberg« vorgelesen, der sich nicht mehr öffnete, als ihn der Falsche mit diesem Namen ansprach. Er hieß Berg Semsi, ein reines Herz konnte das wissen. Märchen sind ein Stoff, der sich in alles verwandelt. Aber sprich nur ein einziges falsches Wort: dann erstarrt es zu Eis.

Wie viele falsche Wörter habe ich dir zugemutet, Ruth, und du hättest mir keines verziehen ohne meinen Bauern, der sich um nichts zu kümmern schien, auch nicht um Verzeihung.

Darin, Ruth, hättest du dich getäuscht, wenn du dich hättest täuschen lassen. Aber der Bauer war zu dumm zum Lügen. Monatelang schreckte er zurück und rührte sich nicht mehr. Er hatte zu viel Angst vor deinem Schmerz. Vor deiner Höhle, Ruth. Das war die Zeit meines Hexenschusses, und vorgetäuscht war er nicht. Der Bauer entzog sich deiner Behandlung. Dafür habe ich eine andere gesucht und davon geschwiegen. Danach konnte der Bauer wieder in den Berg Semsi.

Wie das zugegangen war, hätte ich dir nicht sagen können. Meine Ehrlichkeit hätte dafür nur falsche Wörter gewußt. Vielleicht wäre »Ehebruch« noch das richtigste gewesen.

Mein Hexenschuß war einer Hexe bedürftig, und du selbst hast mich zu ihr geschickt. Der Ehebruch blieb in der Familie, auch wenn wir nie eine solche »gründen« konnten. Dafür müssen uns die gut bäuerlichen Gründe gefehlt haben. Du hast meiner Bandscheibe Familienanschluß besorgt. Mit dem haben wir uns, wenn schon, gegenseitig betrogen.

Erst nach deinem Tod habe ich erfahren, wie nah ihr euch

gestanden habt, Leonore und du. Du hast ihr in deiner letzten Nacht im »Hummel« noch eine Nachricht zukommen lassen, durchs Telefon, fast ohne Worte. Sie ist auch bei mir angekommen, verspätet wie eine Flaschenpost, nur deuten kann ich sie nicht.

Entschuldige, wenn ich sie nicht gleich zum Tränenlachen fand. Ich war viel zu beleidigt. Aber du wolltest noch einmal deinen Spaß haben, aus der Tiefe des Brunnens, in den du abgestiegen bist. Du bist nicht mehr aufgetaucht, aber dein Witz kam noch einmal zurück. Mit dem Stück Musik, das du für mich nie hast spielen lassen, hast du eine Grenze überschritten. Das mußt du gewollt haben. Du hast mir noch einmal einen Abdruck deiner erhobenen Pfote geschickt, Hühnerhund auf dem Anstand.

Dein Bauer blieb tot, der auch. Aber Sutter lebt, mit kurz geschossenem Atem, und will es noch einmal wissen, mit Anstand. Denn er lebt für die Katz. Deine Katze, Ruth, und dabei weiß ich nicht einmal, wo sie ist.

6

Zeugenaufruf

Donnerstag, den 20. April, wurde nach 14 Uhr auf dem Fußweg, der von der Tramendstation Laubholz Richtung Widenbach führt, in der Nähe des Schützenhauses auf einen 64jährigen Mann ein Schuß, vermutlich aus einem alten Ordonnanz-Karabiner, abgegeben, der den Mann in die Brust traf. Inzwischen befindet er sich außer Lebensgefahr. Die Stadtpolizei bittet allfällige Zeugen des Vorfalls um Hinweise, die zur Ermittlung der Täterschaft führen können.

Unter drei Rosen samt Kärtchen – »von Franz und Irene Kienast, mit lieben Wünschen zur Genesung« – fand Sutter diesen Zeitungsausschnitt auf dem Nachttisch vor, als er aus der Intensivstation in den sogenannten Bettenturm umzog, und zwar in ein Einzelzimmer im 23. Stock. Das Privileg, zu dem ihn kein Kassenstatus berechtigte, konnte er sich auch als Untersuchungshaft auslegen. Möglicherweise wünschte die Stadtpolizei, die nach Tatzeugen suchte, ihrerseits keine Zeugen, wenn sie das Opfer verhörte. Das war bisher nur einmal, zwischen Notfallaufnahme und Intensivstation, geschehen.

Seine regelmäßig kontrollierten Lebenszeichen ließen immer weniger zu wünschen übrig. Der lädierte Lungenflügel schien sich in der zwar nicht schmerzlos, aber wieder regulär durch die Nase zugeführten Atemluft zu gehöriger Form ausdehnen zu wollen, wie die Nachprüfung unter dem Röntgengerät ergab. Im gleichen Maße verringerte sich der Abzug überflüssiger Säfte aus Sutters Thoraxraum. Und obwohl er die Stimme, wenn auch zurückhaltend, wieder hätte erheben können, ohne daß sie in einem Hustenanfall unterging: sie neuerdings zu vernehmen, legte die Ermittlungsbehörde keine Eile an den Tag. Und er hatte keine, ihr von den rätselhaften Telefonanrufen zu berichten.

So lag Sutter, isoliert und nur pflegedienstlich besucht, auf ungewohnter Höhe, die ihm vom Bett aus das Theater eines bewegten Wolkenhimmels und ein sprachloses Fragment des entfernten Hausbergs zu bieten hatte. Sonst machte er von keinem Angebot Gebrauch, mit denen das Stadtspital aufwarten konnte: kein Fernsehen, kein Radio, keine Zeitungen und Zeitschriften; nicht einmal ein Buch von der rollenden Bibliothek. Auch das Telefon, das man installiert hatte, klingelte nie, natürlich auch nicht um 23 Uhr 17, und er dachte nicht daran, es zu benützen. Allmählich glaubte er in der Distanz, mit der man ihm begegnete, eine Spur Mitleid zu bemerken.

Er hatte es nur mit weiblichem Personal zu tun. Nach seinem Zimmerbezug meldete sich eine Dame der Administration, sehr jung und vermutlich untergeordnet, denn sie trug nicht einmal ein Berufskleid. Vielleicht demonstrierte sie aber auch für den Ausnahmezustand, in dem sich die Belegschaft befand. Sie wollte kürzere Arbeitszeiten und/oder bessere Löhne.

»Sutter« hatte er, wie man im Rettungswagen notiert hatte, sich selbst genannt, noch unter Schock. Sutter also hieß er nicht, sondern Gygax. Seine Frau konnte den Namen nicht leiden?

Die junge Dame unterdrückte fast hörbar die Bemerkung, daß sie auch »Sutter« nicht prächtig finde. Wenn er mit seiner Frau noch im Kontakt sei, sagte sie, hätte man jetzt gern ihre Adresse, für alle Fälle. Ob er »sonst noch« Angehörige habe. Sutter staunte über die Selbstverständlichkeit, mit der die Angestellte ihn und Ruth für getrennte Leute hielt, nur weil sie nicht auf seiner Bettkante saß. Da Sie nach dem Kontakt mit meiner Frau fragen: den glaube ich zu haben, auch wenn er durch ihren Tod nicht eben erleichtert wird. Außerdem bin ich immer noch für ihre Katze verantwortlich.

Die junge Frau schien nicht mehr zu wissen, welche seiner Angaben sie ernst nehmen konnte. Ob er einer Sekte angehöre? Eine positive Antwort, dachte er, würde sie ebenso erleichtern wie seine Mutter. Vielleicht aus anderen Gründen.

Sutter beschränkte sich auf das Geständnis, daß er nicht nur ohne Anhang sei, sondern auch ohne Konfession, obwohl reformiert getauft. Evangelisch-reformiert, stellte die Dame richtig, während sie sein Formular ergänzte. Gottlieb Emil, fragte sie nach, Emil unterstrichen: stimmt das so? Jedenfalls ist es so, erwiderte Sutter.

Nun brauchte sie einen Eintrag für seinen Beruf.

Schreiben Sie »alt Journalist«, sagte Sutter.

Sie hielt, ohne aufzublicken, inne, um ihm Gelegenheit zu geben, den Unfug zu lassen.

Wenn Sie schon über einen Friedhof gegangen sind, sagte Sutter, konnten Sie auf alten Grabsteinen lesen: alt Landjäger, alt Lehrer oder auch: Frau alt Oberst.

Kokettieren Sie nicht mit Ihrem Alter, Sie sind 66, entschied die junge Dame. Also: Journalist, pensioniert.

Von einer Pension kann kaum die Rede sein, sagte er.

Krankenkasse haben Sie. – Das wäre mir neu, sagte Sutter. – Es ist obligatorisch, sagte sie, privat sind Sie nicht. – Dafür war meine Frau zuständig, sagte Sutter, fürs Obligatorische und fürs Private. Mit einem AHV-Ausweis könnte ich dienen. – Ihre Nummer ist bekannt, sagte sie, und wer hat Sie eingewiesen?

Sutter staunte wieder. – Ein unbekannter Schütze, sagte er, ich kam als Notfall. – Einen Hausarzt müssen Sie haben. – Meine Frau hatte einen, sagte er, einen Gynäkologen namens Zweifel, aber sie haben einander aufgegeben. – Das bespreche ich mit Herrn Professor Nigg, sagte sie. – Wer ist das? – Der Chef, sagte sie, nun wieder gefaßt, als wundere sie sich über gar nichts mehr.

Sie wundern sich über gar nichts mehr, sagte er. – Ich wundere mich über sehr vieles, versetzte sie ebenso schlagfertig wie angeödet, Sie müssen aber wissen: Ich mache nicht alles mit.

Darauf wagte er nicht mehr zu fragen, was sie glaube mitmachen zu müssen. Würden Sie mir eine Schwester rufen, sagte er. Mir ist kalt.

Die Klingel hängt über Ihrem Kopf.

Danke, sagte er.

Sie brauchen mir nicht zu danken, sagte sie und stakte auf Plattformsohlen hinaus. Auf ihrem Rücken las er: Der ätzt. Kein Wunder, daß man auf den geschossen hat.

7

Die letzte Strecke, vom Julierpaß abwärts ins Hochtal, war Ruth neben Sutter mit weit geöffneten Augen gefahren. Er blieb allein mit seinem Reden über das ganz andere Licht, das Aufatmen der Seele im Engadin, alle Jahre wieder. In der Pension äußerte Ruth, nach Begrüßung und Zimmerbezug, nur noch den Wunsch, sich hinzulegen, drängte aber Sutter fast schroff zum Begrüßungstrunk mit Fräulein Bazzell. Er möge etwas essen und nicht auf sie warten.

Bis halb elf Uhr war die Gaststube bevölkert, danach saß er fast allein beim Veltliner und studierte die Namen auf den Deckenbalken. Auch an ihr Abtreten hatten FEDERICUS oder BERTOLOMEUS gedacht: IBIMUS – IBITIS, wir werden gehen, ihr werdet gehen. IBITI IBUNT, dabei ließ ihn sein Latein im Stich. FESTINA LENTE, Eile mit Weile. Das Folgende enträtselte er nicht: TEMPORA TEMPORE TEMPERA – mäßige die Zeiten durch Muße?

Muße hatte er, in seinem Kopf toste die lange, auf Ruths Wunsch nicht unterbrochene Fahrt. Der Höhenunterschied knackte im Gehör, der Puls beschleunigte sich unter dem regelmäßigen Zufluß des Veltliners. Wenn die Wirtin nicht beschäftigt war, setzte sie sich an seinen Tisch, hager wie je, doch kam ihm ihre Herzlichkeit angestrengter vor als in anderen Jahren. Ob er pensioniert sei, sie habe lange nichts mehr von ihm gelesen? Aber sie komme auch kaum zum Lesen, und seit der Operation seien ihre Augen nicht mehr die alten.

Sie waren noch gut genug, daß sich Fräulein Bazzell nicht nach Ruths Befinden erkundigte. Bevor sie ihm gute Nacht wünschte und sagte, er möge ruhig noch sitzen bleiben, brachte sie ihm das Fremdenbuch.

Er blätterte darin zurück, las Namen und Berufe der Gäste, an deren Physiognomie er sich hie und da erinnerte: Graphiker, Verleger, Eurhythmistin, Schulpsychologe, Architekt, Erziehungshelfer, Logopädin, Pfarrer, die typische Klientel der Pension Bazzell. Als Journalist firmierte keiner, auch nicht der Redakteur einer schöngeistigen Monatsschrift, der sich vor einigen Jahren das Leben genommen hatte, »28. 7. 60 – 5. 9. 60, die beiden Daten sagen alles«, hatte er seinen Aufenthalt kommentiert. Da hatte er es noch mit sich ausgehalten. Rohner, Ruth und Gygax, Emil waren regelmäßig Ende September eingetragen, und einen Beruf hatten sie so wenig wie einen Kommentar.

Nachträglich schien es Sutter merkwürdig, daß er den neuen Eintrag unterlassen hatte.

Als er, nahe Mitternacht, das Zimmer aufsuchte, glaubte er Ruth im Bett liegen zu sehen und machte kein Licht. Draußen hatte sich der Himmel bedeckt, Ruth hatte die Vorhänge zugezogen, was nicht ihre Gewohnheit war. Auch blind kannte er jeden Fußbreit des Zimmers, an dem sich nie etwas verändert hatte. Er zog sich aus und tastete sich auf dem nicht ganz festen Holzboden, oder mit nicht ganz sicheren Füßen, zu seinem Bett an der Hinterwand, dessen hohe Federdecke nicht zu verfehlen war. Das andere Bett sah belegt aus. Es schien sich im Takt zu heben und zu senken.

Wäre eine vollkommene Stille zu überhören gewesen?

Der Arzt hatte, als man Ruth fand, nicht auf die Stunde genau angeben können, wann der Tod eingetreten war. Sie konnte schon im Wasser gelegen haben, als Sutter das vermeintlich noch gemeinsame Zimmer aufsuchte. Aber wie konnte sie so sicher sein, daß er sie vor dem Einschlafen nicht umarmen, besser zudecken, ihr über die Stirn streichen würde?

Die Vermutung lag nahe, daß sie seinen Schlaf abgewartet hatte. Zuerst mußte sie den schweren Mantel vom Haken genommen haben, wo er ihn mit einem Scherzwort aufgehängt hatte. Die Taschenlampe hatte sie erst angeknipst, als sie von der Pension weit genug entfernt war. Es hatte zu regnen begonnen. Hinter dem Lichtfleck, den sie auf tropfende Büsche und namenlose Gräser warf, suchte sie ihren Weg hinaus; sie mußte ihn zuvor im Kopf gegangen sein. Die Stelle, die sie ausgesucht hatte, lag auf der näheren Seite der Halbinsel, wo diese schroff aus der Bucht stieg. Über eine abfallende Wegspur gelangte man zu einer Sitzbank am Wasser; davor hatte sich ein Streifen Kies abgesetzt.

Hier hatten sie im Vorjahr gestanden und über die Bucht zu den Wänden aufgeblickt, hinter denen die Sonne untergegangen war, während sie die Kette auf der anderen Talseite noch mit hauchdünnem Ocker und Lila überfing. Im Engadin wirkten die »schiefen Ebenen«, wie Ruth die Berge zu nennen liebte, weniger einschüchternd auf sie als sonst in den Alpen. An dieser Stelle war sie auch gewiß, die Kiesel zu finden, mit denen sie sich die Manteltaschen beschweren wollte.

Den alten Armeemantel hatte sie in den siebziger Jahren getragen. Er wirkte damals schon gewalttätig an ihrem leichten Körper, doch war es in der Protestzeit Mode gewesen, sich mit Militärzeug zu verkleiden. Daß sie den Mantel zum Gepäck gelegt hatte, hielt er für eine Kaprice, schon fast für ein gutes Zeichen.

Sie hatte ihn angezogen wie eine Rüstung, als sie die Pension in der Nacht verließ. Im Regen mußte er noch schwerer geworden sein. Bevor sie ins Wasser ging, hatte sie die vielen Taschen mit Geröll gefüllt, um am Schwimmen gehindert zu sein, sollte es ihr, halb bewußtlos, noch einfallen, ihr Ende zu verlängern. Sie hatte schon zu viel Kraft darauf verwendet, die Steine, einen um den andern, im Dunkeln aufzuheben und die Taschen an ihrem Leib zu füllen. Denn wie hätte sie das Gewicht dieses steinernen Mantels noch heben können, um hineinzuschlüpfen. Sie mußte darunter schon zusammengesunken sein, bevor sie die Wasserlinie erreicht hatte.

Welche Mühe, nur um sich am Ende fallen lassen zu dürfen, dahin, wo es tief genug war und Ruth über jeden Gedanken an Umkehr hinaus.

Die Taschenlampe hatte sie ausgeknipst am Ufer liegen lassen. Den Schlüssel der Pension mußte sie mitgenommen haben. Er fand sich am Ende nirgends mehr.

Am Morgen war Sutter erst gegen halb acht Uhr aufgewacht und hatte ihr leeres Bett gesehen, ohne eine Spur Wärme unter der Decke. Er wußte augenblicklich, was geschehen war. Mit einer Ruhe, die ihm selbst gespenstisch vorkam, zog er sich an. Dann ging er zur Telefonkabine im Entree und rief die Polizei. Bis der Mann, der ihm bekannt war, eintraf, setzte sich Sutter auf die Granitstufen vor der Pension. Dann ging er wortlos voraus. Er wußte, wo er Ruth suchen mußte. Der gleichaltrige Polizist, der ihm kaum folgen konnte, sah mit einer Spur von Verdacht, wie zielstrebig Sutter ihn an die richtige Stelle führte.

Der Tag war frisch wie ein neuer Morgen der Welt. Nekkisch überspielte das Sonnenlicht etwas weiter draußen die schwarzblaue Flut. Aber auch in Ufernähe, wo es noch nicht hinreichte, war das Bündel im glasklaren Wasser sogleich als Mensch zu erkennen.

Von Ratlosigkeit gelähmt, starrten die zwei Männer nebeneinander in die übersichtliche und doch unzugängliche Tiefe. Sie hatten keine Mittel, den Körper zu heben. Der Polizist fragte, ob Sutter Hilfe holen könne. Er, der Polizist, werde so lange die Stelle »sichern«. Man hätte die Pflichten auch anders verteilen können, doch ein Polizist gehört an die Unglücksstelle. Es war in Kauf zu nehmen, daß sich Sutter verirrte. Vielleicht sollte er einfach nicht länger in das flüssige und weit offene Grab starren.

Sutter bekam Direktiven. Er hörte, wer anzurufen, wer aufzubieten sei. Es gab einen Notarzt in Sils und einen Fischer namens Cahannes, der den Wassernotdienst versah. Sutter murmelte diese Namen vor sich hin. Als er die Pension erreicht hatte, war er imstande, sie Fräulein Bazzell zu wiederholen. Anzurufen, dazu war er nicht mehr imstande.

Die Wirtin stand regungslos. Dann führte sie den Gast in ihre Wohnung, hieß ihn sich setzen und veranlaßte am Telefon im Nebenraum das Nötige, in einem Romanisch, von dem er jedes Wort verstand. Einmal öffnete sie die Tür, um nach der genauen Fundstelle zu fragen. Er gab Auskunft wie ein Fremdenführer.

Erst jetzt, sagte etwas in ihm, warum erst jetzt.

8

Ich bin Dr. Ruckstuhl, hatte sie sich vorgestellt. Sie trug ihr rötliches Haar wie Jeanne d'Arc und hielt Sutters Blick mit sachlichem Argwohn stand. Jung war sie unerbittlich, und ihre zierliche Gestalt umwehte, wie ein Hauch Kernseife, Geringschätzung für alles Inkorrekte. Sie horchte ihn ab, untersuchte seine bedenklichen, aber ohne Umstände zugänglichen Körperteile mit scheuer Hand, erklärte ihm seine Werte und notierte von allem, was er über sein Befinden äußerte, nur das medizinisch Erhebliche. Als er sie nach dem Datum seiner Entlassung fragte, gestand sie: Ich fürchte Sie.

Sie fürchten für mich?

Ich fürchte *Sie*, stellte sie richtig, ohne mit der Wimper zu zucken. Daß Sie mir falsche Fragen stellen.

Dann beantworten Sie mir nur die richtigen, sagte er. Sie lachte nicht. Das versuche ich, sagte sie.

An Dr. Ruckstuhls Sprache fiel ihm auf, wie viel sie ihn »machen« ließ. Er hatte einen Pneumothorax gemacht. Zum Glück sei er in einem guten Allgemeinzustand. Komplikationen habe er bisher nicht gemacht, seine Werte seien stabil. In den letzten 24 Stunden habe er vierhundert Milliliter

Flüssigkeit ausgeschieden, die nur wenige Bakterien enthalten hätten, aber eine nennenswerte Anzahl Hämozyten. Solange das Gewebe noch geschwächt und die Wunden nicht dicht seien, könne man nicht ausschließen, daß er einen zweiten Pneumothorax mache, im ungünstigen Fall einen Hämatopneumothorax. Wenn er dann noch eine Infektion mache, müsse man immer fürchten, daß sie durch Antibiotika nicht mehr zu beherrschen wäre.

Frau Doktor Ruckstuhl behandelte den Lungendurchschuß wie ein Menü des Machbaren, aus welchem er sich das Unzuträgliche besser nicht aussuchte.

Er verstand, warum Ruth, die »abgebrochene Medizinerin« (er selbst war ein abgebrochener Völkerrechtler), auf die Dienste der Schulmedizin verzichtet hatte. Nicht aus Geringschätzung wissenschaftlicher Errungenschaften. Sondern weil sie es nötig hatte, ihr eigener Fall zu bleiben, unter Schmerzen, aber wenigstens ohne Rücksicht auf die Bedingungen, unter denen sie Hilfe gefunden hätte. Sie hätte den Ärzten nicht antun dürfen, die Angst der Schulmedizin vor dem Tod als Zeitverlust zu behandeln.

Ich will dem Krebs doch einen eigenen Namen geben können, Sutter. Er ist keine Labormaus, sondern mein Haustier. Ich glaube auch nicht, daß ich ihn gemacht habe – kannst du dir vorstellen, daß ich mir habe einreden lassen, ich hätte meinen Krebs selbst gemacht? – Das war Ruths unvernarbte Wunde ihrer Salzburger »Selbsterfahrung«. Der Krebs ist ein Zufall, Sutter, er ist mir zugefallen, wie dem Hans sein Glück. Der mußte nur erst den Goldklumpen und den Schleifstein loswerden, dann wurde ihm leicht. Der Krebs ist mein Zufall, wie du.

Solche Liebeserklärungen machte ihm niemand mehr. Von Dr. Ruckstuhl durfte er sie nicht erwarten. Man hatte ihm eine fürs Soziale der Patienten zuständige Person in Aussicht gestellt. Vielleicht wußte sie Rat für die Katze, Ruths Haustier, das sie mit ihrem Krebs zusammen gefüttert hatte.

9

Vor Mitternacht kamen die Dämonen, und drei, vier Stunden ritten sie, ritten auf Ruth, Sutters Frau.

Er hatte ihr, wie alle Abende, ein Märchen vorgelesen, oder auch drei oder vier, so lange, bis sie im Sessel eingeschlafen war. Dann las er noch weiter, in der Furcht, daß zu große Stille sie wieder wecken konnte. Am Ende las er nur noch mit den Augen. Auch die Augen durfte er nicht vom Buch losreißen, sollte der »kleine Märchenschlaf« seine Wirkung tun. So hatte Ruth ihren Dämmerzustand selbst genannt. Zu einem »großen Märchenschlaf« reichte es immer weniger, denn mit der Mitternacht kamen die Dämonen. Ruth erlaubte nicht, daß Sutter Anmeldung und Eintritt der Höllenqual in ihrer Nähe abwartete. Wenn ich schlafe, laß mich liegen, wo ich bin, und geh voraus. Geh, bitte, schon ins Bett, damit ich für mich etwas kochen kann. Wenn ich fertig bin, komme ich nach.

Sie kam um zwei, drei, oft erst um vier Uhr, und in mancher Nacht gar nicht. *Jetzt komm ich noch einmal und dann nimmermehr*. Dann hatte sie den Sonnenaufgang auf dem *Sitz* abgewartet, auch an Regentagen. Sie nahm homöopathische Tropfen, die sie sich von einer Adresse in Antwerpen kommen ließ. Doch wenn der Nachtmahr sie besuchte, während sie kochte, ertrug sie kein fremdes Auge. Und so fühlte Sutter nebenan den Stich, in dem sie ihn ließ, allein wie noch nie, fiebernd von ungeteiltem und lästerlichem Alleinbleiben. Wenn er einschlief, schämte er sich danach noch mehr. Diese Scham war verboten und doch von allen bösen Geistern ihrer Abwesenheit, die Ruth aus der verschlossenen Küche schlüpfen ließ, noch der gnädigste. *Könnt ihr auch nicht eine Stunde mit mir wachen?* Nein, Satan, das können wir nicht. Schlaflose Nächte sind eine Legende, sagte Ruth, in jeder hat man mehr als ein Auge zugetan. Man will sich nur nicht daran erinnern.

Schlich sie sich dann in das gemeinsame Bett, wurde er hellwach und horchte auf ihre Atemzüge, die vielleicht nur ausblieben, weil sie auf die seinen horchte. Dann war es unklar, ob einer den anderen in tiefer Nacht schonte oder verriet. Verriet sich Ruths Atem zu lange nicht, wußte er: Es war noch nicht überstanden. Der Dämon war mit ihr unter die Decke geschlüpft und ritt sie weiter. Dann durfte sich Sutter keinen Laut entschlüpfen lassen, der wie Ächzen klang.

Ruths Schlaf mußte richtig werden, damit sie das Versteckspiel bleiben ließ. Dann verhehlte ihm ihr Körper nichts mehr. Sutter wartete mit schrecklicher Beruhigung darauf, daß ihr Atem die Beherrschung fahren ließ. Trotz des Stöhnens aus der Unterwelt, trotz des Gurgelns der Hölle erlaubte er sich die Phantasie, der Schlafgott halte die Dämonen in Schach, so daß sie Laut geben, aber nicht reiten konnten. Dann war auch für ihn die Zeit gekommen, die Schlaftablette zu kauen, denn ohne diese wäre der Rest der Nacht nicht an ihm vorbeigegangen. Solange Ruth vor der Schwelle lag, in der Küche von Todeskälte umschlichen war, versagte er sich den chemischen Dispens von seiner Zeugenschaft, erwünscht oder nicht. Mitfiebern war Ehrensache. Um so schlimmer, wenn ihm seine Schwäche gerade dann eine natürliche Müdigkeit, ein häßliches Nickerchen bescherte. Wir sind nicht dafür eingerichtet, ohne Maß des Bruders Hüter zu sein, und die Schwester soll sich vor uns hüten. In unserer Liebe ist kein Ort, wo der Verrat nicht sitzt. Jederzeit kann er uns vorführen. Daß er mächtiger ist als sie, als die Liebe, und als jegliche Scham. Streng dich nicht an, Sutter, sagte die Liebe und fügte »bitte« hinzu, Ruths stärkstes Wort, selten gebraucht. Du kannst doch zaubern. Du hast zweierlei, was mir hilft.

Das zweite waren die Märchen. Das erste, noch immer:

daß er sie in den Arm nahm. So drückte sie sich aus, als hätte er nur einen Arm. Du kennst mich doch am besten.

Wie gut das war, wußte er jede Nacht weniger. Denn wohl schliefen sie miteinander, doch nie, ohne daß ihr die Tränen kamen. Danach mußte er sie festhalten, als könnte er sie noch vor dem Sturz bewahren, als läge sie nicht schon zerschmettert am Fuß des Felsens. Dann war er beides: der Fels, an dem sie zerbrochen war, und der Berggeist, der die Zerbrochene aufhob. Und die Todgeweihte war es gewesen, die ihn verführt hatte und seiner Schonung spottete. Was sie verlangte: er möge Tier genug bleiben, nicht nur seine Scham, sondern auch seine Angst, Scheu und Abscheu zu vergessen. Und war es dann vollbracht, antwortete sie mit einem Tränenstrom, und er wußte nie, ob er ihrer Erleichterung entsprang oder der Qual ihres wiedergekehrten Bewußtseins. Es hatte ihn nicht zu kümmern. Spar dir den Feinsinn für die Justiz, sagte sie, ich brauche deinen Grobsinn, und den wirst du länger nötig haben als mich.

So kehrte in die eheliche Pflicht der Stachel des Verbots zurück. Ruth wollte nicht wie eine Einheimische sterben, sondern wie eine Wildfremde geliebt werden, dieses Abenteuer verlangte sie von ihm.

Grimms Märchen aber waren der andere Zauber, Ruths Wiegenlieder bei Tag und bei Nacht. In ihren letzten Monaten hatte sie plattdeutsche Märchen verlangt. Es belustigte sie, wenn er sich mit der ungeläufigen Sprache abmühte. Allmählich wurde sie plastisch genug, daß es sich anhörte, als müsse er sie, Wort für Wort, neu erfinden. *Et was mal en Mann un 'ne Frau west, de hadden, so lange se rick wören, kene Kinner, as se awerst arm worden, da kregen se en kleinen Jungen.* Kleenen? fragte Ruth. Kleinen, antwortete er. Das Märchen hat keine Berliner Schnauze.

Es hieß *Ferenand getrü und Ferenand ungetrü* und handelte von dem kleinen Jungen des glücklich verarmten Paars, der nur einen ebenso armen Mann zum Paten kriegen konnte. Von diesem bekam er als Patengeschenk einen Schlüssel, der ihm einst, wenn er vierzehn würde, ein Schloß auf der Heide öffnete. Und er fand es auch, doch war nichts darin als ein Pferd, *'n Schümmel*, der Junge aber freute sich. Und da er nun ein Pferd hatte, wollte er auch reiten. Unterwegs findet er eine Schreibfeder, die er liegenlassen will. Doch da ruft's hinter ihm: *Ferenand getrü, nimm se mit.* Er sieht keinen Menschen zu dieser Stimme, doch der Fisch hat eine, der am Ufer liegt und nach Luft schnappt. Der Junge hilft ihm ins Wasser, und der Fisch sagt, er wolle ihm *'ne Flötenpiepen* geben, *und wenn du in de Naud bist, so flöt derup, dann will ik die helpen, und wenn du mal wat ins Water hest fallen laten, so flöte man, so will ik et die heran reichen.* Danach trifft er einen Menschen, der heißt wie er, nur etwas anders: *Ferenand ungetrü.* Mit dem reitet er in den nächsten Ort und läßt ihn all seine Geheimnisse wissen. Im Wirtshaus treffen die beiden *so'n wacker Mäken, die verliebt sich in Ferenand getrü, denn et was'n hübschen Minschen west.*

Hier begann Ruth ruhig zu atmen, und Sutter las mit kleinerer Stimme, schon fast sicher, daß die ferneren Begebenheiten *Ferenand getrüs* ungehört an ihr vorübergingen: wie er vom König als Vorreiter angestellt wurde, und wie der König *jümmer jammerte: o wenn ik doch eist mine Leiveste bie mie hädde*, und wie *Ferenand ungetrü* den König plötzlich in Hochdeutsch, also falsch anredete: *Sie haben ja den Vorreiter, den schicken Sie hin, der muß sie vorbeischaffen, und wenn er es nicht tut, so muß ihm der Kopf vor die Füße gelegt werden.* Wie *Ferenand getrü* denn also in den Tod geschickt worden wäre, hätte sein *Schümmelken* nicht reden können und dem Treuen geraten, er solle vom König ein Schiff voll Fleisch und eines voll Brot verlangen, um die Riesen zufriedenzustellen, welche die gesuchte Prinzessin bewachten. Und so gelingt es auch – *still, still, meine lieben Rieseken, ich hab' euch wohl bedacht, ich hab' euch was mitgebracht*, und siehe, die Riesen werden so gnädig, daß sie die verwunschene Braut selbst ins Schiff *Ferenand getrüs* tragen.

Doch ist die Prüfung nicht zu Ende, denn auch der Fisch soll noch als Helfer zum Zuge kommen, und auch die unverschmähte Schreibfeder. Darum müssen der heimgeführten Prinzessin ihre Schriften nachgetragen werden, aber die Schreibfeder dazu, die *Ferenand getrü* zupaß käme, fällt ins Wasser und bliebe verloren, wirkte die *Flötenpiepe* nicht das nötige Wunder und brächte der Fisch die Feder im Maul nicht aus der Tiefe zurück.

Nun aber paßt der König seiner Braut nicht, denn er hat gar keine Nase. Um so lieber hätte sie die Nase *Ferenand getrüs* – und ihn selbst dazu. Um zum Ziel zu kommen, zeigt sie dem König eine Probe ihrer Zauberkunst. Sie kann einem Menschen den Kopf abschlagen und ihn danach wieder aufsetzen, ohne daß das Ganze Schaden leidet. Natürlich rät *Ferenand ungetrü*, von dem lange nichts zu vernehmen war, die Probe mit *Ferenand getrü* zu machen. Doch hat die Zauberin nicht zu viel versprochen: sie setzt *Ferenand getrü* den Kopf wieder so passend auf den Leib, daß nur ein roter Faden verrät, wo beide zusammengeleimt wurden. Nun findet auch der König den Spaß einen Versuch wert. Nachdem ihm die Braut den Kopf abgeschlagen hat, verwendet sie all ihre Künste darauf, den Kopf nicht mehr richtig auf den Leib zu setzen. Der König bleibt tot, *se awerst frigget den Ferenand getrü.* Zum Überfluß stellt sich auch der *Schümmel* auf die Hinterbeine und verwandelt sich in einen Königssohn, den das Märchen gar nicht mehr verwenden kann, es sei denn dafür, die nach wie vor blutarmen Eltern für den entgangenen Sohn zu entschädigen. Und von *Ferenand ungetrü*, den man sich bestraft wünscht, ist auch keine Rede mehr. Vielleicht unterscheidet er sich gar nicht mehr auffallend vom herrschaftlichen Lumpengesindel.

Diesen Verdacht hatte Sutter nur im Kopf ausgesprochen, denn Ruth lag in tiefem Schlaf, ohne die Heiterkeit im Gesicht, die ihren Schlaf so leuchtend gemacht hatte. Es wirkte streng und angespannt. Plötzlich sagte sie, ohne die Augen zu öffnen, mit rauher Stimme: *Wer aus der Wahrheit ist.* Lies dieses Märchen auch.

Sutter konnte nicht erkennen, ob sie wach redete oder im Schlaf. Der Titel kam ihm fremd vor, er schlug im Inhaltsverzeichnis nach: die Grimms kannten kein Märchen mit diesem Titel. Ruth schien auf keine Antwort zu warten. Sie drehte sich im Sessel zur Seite und zog einen leeren Ärmel über ihr Gesicht.

Keine Totenmaske, dachte er. Wenn ein Satz sie so verändern kann, wie erst der Tod. Er glaubte nicht an ein definitives Gesicht im Tode. Vom Augenblick an, wo er eingetreten ist, baut er die Substanz eines Gesichts ab, versetzt es mit dem unbestimmten Ausdruck der Verwesung. Der Mensch hat kein Gesicht für die Ewigkeit, es könnte nur eine Fratze sein. Dahinter verbirgt sich nichts mehr. Nur für die Vergänglichkeit haben wir ein Gesicht, so wie die Steine, aus dem Wasser gezogen, beim Trocknen ihren Glanz verlieren. Die Fixierung tötet das Lebendige noch einmal, der harmlose Schnappschuß nicht weniger als ein Schuß in die Brust.

Er hatte kein Bild von Ruth. Nur in Augenblicken zwischen Wachen und Träumen konnte ihm das Ganze ihrer Gestalt vorkommen, doch immer in Bewegung, nie mit einem deutlichen Gesicht. Es war die etwas hochgezogene Schulter, die ein Gesicht war, die suchende Bewegung ihrer Finger an der Armstütze oder der Schritt, eine Körperwendung vom Küchenherd zum Arbeitshocker. Ruth hatte sie verstohlen ausgeführt, Sutter sollte das Zucken mitten in der Bewegung nicht merken, und daß ein Riß durch sie fuhr, der Ruth zwang, sich zu setzen. *Müde von des Tages Lastern.*

Und Sutter glaubt: im Augenblick, da sie den leeren Pullowerärmel vor ihr Gesicht nahm, hatte sie ihre eigene Stimme gehört und gefürchtet, wahnsinnig zu werden. Sie hatte, wie Sutter von OFritz erfuhr, ein Sätzchen aus der Bibel gesprochen, aber sie hörte nur den Wahnsinn darin. In diesem Augenblick muß sie entschlossen gewesen sein, nicht erst dem fleischfressenden Tod zuvorzukommen, sondern schon dem Wahnsinn, der ihr Worte in den Mund legte, die ihr feindlich waren, und mit einer Stimme zu reden anfing, die nicht ihre eigene war.

10

Fräulein Bazzell hatte ihn begleitet, als er Ruth wiedersah. Sie lag in einem Zivilschutzraum auf einem Schragen und einer grünen Plastikplane, in eine Militärwolldecke eingeschlagen, aus der ein Gesicht blickte, mit starren Augen, die sich nicht mehr hatten schließen lassen. Das Kinn hatte man aufgebunden, mit einem rot gemusterten Seidentuch, das im Haar verknotet war.

Er hatte die Brille, die er an einer Kette um den Hals trug, aufsetzen müssen, um das Gesicht zu sehen. Der Arzt hatte auf die Ruhe ihres Ausdrucks aufmerksam gemacht. Sie müsse ohne Qualen gestorben sein. Aber auch dem Arzt wäre nicht eingefallen, die Form, die ihr Mund angenommen hatte, ein Lächeln zu nennen. Etwas lose Gewordenes spielte um die leicht geöffneten Lippen, das Verschmitzte nach einem gelungenen Streich.

Man ließ ihn mit der Toten nicht allein. Unter den Personen im Raum befand sich auch eine ältere Frau, die Gehilfin des Arztes. Sie hatte Ruth entkleidet, nachdem der Arzt den Tod festgestellt hatte. Er hatte an ihrem Leib die ihn überzeugenden Gründe gefunden, warum sie nicht weiterleben wollte. Er entschuldigte sich bei Sutter dafür, daß die Tote ordnungshalber ins Krankenhaus überführt werden müsse. Die Gerichtsmedizin müsse ihres Amtes walten, von einer

Obduktion könne man hoffentlich absehen. Sutter nickte oder schüttelte den Kopf. Er stand da und wußte kein Wort. Wenn sich die Anwesenden wunderten, verrieten sie es nicht. Der bärtige Fischer, der Ruth aus dem See geborgen hatte, verneigte sich vor ihr und faltete die Hände dazu. Fräulein Bazzell legte eine kleine Sonnenblume auf die Wolldecke. Sie hatte sie im Garten der Pension geschnitten, bevor sie sich zu Sutter in den Wagen setzte, nicht ohne zu fragen, ob er fahren könne.

Vier Tage später fuhr er mit dem schmucklosen Kistchen auf dem Beifahrersitz, in das der Krematoriumsbeamte die Urne verpackt hatte, ins Unterland zurück. Zuvor hatte er das Zimmer nicht verlassen. Fräulein Bazzell hatte ihm Speise gebracht und wieder abgetragen, er hatte sie kaum berührt. Stillstand. Den Besuch eines Seelsorgers wünschte Sutter nicht. Er las alle Bände von Grimms Märchen hintereinander weg und bewegte die Lippen dazu. Er schlief viel.

Einmal, auf dem Weg nach Hause, war er bereits zu den Juliersäulen hinaufgefahren, bevor ihm einfiel, daß er weder gepackt noch sich abgemeldet habe. Er fuhr noch einmal zurück. Das Packen von Ruths Koffer erübrigte sich, er stand noch so gut wie unberührt im Zimmer. Fräulein Bazzell nickte nur, als er versicherte, nächstes Jahr wiederzukommen, und drückte ihm, als er diesmal reisefertig vor dem Wagen stand, mit strengem Blick die Hand. Auf einem Amt in Chur holte er das schmucklose Kistchen ab. Im Augenwinkel sah er es auf dem Beifahrersitz, während die Straße auf ihn zufuhr und immer ein Stück nachwuchs, das die Räder abschnitten, während er selbst zu schweben glaubte. Unversehrt nach Hause gekommen, trug er die Sachen ins Wohnzimmer und legte sich aufs Bett. Das Telefon versuchte umsonst, ihn herbeizuläuten. Schließlich war das Hämmern an der Gartentür nicht mehr zu ignorieren, und als er endlich, immer noch in Kleidern, nachsah, stand draußen OFritz mit seinem tausendfältigen Gesicht und sagte: OEmil, es tut uns so leid.

Dann waren es Fritz und Monika, die sich um das, wie sie sagten, Nötige kümmerten. Sie setzten die Todesanzeige auf. Sie luden alle, für die Ruth unvergessen war, zu einer Gedenkfeier in der reformierten Tagungsstätte ein.

So kamen an einem nebligen Oktobersamstag wohl dreißig Leute im »Raum der Besinnung« – alte dänische Moderne – zusammen, darunter viele ehemalige »Hummel«-Genossenschafter. Andere waren Sutter unbekannt, er vermutete Freunde aus Ruths früherem Leben darunter, die sie nicht in die Ehe mitgebracht hatte, auch nicht gesprächsweise. Und da war Leonore, von welcher er Ruth seinerseits etwas verschwiegen hatte.

Damals hatten Ruths schlaflose Nächte begonnen, während er an nichts weiter als der Bandscheibe litt. Dagegen hatte er in Leonores Atempraxis Linderung gesucht, auf Ruths Rat. Sie telefonierte öfters mit der ehemaligen »Hummel«-Genossin, die ihr in der Nacht »mit dem Schmerz atmen« half oder »in den Schmerz hinein«. Doch hatte Sutter zwischen den Frauen nicht das Einverständnis vermutet, das bei der Trauerfeier zum Vorschein kam. Laut OFritz hatte Ruth in ihrer letzten Nacht vor Sils Leonore angerufen und sie gebeten, nichts zu sagen, nur zu hören. Durch den Draht hatte sie ihr den »Weary Blues« zugespielt, in dem Jimmy Hodges (Saxophon) von Duke Ellington (Piano) begleitet wird. Ob es, fragte Fritz, nicht diese Musik sein dürfe, die man ihr zum Abschied spiele. Befremdet suchte Sutter die Platte in Ruths Sammlung hervor. Es gab sie tatsächlich, und sie stammte, wie er geglaubt hatte, aus einer längst vergangenen Periode von Ruths Geschmack. Er hatte sie in den letzten Wochen nur noch in Mozarts »Requiem« versunken gesehen. Ich bade mich, sagte sie, für die Reise.

Den »Weary Blues« hörte er an der Gedenkfeier zum ersten und zum letzten Mal und überließ die Platte danach Leonore, ohne mit ihr zu reden. Sie hatte ihren Ex-Mann, den Künstler Jörg von Ballmoos, mitgebracht. Er war ohne seine zweite Frau, die Kalmückin, erschienen, die seinetwegen ihren ersten Mann erschlagen hatte und dafür mit zwei Jahren Gefängnis bestraft worden war. Sutter hatte darüber berichtet, doch war ihm von den Entwicklungen, welche diese Leute genommen hatten, das meiste unbekannt. Die Aufmerksamkeit, mit der ihm Jörg begegnete, erwiderte er nicht. Der Ruhm dieses Mannes war verblaßt, doch er wirkte rosig und trug das Air des Bonvivants zur Schau. Die eng zusammenliegenden Augen und die aufwärts gebogene, gleichsam in die Luft hüpfende Nase gaben ihm etwas Jekkenhaftes, das zu seiner großmeisterlich gepflegten Erscheinung mit der römischen Haartracht nie gestimmt hatte; zu seiner ehrlichen Trauermiene am wenigsten. Sutter gestand sich, daß ihn die fortbestehende Gemeinschaft dieses Mannes mit Leonore störte; diejenige Leonores mit Ruth sowie das Geheimnis, das ihm aus dem »Weary Blues« gemacht worden war, erkältete ihn noch mehr. Doch spürte er am Händedruck der zwei Dutzend Leute, die ihm »das Leid anwünschten«: auch sie mißtrauten seinem Gefühl. Ein Mann, dessen Frau sich das Leben genommen hat, macht keine gute Figur.

Während der Feier hatte er immer wieder zu Fräulein Bazzell hingesehen, wie sie, ihre Basttasche auf dem Schoß, hoch aufgerichtet im langen Schwarzen auf dem dänischen Stühlchen saß und mit verschlossenem Respekt OFritzens Sätzen lauschte. Der wiederum sprach eitel Wahrheit über das weiße Kalla-Bukett hinweg, das er selbst gestiftet hatte. Der gute Wille zum starken Gefühl schwitzte aus jeder Pore seines tausendfältigen Gesichts. Er wollte gegen Ruths Tod nicht recht behalten. Zugleich empörte er sich dagegen und weigerte sich, ihn mit Fassung hinzunehmen. Gerade als Christ verschloß er sich dem Glauben an die Rechte des Todes. Und wußte von einem zu sagen, der seinen Unglauben an den Tod nicht nur geteilt hatte, sondern für diesen Unglauben gestorben war. Fritz machte seinen Jesus zur unerbittlichen Antwort auf unser Menschenleid. Auf Erbarmen spielte er nicht. Wir waren in einem größeren Spiel. Aber auch, was hart macht, konnte OFritz nicht loben. Er gönnte den Anwesenden ausdrücklich eine grenzenlose und auch zornige Trauer. Sie durften sich nicht genieren, mit Gott zu rechten.

Sutter schwankte unter der Wucht dieser Gotteskunde. Fräulein Bazzell aber glaubte er die Tränen, die sie ruhig fließen ließ. Wie viele werdende Größen hatte sie in ihrer Pension beherbergt, als diese noch bescheiden waren, angewiesen auf den Kredit ihrer unverdrossenen und realistischen Verehrerin. Sie trug der Körperlichkeit großer Geister Rechnung, ohne auf den eigenen Körper zu achten, der sich gewissermaßen ins Zeitlose ausgezehrt hatte. Ruth hatte Fräulein Bazzell respektvoll »Bergziege« genannt. Wenn die europäischen Geister sie Richtung »Waldhaus« verließen, weil sie ihnen den allmählich erwünschten Komfort nicht zu bieten hatte, verübelte sie ihnen nichts. Sie holte sich ihre Erhebung in den Bergen eigenhändig, etwa in Gestalt eines Straußes wilder Narzissen, und verteilte ihn auf die Zimmer der Gäste, die ihrem Haus treu geblieben waren.

Dazu gehörten Sutter und Ruth. Sie wußten, wie sehr die rauhbeinigen Umgangsformen täuschten, die eine verletzliche Seele zu hüten hatten. Jetzt war sie zu Ruths Abschiedsfeier gekommen, fand sie für sich gut genug, hörte sich auch den »Weary Blues« mit Fassung an und verschwand vor dem »Imbiß« ohne Aufhebens, wie sie gekommen war. Am Verständnis anderer war ihr nichts gelegen, und Sutter, dem plötzlich die Tränen kamen, fühlte sich von ihr verstanden.

Er nahm sich vor, dieses Jahr allein nach Sils zu fahren; von ihr wollte er hören, was sie von Ruth wußte.

Was können wir für dich tun, fragte OFritz beim Abschied.

Die Katze ist im Tierheim, sagte Sutter, Ruth hat sie noch hingebracht. Ich bring's nicht über mich, sie abzuholen.

OFritz verstand unverdrossen auch dies. Am Tag danach

war die Katze wieder im Haus. Als sie ihr altes Revier in Besitz nahm, stieß sie zwischen unausgepackten Koffern auf das mit einer weißen Schleife zugebundene Kistchen aus hellem Holz und konnte nicht aufhören, von allen Seiten daran zu schnuppern.

II

Es wurde von allen Prüfungen des Patienten Sutter die strengste, und doch sollte ihm gerade bei dieser Dame ein kleiner Erfolg beschieden sein.

Ja, Herr Gygax, fragte sie ohne Frageton.

Mit wem habe ich die Ehre, hätte er zurückfragen können, gönnen auch Sie mir den Zauber Ihres Namens. Er biß sich auf die Lippen. Ein Blick in die Augen der Person sagte ihm: sie zum Machtkampf herauszufordern, hatte so wenig Sinn, wie um sie zu werben.

Ich bin alleinstehend, sagte er, und habe eine Katze. Das Mißgeschick am Donnerstag kam so unerwartet, daß ich für das Tier keine Vorsorge treffen konnte.

Sie haben Freunde, bestimmte sie.

Die Fürsorgedame – Sutter sollte ihren Namen nie erfahren – war zwischen dreißig und fünfzig und eine Schönheit von der Sorte, die das Alter über Jahrzehnte in Schach zu halten versteht. Es kommt nur im Kraftaufwand zum Vorschein, den sie dafür betreibt, in der Lückenlosigkeit des kosmetischen Erfolgs. Er nimmt die Maske der Strenge an. Ihre große Figur war auf Fülle angelegt, aber dazu hatte sie es nicht kommen lassen. Wie sie vor ihm stand, verkörperte die Dame ein Prinzip: Sie half nur Leuten, die sich selbst zu helfen wußten.

Ich habe keine Freunde, sagte Sutter, die mit der Katze

vertraut sind. Ganz sicher ist sie vier Tage nicht mehr gefüttert worden. Sie könnte entlaufen sein.

Ein Kater, fragte die Dame auf ihre feststellende Art.

Kastriert, sagte Sutter.

Die Dame verschränkte die Arme. Wir haben vier Katzen, sagte sie, und die wissen sich *immer* zu helfen, kein Problem. Vielleicht ist es Ihr Problem. Sie haben die Katze verwöhnt.

Es war die Katze meiner verstorbenen Frau. Ich kann sie ihr nicht ersetzen.

Wie heißt sie?

Ruth, sagte er.

Der Kater heißt Ruth?

Hier geriet sein Thorax ins Schüttern, und es tat weh.

Meine Frau hieß Ruth, sagte er, und für die Katze hatte sie viele Namen. Weißes Renntier, zum Beispiel. Sie brauchte nur zu rufen, dann kam die Katze gerannt.

Rentier hat mit Rennen nichts zu tun, sagte die Dame, zufällig weiß ich das.

Der Kater war auch nicht weiß, sagte Sutter, die meisten haben ihn schwarz gesehen. Aber wenn Ruth »weißes Renntier« rief, kam er im Galopp.

Weil er Hunger hatte und weil er die Stimme Ihrer Frau kannte.

So muß es gewesen sein, sagte Sutter, und sein Brustraum rang nach Ruhe. Aber so ist es nicht mehr. Selbst wenn die Katze meine Stimme kennt, sie kann sie nicht hören. Denn ich liege hier, und die Katze irrt herum.

Die Dame musterte ihn jetzt nicht mehr ganz streng. Sie hatte ihn mehrfach in die Schranken gewiesen. Davon mußte er eine Spur sympathischer geworden sein.

Ich bin für Menschen da, sagte sie, nicht für Katzen. Also, was ist mit Ihnen? Wer versorgt Sie, wenn Sie entlassen werden? Wer kocht, wer macht Ordnung?

Ich, sagte er.

Ihr Blick verhärtete sich wieder. Da sehen Sie ja, was dabei herauskommt, sagte er, nichts als eine Schußwunde.

Sie schonen sich noch eine Weile, sagte Sie. Ihr Hausarzt muß sich mit Spitex in Verbindung setzen.

Spitex? fragte Sutter.

Jeden Tag kommt jemand vorbei und bringt eine warme Mahlzeit. Räumt das Nötigste auf.

Liest mir vor, sagte Sutter.

Lesen können Sie selbst, verfügte sie.

Aber ich habe keinen Hausarzt.

Das gibt es nicht.

Ihr Blick drohte unsicher zu werden und festigte sich um so bestimmter. Dann ist es das erste, was wir organisieren. Allgemeinpraktiker gibt es wie Sand am Meer.

Eine Ärzteschwemme, fragte er, oder ein Ärzteberg?

Wenn Sie witzig werden, husten Sie wieder. Ich bringe Ihnen eine Liste der in Ihrem Viertel niedergelassenen Ärzte.

Und der niedergekommenen Ärztinnen auch, sagte Sutter.

Sie lachte wider Willen. Sie glauben wohl, sagte sie, Witzchen seien ein Zeichen von Gesundheit. Dann sehen Sie sich das an. Sie zeigte auf den Schlauch, der, an Sutters Thorax befestigt, unter seinem Spitalhemd in Bülaus Wasserschloß führte. Der sichtbare Teil des Drains war auf der Länge mehrerer Zentimeter mit schwärzlicher Masse verstopft. Die Dame knetete die blockierte Passage, der Propf begann sich zu zersetzen und aufzulösen, dann zog er in dunklen Schlieren ab. Dahinter drängte schwach rote Flüssigkeit nach und tröpfelte hörbar in die Flasche.

So sieht ein Infarkt aus, sagte sie, und Sie sehen, warum wir Sie besser noch hier behalten. Regen Sie sich nicht auf, ich erkundige mich nach Ihrer Katze.

Sie haben mir das Leben gerettet, sagte Sutter.

Übertreiben Sie nichts und machen Sie keine Sprünge. Dafür ist es zu früh.

Sie streiken nicht? fragte Sutter.

Wo kämen wir hin, wenn ich auch noch streikte. Das ist etwas für dumme Kinder. Die nur an sich denken. Haben, haben, haben, immer mehr.

Sie sind für das Sein, sagte Sutter, das spüre ich.

In diesem Augenblick rollte die albanische Hilfskraft das Nachtessen herein. Die Sozialdame blickte auf ihre Armbanduhr.

Spüren Sie nicht zu viel, sagte sie, dafür essen Sie tüchtig. Das haben Sie nötiger. Guten Appetit.

Gute Nacht, Frau...? sagte Sutter.

Es war Viertel nach fünf, die richtige Spitalzeit für das Abendessen.

12

Vor der letzten Fahrt nach Sils, am Vortag ihres Todes, hatte Ruth, in Mozarts »Requiem« versunken, nichts mehr gegessen. Sutter war am Nachmittag verabredet. Hätte Ruth wissen wollen, mit wem, er hätte kein Geheimnis daraus gemacht. Es geht um einen alten Fall, Ruth, den ich wieder bearbeite, ich brauche noch eine Zeugenaussage. Das war fast nicht gelogen. Was dabei verschwiegen wurde, gehörte zu der ihnen gemeinsamen Kultur der Diskretion. Was du für dich unternimmst, überlasse ich dir. Sutter konnte nicht wissen, daß dies Ruths letzter ganzer Lebenstag war. Er traf sich mit einer Frau, und Ruth kannte sie, wenn auch, wie er damals dachte, nicht so gut wie er.

Untreue hatte Sutter nicht im Sinn gehabt, eher Lebensrettung, und wie hätte es Ruth kränken dürfen, daß sie nicht die Frau war, sein Leben zu retten. Diesen Ehrgeiz hätte sie abscheulich gefunden. Wenn er sich recht erinnerte, hatte sie ihn selbst zu Leonore geschickt, der Freundin aus der Zeit im »Hummel«. Damals war Leonore, genannt Leo, noch die

Frau des Künstlers von Ballmoos gewesen. Nach der Affäre, über die Sutter berichtet hatte, war das Paar geschieden, aber nicht ganz getrennt. Sie hatte sich um die Trümmer gekümmert, die ihr Künstler kreiert hatte, und ihre Praxis als Physiotherapeutin unter dem alten Namen fortgeführt. Da hatte Sutter sie aufgesucht, für seine Bandscheibe, gegen den Hexenschuß.

Was war Leonore für Sutter? *Hände.* Diese Hände hatten ihn stützen müssen, damit er sich fallen lassen konnte, ohne aufzuheulen. Sogar um sich auf dem Massagetisch flachzulegen, hatte er diese Hände gebraucht. Gehen, Sitzen, Stehen, Liegen, das ging ja noch, wenn er sich in jeder Lage vorsorglich versteifte. Aber von einer Lage in die andere zu wechseln, das ging nicht mehr. Schon der Gedanke daran entriß ihm einen Schrei. Diesen zu unterdrücken, wenn Sutter sich rühren mußte, war eine Tagesleistung. Und auch noch im Angesicht Ruths, für die er keine Hilfe war, im Gegenteil: von *ihr* mußte er sich helfen lassen. Beim Ankleiden, Waschen, Baden. Tränen lachte sie nicht, aber ihre Teilnahme konnte nicht ehrlich sein. Sutter als Hexenschuß war eine unzumutbare Figur, eine schreiende Unverhältnismäßigkeit. Nicht einmal die Scham durfte ihn beugen, ohne daß er brüllte. Sein Rückgrat war ein Folterwerkzeug, das auch noch erwartete, daß man es schone. Damit ich dich besser fressen kann.

In Leonores Praxis mußte ihn der Wolf aus den Fängen lassen. Nur noch dumpf, immer noch wehleidig knurrte er in Sutters endlich entlasteter Lendengegend. Sutter lag wie eine Flunder auf dem Schragen, ganz und gar bereit, sich viele Stufen zurückfallen zu lassen. Und auf die Würde des höheren und auch noch aufgerichteten Wirbeltiers zu verzichten.

Die Hände berührten ihn erst nur, ließen die Spur ihrer Wärme da und dort verweilen, auch über der verhexten Bandscheibe. Er spürte, nein: *sah*, wie sich das entzündete Scharlachrot, das er sich einbildete, abkühlte zu einem immer weniger giftigen Purpur. Hand um Hand wurde ihm aufgelegt, und wo sie war, wurde die Haut still und warm. Die Hände hatten diese Wärme zugleich hingebracht und herausgelockt. Noch aber hatten diese Hände erst da gelegen, nicht zugegriffen. Damit begannen sie jetzt, tastend, suchend, verweilend. Sie drückten nicht auf seinen Krämpfen herum, sondern kämmten und streichelten sie heraus. Leonores Griff hatte eine Leichtigkeit, als lecke eine Mutterkatze ihr Junges, nein: als lecke sie ein Totgeborenes ins Leben zurück.

Sutter, der Haufen Fleisch, begann sich unter diesen Händen wieder zum Organismus zu entwickeln. Er wurde neu zusammengesetzt. Die Hände zogen ihm ein tragfähiges Gerüst ein, hängten Herz, Lunge, Niere und Leber wieder an ihren Ort. Sutters Lebensbaum begann sich im Hauch dieser Hände zu wiegen, ohne sich von der Stelle zu rühren. Sie griffen gar nicht nach ihm, sie zogen ihn, und so begann er gleichzeitig Wurzeln zu schlagen und sich wieder aufzurichten.

Er schlug die Augen auf. Unmittelbar vor seinem Gesicht sah er den kurzen Arbeitsmantel tänzeln, darunter wippten die Knie bei den Energiestößen, die Leo auf seinen Rücken übertrug. Und auf einmal war es natürlich, daß seine leeren, halb offen schlenkernden Hände diese Knie umfaßten und die Wärme, die ihn durchströmte, in sie zurückfließen ließen.

Die Vereinigung ergab sich stufenlos. Ein einzelnes Glied an ihm gab das Zeichen dafür. Dann richteten sich alle übrigen auf, in geordneter Reihenfolge, immerzu fließend, spielend getragen, und von einem Übergang zum nächsten streiften sie ab, was ihn hätte behindern können und eben noch schmerzhaft und läppisch behindert hatte. Und so geschah es, daß das mitgeteilte Leben, Leib an Leib, zu seiner Quelle zurückfloß und dabei keinem Widerstand begegnete, nur einer Fülle beweglichen Fleisches. Der Bogen, zu dem es sich vereinigte, stieg immer höher und näherte sich der Vollendung des Kreises. Als er sich schloß, tat er es mit einem lauten Schrei, der alle verdrückten Wehlaute mit sich riß und aus Leib und Seele schleuderte, hinein in eine neue Welt. Es war nicht Sutter, der geschrien hatte, der Schrei hatte ihn an sich gerissen, um die Ketten, mit denen er gefesselt gewesen war, zu sprengen und zu den Elementen zurückzukehren.

Als er Leos Hände jetzt auf seinem Rücken fühlte, war er so frei, in das Gesicht zu blicken, das zu diesen Händen gehörte. Und obwohl es ihm zu nah war, als daß er es hätte fassen können, bemerkte er um die Lippen einen Ausdruck vollkommener Traurigkeit.

Leonore, sagte er.

Sie hatte ihn plötzlich so fest bei den Schultern gepackt, daß er erschrak, nun legten sich ihre Hände um seinen Hals.

Geh, wenn du kannst.

Er spürte die Hände nach seinem Kehlkopf tasten, dann griffen sie zu, als wären die Finger aus Stahl.

Jetzt erwürgt sie mich, durchfuhr es ihn, sein Atem wurde knapp, sein Kopf lief rot an. Gleichzeitig richtete sich sein Glied wieder auf, als wäre es ein Stück Galgenholz.

Mach, sagte sie. Los.

Sie oder ich. Sie, dachte er. Sie. Und begann zu stoßen wie ein Rammbock. Je heftiger seine Kehle gepreßt wurde, je hörbarer er röchelte, desto stärker stieß er zu. Ich habe noch gar nie gevögelt, dachte er. Aber jetzt. Und jetzt. Wer pfeift aus dem letzten Loch? Ich – nicht. Ich – nicht. Und kein Ende, kein Ende. Da ließ sie seinen Hals fahren und warf beide Hände hinter den Kopf zurück, während er auf ihr arbeitete wie ein Löwe. Und als sie lachte, den Kopf schüttelte, hielt er sie immer noch fest und hämmerte. Schmiedete das Eisen, bis es sich krümmte, wieder zur Menschenform gerann, fühlbar erkaltete.

Sie lagen in einer Ecke des Raums, inmitten wackelnder Medizinbälle, halb unter einem Waschbecken auf dem nackten Parkettboden. Sutter schnaubte immer noch. Leo hatte sich von ihm weggeschoben, stützte den Oberleib auf die Ellbogen und den Kopf an die Wand.

Steh auf, sagte sie. Brauch alle vier Glieder. Und nimm den Kopf in acht.

Er lachte, er grinste eher verlegen und sprang auf die Füße, stand und starrte immer noch, als hätte er gar nichts zu fressen gehabt. Wovon sollte er satt sein. Kein einzig Blättelein.

Sie rutschte an der Wand hinunter und zog den Arbeitskittel über dem Schoß zusammen.

Was macht die Hexe? fragte sie.

Er begann sich wortlos anzuziehen.

Das war's? fragte sie. Und was wäre, wenn ich dich liebte?

Als er Leonore drei Jahre später anrief, um sich mit ihr zu verabreden, sagte sie: Aber nicht lange. Sie fahre morgen weg, nach Griechenland, für unbestimmte Zeit, mit einer Freundin.

Auch er fuhr morgen nach Sils, eine bestimmte Zeit, die gemessene von vierzehn Tagen. Was wollte er von Leo? Er wollte sie nicht »wiedersehen«, nicht »warmhalten«, nur treffen. Es sollte zwischen ihnen nichts geben, was nach einem »unerledigten Geschäft« roch, wie Fritz und Monika dergleichen nannten. Ruth und Sutter hatten Leo später hie und da in Sils gesehen, wo sie mit ihrer ehemaligen Familie, oder: der neuen Familie ihres ehemaligen Mannes, Urlaub gemacht hatte. Darüber hatte er sich nicht gewundert. Er hatte von Leos Verbindung mit Yalukha, der Ehenachfolgerin, gehört, und dem Vertrauensverhältnis zu Yalukhas Tochter, für die Leonore, als die Mutter im Gefängnis war, Verantwortung übernommen hatte. Das war ihre Art. Leos Verbindung mit Ruth hatte er für überwiegend therapeutisch gehalten, bis er, nach Ruths Tod, von jenem intimen Abschiedszeichen erfuhr.

Danach meinte Sutter besser zu verstehen, warum die Wiederbegegnung mit Leonore unbefriedigend gewesen war und vieles offenließ. Sie hatte sich bei ihm nicht nach Ruth erkundigt. Sie hatte nur beiläufig einiges über ihr eigenes Leben nachgetragen, ohne es auszuführen.

So deutete sie an, daß sich das Beziehungsnetz um ihren »Ex« – ihre Ausdrucksweise –, den Künstler Jörg von Ballmoos, verwickelt habe. Dafür sorgte, wie Leo ohne Schuldzuweisung bemerkte, das Ziehkind Sieglind, genannt Siggi, die Stieftochter des Ex. Sie verbinde das Temperament ihrer Mutter mit der Sturheit des Vaters. Sutter stellte sich die inzwischen Sechzehnjährige als Sprengkörper für ihre Erziehungsverpflichteten vor. Leonore stimmte mit leichtem Lächeln zu: ja, Elektra. Das Schicksal des Vaters spiele eine Rolle. Aber statt jemanden zu töten, spiele sie Geige, ihre Rache sei die Musik. Oder werde es hoffentlich wieder. Gegenwärtig führe sie Krieg nur gegen sich selbst.

Sutter erfuhr, daß Siggi schon mit vier Jahren auf Drängen ihrer Mutter Stunden bei dem berühmten Andràs genommen habe und als Elfjährige bis fast zur Konzertreife gediehen sei. Knall auf Fall habe sie aber zu üben aufgehört und zu schwimmen und reiten angefangen, auch zu klettern auf die halsbrecherische Art. Dann habe sie das vergleichsweise harmlose Windsurfing entdeckt, in dem sie es in zwei Sommern zur Jugendmeisterin gebracht habe. Mit der Pubertät sei ihre Widersetzlichkeit so allgemein geworden, daß sich Mutter und Stiefvater nur noch durch Entfernung der Tochter zu helfen gewußt hätten. Sie hätten sie in ein Engadiner Internat getan, das den Ruf habe, für die Begabten unter den Schwierigen das richtige zu sein. Dank der Nähe der drei Seen, einem Dorado für Windsurfer, habe sie Geschmack am neuen Aufenthalt gefunden. Im Winter habe das Snowboard die ihr noch immer nötige gefährliche Unterhaltung zu bieten. Mehr als der Unterricht faszinierten sie Neuschneehänge abseits der Piste. Dabei verschmähe sie alle Sicherheitsregeln, sei auch schon zweimal in ein Schneebrett geraten und nur mit Glück gerettet worden.

Sutter hatte den Eindruck, daß Leonore so viel von Siggi redete, um über sich schweigen zu können. Auch andere, die Sutter durch das Gericht zu Bekannten geworden waren, erschienen in Leos Erzählung nur schattenhaft. Jörg von Ballmoos, der, als Künstler zum »sicheren Wert« geworden, seinen Zenit ebenso gewiß überschritten hatte, trat in der Öffentlichkeit allein auf oder mit einer »Begleitung«, die rasch zu wechseln schien. Darüber war Leonore keine Äußerung zu entlocken. Wenig auch über die geplante Reise nach Griechenland: Sutter wurde erst später klar, daß die Begleiterin Leonores nur Yalukha gewesen sein konnte.

Sutter hatte sich von Leonore nach außen verbindlich, im Innern leer und enttäuscht verabschiedet. Von ihm hatte sie so wenig wissen wollen wie über Ruth. Er fühlte sich außerstande, sofort nach Hause zurückzukehren. Die Reise nach Sils war vorbereitet; Ruth hatte die Katze schon am Vortag ins Tierheim gefahren und sich stark genug gegeben, ihre Sachen selbst zu packen, und Sutters Koffer dazu. Das rührte ihn; daraus, wie und was sie für ihn einpackte, konnte er ablesen, welche Bedürfnisse sie ihm zuschrieb. So blickte er jeweils am Ankunftsort in den geöffneten Koffer wie in einen Spiegel, und wenn er sich darin nicht ganz wiedererkannte, schwieg er und besorgte sich das Vermißte hinter Ruths Rücken.

Er hatte den Wagen aus dem Parkhaus geholt, war in ein Aussichtsrestaurant am Berg gefahren und hatte der Sonne beim Untergang über dem erblindenden Stadtbild zugesehen. Dazu wärmte er sich die Öde der Eingeweide mit einem halben Liter Rotwein auf. Als er gegen zehn Uhr zu Hause eintraf, war Ruth bei laufender Musik auf dem Sofa eingeschlafen, vor dem die gepackten Koffer standen. Ihr Gesicht war naß und gerötet. Er trug sie ins Bett hinüber, deckte sie zu, stellte das Tongerät ab und den Wecker auf acht Uhr. Es brauchte morgen nicht früh zu sein.

Ein halbes Jahr nach ihrem Tod spürte er ihn noch, den schwachen, wie tastenden Griff, mit dem sie sich an seinem Hemd festgehalten hatte, als er ihre leicht gewordene Last von einem Raum in den andern hob. Damals hatte er gedacht: es geht ja doch, die Bandscheibe hält. Heute wußte er, es war die letzte Berührung, die es zwischen ihnen gegeben hatte.

13

Wie ein Chef aussieht, kann man nie sicher sagen, doch läßt er sich an seinem Auftritt erkennen. Zu einem Chefauftritt gehört mehr als nur seine Person. Kommt er zu viert oder zu fünft, dann braucht der Chef nicht einmal sich selbst zu spielen, was einen guten Chef geniert. Die andern müssen spielen, daß er der Chef ist.

Die Chefvisite wäre dafür das richtige, doch an Sutters Bett hat in bald fünf Tagen noch keine stattgefunden. Manchmal sieht er die für ihn zuständige, treulich jeden Tag wiederkehrende Frau Dr. Ruckstuhl fast wie ein Opfer an und findet sich nicht korrekt. Es muß keine Geringschätzung bedeuten, wenn eine Frau für die Behandlung seines Pneumothorax genügt, weder für diesen noch für die Frau; an ihrer Qualifikation ist kein Zweifel erlaubt. Und doch meldet er sich: sie ist kein Chef, und schon ihretwegen hätte er sich gewünscht, sein Pneumothorax würde als Chefsache behandelt. Hat er nicht gehört, die Abwertung der ärztlichen Profession lasse sich am zunehmenden Frauenanteil ablesen?

Als der Mann mittleren Alters, etwas unter Normalgröße, eulenäugig, im modisch-konventionellen Anzug, das Turmzimmer betritt, könnte er der wiederholt angekündigte Professor Nigg sein, Chef der Chirurgie. Als solcher könnte er sich, träte er allein auf, auch dadurch zu erkennen geben, daß er den Arztkittel verschmäht. Warum sollte er nicht sogar ein wenig wie ein Vertreter aussehen? Auch Berufstypen sind nicht mehr, was sie waren. Stirnglatze und Geheimratsecken trägt heute auch ein Arbeitsloser.

Zollikofer, erfreut, stellte sich der Mann vor, und obwohl er keineswegs auffallend erfreut wirkte, tat dem Angesprochenen die altbackene Formel wohl. Guten Morgen, Herr Gygax. Geht es schon besser? Ich bin von der Justiz und möchte gern ein wenig mit Ihnen reden. Darf ich mich hier setzen? Danke.

Er sagte nicht: von der Polizei, auch nicht: Untersuchungsrichter, nur: ein wenig reden. Und während er damit anfing, gingen seine Eulenaugen, beweglicher als er, im Raum herum.

Sie haben es kahl hier, bemerkte er. Nicht einmal ein Buch. Ich hatte mir vorgestellt, daß Sie lesen. Einmal in Ruhe lesen, solange die Reparatur dauert. Auch kein Fernsehen. Was tun Sie den lieben langen Tag?

Ich tue nichts, sagte Sutter.

Mit einem Blick zwischen Mitleid und Bewunderung sagte Zollikofer: Wenn Sie zwanzig wären, würde ich denken: o weh. Bei Ihnen sage ich: Chapeau, und zöge Lebensweisheit in Betracht, wüßte ich nicht, daß Sie zu viel an Ihre Katze denken. Darum sage ich Ihnen lieber gleich: Es geht ihr gut.

Dieser Mensch baut sich in ganzen Sätzen auf, er kennt sogar den deutschen Konditionalis: welche Wohltat, dachte Sutter, dann erschrak er. »Es geht ihr gut.« Dieses Sätzchen kannte er von Trauerfeiern.

Ist sie tot? fragte er.

Im Gegenteil, wenn Ihre Verehrerin die Wahrheit sagt. Ich komme als Briefträger. Er holte einen Umschlag aus seinem Aktenköfferchen. Darauf stand in kleiner Handschrift: Für Herrn Emil Gygax, DRINGEND.

Der Brief ist offen, sagte Sutter.

Er wurde am Samstag beim Empfang hinterlegt, leider

wissen wir nicht, von wem, sagte Zollikofer, und er hatte schon einige Leser. Unsere Beamten sind es dem Steuerzahler schuldig, Post zu überprüfen. Um so mehr, als es unseres Wissens die einzige war, die seit Ihrem Unfall für Sie gekommen ist.

Sutter las den Brief, der aus wenigen Zeilen bestand.

Lieber Sutter, ich erfahre, daß man niemanden zu Dir vorläßt. Darum schriftlich: mach Dir keine Sorgen um die Katze. Sie ist bei mir, fühlt sich wohl und erwartet Dich sehnlichst. Dein Pfuiteufelchen.

Von wem ist das? fragte Sutter.

Das eben wollte ich mir zu fragen erlauben, sagte Zollikofer. In meinem Job muß man leider indiskret sein.

Ich habe diese Schrift noch nie gesehen, sagte Sutter.

Und von einem Pfuiteufelchen nie etwas gehört, sagte Zollikofer.

Nein.

Natürlich, sagte Zollikofer, muß die Diskretion jetzt ganz auf Ihrer Seite sein. Wir würden ihr auch Rechnung tragen, Herr Gygax, und Sie beispielsweise nie »Sutter« nennen. Aber wer es tut, weist damit immerhin eine gewisse Nähe zu Ihnen aus. Damit weckt er – oder sie – unser sachliches Interesse. Wir verfolgen ein Offizialdelikt, Herr Gygax, auch wenn Sie über den Berg sind.

Jemand hat die Katze gestohlen, sagte Sutter tonlos, und wenn ich wüßte, wer, bei Gott, ich würde es sagen.

Die Katze beschäftigt Sie, sagte Zollikofer, und die Katze ist keine Metapher?

Was meinen Sie? fragte Sutter verblüfft.

Sagen wir: eine Zeichensetzung unter Verliebten, sagte Zollikofer, etwa für intime Körperteile.

Ich bin in niemanden verliebt, sagte Sutter, und ich wüßte niemanden, der es in mich wäre. Und wenn ich Katze sage, meine ich Katze. Es war die Katze meiner Frau.

Zollikofer nickte. Wir waren indiskret, sagte er, pietätlos

müssen wir nicht werden. Ich glaube Ihnen. Aber prominente Leute haben Fans, und Fans können, wie ihr Name sagt, fanatisch werden, besonders im Fall einer Zurückweisung.

Prominente? fragte Sutter. Zu verspotten brauchen Sie mich nicht.

Ihre Arbeit ist bekannt, sagte der Beamte, und Ihre Bescheidenheit ehrt Sie, nur kann sich mein Amt nicht leisten, sie mitzumachen. Hören Sie mich?

Ich denke an die Katze, sagte Sutter.

Die Absenderin versichert, daß Sie das nicht mehr zu tun brauchen, jedenfalls nicht mit Sorge.

Jetzt erst recht, sagte Sutter. Was passiert mit ihr? Wer nimmt sich heraus...? Er starrte auf den Brief.

Sie kennen kein Pfuiteufelchen, sagte Zollikofer.

Das Wort nähme ich nicht in den Mund, sagte Sutter und bemerkte im gleichen Augenblick, daß er log. Gegen Menschen, fügte er bei. Kann sein, daß ich die Katze so genannt habe, wenn sie mir einen angefressenen Spatz brachte oder einen halbtoten Frosch.

Pfuiteufelchen, wiederholte Zollikofer wie prüfend, und wenn es jemanden gäbe, der sich mit Ihrer Katze identifizierte?

Das würde ich keinem raten, sagte Sutter.

Und keiner? fragte Zollikofer. Vielleicht gibt es ja eine Person, die Ihre Finesse nicht kennt oder sich nicht darum kümmert.

Und zu einer solchen Person, sagte Sutter, trauen Sie mir eine intime Beziehung zu?

Es gibt solche, sagte Zollikofer, die auf Einseitigkeit beruhen. Man kann sie auch gleich Feindschaft nennen, denn sie haben es nie weit dazu. Also frage ich: Was für Feinde haben Sie?

Wenn ich sie habe, weiß ich nichts von ihnen, sagte Sutter, ungefähr so wenig wie von den Fans, die Sie mir verehren.

Ich pflege keinerlei intime Beziehungen, weder so noch so. Ich habe weder Busenfreunde noch Todfeinde.

Wenn das so wäre, sagte Zollikofer mit hochgezogenen Brauen über dem Eulenblick, dann wäre es traurig, finden Sie nicht?

Mit Seelsorge überschreiten Sie Ihre Kompetenz, sagte Sutter.

Gut, sagte Zollikofer ohne Empfindlichkeit. Wenn ich recht verstehe, nehmen Sie Interesse an der Katze, aber kein Interesse an der Strafverfolgung. Auch gut. Dann stellen wir die Untersuchung ein.

Sutter starrte ihn ungläubig an. Mit welcher Begründung?

Unverhältnismäßigkeit und Geringfügigkeit, sagte er, Sie springen bald wieder. Der Schaden hält sich in Grenzen, und der Wert, den Sie auf Sühne zu legen scheinen, ist offenbar gleich Null.

Als ob es auf mich ankäme! flüsterte Sutter.

Auf wen sonst? lächelte Zollikofer. Oder wollen Sie auf das öffentliche Interesse warten? Viel Glück. Sie waren einmal ein Insider der Rechtspflege, fuhr er ernsthaft fort, ich fürchte, Sie sind es nicht mehr. Nehmen Sie ein Wort wie »Kunde«. Eine feste Größe im alten Polizeijargon oder in nostalgischen TV-Krimis. Da kannte man auch noch »schwere Jungs« und hatte überhaupt gesellschaftliche Gewichte zu bewegen. Ein schwerer Junge war auch ein alter Kunde. Und jetzt? Die neue Rechtspraxis kennt »Kunden« nur noch als Kunden. Die Polizei ist ein öffentlicher Dienstleistungsbetrieb mit privater Konkurrenz von allen Seiten. Da muß auch bei uns das Preis-Leistungsverhältnis stimmen. Was ein schwerer Junge ist oder ein leichtes Mädchen, darüber leisten wir uns kaum noch eine Meinung. Wir entnehmen es den Medien. Sie haben ja selbst für eins geschrieben, aber da war die Zeitung noch eine Zeitung und das Gericht ein Gericht. Das ist nicht mehr die Presse, mit der wir im Geschäft sind, Herr Gygax. Das Nachrichtenwesen ist ein

Markt, und auch die Justiz richtet sich nach der Nachfrage. Oder dem Angebot.

Das heißt, mein Fall lohnt sich nicht, sagte Sutter.

Sie sagen es, sagte Zollikofer. Sie müßten schon etwas Heißes nachschieben, damit wir unsern Aufwand fortsetzen. Spurensuche: negativ. Zeugen: wertlos. Die wahrscheinliche Tatwaffe gibt es in diesem Lande etwa zehn Millionen Mal. Wie sollen wir also eine fortgesetzte Ermittlung verkaufen? Unser Sponsor, der Steuerzahler, hält uns knapp. Der Staat ist arm. Jede Strafverfolgung kann er sich nicht leisten, nur weil's die Rechtssicherheit geböte. Auch die Sicherheit geht immer mehr an bewaffnete Banden über.

Wenn ich tot wäre? fragte Sutter.

Dann, sagte Zollikofer, hätten wir ein besseres Produkt. Immer noch kein gutes. Tod durch Gewalt notiert immer tiefer. Was fangen wir erst mit einem Denkzettel an, bei dem das Opfer selbst nicht weiß, woran es denken soll? Der reine Nonvaleur, Herr Gygax, auch für die arme Justiz. Seien Sie froh, daß es Ihnen nicht gereicht hat. Sie sehen auch gar nicht mehr wie ein Opfer aus, nur noch sauer. Buchen Sie's unter Unkosten des Lebens, streichen Sie sich's ans Bein. Man hat lange nichts mehr von Ihnen gelesen. Warum warten Sie auf die Justiz? Die Zeit des Weltgerichts ist vorbei, wir sind im Busineß für *Fun and Games*. Steigen Sie ein, machen Sie sich zu Ihrem eigenen Fall. Selbst ist der Mann. Was ist los, Herr Gygax, fragte er, soll ich eine Schwester rufen?

Die Katze, sagte Sutter.

Das wäre doch ein Einstieg, sagte Zollikofer, Tiere, das rührt. Das empört auch noch, wie Sex mit Kindern. Die Geschichte ist aus, machen Sie Geschichten. Dafür brauchen Sie meinen Rat nicht.

Aber dafür, sagte Sutter, und berichtete die Geschichte seiner mysteriösen Anrufe. Zollikofer dachte nach. Die Anrufe kann man vorprogrammieren, sagte er, das neue Spielzeug macht's möglich, dafür brauchen Sie kein *Whizz Kid* zu sein. Aber das Fine Tuning auf Ihre Person deutet auf professionelle Arbeit und auf einen Insider. Der Schuß auch – nämlich, wenn er Sie *nicht* töten sollte, sonst war's ein Amateur. Sollen wir Ihr Haus noch mal überprüfen?

Sie sollen nicht, wenn Sie nicht müssen, sagte Sutter, vielleicht trifft er das nächste Mal ja besser. Sonst haben Sie bei mir nichts Interessantes gefunden?

Herr Gygax, sagte Zollikofer mit sanftem Vorwurf, wir sagen Ihnen nicht alles, was wir in der Hand haben.

Sie meinen: gegen mich, sagte Sutter.

Ein Mensch wie Sie ist nicht nur das Opfer einer Tat, er ist auch ihr Komplize. Oder nicht? Sie wollen mir doch nicht die Freude an Ihrem Fall verderben.

Sie sehen gerne noch ein wenig zu, sagte Sutter.

Ich hoffe, daß Sie es noch spannend machen, sagte Zollikofer, aber ich störe Sie nicht dabei. Was wäre ich sonst für ein Polizist.

Es klopfte markant, und Frau Dr. Ruckstuhl trat ein, zur Vormittagsvisite und in Begleitung zweier aufgeschossener Vorkliniker. Kein Zweifel, wer sich hier als Chef zu benehmen wußte. Doch die Anwesenheit der Staatsgewalt an Sutters Bett brachte den Auftritt der Medizin ins Stocken.

Ich habe Ihrem Patienten den Tag gestohlen, sagte Zollikofer jovial, dafür habe ich ihm den Laufpaß gegeben, was meine Kompetenz betrifft. Brauchen Sie ihn noch? Seine Katze braucht ihn nämlich.

Frau Dr. Ruckstuhl hatte sich gefaßt. Sie betrachtete die Saugapparatur auf dem Stuhl, in der sich kaum noch Flüssigkeit gesammelt hatte. Dann bat sie Sutter, sich aufzurichten, klemmte sich das Stethoskop in die Ohren, hörte ihn, den kalten Gumminapf sorgfältig aufsetzend, an vielen Stellen ab, bat ihn um etwas Husten und forderte ihre Begleiter auf, Sutters Thoraxgeräusche mitzuhören. Nachdem sie die Botschaften aus dem Innern des Patienten bestätigt hatten –

sie hörten nichts, was die Chefin nicht gehört hatte oder als irrelevant erklärte –, ließen sie sich das einvernehmlich Gehörte in ihren Laptop diktieren.

Inzwischen hatte Zollikofer angefangen, vor dem Druck seiner Entbehrlichkeit gegen die Tür zurückzuweichen. Endlich nahm die Ärztin die Hörgabel vom Kopf und erklärte, teils an Zollikofer gewandt, teils an ihre Begleiter, die sich an Sutters Blutdruck zu schaffen machten: Seine Werte sind praktisch normal. Eine Komplikation hat er nicht gemacht, über Schmerzen klagt er nicht mehr (wann hätte ich geklagt? dachte Sutter). Er geht heute nochmals zum Röntgen, dann befundet ihn der Chef noch selbst. Dann sollte seiner Entlassung nichts mehr im Wege stehen – unsererseits, sagte sie.

Unsererseits auch nicht, sagte Zollikofer schon unter der Tür und hob eine Hand. Den Brief behalten Sie, Herr Gygax, betrachten Sie ihn als bescheidene Einlage der Staatsgewalt in Ihr neues Geschäft. Privatisieren Sie es rücksichtslos, und wenn Sie Rat brauchen: fragen Sie Ihre Katze.

14

Beschäftige dich, Sutter.

Womit?

Wer bist du?

Ich weiß nicht.

Was warst du?

Gerichtsreporter, zum Beispiel.

Also werde wieder, was du warst. Beschäftige dich mit einem Prozeß.

Mit welchem denn?

Das, Sutter, weißt du verdammt gut.

Während der letzten Prozeßwoche im Frühjahr 1992 arbeitete Sutter Tag und Nacht an seinem Bericht, und es kam vor, daß Ruth um drei Uhr früh mit einem Tablett in die Tür seines Arbeitszimmers trat. Er hackte auf dem PC und sah sich gar nicht um.

Beruhigungstee, sagte er. Das ist das letzte, was ich brauche. Ich muß mich aufregen. Was nicht im Feuer geschmiedet wird ...

Du bist ja ganz besessen, sagte sie.

It's now or never.

Sie setzte sich neben ihn und blickte ihm über die Schulter. Das hatte sie noch nie getan.

»... und so zieht das Paar im nächsten Jahr wieder um, in die Schweiz. Dort begegnet Yalukha, genannt Yalou, dem Künstler B. und beginnt ein Verhältnis mit ihm. Ihr Ehemann H. antwortet darauf mit einem Selbstmordversuch. Er wird gerettet, für ein Leben, das ihm immer weniger wert ist. Er fährt seinen Geländewagen nicht mehr in den See, er ertränkt sich im Alkohol. Neun Monate später erschlägt ihn seine Frau am Küchentisch mit einer Axt.

Diese grausame Geschichte kann man verschieden erzählen. Für die Anklage ist es die Geschichte einer zu allem fähigen Opportunistin. Sie hat kein Opfer gescheut, um sich einen – für die barbarischen Verhältnisse ihrer Jugend – vielversprechenden Mann zu angeln. Von Anfang an hat sie dafür gesorgt, daß sie selbst nicht zu den Opfern gehörte. Sie trieb einen Mann aus allen Bindungen, die ihm teuer, aus allen Verhältnissen, die ihm notwendig waren. Sie jagte ihn über alle Grenzen in ein Land, wo es besser zu leben war – für sie. Daß sie die ihrem Mann gesetzten Grenzen überschritt, kümmerte sie nicht. Als er ihren Lebensgenuß empfindlich störte, räumte sie ihn aus dem Weg.

Nur in diesem Punkt unterscheidet sich die Lesart der Anklage vom Märchen vom Fischer und syner Fru. Für die Maßlosigkeit ihrer Wünsche hatte sie sich nicht nur einen

Pißpott verdient, sondern dauerhafte Korrektur in einem schweizerischen Strafvollzug. Der Staatsanwalt war noch milde, wenn er nur auf Totschlag klagte und die Zurechnungsfähigkeit in Frage stellte – die man von einer Steppentochter wohl nicht erwarten darf. Was die Person an der Seele eines braven Mannes verbrochen hatte, scheute sich der Ankläger nicht einen Mord zu nennen – dabei sprach er nicht als Jurist, sondern als Mensch.

Die Verteidigung erzählt das Märchen mit verschobenem Akzent. Die junge Frau, anfangs fast noch ein Kind, war weit gegangen und am Ende wahrlich zu weit. Aber warum? Aus unbändigem Freiheitsdurst. Denn es war die Freiheit, die sie als Sowjetbürgerin gewählt hatte, in Gestalt und mit Hilfe ihres Mannes; bei der Ernsthaftigkeit ihres Charakters kam sie in den tragischen Fall, die Freiheit auch von diesem Mann, und am Ende gegen ihn, wählen zu müssen.

Auch diese Lesart klingt, wenn man die Täterin gesehen hat, nicht überzeugend. Zu hören ist Yalukha H. nicht; sie schweigt sich aus. Immerhin: ein merkwürdiger Opportunismus, der sich vom Totschlag des Ehemanns den Durchbruch in ein gutes Leben – oder auch die Freiheit – verspricht! Wäre das Eingeständnis beiderseits zu viel verlangt, daß der Schlüssel zu Yalukha H.s Tat noch nicht gefunden ist? Und daß er sich auch nicht finden läßt ohne den Mut, unser Koordinatensystem von Recht und Unrecht, das wir für universal halten, zu verlassen?«

Du bist bei deiner Lieblingsgeometrie, sagte Ruth und deutete auf das Blatt, das er über seinen Arbeitstisch geheftet hatte. Es ging um die Aufgabe, neun Punkte, die ein Quadrat und sein Zentrum markierten, in einem Zug und mit nur vier Strichen so zu verbinden, daß alle Punkte einmal durchlaufen wurden. Solange man sich an die Kontur eines Quadrats gebunden fühlte, war die Aufgabe unlösbar. Sie wurde leicht, wenn man die Kopflinie des Quadrats in den freien Raum verlängerte, bis zu einem nicht markierten Punkt, von dem aus eine Diagonale zum spiegelsymmetrischen Punkt links unten zu ziehen war. Dann brauchte man nur noch die linke Seite des nicht mehr zwingenden Quadrats auszuzeichnen und den letzten Strich wieder diagonal nach rechts unten zu führen. Dieser vermeintliche Eckpunkt lag nun außerhalb des entstandenen Dreiecks – und der Schlußstrich wie ein Pfeil auf der Bogensehne.

Unterbrich mich nicht, schnaubte Sutter, selbst auf der Jagd nach einem flüchtigen Wild.

»Wir riskieren«, hackte er in die Tastatur, »die schlichte Vermutung, daß Yalukha H. ihren Mann aus Liebe getötet hat. Sie handelte aus Respekt vor einem Menschen, der nicht in Jammer untergehen, in Dürftigkeit eingehen sollte. Sie hatte ihn mit ihrer Leidenschaft für B. tödlich getroffen, das wußte sie, nur: leid konnte es ihr nicht tun – ihre rohe Wahrheitsliebe blieb intakt. Ihr Mann blieb es nicht, er machte sich nicht nur elend, sondern auch verächtlich, und das hatten sie beide nicht verdient. So traf sie ihn noch einmal – in erschreckender Sorge um seine Würde und um ihre gemeinsame Geschichte.«

In erschreckender Sorge, sagte Ruth.

»Wie paßt ein Mann wie Hellmuth H. zu dieser Geschichte? Nach dem Untergang der DDR und der Sowjetunion mag es grotesk erscheinen, daß diese Frau vom Kaspischen Meer einen Computerprogrammierer aus Frankfurt/Oder zum Mann ihrer Träume erhob. Doch muß, von Yalukhas Ende der Welt her betrachtet, das andere – westliche – Ende des Ostblocks wie die reine Utopie ausgesehen haben. Dabei war ihr Deutschland nicht die DDR: es war die Heimat der Musik, *der* Musik, die ihr den Adel ersetzen mußte, dem sie als Tochter ihres Vaters angehörte, des Khans, den Stalin hatte ermorden lassen. Die Musik mußte sie nicht nur für den Mangel an Glück und Zukunft entschädigen, von dem sie umgeben war. Für ein unterdrücktes Volk wie das ihre heißt die Welt, die ihr kein Tyrann, kein Mangel und keine Verzweiflung rauben können: Kultur.

Der ungelenke, nur im Handball große Hellmuth H. als Seele der Musik, als Stimme der Kultur, der deutschen Kultur? In Yalukhas Augen: ja. Der junge Mann hatte, unter den Bedingungen des Sozialismus, standesgemäß, wie ein Held um sie geworben. Er hat das Kostbarste für sie aufgewendet, was Menschen besitzen: Zeit, Phantasie und Treue. Um es, nicht unpassend, im Geiste des Märchens zu sagen: der Dummling hat die Prüfung der Königstochter bestanden. Denn er vollbrachte in seiner Werbung Wunder der Geduld, er zeigte den Reichtum der Armen und Noblen.«

Sutter, sagte Ruth. Sutter!

»Diese Währung gilt bei uns nichts mehr; in Yalukhas Welt gab es keine andere. Hellmuth H. war ihr ebenbürtig geworden. Die Musik, die er ihr drei Jahre lang zukommen ließ, entzog sich der Zensur. Gewiß: in den wunderbaren Räumen, die er baute, begegneten sich nur die Träume, die Sachen stießen sich nicht – und ebensowenig die Menschen. Die jungen Leute brauchten ihrer Verschiedenheit nicht inne zu werden – sie bemerkten sie gar nicht. Und als sie schließlich zusammenlebten, hielt die Täuschung und Selbsttäuschung lange vor, denn die Differenz, in der sie sich zu ihrer Umgebung fanden, war stärker und erdrückender als diejenige zwischen ihnen – sie hätten sich gar nicht leisten können, eine solche zuzugeben. Sie verteidigten die Unvergangenheit ihrer Liebe gegen eine beengende und bedrükkende Gegenwart. So war es in Magdeburg; so war es noch in Nürtingen, so blieb es – ob wir das gerne sehen oder nicht – auch in der Schweiz. Das Traurige ist: es mußte dabei bleiben, wenn sie beieinander bleiben sollten. Und je länger es dabei blieb, desto trauriger wurden sie selbst. Es konnte nicht dabei bleiben, als Yalukha den Künstler B. kennenlernte, dem Hellmuth H. aufgetragen hatte, ein Bild seiner Frau zu malen. Dieses Bild hat ihr als Fenster gedient, durch das sie aus ihrer Ehe ausgebrochen ist. Doch Würde und Liebe, Ehre und Passion dürften in der Kultur, die Yalukha geprägt hat, untrennbarer zusammenhängen als bei uns. Werden sie getrennt, so stirbt etwas. Dann muß jemand sterben.«

Siehst du, Sutter, uns muß auch etwas fehlen. Wir nehmen zu wenig Anstoß aneinander.

Irrtum, sagte Sutter, du störst mich gewaltig. Für diesen Artikel verlange ich Härtezulage.

Ein Artikel soll das werden? fragte Ruth. Ich dachte, du schreibst Tagebuch. Oder eine Novelle.

Du erkältest dich, sagte er.

Dein Text macht mir warm, sagte sie. Er beunruhigt mich auch. Er hat etwas Fieberhaftes.

Sollten wir doch noch streiten lernen? Du willst nur, daß ich das Speichern vergesse, murrte er und hämmerte den nächsten Satz: »Hellmuth und Yalou hatten zu lange wie gemalt gestanden, einer im Himmel des andern.«

Schön, sagte Ruth.

Eine Spielverderberin bist du, sagte er und bemerkte erst an ihrem Kichern, daß er diesen Satz wirklich geschrieben hatte. »Man muß wissen«, schrieb er tapfer weiter, »daß Hellmuth H. in seinen letzten Tagen immerzu Mahlers ›Kindertotenlieder‹ gehört hat, und als ihn die Axt seiner Frau traf, lief, auf Repeat gestellt, ›Das Lied von der Erde‹. Er träumte sich, Alkohol im Blut, noch einmal in ein unteilbares Land, und Yalukhas Gnade war, daß er nicht mehr daraus zu erwachen brauchte.«

Das wird ja noch schöner, sagte Ruth.

»So hat er die Rolle bis zum Ende gespielt, die ihm – es war einmal – Yalukhas Drehbuch zugeteilt hatte. Er hatte ihr zuliebe das Land verlassen, das zwar keine Weltrevolution zu bieten hatte, doch immerhin sichere Arbeitsplätze, Rentenanspruch, Kinderhort und Mütterurlaub. Er stürzte mit seiner kleinen, ihm schon entfremdeten Familie ins Abenteuer einer Freien Welt ab, einen Dschungel von Freiheiten, die er weder kannte noch kennenlernen wollte. Er peinigte seine Frau mit Sorgen und Rücksichten, die sie längst hinter sich gelassen hatte, und behinderte sie so hartnäckig, wie es eben jetzt meiner lieben Frau Ruth gefällt, mich zu stören.«

Hast du die Axt bereit? fragte sie, ich bin sicher, du hast sie verlegt. Du wirst nicht erwarten, daß ich sie für dich suche.

»In seinem letzten Lebensjahr versuchte Hellmuth H., nachdem er als Prinz ausgedient hatte, seiner Frau alles zu sein, was ihm noch blieb: Hüter, getreuer Eckhart, Kümmerer, Vormund, Ziehvater ...«

Und Kind, sagte Ruth.

»Und Kind«, hämmerte Sutter in die Tasten. »Nachdem sie ihr erstes Kind verloren hatte. Die Kindertotenlieder.«

Es gibt noch ein anderes Kind, sagte Ruth, und es lebt.

»Hellmuth mußte erfahren, daß er, in seinem Fach hoch qualifiziert, keinerlei Qualifikation besaß für sein einziges Glück, die Liebe zu einer lebendigen Frau. Yalou war grausam, aber vulgär wurde sie nie. Sie dachte nicht daran – nicht in Westdeutschland, auch nicht in der Schweiz –, ihrem Mann seine Sprödheit als Schwäche auszulegen, als Defekt seiner Mannhaftigkeit. Sie betrog ihn nicht mit einem Liebhaber, denn sie verbarg ihre Liebe dem einen so wenig wie dem anderen. Und sie hat ihren Mann keinen Augenblick verachtet. Wir halten es für möglich, daß sie mit ihm gelitten hat – ohne sich darum an ihrer Leidenschaft für B. hindern zu lassen.

Diese Unerschütterlichkeit kann ein hiesiges Gericht wohl nur – wie der Staatsanwalt – ›skrupellos‹ nennen. In Yalous Augen hätte sie ihren Mann erst betrogen, wenn sie ihm etwas verheimlicht hätte. Nicht sein Gesicht hat sie zu wahren, wenn sie ›fremdgeht‹, sondern ihr eigenes. Sie hat dafür zu sorgen, daß sie sich die Fremde erobert; daß sie dort nie in die Lage kommt, betteln zu müssen. Dazu ist sie zu stolz, wie zum Betrug. Der Ehemann aber zeige ihr jetzt, daß er ein Mann ist. Zu fordern hat er gar nichts, wo es um Liebe und Passion geht. Er hat auch nichts darzustellen, am wenigsten einen Ehemann, der so viel Kränkung nicht verdient hat. Er hat anders gewettet? Mag er – dann muß er seinen Einsatz verloren geben können. Jetzt erst zeigt er, wer er ist. Hätte er seine Frau oder ihren Liebhaber getötet: Chapeau. Weinen darf er auch, Weinen schändet keinen Mann. Verloren ist er erst, wenn er zu jammern anfängt, zu rechnen, zu rechten, zu klügeln.

So weit aber war Hellmuth H. noch nicht – nicht ganz. Er hatte erst angefangen zu saufen, umherzuirren, sich selbst zu schädigen. Wirklich leid getan hat er sich noch nicht, das wäre das Ende seines Stolzes gewesen – und damit von Yalous Liebe, denn die Liebe zu ihrem Mann war immer an seinen Stolz gebunden. Bevor er auf dem Weg ins Elend weiter abgleiten konnte, kam ihm seine Frau mit der Axt zuvor. Dieser Axt hat er den Kopf hingehalten – ich denke, in seinem letzten Augenblick wußte er, worum es ging, und so war der Totschlag wohl ein Akt tiefen Einvernehmens zwischen Mann und Frau.

Bevor aber Hellmuth H. ein Opfer werden durfte, mußte er selbst das für ihn größte gebracht haben. Er mußte, mit Eichendorff zu reden, das Reh, das er lieb hatte vor andern, alleine grasen lassen. Und Yalou erwies ihm die Wohltat, ihr Ende seines Lebens nicht mitansehen, nicht länger mitleiden zu müssen.«

Davon befreite sie ihn also mit einem Streich, sagte Ruth, und dafür verdient sie gewiß einen Kosenamen. Yalou, das klingt nach Herzensnähe. Um aber nicht mit Eichendorff zu reden, sondern mit dir, Sutter: Es hätte der Dame auch einfallen können, das Verhältnis zu einem Mann abzubrechen, der sie nicht malen konnte, ohne sie zu vögeln.

»Wenn wir uns schon mit Ruths reiner Vernunft begnügen«, hackte Sutter in die Tasten, »können wir den nächsten Schritt gleich auch noch tun: Yalukha konnte ihr Verhältnis mit dem Künstler gar nicht sicherer abbrechen als durch einen Gattenmord.«

Speichern, Sutter, mahnte Ruth, sonst stürzt dir der schöne Text ab und verschwindet für die staunende Nachwelt.

Du jedenfalls hast ihn gelesen, sagte Sutter, und dein Kommentar geht nicht verloren. Er war unpraktisch, dieser Befreiungsschlag mit der Axt. Was kann er bringen? Zehn Jahre in einem schweizerischen Zuchthaus. Es sei denn, sie findet noch einmal den Weg in die Freiheit, und zum ersten Mal hat sie es gerade versucht.

Empfehlungen zum Selbstmord, sagte Ruth, kann ich nicht leiden.

»Als ob sie sich nicht längst getötet hätte!« schrieb Sutter, »in dem Augenblick, als sie ihren Mann erschlug. Er starb im Bewußtsein, daß sie damit sein Bild in ihren Augen wiederhergestellt hatte. Damit aber gehörte er ihr, und sie ihm. Dieses Opfer ...«

Opfer ist kein Wort, das ich stehenließe, sagte Ruth.

Niemand braucht es stehenzulassen, sagte Sutter, es steht auch so. Auch ungeschrieben. Dieser Totschlag war ein Gelübde. Was immer nachkommen mag, er hat die Verbindung unauflöslich gemacht.

Was immer geschehen mag, sagte Ruth, aber was soll nun geschehen?

»Ich weiß es nicht«, tippte Sutter, »nur eins kann ich mir nicht vorstellen: daß Yalukha, wenn sie die Gerichtsverhandlung überlebt, im Frauengefängnis sitzt und die Tage zählt, bis sie sich wieder in die Arme des Geliebten werfen kann.« Dafür würde sich dein Künstler auch bedanken. Und wenig eignen.

Mein Künstler ist er nicht, sagte Ruth. Er ist verheiratet und hat dem Gericht erklärt, der Kalmückin keinerlei Versprechungen gemacht zu haben. Du könntest sie auch mit »y« schreiben, wenn du korrekt sein willst.

Versprechungen, sagte Sutter. Er hatte zu tippen aufgehört. Ja, das klingt nach Jörg. So muß er reden. Und danach wird er handeln – das heißt: nicht handeln. Er hat sein Modell längst fallenlassen. Yalou hängt in der Luft.

Ruth war ihm so nahe gerückt, daß sie die Tastatur erreichen konnte, und so schrieb sie: »Aber da ist noch eine Tochter, Siggi. Sie hat beide Eltern verloren.«

»Speichern«, schrieb er, und drückte die Taste. »Neuerdings erlaubt das Gesetz straffälligen Müttern, kleine Kinder im Strafvollzug bei sich zu behalten. Aber welchem fünfjährigen Kind ist eine Kindheit hinter Gittern zu wünschen? Das Kind braucht eine Mutter, aber braucht es diese Mutter?«

Ruth zog die Hände von den Tasten zurück und sagte: Das kannst du nur schreiben, wenn du bereit bist, das Kind bei uns aufzunehmen.

Bist du etwa bereit? fragte er.

Ja, sagte Ruth.

Sutter erschrak. Dann sagte er: So viel hast du erreicht: dieser Artikel ist gestorben. Wüßte ich nur, wo ich einen andern hernehme.

Mußt du denn schreiben, fragte Ruth. Du weißt doch gar nichts von diesen Leuten.

Jedenfalls, lachte er böse, erlebe ich dich zum ersten Mal an meinem Computer. Und schon kommen wir ins Chatten, Kopf an Kopf. Kopf gegen Kopf. Und du hast nicht nur den besseren, auch den härteren.

Dann weiß ich wenigstens, wo mein Kopfweh herkommt, sagte Ruth. Vier Uhr am Morgen. Wir hätten Schlaf verdient.

Ich nicht, sagte er. Mir muß noch etwas einfallen. Yalukha darf nicht sterben.

Und Sutter war noch etwas eingefallen. Mit übernächtigtem Kopf hatte er um sieben Uhr morgens den Artikel herausgehämmert, der dem Prozeß eine Wendung geben sollte.

15

Zwei Jahre nach dem Prozeß, im März 1996, war Ruths Diagnose, von zwei Fachärzten überprüft, eindeutig geworden; im April hatte sie sich dafür entschieden, ihre Krankheit »anzuhören«, bevor sie sich entschließen könne, ihr »nach den Regeln der Kunst« zu Leibe zu rücken. Es ist mein Leib, sagte sie zu Sutter, und ich bin sicher, daß er die Regeln für die Kunst, die ihm helfen kann, selber finden muß.

Wenn das ist, war ihre Sprache dafür, und Sutter war für die Wendung hellhörig geworden, als er ihr in den Märchen immer wieder begegnete. Wenn das ist, sprach der arme Mann zum Fisch, der ihm gerade versprochen hatte, aus seiner kleinen Hütte ein prächtiges Schloß zu machen. Aber »was hilft es mir, wenn ich nichts zu essen habe«? Also mußte sich der Mann für sein Schloß auch noch einen Schrank voll der besten Speisen wünschen. »Wenn das ist, so kann ich dir wohl den Gefallen tun.« Der Mann dem Fisch, wohlgemerkt, als erwiese er dem Helfer eine Gnade, wenn er sich von ihm ausstatten ließ.

Aber auch im Märchen von den Sechs Dienern sagte der hilfsbedürftige Königssohn zu dem dicken Mann, den er zuerst für einen Heuhaufen gehalten hatte: »Was soll ich mit einem so ungefügen Mann anfangen?« – »O«, sprach der Dicke, »das will nichts sagen, wenn ich mich recht auseinandertue, bin ich noch dreitausend Mal so dick.« – »Wenn das ist«, sagte der Königssohn, »kann ich dich brauchen, komm mit mir.«

»Wenn das ist«: Ruths Antwort auf eine Krankheit, welcher die Schulmedizin ohne Wenn und Aber begegnet. Sie kennt nur wenige strikt ausgesuchte Dann, ein »Menü«, wie es der zuständige Chefarzt nannte. »Wenn das ist, muß ich mir die Zeit, die ich noch habe, auch nehmen.« Sutter, der

Ruth zum Chef begleitet hatte, konnte ihm ansehen, was er dachte und sich auszusprechen hütete: aber viel Zeit haben Sie nicht mehr. Mochte die Warnung statistisch begründet sein: die Folgerung daraus gedachte Ruth in Ruhe für sich zu ziehen. Ich habe bisher nicht recht gewußt, was Zeit ist, sagte sie dem Arzt, jetzt werde ich ja wohl erfahren, was sie mir bringt.

Es gibt Therapien, die mehr bringen, glauben Sie mir, sagte der Chef, ohne zu merken, daß er eine andere Sprache redete als die Patientin, und Ruth entgegnete beherrscht: Nein, das glaube ich nicht.

Im Märchen von den Sechs Dienern hatte der Dicke auch wirklich dafür gesorgt, daß die dreihundert fetten Ochsen, welche der Königssohn auf Brautfahrt mit Haut und Haar, Knochen und Hörnern verzehren sollte (von dreihundert Fässern Wein im Keller ganz zu schweigen), restlos weggeputzt wurden. Am Ende hatte der Dicke gar das letzte Wort bei der Rettung des Brautpaars, als die böse Zauberin diesem ihr Kriegsvolk hinterherschickte: »Er spie einmal oder zweimal hinter dem Wagen einen Teil des Meerwassers aus, das er getrunken hatte, da entstand ein großer See, worin die Kriegsvölker steckenblieben und ertranken.« Man weiß nie, wozu so ein dicker Bauch gut ist, sagte Ruth, man muß ihn nur recht auseinandertun, dann entfließt ihm das Rote Meer.

Er vertrug sie nicht immer, diese halb träumerischen, halb frivolen Redensarten. Sie lähmten ihn nicht nur, sie waren auch, ohne Ruth bloßzustellen, niemandem zu erklären, der jetzt vom Hause Gygax-Rohner den gebotenen Kreuzzug gegen den Krebs erwartete. Von diesem war nicht zu reden, ohne Ruth zu verraten, und auch nicht, ohne ihren Partner zu diskreditieren, der gegen den Unverstand seiner Kranken mit gesundem Menschenverstand anzugehen und sie nötigenfalls zu ihrem Glück zu zwingen hatte. Sutter fühlte sich weder berechtigt noch stark genug, ihr ein solches Rezept aufzudrängen. Gab es zum Märchensatz »wenn das ist«

einen zweiten Teil, so lautete er bei Ruth: »Wer weiß, wozu es gut ist.« Sie wollte es wissen.

Eben zu der Zeit, als Ruth dem Medusenhaupt ins Auge blickte, flatterte Sutter eine Art Glückssträhne in die kahle Krone. Zu seinem sechzigsten Geburtstag sammelte das BLATT, für das er seit dreißig Jahren Gerichtsberichte verfaßt hatte, ein Dutzend davon und gab sie im eigenen Buchverlag heraus, mit einem Geleitwort des Chefredakteurs, das Sutter mehr als Gerechtigkeit widerfahren ließ. Er nannte die Stücke eine Fallgeschichte der 70er, 80er und 90er Jahre – »an ihren Fällen sollt ihr sie erkennen!« – und einen diskreten, aber unübersehbaren Beitrag zur Kulturgeschichte, eben weil er weder Recht sprechen noch recht behalten wolle, sondern das Urteil, auch wenn das Gericht anders gesprochen habe, weiterziehe an die Phantasie der Leserschaft und dabei an ihr natürliches Rechtsempfinden zu appellieren wage, ohne dieses einem kurzatmigen Populismus auszuliefern. Gygax' Gerichtsreportagen seien Lehrstücke, nicht des guten, sondern des einer Anfechtung noch fähigen Gewissens.

Schön, Sutter, hatte Ruth gesagt, und auch: Wenn das ist. Das bißchen Lorbeergrün in der Suppe tat ihm gut, nachdem ihm so mancher in dieselbe gespuckt hatte. Keine Reportage ohne nachfolgende Leserbriefe, die seine Integrität in Frage stellten, nicht zu reden von der anonymen Post, die ihm Landesverweisung, sadistisch detaillierte Foltermaßnahmen oder das ganz große Auf- und Abräumen androhten. Insofern war der Schuß im Wäldchen nicht aus heiterem Himmel gefallen. Ein Paket Menschendreck, keine Bombe, hatte Sutter auch schon auspacken dürfen, nach dem Fall jener des Gattenmords angeklagten Kalmückin, deren Urteil sein Bericht gemildert hatte.

Der Artikel bildete den Abschluß und Höhepunkt der Geburtstagsschrift. Das BLATT bekannte sich zu seinem aus dem Rahmen fallenden Mitarbeiter, und diese Zivilcourage mochte ihm erleichtert worden sein durch die Tatsache, daß Gygax für eben jene Arbeit auch den Pressepreis der Stadt erhielt.

Aber: Das BLATT war keine Voliere für Paradiesvögel; und in der Folge gab es Sutter, wenn auch nie ausdrücklich, zu verstehen, daß es für den freien Mitarbeiter Gygax alle mögliche Schuldigkeit getan habe und davon ausging, daß er die genugsam bewiesene Toleranz nicht ferner strapaziere. Zwar erhielt er für seinen nächsten Bericht – die slapstickhafte Darstellung eines Unfalls mit Fahrerflucht – keine Absage; nur wurde die Publikation so lange vertagt, daß ihr die Aktualität ganz von selbst verlorenging. Sutters Ironie wäre als Treppenwitz oder Nachtreten verstanden worden, man las also besser gar nichts davon. Zwar hatte der Chef verkündet, Reiz und Irritation von Gygax' Prosa kennten kein Verfallsdatum – jetzt aber schien er selbst nichts mehr von seiner feinen Nachrede zu wissen.

Der Unglücksfall bedurfte der Wiederholung, um Methode zu zeigen. Einmal war Sutters Text »untergegangen« und nie auf das zuständige Pult gelangt, wo man sich glücklich geschätzt hätte ... Als Sutter eine Kopie nachlieferte, war die Sache überholt oder, wie man sich auch im BLATT auszudrücken anfing, »gegessen«.

Es dauerte etwas, bis Sutter sich eingestand, daß die Geburtstagsschrift seine Abschiedsvorstellung vom BLATT gewesen war, eine Kündigungsgratifikation. Schön, sagte die Zeitung (Ruth hatte es auch gesagt), aber das soll's nun gewesen sein, und mit dem vielen Guten, das Sie uns geliefert haben, wollen wir's gut sein lassen. Das BLATT hatte auf einem Markt zu bestehen, wo die Meinungsmache einen anderen Stil verlangte, nämlich keinen, über den man schon als solchen stolpern konnte. Sechzig in Ehren, aber nun mochte Sutter zu seinem Jahrgang stehen und das Fenster, von dem er ohnehin weg war, mit Grazie räumen.

An vorgesetzter Stelle schien man auch zu wissen, daß

Sutters Existenz, materiell betrachtet, nicht von der Fortsetzung seiner Arbeit abhing. Er besaß eine, wie man hörte, zwar kranke, aber vermögende Frau, konnte sich also leisten, seine Stilübungen als Privatvergnügen fortzuschreiben. Konnte ihm etwas Menschlicheres zustoßen, als einmal ganz für seine Frau da zu sein?

Solange Sutter mit der Verstörung über Ruths Diagnose zu kämpfen hatte, war er in Versuchung, diejenigen des BLATTES zu unterschreiben. Aber die kranke Ruth war nicht mehr friedliebend wie die gesunde. Jetzt wirst du wieder ein junger Mann, Sutter, laß nichts mehr auf dich zukommen, pack's als erster. Ich will nicht allein um mein Leben kämpfen! Mach mit, Sutter, sei kein Frosch, sonst fliegst du an die Wand!

16

Sutter hatte seine Bewegungsfreiheit wieder, hing an keinem Tropf mehr und keine Flasche mehr an ihm. Am Morgen hatte ihm Frau Dr. Ruckstuhl den Schlauch zwischen den Rippen herausgezogen, in ihrer Sprache: »gezupft«. Er war vorn und hinten wieder dicht, genoß Freilauf, blieb nur noch, um beobachtet zu werden, einen Tag oder zwei. Doch: was beobachtete er?

Mittagsstille, das Essen war abgeräumt, das Spital ruhte. Draußen zwitscherte der Frühling.

Sutter stand am gekippten Fenster. Durch den Spalt zog eine noch immer schneidende, doch nicht mehr eisige Luft. Tief unter ihm machte das Weichbild der Stadt seinem Namen Ehre. Was blühen konnte, quoll als Flederwisch oder Wattebausch lila und weiß zwischen den Baukörpern heraus, verwischte die Zeilen der Genossenschaftssiedlung mit dem naiven Gelb allgegenwärtiger Forsythien, polsterte saftig grün den Kanal, an dem das Pflegepersonal in Scharen lagerte, um den Lunch statt in der Kantine an der Sonne zu genießen. Auf der Fläche zwischen den Spitaltrakten hatten die einheimischen Gewächse lichtgrüne Wimpelchen gesetzt, nur die Fremdlinge, Ginkgo, Pawlonia und Götterbaum, zeichneten noch Skelettschatten auf das satte Grün. Die Allee japanischer Zierkirschen, die Spitalbesucher bei der Tramstation in Empfang nahm, platzte mit überirdischem Rosa heraus.

Sutter grüßte ein einzelnes Bäumchen, das seine Augen jeden Morgen als erstes besucht hatten. Heute schien es mit der Wolke seiner weißen Herrlichkeit geradewegs auffliegen zu wollen. Bald sollte es Ostern werden und ein Jahr her sein, daß Ruth in der Astgabel des Kirschbaums ein ungefärbtes Ei versteckt hatte.

Er stand im lächerlichen Spitalhemd da oben, das im Rükken klaffte, und ihm schien, als würde er nun auf alle Angebote, die ihm die Jahreszeiten noch machen konnten, mit diesem Rücken voran zugehen. Mit Rückblick in die Zukunft: in seinen Jahren keine empfehlenswerte Gangart. »Was frommts dergleichen viel gesehen haben?« Was erwartete ihn, wozu sollte ihm das geschenkte Leben lieb und teuer bleiben? Bald würde man ihn »springen« lassen, bat ihn nur, »nichts zu übertreiben«. Was, bitte?

Die Katze, eine Katze wartete auf ihn. Welche Redensart: die Katze erwartet ihr Futter. Sie vermißt den Ernährer, hängt herum, schreit vor der Tür, kommt immer wieder, einen Tag, zwei, auch noch drei. Dann wird der Hunger stärker als die Gewohnheit, bewegt das Tier weiter, dahin, dorthin; es beginnt zu streunen, sieht bald zum Erbarmen aus, wird aus Erbarmen irgendwo gefüttert, aufgenommen nicht mehr, trotz wiederholten Bettelns. Es verwildert, verkommt, wird in ein Heim für herrenlose Tiere abgeschoben oder vorher überfahren, fast schon ein Glück.

Hast du das Briefchen ganz vergessen, Sutter, vom Pfuiteufelchen? Es ist Frühling, Sutter, du bekommst einen Liebesbrief, von Unbekannt, und drei Rosen stehen, des Stehens schon etwas müde, auf deinem Nachttisch. Alles blüht, Sutter, und hat dir Ruth nicht versprochen: wenn ich tot bin, blüht dir noch etwas? Sei kein Frosch, Sutter, es kommt noch was auf dich zu – pack's an!

Richtig öffnen ließ sich das Fenster nicht, an dem er stand. Im 23. Stock rechnete das Krankenhaus mit Patienten, für welche die Höhe eine Versuchung bedeutete. Sie konnten Verwirrung und Verzweiflung mit einem Sprung beenden – ein Sprung wäre gar nicht nötig. Fünfzig Meter – da genügte es, sich fallen zu lassen. Sutter war, statistisch, die klassische Besetzung für einen Alterssuizid. Der Sozialdame hatte er an den Augen abgelesen, daß sie ihm so etwas zutraute. Aber das durfte dem Krankenhaus nicht passieren. Es wäre ein Pflichtversäumnis, hinter dem Schadenersatzansprüche drohten, Rechtshändel. Seit das Spital ein Dienstleistungsbetrieb war und die Patienten Kunden, benahmen sie sich auch wie solche. Sie hatten gelernt, den Ärzten aus der gebrechlichen Einrichtung der Welt Stricke zu drehen. Sie bestanden auf einem perfekten Service. In einer Welt unbegrenzter technischer Möglichkeiten hatten sie für das Recht, die für sie günstigsten einzufordern, hohe Prämien bezahlt. An der Medizin war es jetzt: zu liefern. Einst hatten sich die Ärzte vor dieser Forderung noch in böse Witze retten können. Das Mittel der Wahl gegen eigene Todesangst. Zur gesunden Täuschung, sie seien die Ausnahme, vor der die abscheuliche Regel der Sterblichkeit haltmache, halfen ein wenig Kommißton und Kasinowitz, wenn das Krankengut grade nicht hinhörte.

Das hat sich geändert, dachte Sutter, seit die Patienten Kunden geworden sind und die Beipackzettel zu ihren Medikamenten sich lesen lassen wie Predigtmärchen, an denen aber auch ein Justitiar mitgeschrieben hat. Es darf ja kein

Futter für Klagen daraus werden. Kein Wunder, daß auch die Witze im Spital korrekt geworden sind, kummervoll und kümmerlich. »Wir lassen Sie springen, aber machen Sie noch keine Sprünge.« – »Übertreiben Sie nur nichts.« In einer Spaßwelt muß man aus Jux und Dollerei eingeliefert worden sein, und sei es mit einem glatten Lungendurchschuß. Und wenn man anständig geserviced worden ist, soll man dahin zurückhüpfen, nur nicht gleich, bitte, aus dem 23. Stock des Bettenturms. Das wäre nicht korrekt.

»Und dennoch sagt der viel, der ›Abend‹ sagt.«

Sutter lächelte, oder um seines Spitalhemds würdig zu reden, das hinten so offen klaffte, wie es vorn kein Hosenladen könnte: Sutter grinste. Worüber?

»Und dennoch sagt der viel, der Möpschen sagt.«

Das war eine der Liebeserklärungen, mit denen er Ruth, in der Zeit ihrer Verlobung, eine Freude machen konnte. Sie ließ sich beliebig variieren. Und dennoch sagt der viel, der Kaffee sagt, wurde zur Redensart, wenn sie sich geliebt hatten. Und dennoch sagt der viel. Der Humbug sagt oder Emil oder auch Arschloch; nur zweisilbig mußte das Vielsagende sein. Damals wußte Sutter noch nicht, daß er mit diesen Verslein im Revier eines Vorgängers wilderte, eines echten Prinzen, mit dem Ruth schon als Kind verlobt gewesen war. Darauf stieß er erst beim Märchenlesen, den Entdeckungsreisen in Ruths Vorleben. In anderer Form erzählte sie ihm nichts, auch nicht von den Jain oder den Navajo. Ruth war keine *Hände.* Sie war *Redensarten.* Bouvard et Pécuchet. Brautkleid bleibt Brautkleid. Ich muß mir noch den Zahn putzen. Wieder ein Glück ist erlebt. Molto interessante. Unrasiert und fern der Heimat. Es ist ein Knie, sonst nichts.

Lieber Gott, wie hatte er die Lippen zu diesen Redensarten geliebt.

Du bist in keiner Redensart mehr, Sutter, und keinem Märchen, aber immer noch in einer Geschichte. »Ein Sprung von dieser Brücke macht dich frei«, immer noch, auch wenn sie damals, um Ruth wie Schiller reden zu lassen, nicht höher sein durfte als das kleine Sprungbrett im Schwimmbad. Also: mach nicht so viel her von deinem 23. Stock. Sieh sie dir an, die Gegend deiner Geschichte, und begegne dem tobenden Frühling mit Humor. »Dies alles will ich dir geben, so du niederfällst und mich anbetest.« Im Stehen, Sutter, geht es auch.

Sieh an: da ruft dich jemand an, alle Nächte wieder, immer um 23 Uhr 17. Dafür bist du ihm oder ihr wichtig genug. Dann entblödet sich jemand nicht, auf dich zu schießen – oder muß es heißen: entblödet sich? Ruth kannst du nicht mehr fragen, aber der Schuß ist gefallen, aktenkundig, unwidersprechlich: deine Löcher im Leib kommen nicht von nichts. Und unwichtig ist die Frage nicht, ob du mit einem Wiederholungstäter zu rechnen hast. Sieh weiter an: ein Pfuiteufelchen schreibt dich an und hat zu melden, daß es deine Katze eingezogen hat, gefänglich nicht, sondern wohltätig. Ein Untersuchungsrichter interessiert sich für dich. Er gibt sich nicht die Miene dazu, oder danach, aber du weißt, was du weißt, und so will er's auch. Denn er fahndet weiter: erst hat er dein Haus durchsuchen lassen, sagt dir nur nicht, was er da gefunden hat – aber an dir sucht er auch weiterhin etwas und denkt es zu finden. Die Justiz ist arm, aber du bist ihr eine Recherche wert.

Ist das etwas, oder ist das alles nichts? Sieh an: du mußt ansehnlich sein. Du hast ein Ansehen, Sutter, es gibt Leute, für die du etwas hermachst. Etwas – was immer das zu bedeuten hat. Du brauchst dich nicht mehr wichtig zu machen, du bist wichtig. Sieh dir all den Frühling da unten an. Wenn das kein Resonanzboden ist! Zwitschert ja nur so. Rührt sich da nichts bei dir, etwas links hinter der Schußwunde – sollte das nicht gar ein Herz sein? Faß dir's, Sutter.

17

Lies weiter, Sutter. Lies weiter im Guevara.

Der erste Satz war ihm vertraut. Beim zweiten fremdete er, als er ihn zum ersten Mal hörte.

Der Satz stammte aus der Feder eines Hohen Herrn Hugo, mit dem Ruth als zwölfjähriges Mädchen verlobt gewesen war. Es war ein feenhaftes Kinderfest, denn HHH war noch kaum älter gewesen als sie und hatte noch nicht Hugo geheißen, sondern Loris. Und hatte doch schon so lange gelebt, daß er die schönsten Liebesgedichte geschrieben hatte, auch solche einer Großmutter an ihren Enkel: »Denk, wie ich im Sterben glich / Jungen, jungen Fraun.« Zur Hochzeit, sagte Ruth, habe ich mich leider etwas verspätet. Als ich geboren wurde, war er schon zwölf Jahre tot. Aber kein Mensch hat mich verwöhnt wie er, und er hat mir Männer gezeigt, wie sie sein müssen, hör nur zu: »Dann warf er sich mit leichtem Schwung der Lenden – / Wie nur aus Stolz – der nächsten Klippe zu, / An ihm sah ich die Macht der Schwere enden.« Was sollte ich danach mit den dummen Jungen anfangen, die mir nachliefen. Sie hatten mit ihren Rennrädern keine Chance, oder mit ihren Schnorcheln im Maul.

Bis ich in dein Leben trat.

Sutter, ehrlich: wenn Loris noch in meiner Nähe gewesen wäre, hätte ich dich nicht mal angesehen. Aber sein Pech war dein Glück, wenn es denn eins war.

Prinz Loris war nämlich in einen älteren Herrn verzaubert worden, eben diesen Hohen Herrn Hugo. Er trug einen Frack und wohnte in einem kleinen Schloß. Er war leider schon ein wenig versteinert, darum konnte ihn der Schlag treffen, als er hörte, daß sein Sohn sich das Leben genommen hatte. Dabei war es nur ein wirklicher Sohn gewesen, kein wahrer. Er hatte viele wahre Söhne, Sutter, denn er hat viel geliebt, aber wirklich geliebt hat er doch nur einen: den Prinzen Loris, der er einmal selbst gewesen war. Wir haben den gleichen geliebt, der Hohe Herr und ich. Aber gerade von diesem einzigsten seiner Söhne ist er getrennt worden, durch so etwas Dummes wie die Zeit. Oder weißt du gar nicht, daß die Zeit die größte Dummheit ist? Ohne sie hätte ich mich zur Hochzeit nicht verspäten können.

Und was ist mit Guevara? fragte Sutter, ich weiß nicht genau, wann der geboren wurde, aber der muß auch zu spät gekommen sein, um deinen Prinzen noch zu erleben, und vielleicht sogar zu spät für den Hohen Herrn.

Es gibt nicht nur einen Guevara, sagte Ruth, es gibt zwei, drei, viele, wie Vietnam.

Die hat es eben nicht gegeben, sagte Sutter, sonst wären wir nicht allein auf weiter Flur im »Hummel« sitzengeblieben.

Den Guevara, sagte Ruth, in dem du weiterlesen mußt, hat der Hohe Herr noch kennengelernt. Sonst hätte er nicht schreiben können: Lies weiter im Guevara. Dieser Guevara war noch nicht jung wie Ché, als er starb, er wurde steinalt, glaube ich, wie eben ein hoher Geistlicher. Ein solcher war er, nämlich Hofprediger und Beichtvater des Kaisers, über dessen Reich die Sonne nicht untergehen sollte. Und dann tat sie es doch, und der Kaiser verdämmerte in seinem Klostergefängnis.

Karl der Fünfte, sagte Sutter.

Ich habe die Karle nicht gezählt, sagte Ruth, aber wenn wir schon vom Gefängnis reden: HHH, mein Hoher Herr Hugo, saß im Gefängnis seines versteinernden Fleisches und träumte von einem wahren Sohn, der seine Ketten zerbrechen würde.

Wessen Ketten? fragte Sutter.

Beider Ketten, sagte Ruth. Ein solcher Sohn konnte nur ein wahrer sein, nicht bloß ein wirklicher, und er nannte ihn Sigismund. Aber so wahr, wie er einmal selbst gewesen war, als ich ihn Loris nannte, konnte er auch als Sigismund nicht werden. So mußte er Sigismund ebenfalls träumen lassen, und der träumte von einem Kinderkönig, wie Jesus Christus geträumt hatte, als er sagte, man solle sie kommen lassen und ihnen nicht wehren.

Die Kinder, sagte Sutter.

Die Kinderkönige, sagte Ruth, ich muß es wissen. Leider kam HHH mit Träumen an kein Ende, und falsch geträumt hat er auch.

Wie kann man falsch träumen, Ruth, sagte Sutter, und sie entgegnete ernst: es ist das Schlimmste, was man tun kann, falsch zu träumen. Man bringt sich damit ums ganze Leben, und was dich dann wirklich umbringt, darauf kommt es gar nicht mehr an – es kann alles und jedes sein, das erste beste.

Erzähl mir den falschen Traum des Hohen Herrn Hugo, sagte Sutter.

Er hatte wirkliche Söhne und wahre, sagte Ruth, und der wahrste von ihnen war er selbst, als Kind.

Loris, sagte Sutter.

Loris, sagte Ruth, und als die Zeit die beiden getrennt hatte, träumte der Hohe Herr, der junge Prinz, der er gewesen war, sei gar nicht wirklich gewesen, und darum auch nicht wahr. Das sei gar nicht er selbst gewesen.

Natürlich nicht! Das war doch das Zauberhafte an Loris: er war nicht nur er selbst. Wie hätte er sonst mein Bräutigam werden können? Er war ja auch ich, er war sogar, was ich nicht war und nie werden durfte. Er war eine Jungfrau, die ein Gott besucht, und ein junger Gott, den seine unsterbliche Großmutter besucht; und wenn sie sterblich ist, schadet es auch nichts. Alle Götter und Göttinnen haben Loris besucht, auch die entferntesten, und wurden in seinem Mund zu Erinnerungen ihrer selbst, ihrer Jugend in der Unsterblichkeit. Meinst du, es habe mir etwas ausgemacht, Loris mit diesen Geschöpfen zu teilen – allen Geschöpfen? Ohne ihn hätte ich gar nicht erfahren, daß es sie gibt.

Und nun stell dir vor, Sutter: nun läßt sich der Hohe Herr, dieser Mann schon fast aus Stein, träumen, daß er all dies, Götterhochzeiten und Königsgeburtstage, nur geträumt habe, daß es nicht ganz wirklich gewesen sei und darum auch nicht recht wahr. Das könne er, als Prinz in kurzen Hosen, gar nicht alles erlebt haben. Da befahl er sich, nur noch wirklich zu leben, wirklich zu leiden, wirkliche Frauen zu lieben und wirkliche Kinder zu haben. Wunderst du dich, daß ihn eines davon getötet hat? Ich hätte ihm anders Sorge getragen, wenn er mein geworden wäre. Ich hätte ihm zugeflüstert: du hast den falschen Traum, in den darfst du nicht aufwachen. Was du bist, bist du nicht bloß *gewesen*. Was du nicht bist, und nie gewesen, das gehört auch dir, nimm es als Geschenk. Gib dir nicht solche Mühe, mit uns gewöhnlichen Sterblichen zu leben, zu leiden und am Ende zu sein wie wir – auch wenn du es kannst. Du stirbst daran. Die dumme Zeit kann dich töten. Sie kann dich so dumm aussehen lassen wie sie. Du kriegst falsche Zähne, ein langes Gesicht und einen peinlichen Schnurrbart auf die Oberlippe: wie soll dich jetzt noch eine Göttin küssen! Nicht einmal ich hätte Lust dazu. Mit diesem Schnurrbart betrüge ich meinen Sutter nicht. Bleibe bitte, was du nie warst, und laß dir nicht träumen, daß du keine rechte Jugend hattest. Dafür hatte die Jugend *dich*, die Jugend der Götter, der Dämonen und Großmütter, die Jugend der ganzen Welt. Sogar die Jugend der Zeit hätte keine Stimme gehabt ohne deine Lippen –

Ruth sprach jetzt so leise in ihrem hohen Sessel, daß sich Sutter vorbeugen mußte, um sie zu hören.

Und was war mit dem Guevara? fragte er.

Was war mit ihm, Sutter? fragte Ruth. Meinst du den Hofprediger?

Welchen du willst, sagte Sutter.

Den Antonio hätte ich nicht gewollt, sagte sie. Und den Ernesto hätte ich nicht bekommen. Aber den Loris behalte ich.

Mich hast du noch dazu, sagte Sutter.

Wer weiß, sagte sie, und fuhr flüsternd fort: Der Träumer wußte nicht, daß sie ihn liebten, und als er es wußte, war er sicher, sie liebten ihn nicht mehr. Weil er es wußte. Und vielleicht hatte er recht. Wissen tötet. Davor wurde er zu Stein.

Wer, Ruth, fragte Sutter, wer liebte ihn nicht mehr?

Die *Götter*, sagte sie. Sutter, nimm mich in den Arm.

Ruth hatte nicht viele Bücher auf dem Brett, wo ihre Steine lagen, und es war immer noch, wie zu ihrer Studentenzeit, das von Backsteinen getragene Brett, über dem einmal das flammende Revoluzzergesicht gehangen hatte; inzwischen war die Wand leer. Aber in ihren Büchern, die Sutter früher nicht angerührt hatte, las er, seit er allein war, immer wieder, die Katze auf dem Schoß. In Hofmannsthals »Gedichten und Kleinen Dramen« suchte er die Spur von Ruths Silberstift und fand sie neben diesen Stellen: »Ihm fiel nicht ein, den Reichtum seiner Seele, / Die frühern Wege und Erinnerung / Verschlungner Finger und getauschter Seelen / Für mehr als nichtigen Besitz zu achten« ... »Mir wie ein Hund unheimlich stumm und fremd / So eins mit mir als wie mein eigen Haar.«

18

Sutter hat sich aufs Bett gelegt. Es klopft. Ein Herr tritt ein, an dem rechts eine geschwollene Tasche baumelt, links ein riesiger Plastikbeutel. Er stellt sich als Zimmermann vor, Spitalseelsorger, reformiert, ich hoffe, ich störe nicht.

Zimmermann tut es leid, daß er nicht eher gekommen ist. Freitag ist sein Besuchstag. Da lag Sutter auf der Intensivstation. Er schlief. Sein Schlaf war unruhig gewesen. Wenn ihn Zimmermann heute sieht, kann er ihn nur beglückwünschen. Entlassen! Für Blumen ist es zu spät, aber Sutter wird sie bald im eigenen Garten blühen sehen.

Sutter bittet ihn, sich zu setzen.

Danke sehr, gerne.

Aber erst muß Zimmermann etwas loswerden. Er deponiert seine Tasche am Bettfuß, packt die Plastiktüte aus und legt ihren Inhalt auf Sutters Bett. Einen dunkelblauen Regenmantel. Den Elektrorasierer eines deutschen Herstellers. Eine sandfarbene Kordhose, dito Jacke, gleich getönt, feiner gerippt. Ein Hemd aus blauem Jeansstoff, ein Häufchen Leibwäsche, ein Paar schwarze Socken. Nicht neu, doch sauber, und alles von Ruth gekauft, als sie das Haus noch verlassen konnte.

Ihre Schuhe haben nicht gelitten, die können Sie wieder anziehen.

Sutter schwieg.

Als ich Sie am Freitag nicht ansprechen konnte, sagte der Besucher, sich setzend, habe ich mir erlaubt, bei Ihnen zu Hause vorbeizufahren, um Ihre Angehörigen zu verständigen. Ich klingelte umsonst. Sie sind alleinstehend. Was tun, spricht Zeus. Ich habe in Ihrem Garten Platz genommen. Ich war etwas erschöpft. Bemerkenswerte Architektur. Ich versuchte mir vorzustellen, wie Sie leben. Da fiel mein Blick auf den Topf mit der Palme. Kühn, die im April nach draußen zu stellen. Der Besitzer hat Gottvertrauen, dachte ich mir, oder er verläßt sich auf den Treibhauseffekt.

Sie stand den ganzen Winter draußen, sagte Sutter.

Also Gottvertrauen, sagte der Besucher, oder Depression.

Haben Sie eine Katze gesehen? fragte Sutter.

Einen roten Tiger?

Eine Schwarze mit weißer Zeichnung. Ziemlich klein.

Leider nein, sagte Zimmermann.

Die Rote ist ihr Todfeind, sagte Sutter. Dann ist meine Katze weg.

Kein Sperling fällt vom Dach, sagte Zimmermann, erst recht keine Katze.

Und Sie haben sich in meinen Garten geschlichen, sagte Sutter. Wie kommen Sie an die Kleider?

Ich bin nicht eingebrochen, sagte Zimmermann. Ich saß nur und machte mir Gedanken. Da war Ihre Palme. Unter dem Topf sah ich etwas glänzen. Ein Schlüssel. Jeder Unbefugte konnte ihn ebenso liegen sehen wie ich. Ich habe ihn eingesteckt, um ihn dem Besitzer einzuhändigen. Als ich ins Spital ging, stieß ich mit zwei Beamten zusammen: einer in Uniform, der andere in Zivil. Die hätten Sie vernehmen wollen. Aber Sie respektierten Ihren Schlaf. Sie nahmen nur Ihre Kleider mit. Und was, bitte, soll Herr Gygax anziehen, wenn er entlassen wird? Er ist alleinstehend. – Sie haben recht, sagte der Beamte in Zivil. Sind Sie mit ihm befreundet? – Ein großes Wort, erwidere ich, aber er ist mir bekannt. Wem nicht? Wer liest seine Artikel nicht mit Gewinn? – Wenn Sie ihn besuchen, sagt der Herr, fragen Sie ihn, wer ihm seine Sachen bringen könnte. – Ich habe seinen Schlüssel, sage ich, und er sieht mich perplex an, genau wie Sie. – Ein Vorschlag, sagt der Mann, Sie geben mir diesen Schlüssel, er erspart uns einen Einbruch von Amts wegen. Wird er nicht mehr gebraucht, hinterlege ich ihn beim Empfang des Spitals. Und zeigt mir nicht nur seinen Ausweis. Er überreicht mir diese Visitenkarte.

Zollikofer, sagte Sutter.

Sie sagen es, antwortete Zimmermann, und Sie sagen mir hoffentlich, daß ich durfte, was ich tat. Leider habe ich den Schlüssel erst gestern abend in meinem Fach gefunden. Aber Ihre Wohnung sah aufgeräumt aus. Ich habe mich darin nur so lange umgesehen, bis ich den Schrank gefunden hatte. Hier ist der Schlüssel.

Der Mann war gedrungen, etwas älter als Sutter, und sein nackter Schädel erinnerte ihn an den Dorfrichter Adam, den er beim ersten Theaterbesuch gesehen hatte; seine Nase war fleischig und porös, um die Mundpartie hatte Zimmermann einen Zug von Verdrossenheit. Daß seine Augen glasig wirkten, war wohl seiner Kurzsichtigkeit zuzuschreiben. Er ist, dachte Sutter, so alleinstehend wie ich selbst.

Ich habe Ihnen zu danken, sagte Sutter, aber auch Lust, Sie zu verklagen.

Dann, sagte Zimmermann, sorgen Sie dafür, daß sich die Klage lohnt. Als ich in Ihr Haus eindrang, war ich diskret. In der Intensivstation war ich es nicht. Ich habe Ihnen zugehört, als Sie schliefen. Sutter, Sutter, sagten Sie liebevoll, als wäre die Stimme nicht Ihre eigene. Sie haben sich selbst mit Ihrem wahren Namen angesprochen. Jedes Geschöpf hat zwei Namen, einen öffentlichen und einen wahren. Bei den Indianern kennt nur der Medizinmann den wahren Namen einer Pflanze. Wenn er sie damit anspricht, kann sie heilen.

Paßt Ihnen Gygax nicht? fragte Sutter.

Warum nicht, sagte der Geistliche. Deutsch klingt er etwas hühnerhaft, aber es könnte ein klassischer Name sein, aus einer Komödie des Plautus. Da enden die Namen auf -fax oder -fex. Sie heißen ja auch Emil. Dabei denkt ein Philologe nicht an Detektive oder das Doppelte Lottchen, sondern an die Via Aemilia.

Gottlieb heiße ich auch, sagte Sutter, der anfing, sich zu unterhalten. Das müßte Ihnen näherliegen.

Tut es nicht, sagte Zimmermann. Wenn Ihre Eltern mich gefragt hätten, hätte ich Theophil vorgeschlagen. Oder wenn schon deutsch, dann deutlich. Rosslieb zum Beispiel. Oder können Sie sich keinen Rosslieb Melanchthon vorstellen? Einen Rosslieb Emmanuel Bach? König Rosslieb den Zweiten? Unter dem Talar bin ich ein Hellene. Ich halte mich geistlich bedeckt, weil mir die klassischen Maße fehlen. Auch Sutter hat etwas für sich. Wissen Sie, was ich da gleich höre? Sotäär. Der Erretter, direkt aus meinem Büchlein.

Er bückte sich, grub in seiner Ledermappe und zog ein Neues Testament hervor. Griechisch, sagte Zimmermann.

Bemühen Sie sich nicht, sagte Sutter, ich habe mein Griechisch vergessen. Und meinetwegen brauchen Sie Ihr Buch nicht Büchlein zu nennen.

Es ist aber eins, sagte Zimmermann, neben der Ilias ist es ein Büchlein, neben Sophokles ein Traktätchen. Das Neue Testament ist nur ein Wurmfortsatz am Corpus der Antike, eine Sprechblase, auch wenn sie zu einer Heilsgeschichte aufgepustet wurde. Und zu einer gruseligen Kirchengeschichte. Der Text hier wurde immerhin von einem Philologen ediert. Sehen Sie, wie er heißt? Nestle.

Ich kann nicht lesen, sagte Sutter.

Der Name ist diskret, sagte Zimmermann, er verrät uns den sinnigen Schwaben. Um seinetwillen wollen wir seinem Bruder verzeihen, daß er mit seiner Trockenmilch Babys getötet hat wie Herodes.

War das sein Bruder? fragte Sutter.

Geistlich gesprochen, sagte Zimmermann. Ich stelle mir die Brüder wie Kain und Abel vor. Verschiedener kann man Gott nicht opfern. Aber ich hätte nichts dagegen, wenn diesmal der Zarte dem Robusten den Schädel eingeschlagen hätte, der Philologe dem Wirtschaftskapitän.

Sie sind ein erbaulicher Mensch, sagte Sutter.

Ich bin pensioniert, sagte Zimmermann, und um mich vollends zu disqualifizieren: schwul bin ich auch. Ich tue mir keinen Zwang mehr an, und schon mancher, der hier das Zeitliche *nicht* gesegnet hat, war mir dankbar.

Wie beten Sie mit ihnen? fragte Sutter.

Wie mit mir selbst, sagte Zimmermann. Gott, sei mir Sünder gnädig.

Die Sünde brauchen Sie noch, sagte Sutter.

Ich nicht, sagte der Geistliche, aber der Teufel hat's gesehen: sie braucht mich. Und die Gnade weiß hoffentlich, wofür.

Da in diesem Augenblick die albanische Schwesternhilfe mit dem Teewagen hereinklapperte, ging ein Engel durch den Raum.

Dem Herrn Pfarrer auch eine Tasse, sagte Sutter.

Nicht Kamille, sagte Zimmermann. Eisenkraut? Pfui Teufel. Aber Verveine, das läßt sich hören.

Trinken läßt es sich nicht, sagte Sutter.

Ich hab's gern würzig, sagte der Geistliche, zog einen Flachmann aus der Tasche und ließ einen Schuß in die Tasse spritzen. Seine Hand zitterte. Gin, sagte er, für Sie auch?

Danke, sagte Sutter.

Keine Kommunion mit einem Gintrinker, sagte Zimmermann, wie recht Sie haben. Das sind die hoffnungslosen.

Sind Sie mal katholisch gewesen? fragte Sutter.

Zimmermann hielt die Tasse so schräg, daß der Tee in die Untertasse überlief.

Weil Sie den Leib Christi gern kräftig haben, sagte Sutter.

Ich dachte, weil ich sein Blut nicht mit dem Volk teile, sagte Zimmermann. Gut geraten. Ich habe mit fünfzehn konvertiert, wegen der doppelten Moral der heiligen Mütter.

Da sind Sie vom Regen in die Traufe gekommen, sagte Sutter. Die Katholischen leben immerhin von dem, was sie verbieten. Die Reformierten leben nur noch vom Verbot. Das heißt, sie verbieten das Leben.

Ich wollte weder in den Regen noch in die Traufe kommen, sagte Zimmermann, sondern in ein rechtes Gewitter. Das haben die einen so wenig zu bieten wie die anderen. Mit doppelter Moral ist keinem Menschen geholfen. Es braucht eine hundert- und tausendfältige. Glauben Sie, ich könnte mit Patienten ernsthaft reden, wenn ich nicht für jeden eine spezielle Moral in petto hätte? Erreiche ich ihn mit gar keiner, so ist das die Sünde, die ich mir nicht vergeben kann.

Sie hätten Philologe bleiben sollen.

Spruchlieb, sagte Zimmermann. Dann lieber Rosslieb. Ein Grieche hätte ich werden sollen, dafür kam ich 2500 Jahre zu spät. Und doch, Herr Sutter, und doch. Sie sagen, Sie hätten Ihr Griechisch vergessen. Aber Sie hatten es doch einmal. Das heißt, es hatte Sie. Sie können das Griechische getrost vergessen, es vergißt Sie nicht.

Er schwieg, und nun hing nur noch Verdruß um seinen Mund, die schwere halboffene Lippe, auf der ein Teetropfen glänzte.

Damit wir nicht beten müssen, sagte Sutter, sage ich Ihnen sonstwas Erbauliches. Ich habe Sie schon im ersten Augenblick nicht gemocht, daran ändert meine Dankbarkeit nichts. Und doch sind Sie jetzt schon der zweite Mensch hier, in dem mir kein Funktionär begegnet. Sie reden vom Griechischen wie von der Gnade: ich habe es nicht, aber es hat mich. Auf mich ist geschossen worden, Herr Pfarrer, wer weiß, von wem – die Polizei weiß es nicht, und sie ist nicht scharf darauf, es zu erfahren. Ich kenne meinen Täter fast so wenig wie Sie Ihren Gott. Aber er, oder sie, wollte doch etwas von mir wissen. Genug, um auf mich zu schießen. Da mußte jemand etwas loswerden, mindestens eine Kugel. Als Mensch interessiere ich mich selbst nicht mehr besonders. Aber als Fall? Das wäre etwas Neues. Sie haben mir mein Zeug gebracht, täten Sie ein übriges? Bitte räumen Sie es in den Schrank.

Lohnt sich fast nicht mehr, sagte Zimmermann. Sie können doch nach Hause. Man hat Ihnen den Körperschmuck abgenommen.

Zimmermann hatte Sutters Kleider so ordentlich auf dem Bett abgelegt wie die Mutter eines Konfirmanden. Da lagen sie, ein Bild der Bereitschaft für einen neuen Lebensschritt: fehlte nur der Körper dazu. In Sutters Jugend hatte es Bilderbögen gegeben, aus denen man Kleiderattrappen schneiden und auf flache Figuren kleben konnte. Da verwandelte sich ein Pappkamerad in einen römischen Senator oder einen preußischen Grenadier. Oder in eine Rokoko-Kokotte, 10 000 Jahre vor Barbie. Sutter, Strichmann, steh auf und wandle. Aber zieh dich warm an.

Verstehe ich recht, sagte Zimmermann, so brauchen Sie einen guten Grund, warum Sie morgens aus dem Bett steigen.

Das wäre das wenigste, sagte Sutter, aber das Rasieren!

Lassen Sie sich einen Bart stehen, sagte Zimmermann.

Das haben vor dreißig Jahren so viele getan, sagte Sutter. Unsere Siedlung war anfangs eine Dépendance von Cuba Libre. Ein paar Jahre später war es für die meisten nur noch die Karriere oder der Alkohol oder beides. Jedenfalls zu wenig, nur noch mehr Geld, und eine echte Havanna für den blauen Dunst. Er verkauft sich besser als die Revolution.

Ich habe Ihre Reportagen gelesen, sagte Zimmermann, die Fälle, das waren für Sie die andern. Sie haben auf den Taten und Leiden der Leute gespielt wie auf einem Xylophon, ein Feinschmecker des Klangs, mit dem ein Mensch zerbricht. Jetzt wollen Sie selbst ein Fall sein und erfahren, wie es tut, wenn auf einem gespielt wird. Lungendurchschuß, das ist ein knalliger Anfang. Jetzt müßte es subtiler weitergehen, wenn Sie mich fragen.

Ich frage Sie nicht, sagte Sutter, wir werden ja auch nicht gefragt. Keiner wird gefragt. Es passiert. Was, wem oder was, wen oder was. Was tut, wie, womit, woher und wohin, zu welchem Ende – so mußten wir einmal Sätzchen zergliedern. Sehen Sie sich diese Klamotten an: Objekte pur. Sehen Sie mich an: nicht so pur, aber als Objekt ebenfalls ausgewiesen, hinreichend für meinen Geschmack. Fehlt nur eine Kleinigkeit: Wer oder was? Das Subjekt, Herr Pfarrer, hat sich aus unseren Sätzchen so gründlich entfernt, daß wir sein Fehlen kaum noch bemerken. Glauben Sie nicht, ich frage nach dem Täter der Tat, die mich zum Fall gemacht hat. Ich frage nach ihrem Subjekt. Und nennen Sie das nicht zu fix eine theologische Frage.

Ich? fragte der Pfarrer. Ich doch nicht. Die Theologie, Herr Sutter, ist ein Abwesenheitsverfahren. Da gilt nicht einmal mehr: in dubio pro Deo. Alle Hintertüren sind zu, auch diejenige für Schlaumeier. Glauben als Fifty-fifty-Spekulation. Gibt es Gott, so hat sie sich ausgezahlt. Gibt es Ihn nicht, so hast du mit Glauben nicht viel verloren. Falsch,

Sutter, alles verloren. Die Rest-Ehrlichkeit unserer Existenz. Existenz ist das, was einer aushalten muß, gefragt oder ungefragt. Kommt von Herausstehen. Wir stehen ins Leere wie ein blutiger Daumen, und solange er steht, kriegt er immer noch mehr ab. Einziehen kannst du ihn nicht. Fehlt die Hand dazu.

Während der Pfarrer sprach, ordnete er Sutters Zeug in den Schrank ein. Er bückte sich und keuchte. Aber Sutter hatte noch keinen Menschen Kleider aufmerksamer behandeln sehen, nicht geschickt, aber zartfühlend. Dabei bewahrte Sutters Hose nicht die Spur einer Erinnerung an die Bügelfalte.

Es ist nicht verlangt, sagte der Pfarrer, daß man Subjekte groß schreiben muß. Steht nicht mal bei Luther, ist eine barocke Erfindung, diese Inflation der göttlichen Signatur, ihre Ausdehnung auf jeden beliebigen Fetisch. Es gibt Sprachen ohne Subjekt, die trotzdem wissen, wovon sie reden, oder so klug sind, es nicht zu genau wissen zu wollen. Auch bei uns gedeiht noch subjektarmes Gewächs, Trümmerflora im Park des Urheberrechts und der Eitelkeiten. Es regnet, es hagelt, es schneit. Es gibt.

Es hat mich, grinste Sutter.

Sagen Sie mir nicht, versetzte Zimmermann nach einer Pause, Sie wollten nicht mehr wissen, wer auf Sie geschossen hat. Um diesen Spaß dürfen Sie sich nicht bringen. Auf wen wird schon geschossen? Unter Hunderten kaum auf einen.

Angenommen, sagte Sutter, ich will's zu genau wissen – könnte es dann nicht sein, daß ich zwar jeden Morgen wüßte, warum ich aufstehe, aber eines schönen Tages nicht mehr in der Lage wäre, es zu tun?

Möglich, sagte Zimmermann. Durch Forschen erst erzeuge ich den Gegenstand meiner Forschung. Und dann schlägt er mich tot oder macht mich blind. So sehe ich die moderne Naturwissenschaft.

Ich sehe nicht mehr gut, sagte Sutter, ich brauche keinen Täter dazu, blind zu werden. Das normale Verhängnis bringt's auch so.

Zimmermann schien erschüttert. Hören Sie, das dürfen Sie nicht schleifen lassen. Bei den Augen hört der Spaß auf. Soll ich Ihnen einen Termin bei Professor Vögeli verschaffen? Glauben Sie, der wirkt Wunder …

Glauben und Wunder. Sutter konnte wieder lächeln.

Dieses Haus hat mich gesehen, Herr Zimmermann, ich reiche ihm keinen kleinen Finger mehr. Auch keinen blutigen Daumen. Man muß etwas aushalten können, sagten Sie selbst.

Aber Sie leben allein, sagte Zimmermann.

Ich lebe allein, sagte Sutter, und da ist kein Aber dran. Ja, ich will wissen, wer mich getroffen hat, so wahr ich König Ödipus heiße.

Die Tüte laß ich Ihnen da, sagte Zimmermann, man weiß ja nie, wozu so was gut ist.

Er strich das Plastik glatt. Oh, sagte er, da ist ja noch die Kugel drin, hätte ich bald vergessen.

Die Kugel? fragte Sutter.

Ich fand sie in Ihrer Hosentasche, sagte Zimmermann, Sie hatten versäumt, sie zu leeren. So ist das, wenn die Frau fehlt.

Herr Pfarrer, sagte Sutter, ich habe meine Taschen immer selbst geleert, auch in der Zeit, als Ruth noch lebte. Man weiß ja nie, was man vergißt. Außerdem, ich war lange Pfeifenraucher, und in die Tasche eines solchen greift besser niemand als er selbst. Asche zu Asche, Staub zu Staub.

Sieht aber ganz sauber aus, sagte Zimmermann und brachte ein Beutelchen ans Licht: einen in weißes Seidenpapier geschlagenen, mit einer schwarzen Schleife zugebundenen Gegenstand, der rund sein mußte und nicht größer als ein Golfball.

Legen Sie's auf den Nachttisch, sagte Sutter.

Sie packen es besser gleich aus, sagte der Pfarrer, es fühlt sich delikat an.

Eine Kugel ist nicht delikat, sagte Sutter, sie hält sich.

Das kleine Stilleben – die drei Rosen, das stumme Geschenk, der Schlüssel, die Lampe – nahm sich wunderlich aus, aber Sutter machte keine Miene, weiter daran zu rühren.

Zimmermann seufzte und erhob sich. Er ließ beide Arme hängen, dabei beschwerte die Tasche nur noch den einen. Wissen Sie, wann Sie entlassen werden? fragte er. Ich könnte Sie nach Hause fahren.

Diese Nacht bleibe ich noch, sagte Sutter, ich möchte bei Tageslicht heim und nehme ein Taxi. Aber danke für Ihre Freundlichkeit.

Spielen Sie Schach? fragte Zimmermann.

Kaum – und schlecht, sagte Sutter.

Wir könnten eine Partie spielen, bei Gelegenheit, sagte Zimmermann.

Bei Gelegenheit, sagte Sutter, und Zimmermann verstand. Dann wünsche ich Ihnen …, sagte er.

Genau das wünsche ich Ihnen auch, sagte Sutter.

Er wartete, bis alles still war, dann löste er das schwarze Band. Auf dem Papier lag ein aus zahllosen trockenen Lärchennadeln geformtes Gebilde, »Silser Kugel« genannt, weil es der Malojawind am untern Seeufer mit zahllosen kleinen Wellenschlägen zusammentreibt und zur regelmäßigen Kugel ballt, groß wie eine Kinderfaust, und, wenn man sie nicht zu früh herausfischt, auch größer.

II

Gespenster

19

Entschuldige, sagte der Mann vor der Haustür, dem Sutter nach mehrfachem Klingeln geöffnet hatte, aber dein Telefon antwortet nie.

Das lernt es nicht, sagte Sutter.

Es gäbe Telefonbeantworter, sagte der Besucher.

Der Telefonbeantworter wäre ich, sagte Sutter.

Fritz pflegte sein Gesicht in schöner Selbstverspottung »tausendfältig« zu nennen, und seine auffällig blauen Augen strahlten nicht nur: sie schienen das Strahlen erfunden zu haben. Jetzt aber schleuderten sie Blitze, und die tausend Falten vibrierten, als stünde Fritz unter Strom. Er schluckte, und man konnte seinem ruckweise hüpfenden Kehlkopf ansehen, was er verschluckte: Emil, es reicht. Statt dessen sagte er wohlerzogen: Müssen wir vor der Tür reden?

Sie bleibt zu, sagte Sutter, sonst entwischt die Katze. Es scheint, sie kennt ihre eigene Wohnung nicht mehr. Sie bleibt ein paar Tage drin. Komm ums Haus, wir setzen uns in den Garten.

Sutters Haus war das letzte in einer Doppelkette von zwei mal elf sechseckigen Fünfzimmerhäusern, die, 1973 erbaut von Peter A. Schlaginhauf, nach seinem Willen POLYMER heißen sollten. Doch hatte die Behörde die Baubewilligung nur mit der Auflage erteilt, daß ein alter Flurname zu Ehren komme. So hieß die damals zukunftweisende Siedlung »Im Hummel«.

Inzwischen paßte die Bezeichnung auch besser zu ihr. Denn das genossenschaftliche Band, das die POLYMER-Zellen zusammengehalten hatte, war längst zerrissen. Der Suttersche Haushalt, schon zu Beginn nicht das verläßlichste Glied der Kette, hatte ihr südwestliches Ende gebildet. Und diese Randlage war die gleiche geblieben, als sich die Belegschaft der Siedlung in zwanzig Jahren verändert hatte, wenn auch nicht im Geist ihrer Gründer. Der geglättete Sichtbeton, damals ein Bekenntnismaterial, mußte sich jetzt jede mögliche Kaschierung gefallen lassen, denn er galt wieder als kalt und unmenschlich. Aus den Häusern mit Atelier-Charakter, die anzeigten, daß hier, wo nicht Künstler, so doch freiberufliche Gestalter ihres Lebens wohnten, waren durch Tüllgardinen, ondulierte Sonnenstoren und reichlich Geranienrot putzige Heimchen geworden, die – da ihnen der große Entwurf abhanden gekommen war – nur noch zu klein wirkten und mit ihrem allgegenwärtigen, jede Lücke stopfenden Zierat Platzangst verrieten.

Die Gründer ließen sich nur noch blicken, um als Vermieter nach dem Rechten zu sehen. So auch Fritz und Monika, die ihr Haus einem indischen Informatiker und seiner Familie überlassen hatten, nachdem sie als Leiterpaar an eine besonders schön gelegene Evangelische Tagungsstätte – anderswo hätte sie Akademie heißen dürfen – berufen worden waren. Den Künstler von Ballmoos hatte es mit seiner Frau Leonore im »Hummel« noch weniger lange gehalten. Die späten siebziger Jahre bescherten ihm den Aufstieg zu internationaler Geltung, und um sich in ihr zu befestigen, hatte er nicht nur ein größeres Atelier, sondern auch ein stärkeres Milieu nötig; er war nicht mehr der Typ für ein gutgemeintes Reihenhaus. Selbst der Architekt Schlaginhauf verließ sein Werk, nachdem es ihm als Stufe und Sprungbrett in ganz andere Dimensionen gedient hatte. Er ließ inzwischen gleichzeitig in St. Petersburg, Basel und Los Angeles bauen, und zum Wohnen kam er gar nicht mehr.

Sutters, nur sie, kinderlos, waren bis zu diesem Tag auf ihrer Wabe sitzen geblieben; jetzt also saß Sutter allein. Die Randlage an der grünen Wiese, die vom Vieh des nahen Mustergutes beweidet wurde, besaß ihre Vorteile; im Augenblick den, daß Sutter mit Fritz, um bei verschlossenen Türen in seinen Garten zu gelangen, keinen halben Kilometer zu gehen brauchte. Der Umweg führte, am Rand des Buschwerks, das ein Rinnsal begleitete, außen an der eigenen Mauer entlang. Diese verlängerte sich noch um ein fensterloses Stück und umfing den sechseckigen Garten mit einem Knick im schon etwas verwahrlosten Beton.

Die beiden Männer gingen schweigend, Sutter voran, noch erkennbar behindert. Nur ein paar Schritte weg vom »Hummel«, und man fand sich in ländlichem Dickicht, jedenfalls wenn Berberitze, Hartriegel, Schneeball und Schwarzdorn im sommerlichen Laub standen. Zur Zeit blickte man durch die knospende Vergitterung, die schon in verschiedenen Weißtönen zu blühen anfing, auf die Weide dahinter und eine Düne braunen sonnigen Ackerlands.

Nach diesem Rundgang betraten die Freunde das Grundstück wieder von hinten oder außen und hatten es nur noch ein paar Schritte durch einen nach oben offenen Innenraum – Schlaginhaufs Idee – bis zu der mit schwarzem Schiefer belegten Terrasse. Sie lag geschützt unter dem verglasten Oberstock, dessen Atelier-Prätention nicht ganz ernst zu nehmen war, da er zur Sonnenseite blickte. Um so eher eignete er sich als Wintergarten und wurde von Sutters auch so genützt. Das Mobiliar war wetterfest, auf dem Sutter seinen Gast nun bitten konnte, Platz zu nehmen, bis er die wünschbare Erfrischung gebracht habe. Denn bereits fiel kräftiges Sonnenlicht durch die Lücke, die der Architekt dem windstillen Garten gegönnt hatte.

Sutter betrat sein Haus mit gebotener Vorsicht. Denn die Katze stand hinter der Glastür, in der Erwartung, daß diese sich auch nur einen Spalt öffne. Sutter deckte den Fluchtweg mit einem Bein ab, packte die zappelnde Katze und trug sie ins Bad, den einzigen verschließbaren Raum im Haus. Von da war ihr Protest durch alle Wände zu vernehmen.

Sutter schenkte ein und hob das Glas mit dem fast wasserhellen Räuschling, Ruths bevorzugtem Tropfen aus der nahen Seegegend.

Dein Wohl, sagte Fritz. O Emil, wenn ich gewußt hätte ...

Ich weiß, sagte Sutter und betrachtete die blutige Kratzspur auf seinem Handrücken.

In OFritzens tausendfältiges Gesicht kehrte der eben noch beherrschte Unmut zurück. Was, bitte, weißt du? fragte er.

Ihr hättet mich besucht, nach meinen Wünschen gefragt, mit den Ärzten gesprochen, wenn nötig mit der Polizei. Ihr hättet mir Blumen gebracht, Lektüre, Kleider und Wäsche, und natürlich hättet ihr so lange die Katze versorgt.

Ich, stellte OFritz mit leidender Miene richtig, ich hätte das alles getan, aber sicher. *Wir* nicht. »Wir« gibt es nicht mehr. Monika ist ausgezogen.

Ohne ihn anzusehen, sagte Sutter: O Fritz. Nicht schon wieder.

Definitiv, sagte Fritz mit Grabesstimme. Wir haben uns getrennt. *Sie* will sich trennen. Sie hat sich verliebt.

Das hattet ihr schon, sagte Sutter ungerührt und sah an OFritzens waidwundem Blick vorbei.

Aber nicht so, sagte OFritz. So noch nie. Jetzt will sie *leben.*

Mit wem? fragte Sutter.

Sie hat ihn in St. Velten kennengelernt, sagte OFritz bitter.

Aha, sagte Sutter, in St. Velten. Da, wo ihr Ruth hingeschickt habt. Zur Selbsterfahrung. Kein guter Ort.

Ein Arzt aus Pirmasens, sagte OFritz. Nicht mal geschieden. Aber zwei Töchter. Teenager.

Die werden Monika bald vertrieben haben.

Im Gegenteil, zürnte OFritz. Gerade die lassen sie nicht los. Endlich haben sie eine Bezugsperson. Ihre Mutter ist suchtkrank, Morphium und Alkohol. Monika ist schon seit einer Woche da. Sie *lebt* schon da. In Pirmasens!

Und was sagen eure Kinder dazu? fragte Sutter.

Alex gar nichts, wie immer, erwiderte OFritz mit schwankender Stimme, und Bettina findet ihre Mutter ganz toll.

OFritz schluckte unaufhörlich, und seine tausend Falten ertranken in Bitternis. Oh, Fritz, hätte Sutter am liebsten zu ihm gesagt, aber Fritz hätte die Anrede als Hohn mißverstanden. Der Übername beruhte auf Rückübertragung, denn Fritz, Ratgeber aus Pflicht und Neigung, pflegte tröstend gemeinte Betrachtungen mit diesem Wehlaut einzuleiten: Oh, Emil. Oh, Ruth. Und jetzt also: oh, Monika. Nun war er es selbst, der des Trostes bedurfte, in der durchbohrenden Gewißheit, daß es ihn nicht gab. Fritz war untröstlich, und keine Erinnerung an das größere Leid der Welt und die Tränen aller Dinge konnte ihm dienen. Einer der Erst-Genossenschafter – der schnöde Künstler – hatte OFritz hinter seinem Rücken eine echt irische Herkunft nachgesagt. Er sei Samuel Beckett in Volksausgabe.

Ich kann einpacken, Emil, sagte er. Die Landeskirche hat uns als Leiterehe*paar* angestellt. Wenn Monika aussteigt, werden die Verträge hinfällig.

Dann kommt sie wieder, sagte Sutter. Von dir kann sie einmal Urlaub nehmen, das habt ihr schon durchexerziert. Aber einem Vertrag läuft sie nicht davon.

Ist die Ehe kein Vertrag? fragte OFritz, und seine Augen strahlten wieder, aber von tiefem Vorwurf. Und was heißt: von mir kann sie mal Urlaub nehmen? Was soll das heißen?

Gefühl, sagte Sutter, ist nicht einklagbar. So etwas habe ich schon gehört. Von euch, Monika und dir.

Von mir nicht, sagte Fritz grollend. Und von Monika nur, wenn es ihr eingeflüstert wird. Leos Werk.

Leo ist die einzige erwachsene Frau, die wir kennen, habe ich gehört. Von euch. Am Kaminfeuer, bei der Krise nach eurer Heidenweihnacht. Damals war es ein Treuhänder aus Langenthal. Den habt ihr dann mit Leonore *besprochen*. Das war dein Wort, Fritz. Es habe seinen magischen Sinn wiedergewonnen. Dank Leonore.

Ja, sagte Fritz trübe, sie ist eine Hexe. Leo ist eine ausgewachsene Hexe. Ein Satansbraten.

Na, sagte Sutter. Damals war sie ein Engel der Reife und Vernunft.

Du kennst sie nicht, sagte Fritz. Ja, sie redet mit Engelszungen. Wie Korinther 13. Was sie anrührt, wird windelweich. Und dann fällt es in sich zusammen. So hat sie's gern. Ist dir eigentlich klar, daß sie in ihrem Umkreis noch jede Ehe zerstört hat? Ihre eigene zuerst?

Das überrascht mich, sagte Sutter. Sie war es doch, die verlassen wurde, von Jörg, dem Händler mit Schrott.

Ja, sagte Fritz, so sah es aus. Darauf hat sie's angelegt. Sie hat verzichtet, nicht wahr? Großmütig verzichtet. Sich überwunden. Wundersam zurückgetreten möchte sie sein. Alles Lug und Trug, Emil, auf gar nichts hat sie verzichtet, von gar nichts ist sie zurückgetreten. Sie hat den Mann ins Garn laufen lassen. Und es zugezogen, als er drin saß. Und als er sich nicht mehr rühren konnte, hat sie ihn geplündert, an Leib und Seele, ihm alles weggenommen, Stück für Stück. Erst die zweite Frau, die sie ihm eingebrockt hat, die Kalmückin. Dann seine Stieftochter Siggi, seine Männlichkeit, seinen Rest von Anstand und am Ende auch seine Kunst. Den ganzen Fang hat sie an sich gezogen und ausgesogen wie die Spinne im Netz. Und jetzt Monika. Und jetzt wir.

Ihr habt ihren Rat gesucht, sagte Sutter.

Rat! schrie OFritz, während die gefangene Katze ihr Klagelied hören ließ, das nennst du Rat! Wir gingen Woche um Woche zu ihr, erst zum Atmen, dann zur Ehetherapie. Du kannst dir vorstellen, was dabei herausgekommen ist!

Nein, sagte Sutter.

Nichts als ein Freibrief für Monika, sagte Fritz, und ich habe ihn auch noch unterschrieben, mit frommer Hand. Kannst du dir das vorstellen? Da unterschreibt einer seinen Ruin und ist noch stolz darauf. Laß dir das mal auf der Zunge zergehen!

Du hast es schwer, Fritz, sagte Sutter, da tut es gut, einen Sündenbock zu haben. Und wenn's eine Geiß ist.

Eine Sündengeiß! zischte Fritz. Vollkommen richtig! Mit allen Wassern gewaschen. Spült dich in Sanftmut weich, badet dich in Wohltat, und unter dem Schaum greift sie nach deinem Schwanz. Dann kommt jeder dran, aber jeder.

Du auch? fragte Sutter eisig.

OFritz warf ihm einen schnellen Blick zu. Reden wir ernst, sagte er.

Das tue ich, sagte Sutter. Hast du mit Leonore geschlafen?

Fritz errötete. Wenn es dir so wichtig ist: ja. Mir war es längst nicht mehr wichtig.

Wann? fragte Sutter.

Etwa vor einem Jahr, wenn's der Wahrheitsfindung dient, sagte OFritz.

Wann *genau*? fragte Sutter.

Hör mal, sagte OFritz äußerst unbehaglich, aber er dachte nach. Wird wohl im Februar gewesen sein. Um den zwanzigsten herum, jedenfalls nach einer sogenannten Therapie.

Es geht mich ja nichts an, sagte Sutter nach einem Schluck Weißwein, aber zu wundern brauchst du dich nicht mehr.

Zu wundern? fragte OFritz.

Leo hat dich nur mit deiner doppelten Moral konfrontiert, sagte Sutter.

So nennst du das, sagte OFritz. Schön. Aber du kannst dir nicht vorstellen, wie sie mich kompromittiert hat. Vor Monika!

Ich kann es mir vorstellen, sagte Sutter, ein gerechtes Risiko. Du hast dich kompromittiert, und dafür hat sie dir Diskretion verweigert.

Diskretion? schrie er. Menschenwürde! Die hat sie mir verweigert! Sie hat mich vorgeführt, und das meiner Frau ins Gesicht – ist so was eine Vertrauensperson?

Sutter lächelte trübe.

Und keine Spur von Schamgefühl, knirschte OFritz.

Du sagst es, erwiderte Sutter.

Ich halte Diskretion *nicht* für spießig, erklärte OFritz und lehnte sich zurück. Das Gröbste schien besprochen zu sein. Emil, sagte er, gibt diese Katze denn nie Ruhe?

Ich bin froh, daß sie noch existiert, sagte Sutter, ich durfte nicht damit rechnen. Gestern steige ich aus dem Taxi, da finde ich sie vor der Tür, unter dem Rhododendron. Sitzt da, als wäre sie vom Himmel gefallen und mustert mich entgeistert. Wenigstens läuft sie nicht weg, ich trage sie ins Haus. Will sie füttern und kann sie eben noch halten, denn sie will wieder raus. Von wegen Futter. Sie tut so, als kenne sie mich nicht mehr. Mein Instinkt sagt mir: in dieser Verfassung darf ich sie nicht frei laufen lassen. Sie bleibt drin. Aber hören müssen wir sie schon. Sie hat immer noch nicht gefressen, rührt ihr Lieblingsfutter nicht an.

Fehlt ihr etwas? fragte OFritz.

Ja, sagte Sutter, aber sie sagt nicht, was. Sonst ist sie im besten Zustand. Wohlgenährt, gepflegt, gebürstet – riecht sogar nach Parfum. Vielleicht war sie auf einem anderen Stern.

Und nun sperrst du sie ein, sagte OFritz mit wehmütigem Neid.

Ich möchte sie nicht suchen müssen, sagte Sutter, zur Großwildjagd tauge ich noch nicht.

Alles hatte Sutter nicht gesagt. Die Katze hatte die Nacht keineswegs unruhig zugebracht. Regungslos saß sie vor der kleinen Steinpyramide im Wintergarten, und Sutter hatte sie nicht aus den Augen gelassen, als er, seinerseits unruhig, auf den nächtlichen Anruf wartete. 23 Uhr 15, 23 Uhr 16, 23 Uhr 17. – 23 Uhr 18. Das Zeichen aber kam nicht.

Ich habe die Notiz in der Zeitung gelesen, sagte OFritz, 66jähriger Mann, bei der Tramstation angeschossen. Aber wer kommt auf den Gedanken, daß du das sein könntest. Es stand ja kein Name dabei. War auch gerade der Tag, an dem Monika auszog.

Die Katze war verstummt. Die beiden Männer sahen über ihre Gläser ins Freie hinaus. Sutters Garten verriet auch in seiner Verwahrlosung noch Spuren der Bereitschaft für eine Andere Welt, die vor Zeiten im POLYMER angesagt gewesen war. Von der Terrasse blickte man wie von einer Bühne auf ein sparsames Schauspiel. In der Mitte des von strengen Betonwänden begrenzten Gartens lag ein kleines Wasserloch, in dem sich Kunst und Natur vereinigten, wenn auch nicht eben üppig. Ein paar Binsenstäbe und Froschlöffelblätter hatten die kalligraphisch gedachte Form – das chinesische Zeichen für Nichts – verwischt. In der Ecke ein Kirschbaum in weißem Flor. Durch die Mauerlücke sah man in ein Stück geborgte Landschaft hinaus, die, unscheinbar, wie sie war, durch die Begrenzung etwas von ihrer Beliebigkeit verlor. Die schon grün überfangenen Buchen des nahen Waldstücks wirkten im Sonnenlicht wie Einzelstücke, und die Wegspur ertrank symbolhaft in der saftigen Wiese.

Die beiden Männer saßen auf schütteren Holzstühlen, die, wie auch der Tisch, aus einer Gartenwirtschaft stammten.

Hat man eine Ahnung, wer auf dich geschossen hat? fragte OFritz.

Ich weiß es, antwortete Sutter. Du.

Fritz hatte abwesend gefragt, sein Geist war nach Pirmasens unterwegs und durchwanderte jene trüben Gefilde, über denen die Sonne der Eifersucht nicht untergeht. Als ihn Sutters Antwort erreichte, erschrak er. Ich? sagte er. Bist du verrückt?

Ich mache den Test nur mit guten Freunden, sagte Sutter. In unserem Alter sind Beziehungen schwer zu haben. Da wünscht man sich ein Beziehungsdelikt. Die Polizei hat keine Spur, kein Motiv, keinen Verdacht, nichts. Auch kein Interesse.

Muß ein Racheakt sein, sagte OFritz. Du solltest einen Denkzettel kriegen.

Wüßte ich nur, woran ich denken soll, sagte Sutter. Es könnte noch etwas nachkommen.

Mal den Teufel nicht an die Wand, sagte OFritz.

Ein merkwürdiges Gefühl, beobachtet zu werden, sagte Sutter, und nicht zu wissen, von wem. Ich überlege mir, wie ich die Täterschaft provozieren könnte. Vielleicht gibt sie sich dann zu erkennen. Wenn mich nicht alles täuscht, ist sie eitel.

Wenn dich nicht alles täuscht, sagte OFritz. Du täuschst dich besser nicht.

Du verlangst viel, sagte Sutter. Die Täterschaft sitzt im Dunkel, ich stehe im Licht. Das Spiel ist einseitig. Vielleicht gleicht es sich aus, wenn ich auch ein wenig Dunkelheit verbreite.

20

Ein Tier, ein Tier, hier kömmt ein Tier, hilf Gott, ein Tier, ein wildes Tier, summte Sutter in der Küche vor sich hin, als er eine Dose Lamm-Ragout aufriß. Ruth bevorzugte die Marke mit der festen Büchse, doch Sutter hatte es noch nie fertiggebracht, sich des elektrischen Büchsenöffners ohne größeres Mißgeschick zu bedienen. So stand die letzte Büchse seit über einem Jahr unberührt auf dem Regal.

Der Druck gegen sein Bein schob den Morgenmantel beiseite. Die Katze bäumte sich, um den Kopf gegen Sutters Knie zu reiben. Danach strich ihr Schweif seinen Knöchel entlang und krümmte sich zu jener Form, die Ruth »erzählerisch« genannt hatte. Jaja, brummte Sutter, erzähl mir was.

Wo immer die Katze gewesen war: endlich war der Hunger stärker geworden als das Fernweh, oder die Sehnsucht nach der unbekannten pflegenden Hand: ihre Duftspur hatte sich aus dem Fell verloren. Wo es seine nackte Haut berührte, kam er sich verjüngt vor. Er brockte ein halbes Stück Brot in den Napf und drückte es mit der Gabel unter die gallertbedeckten Fleischbrocken. Angesichts ihrer Gier glaubte er sich die Tücke leisten zu können. 'S ist Krieg, 's ist Krieg, sang er, Und ich begehre / Nicht schuld daran zu sein. Schließlich schüttelte er aus einem großen Karton noch einen Schwung Vitaminflocken dazu. Es muß noch einen Moment ziehen, Katze, sagte er. Bitte um etwas Geduld. Schmerz darf sich setzen, aber Futter muß ziehen, so ist das auf der Welt. – Und setzte sich selbst auf den Küchenstuhl; warum atemlos?

Die Katze schrie. Sie hätte auch schnurren können, und bei Ruth hatte sie beides zusammen fertiggebracht, einen Laut zwischen Schnarren und Schnarchen. Seit Ruth tot war, schnurrte sie nicht mehr laut, ließ nur noch, wenn sie so verschlafen war, daß er sie auf seinen Bauch legen konnte, etwas wie Röcheln vernehmen, ein entferntes Echo von Wohlbefinden. Als der Haushalt noch jung war, hatte die Katze nach Sutters ganzem Kopf geschnappt. Da kam sie nicht zum Biß wie an seinem Handgelenk, gegen das sie scharren und strampeln konnte, keineswegs ohne die Krallen einzuziehen. Inzwischen begann es Sutter an dem zum Spielen nötigen Haar zu fehlen. Wer nagt an einer blanken Kopfhaut! Der Schrei, den sie an seinem Bein hören ließ, klang verrostet.

Eigene Kinder hatten Ruth und Sutter nicht bekommen.

So, sagte Sutter und setzte den Napf vor die Katze, die seine Hand beiseite stieß. Sie schüttelte den Kopf, weil ihr die Vitaminflocken in die Nase stäubten. Die frischesten waren sie nicht mehr. Aber die Katze mußte durch das Gestöber hindurch, um an den Musberg zu kommen. Du hättest der Katze die Flocken unters Ragout rühren können. Es war nicht nötig, Sutter, daß sie ihr in die Nase stoben. Die Schandtaten der Welt geschehen aus erzieherischen Gründen, an denen der Erzieher, obwohl er sich beschwert, sein Vergnügen haben will.

Vor Hingabe an den Boden gepreßt, fletschte die Katze

das Gebiß über ihrem Mus und kaute seitwärts mit großer Umständlichkeit, indem sie den Kopf hin- und herwarf. Der fehlende Fangzahn. Ja, Katze, sagte Sutter. Ich belehre dich, und weiß doch, daß du unbelehrbar bist, Gott sei Dank. Dafür liebe ich dich – grundlos, das ist keine Frage. Die Frage ist, ob ich meiner Liebe trauen kann. Ob ich meine Liebe liebe. Ob ich mit meiner Liebe liebenswürdig bin. Wir normalen Täter hätten das nötig. Korinther 13. Wer der Liebe nicht hat, der ist ... was schon wieder? Etwas wie ein tönendes Erz und eine klingende Schelle. Warum soll das Erz nicht tönen und die Schelle nicht klingen? Können sie denn etwas anderes? Was soll die Liebe denn können: sie eifert nicht, sie treibt nicht Mutwillen, sie läßt sich nicht erbittern, sie verträgt alles, sie hofft alles, sie duldet alles. Von alldem ist keine Rede, OFritz, bei dir so wenig wie bei mir. Du eiferst, du erbitterst dich, du verträgst nichts und hoffst, daß Gott erbarm. Er wird sich nicht erbarmen. Ich sage dir, was die Liebe kann: sich und andere betrügen und immer noch glauben, daß sie es aus Liebe tut.

Ruth, Katze, hat dir nie einen andern Namen gegeben als: Katze. Auch als du dich als Kater zu zeigen anfingst, mit zwei Jahren, unzweideutig genug. Da bist du am längsten Ruths Kind gewesen. Jetzt wolltest du ihr Mann sein. Wenigstens der Mann von Ruths Arm. Wenn du ihn bestiegen hast und der Milchtritt schlüpfrig wurde. Die ganze Wohnung stank davon. Kein Möbel, das unmarkiert geblieben wäre. Unsere erste und letzte Polstergruppe hast du zum Kunstwerk zerarbeitet, und Ruth ließ dich wüten.

Danach wurdest du kastriert, im besten Alter, Ruth brachte dich zum Tierarzt. Du hattest nur noch eine Wunde zu lecken. Du hast es verschmerzt. Aber Ruth?

Ein Jahr später wurde ihr Krebs entdeckt, ein »Zufallsbefund«, wie der Spezialist feststellte, womit er sagen wollte: eben noch zur rechten Zeit. Ich hätte mich gerne täuschen lassen, aber Ruth, glaube ich, täuschte sich keinen Augenblick. Nur der Lebensmut täuschte, mit dem sie dem Krebs zu begegnen schien. War es der Ausdruck ihrer stillen Erleichterung, daß es an ihm nichts mehr zu rütteln gab?

Die Katze sah Sutter an. Der Napf war immer noch halb voll.

Bitte, Katze, sagte er. – Friß. Stirb nicht.

Plötzlich schüttelte sie sich und warf den Kopf, bäumte sich vom Futternapf weg, als enthielte er schieren Ekel. Sie rannte weg, wie auf der Flucht, die Treppe hinauf zu Ruths Kistchen, mit gestrecktem Schwanz. Ohne die geringste erzählerische Wendung darin. Sutter blieb sitzen, auf seinem Küchenstuhl.

Dann stand er auf, um sich Kaffee zu machen. Das mußte sein. Eigentlich hatte er keine Lust auf ein Frühstück, aber er kannte seine Pflicht. So leicht wie du, Katze, kann ich's mir nicht machen.

Es kam vor, daß Sutter einschlief, wenn er im Märchenstuhl auf die Wirkung des Kaffees wartete. Jedenfalls war, wenn er mit nassem Gesicht aufschrak, eine Stunde vergangen, er wußte nicht, wie. Aber er hatte Ruths Stimme gehört. Sie sind ein Hiesiger? hatte sie gefragt.

Und wer sind Sie?

Ein großrussischer Fürst, sagte sie. Früher war ich ein russischer Großfürst, aber das waren noch Zeiten. Jetzt möchte ich mein Geld anlegen.

Woran hatten Sie gedacht?

An ein Haus, sagte sie.

Wieviel hätten Sie denn anzulegen?

Fünfzehn Millionen. Ich habe gerade hundertfünfzig Seelen günstig verkauft.

So viel gilt eine Seele nicht.

In Rußland schon. In Rußland ist eine Seele fast unbezahlbar.

Fünfzehn Millionen also, sagte er. Rubel?

Dollars selbstverständlich.

Und dafür möchten Sie ein Haus kaufen? Das können Sie als Ausländer nicht. Nicht in der Schweiz.

Sie sind mein Strohmann, sagte sie.

Ich bin Ihr Strohmann. Und was kriege ich dafür?

Sie tun es aus Liebe.

Ja dann, sagte er. An was für ein Haus hatten Sie gedacht?

Ein Gespensterhaus, sagte sie, ich habe schon ein paar. Das erste in Bistritz, Dracula's Tooth. Eines in St. Petersburg, Rasputin's Body. Und den All Souls Dungeon in Jasnaja Poljana.

Warum haben alle Ihre Häuser englische Namen? fragte er.

Englisch ist überall, sagte sie. Aber Russisch ist immer.

Rußland ist geschlagen, sagte er, Rußland liegt am Boden.

Davon wird es stark, sagte Ruth. Je geschlagener desto stärker. Der Oberflächenmarkt interessiert mich nicht. Ich gehe auf den Tiefenmarkt.

Dann wäre eine Höhle das passende, sagte Sutter.

Lieber Strohmann, Höhlen sind kalt. Ich habe es gerne heiß.

Großfürst, sagte er, Sie haben etwas viel Geld. Zu viel für ein Haus.

Richtig, sagte sie. Darum kaufen wir lieber gleich eine Häuserkette. Wie soll sie heißen? Englisch, bitte.

Haunted Houses Incorporated, sagte er.

Das klingt wie Romantic Hotels, sagte sie. Es muß hohler klingen.

Ghost Enterprises, sagte er, Ghoulish Delights.

Besser, sagte sie, aber das »h« muß man hören. Was bieten mir Ihre Häuser, Strohmann?

Seele, sagte Sutter, Seele pur.

Was wäre eine Seele ohne Komfort. Denken Sie daran, Seelen müssen sich wie zu Hause fühlen.

Wie haben Sie es denn in Transsylvanien gehalten? fragte er.

Och, Vampire, sagte sie, die sind leicht zu stillen. Dracula's Tooth ist ein Bordell, Strohmann, weiter nichts. In der Schweiz wünsche ich mir etwas Feineres. Etwas mit Anstand.

Wenn ich wüßte, was Exzellenz unter Anstand verstehen.

Töten, sagte sie. Es ist überall dasselbe, mein Freund. Die Leute wollen töten, aber es darf ihnen nicht wehtun.

Den Opfern auch nicht? fragte er.

Aber wie! sagte sie. Die müssen sich winden. Aber ich, ich will mich keinesfalls genieren, wenn ich davon nicht genug bekomme.

Solche Gespräche hatten sie an öffentlichen Orten geführt, in Restaurants, Wartesälen, beim Anstehen vor dem Schalter. Damals ging Ruth noch aus dem Haus. Wer sind Sie? fragte Ruth, dann hatte sich der andere zu entdecken, als Kopf- oder Kammerjäger, Seelenverkäufer oder Sklavenhändler, Hausbock oder Windhose, und wurde über seinen schauderhaften oder gotteslästerlichen Alltag verhört. Alles war erlaubt, nur lachen nicht; dabei unterhielten sie sich halblaut und beiläufig, so daß die Zuhörer ihre Ohren anstrengen mußten, um ihnen dann erst recht nicht zu trauen. Ruth und Sutter wurden angestarrt wie Gespenster am hellichten Tag, es kam vor, daß jemand sich an den Kopf griff, den er nicht länger schütteln konnte, und mit einem halblauten Fluch Reißaus nahm.

Großfürst, sagte Sutter, Sie scheinen einen mörderlichen Geschmack zu haben.

Einen schlechten, aber ehrlichen, sagte Ruth, einmal möchte ich es doch wissen.

Was? fragte er.

Ja, was, sagte sie, das eben ist die Frage. Ich soll also für meine Seele kein Haus kriegen, geschweige denn eine Kette.

Ich möchte Sie festhalten, sagte er, auch ohne Kette.

Ich würde kein Menschenkind töten, das nicht ohnehin

stirbt. Was sollen mir fünfzehn Millionen? Meine Seelen sind weg. Was mir bleibt, ist nur noch ein Stück Fleisch. Es kann sich kaum noch sehen lassen, aber etwas kaufen möchte ich mir davon. Das kann nicht zu viel verlangt sein.

Einmal protestierte ein älterer Herr. Mit solchen Dingen spielt man nicht!

Mit welchen Dingen? fragte Ruth.

Mit solchen! antwortete der Mann.

Erlauben Sie, erwiderte Ruth, ohne die Stimme zu erheben: aber mit solchen Dingen geht es zu.

Auf das Spiel: wer sind Sie? verfielen sie erst, als es Ruth nicht mehr gutging. Angefangen hatte es anders. Sutter hatte Ruth, damals noch eine Frau Rohner, in die Kantine des BLATTES eingeladen. Es ging um ihre Reportage aus Indien, und er fürchtete, er habe sich seines Auftrags, nein zu sagen, nicht unzweideutig genug entledigt, denn er bemerkte eine Heiterkeit an ihr, die ihm nicht geheuer war.

Nachdem sie am Tischchen Platz genommen hatte, studierte Ruth mit zusammengekniffenen Augen die Tageskarte und sagte: Sie haben ein todtrauriges Menü.

Sie zeigte mit dem Finger auf das Wort »Schweinelendchen«. Schwein-Elendchen, sagte sie. Würden Sie sich an so etwas vergreifen?

Dann, sagte er, schlagen Sie doch besser eine Birchermaus. Er zeigte auf die vegetarische Linie der Karte.

Sie hatte ihren Finger nicht zurückgezogen, als er ihn unabsichtlich berührte, und jetzt las er in ihren schönen Augen, denen das Lachen vergangen war, daß er es ihr getroffen hatte – was immer. In diesem Augenblick nahm Ruth Sutter wahr und begrüßte den Spielkameraden, nicht ohne eine Spur des Erschreckens. Denn in diesem Augenblick waren sie einander versprochen.

Später:

Ich glaube, du machst mich rasend.
Wer bist du?
Iwan der Schreckliche.
Siehst du. Dann ist Rasen normal.

Oder:

Du bist meine Decke, Murmeltierbär.
Wer bist du?
Eine Murmeltierkatze.
Und was murmelst du?
Winterschlaf, Winterschlaf. Du mußt mich diesen ganzen Winter fest zudecken.
Und dann?
Wird es Frühling. Sonst sterbe ich auf der Stelle.

Noch später:

Ich bin Isabella die Wahnsinnige. Nimm bitte meinen Leib weg. Er kennt mich nicht mehr.

21

Sutter auf Spurensuche im Fall Sutter: Beschäftigungstherapie oder Generalprävention?

Spezialprävention, Sutter, es kommt kein öffentliches Interesse mehr in Betracht. Der Fall ist privat, du bist dein eigener Dienstleister. Du hast einen Verdacht, dem nachzugehen lebenswichtig werden könnte, denn wer hier geschossen hat, der kann noch mal und wird noch mal, wenn du dich falsch bewegst. Um aber zu wissen, welche Bewegung die Täterschaft für die falsche hält, bräuchtest du ein Täterbild, und hier beißt sich die Katze in den Schwanz; etwas, was nur junge Katzen tun.

In Sachen Selbsterkenntnis, Sutter, bist du nie der Stärkste gewesen, der »sokratischen Ironie« zum Trotz, die dir dein Chefredakteur bescheinigt hat, als er dich zu seinem Tempel hinauslobte. Deine Stärke ist die Wahrnehmung anderer, da kann deine Phantasie zu großer Form auflaufen.

Aber wie kann das sein, Ruth: daß ich, Trottel in eigener Sache, diejenige anderer plastisch sehen kann, am liebsten die der Gesetzesbrecher und Rechtsverfehler? Oder willst du mit »Phantasie« sagen, daß ich verkappte Selbstbilder liefere? Daß sie mir nur darum so gnädig geraten, weil ich Alibis nötiger habe als meine Täter? Daß ich weiß, was ich tue, wenn ich Gnade vor Recht ergehen lasse? Vielmehr: daß ich's so genau lieber nicht wissen will, um mein Geschäft getrost fortsetzen zu können, im Namen der Humanität genannten Drückebergerei? Daß also die Unschuld, die ich beim armen Sünder finde, nur ein Duftwasser wäre, in dem ich mir selbst die Hände wasche?

Lies dich doch wieder einmal selbst, Sutter, und mit der Strenge, die du deinen Freundinnen und Freunden, den Pechvögeln, so gerne ersparst. Ruth ist nicht mehr da, um deinen schonenden Menschenumgang zu stützen. Versteck dich nicht hinter einer Toten, du kannst ihr nichts mehr zuliebe tun. Lies dich, Sutter, als ginge es um dein Leben, denn darum geht es, mit oder ohne Knall – genau darum.

April 1992.

Vor Gericht steht eine junge Frau, die nicht redet. Sie hat ihren Mann mit einem Beil getötet, durch einen Schlag, kraftvoll geführt, mit der stumpfen Seite auf seinen Hinterkopf. Der Atemstillstand ist, nach Befund der Gerichtsmedizin, fast augenblicklich eingetreten.

Danach hat sie den Mann, der kaum geblutet hat, zum Ehebett geschleppt, hat ihm die Augen geschlossen und seine Hände über der Feuerlilie gefaltet, die er ihr am Morgen seines Todes nach Hause gebracht hatte, am Ende einer teils im Freien, teils in seinem Geländewagen zugebrachten Nacht. Sie hat dem Toten die Schuhe ausgezogen und neben dem Bett ausgerichtet. Dann hat sie ihn bis zu den Hüften zugedeckt, auf dem Nachttisch eine Kerze angezündet, das Beil dazugelegt und die Polizei benachrichtigt, die sie, neben dem Opfer auf einem Stuhl sitzend, erwartet hat, mit einem Köfferchen, in das sie bereits das für die Haftzeit Nötigste gepackt hatte.

Die achtjährige Tochter des Paars befand sich auf ihrem ersten ganztägigen Schulausflug. Yalukha H. bat die Beamten bei ihrer Verhaftung, ihrer Bekannten L. B. eine Nachricht bestellen zu dürfen: sie sollte das Kind bei seiner Rückkehr am Bahnhof in Empfang nehmen und vorläufig bei sich behalten. Der entsprechende Brief war schon vorbereitet. Darum erkannte der Staatsanwalt auf Vorbedacht, also auf Mord. Die Adressatin des Briefs war die Ehefrau des Mannes, mit dem Yalukha H. ein Verhältnis hatte. Vom Augenblick der Verhaftung an hat sie, wie eine Kriegsgefangene, nur noch das Nötigste gesagt. Und zu ihrer Tat nur zwei Worte: ich mußte.

Das Ehepaar H. lebte seit zwei Jahren in der Nähe Zürichs, wo der Ehemann als Computer-Programmierer arbeitete. Es hatte bereits den dritten grenzüberschreitenden Umzug hinter sich. Yalukha H. ist Kalmückin, geboren 1959 in einer damals »autonom« genannten Volksrepublik des Sowjetstaates. 1958 war der größte Teil des ehemaligen Nomadenvolkes in sein Stammgebiet südlich der Wolgamündung zurückgekehrt, nachdem es von Stalin zur Zeit des Zweiten Weltkriegs strafweise hinter den Ural ausgesiedelt worden war. Yalukha H.s Clan gehörte zur traditionellen Führungsschicht des kleinen, aus westlicher Sicht abgelegenen Volkes, das einen lamaistischen Buddhismus praktiziert. Ihr Vater war von der GPU ermordet worden.

Hellmuth H., geboren 1950 in Frankfurt/Oder, war einer der jungen Ingenieure, die in der DDR für die damals neueste

Computertechnik ausgebildet wurden. Seine Körpergröße qualifizierte ihn auch im Handball für eine erfolgversprechende Karriere. Er nahm 1975 als Kreisläufer der Nationalmannschaft an einem Turnier in der kalmückischen Hauptstadt Elista teil und begegnete bei einem Kulturabend der damals 16jährigen Yalukha, die als Geigenwunder galt und Deutsch sprach. Damit begann eine mehrere Jahre dauernde Brieffreundschaft. Hellmuth H. versorgte die junge Frau mit Kulturnachrichten und musikalischen Partituren, zu denen er – auch wenn die Komponisten als »dekadent« galten – dank seiner privilegierten Stellung Zugang hatte. Ihr gemeinsames Thema war die Musik. Sie schrieb ihm in gewissenhafter Handschrift kurze, ein wenig verschwärmte Briefe über Stücke, die sie spielte und die sie bewegten. Sie bat ihn, ihre Deutschfehler zu korrigieren. Dafür schrieb er ihre Briefe unverändert im Computer ab und kommentierte ihre Orthographie mit Randbemerkungen. Die Originale behielt er, ohne sie mit dem Rotstift anzurühren.

Die vorliegenden, dem Gericht zugänglichen Briefe lassen taktvolle Neugier für die Person seiner Briefpartnerin, aber vor allem sachliches Interesse an der Kultur ihres Volkes erkennen. Yalukha kommentiert seine Versuche, sich in ihrer Muttersprache auszudrücken, mit keinem Wort. Ihre ureigenste Sprache blieb die Musik, und ihre mädchenhafte Sehnsucht galt der von ihr selbst »europäisch« genannten Kultur.

Noch herrschte tiefer Kalter Krieg, und die jungen Leute mußten wissen, daß ihre Lebenszeichen mit aufmerksamen Mitlesern zu rechnen hatten. Entsprechende Rücksichten sind den Briefen des jungen Mannes eher anzumerken als denjenigen seiner Partnerin. Politik berührten beide mit keinem Wort. In Leipzig gab es 1978 ein Wiedersehen anläßlich eines Festes sozialistischer Völkerfreundschaft, die beide auf ihre Art instrumentierten, sie mit der Geige, er als Spitzensportler.

Zeugen, die sich seit der Wende vernehmen lassen, erklären dem Gericht, dabei habe es zwischen den jungen Leuten »gefunkt«. Jedenfalls betrachteten sie sich danach als verlobt und kamen bei ihren zuständigen Behörden um eine Heiratserlaubnis ein. Hellmuth war der Partei beigetreten und hatte an zwei Fachkongressen im westlichen Ausland, einem davon in Donaueschingen, teilgenommen. Die Obrigkeit muß ihn für gefestigt genug gehalten haben, um die grenzüberschreitende Ehe abzusegnen. Hellmuth kann seiner Braut eine Position als russisch-deutsche Dolmetscherin in einem elektronischen Betrieb in Aussicht stellen, wobei sie ihre Abneigung gegen alles Russische verschweigt. Ungleich wichtiger ist ihr die Aussicht auf musikalische Förderung. Es gibt auch diejenige auf eine Wohnung in Magdeburg, einer Großstadt: da wird sich auch in einem Plattenbau leben lassen. So wird im Frühjahr 1980 zweimal Hochzeit gefeiert: zuerst im Land der Braut, dann im Betrieb des Bräutigams.

Danach werden keine Briefe mehr getauscht: es sind andere Zeugnisse, welche die Situation der jungen Ehe beleuchten müssen. Yalukha H. läßt sich dazu nicht vernehmen. Von Zeugen, die das Paar gekannt haben, erfährt man, daß es sich bald isoliert hat – auf nahe Bekannte, gar Freunde ist die Untersuchung nicht gestoßen. Dafür wird Yalukha H. verantwortlich gemacht. Was sie sich von »Europa« versprochen hatte, war in Magdeburg nicht zu haben; Hier wurde ihr eine Identifikation mit dem russischen Brudervolk zugemutet, die ihr unerträglich war und die sie mit einer Aversion gegen alles Deutsche beantwortete – jedenfalls seiner in der DDR real existierenden Spielart. Yalukha H.s Rückzug war unverschleiert und wirkte arrogant. Die Musik aber, die sie interessierte und vielleicht über vieles hinweggetröstet hätte, erfreute sich in der DDR keiner Förderung. Zudem war die neue Wohnung für das Üben mit der Geige, dem sie früher viele Nachtstunden gewidmet hatte, gänzlich ungeeignet.

In den Augen aller Zeugen hat sie ihrem Mann, der sie

»wie ein Engel« unterstützt haben soll, das neue Leben so schwergemacht, daß er – nachdem sie ein Kind verloren hatte – 1983 einen Ausreiseantrag in die Bundesrepublik stellte. Über das Schwerwiegende dieses Schrittes fehlen Menschen wie uns die Begriffe. Hellmuth H. verlor seine Stelle, wurde aus der Partei ausgeschlossen und zum Hausdienst in einer Papierfabrik vergattert. Für seine Frau nahm die DDR endgültig das Gesicht einer Strafkolonie an. Der Intervention eines westdeutschen Unternehmers, dem Hellmuth H. in Donaueschingen begegnet war, ist es vermutlich zu danken, daß das Paar 1985 Knall auf Fall, von der westdeutschen Regierung freigekauft, ausreisen konnte. Nach einem Aufenthalt im Sammellager wurde das schwäbische Nürtingen zum neuen Wohnsitz der Eheleute. In der Nähe hatte sich für Hellmuth H. eine passende Stelle gefunden. Er spielte wieder Handball und trainierte den örtlichen Nachwuchs, während seine Frau erneut schwanger wurde und eine Tochter zur Welt brachte.

Eine wohnlicher gewordene Welt? Yalukha scheint sich unter westlichen Kleinbürgern nicht weniger unwohl gefühlt zu haben als unter sozialistischen, und nach der Geburt ihrer Tochter verstärkte sich der Zustand, den ihr Verteidiger »Sozialstarre« genannt hat. Sie rührte ihre Geige nicht mehr an und verließ auch das Haus nicht mehr, nachdem ihr beim Einkaufen schnöde oder anzüglich begegnet worden war. Sie schloß sich mehr und mehr in die Kinderpflege ein. Für das Leben in Westdeutschland wurde ihr Mann zuständig, der sich im Grunde genauso fremd fühlte wie sie. Von seiner »Fassung«, seiner »Klaglosigkeit«, war vor Gericht anerkennend die Rede. Der Staatsanwalt hatte auch in Erfahrung gebracht, daß die Frau dem Mann keinen ehelichen Verkehr mehr gestattet habe.

Nach drei Jahren kündigte Hellmuth H. und nahm eine Stelle in der Schweiz an. Der Schritt nimmt sich wie ein verzweifelter Befreiungsschlag aus. Hellmuth H. hatte in Zürich an einer Fortbildung teilgenommen, und die Stadt war ihm wie das reine Paradies erschienen. Hier begegnete ihm »Europa« in Gestalt wohlgekleideter Menschen, die das Glück gepachtet hatten. Hier, wenn irgendwo, mußte seine Frau ihre Musik wiederfinden. Auch dem neuen Arbeitgeber, der Schweizer Filiale eines deutschen Elektro-Multis, empfahl er sich durch Gewissenhaftigkeit und erhielt die Niederlassung ohne Umstände.

In Zürich, konnte man Hellmuth H. sagen hören, wäre er selbst gerne Kind gewesen; für seine kleine Tochter war es noch nicht zu spät. Die Fürsprache seiner Firma verschaffte ihm Kredit für den Kauf eines kleinen, etwas fröstelnden Eigenheims am Stadtrand. Es war von einem Garten umgeben, für den sich seine Frau nicht interessierte; immerhin hätte er ihr erlaubt, ungestört und ohne zu stören zur geliebten Nachtmusik zurückzukehren. Doch der Sinn stand ihr nicht danach. Sie hielt sich an ihrem Kind fest und redete, so das Zeugnis der Nachbarn, »Tag und Nacht in einer Sprache mit ihm, die kein Mensch verstand«.

Auch der Ehemann, dem die Schweizer Mundart nie vertraut wurde, zog sich nun gänzlich von der Gesellschaft zurück, die sich ihm – außer am Arbeitsplatz – nirgends geöffnet hatte. Es schmerzt, sich die Einsamkeit dieses Paars vorzustellen. In Hellmuth H.s Adreßbuch finden sich nur Adressen, die er für Notfälle notiert hatte. Er habe seine Frau über alles geliebt, so der Staatsanwalt. Über alles? Er hatte ja sonst nichts mehr; und so bleibt die Größe seiner Liebe ohne Vergleich – wie der Schlag mit der Axt, den seine Frau am 14. Oktober 1991 gegen ihn geführt hat.

Die Anklage hat mit einiger Beredsamkeit ihre Indizienkette für das Tatmotiv geschmiedet. Ist es dadurch klarer geworden? Hellmuth H. sieht im Schaufenster der Bank, die seinen Lohn verwaltet und sich der Kunstpflege befleißigt, das Porträt einer Frau ausgestellt, das ihm ungemein gefällt. Es zeigt die Frau des Künstlers, ein Jugendwerk. So ein Bild wünscht sich H. auch von seiner Frau. Für sie wünscht er es sich. Wer eine Frau so zu malen weiß, kann ihr ein lebendiges Gesicht, vielleicht sogar die Freiheit wiedergeben. Er faßt Mut, sich nach dem Maler zu erkundigen, sucht ihn im Atelier auf. Der Künstler, über die Landesgrenzen hinaus bekannt, hat seine gegenständliche Phase hinter sich. Man schätzt seine Assemblagen aus Kunststoff, seine Optik der Reduktion, seine »Kakographien« genannten Bildreste oder Restbilder.

Hellmuth H. schildert diesem Mann aus einer andern Welt seine Lage und seinen Wunsch, was den Künstler B. – nach dessen eigener Aussage – gerührt habe. Leider wissen wir nicht, mit welcher Kunst Hellmuth H. seine Frau dazu bewegen konnte, dem Künstler Modell zu stehen. Wie auch immer: sie hat sich bewegen lassen. Sie ist, wie wir von B. wissen, seine Geliebte geworden. Dabei fand der Gerührte nicht allzu viel. Ohne Passion hätte er nicht mehr ins Gegenständliche zurückgegriffen. So hat er nicht unterlassen können, Frau Yalukha H. »von innen« kennenzulernen, um sie von außen zu treffen.

Das Porträt existiert, und auch wenn es den Künstler – einschließlich Vorstudien – monatelang beschäftigt hat, ist es nach seinem Urteil »unvollendet geblieben«. Hellmuth H. hat es so oder so nicht mehr gesehen. Seine Frau hat ihm die Würdigung des Kunstwerks durch den Totschlag erspart. Der Künstler ist fassungslos; man darf ihm glauben, daß er mit einem solchen Zwischenfall nicht gerechnet hat. Er durfte eine »ganz spezielle Frau«, die sich ihm »geöffnet hat«, mit seiner Kunst aus ihrer Depression reißen; und nun das.

Die Empörung über das Unverhältnismäßige dieser Tat steht dem Künstler vor Gericht ins Gesicht geschrieben. Ist er dieser Frau nahegetreten? Er hat an ihr nur nichts versäumt. Es wäre wider seine Natur gegangen, ihr das Nötige schuldig zu bleiben. Er geniert sich auch jetzt nicht, es »das Nötigste« zu nennen. Unnötig war nur die blutige Konsequenz, die sie aus einem so liebenswürdigen Verhältnis gezogen hat. Wer seiner Passion die Sittlichkeit abspricht, hat keine Ahnung von Künstlersitte. Sie hat andere Art als die kleinbürgerliche, an der diese »Frau aus der Ferne« – so B. – zu ersticken drohte. Bei ihm hat sie geholt, was ihr zum Leben nötig war: Luft.

Wer B. kennt, weiß, daß er durch nichts verpflichtet werden kann, Porträts zu malen; dieses war eine Gefälligkeit. Hat B. für seinen Auftrag Geld genommen? Ja, weil sich der Künstler verpflichtet fühlte, das Ehrgefühl des Kunden zu schonen. Hat er die Differenz zu seinem Wert in natura eingezogen? – Auf eine solche Frage antwortet B. nicht. Ist es Leidenschaft gewesen? Nun besinnt er sich etwas länger. War er besinnungslos, als er Frau Yalukha an sich zog, großmütig, einfühlsam, taktvoll? Besinnungslos, entschied Herr B., das schon – im Sinn intellektueller Redlichkeit. Er sei ein leidenschaftlicher Mensch, es tue ihm leid.

Ein Raunen ging durch den Saal: braucht einem Künstler die Leidenschaft leid zu tun?

Hättest du jemanden für diese Sätze umbringen können? Ja, entschied Sutter, sofort. Aber nicht sieben Jahre danach. Jörg ist nicht der Typ, Rache kalt zu genießen. Oder ich müßte ihn ganz schlecht getroffen haben.

Sutter saß auf der Terrasse und starrte, das Buch auf den Knien, den Kirschbaum an, dessen starke weiße Blüte schon anfing sich zu bräunen. Er ärgerte sich über den Text. Aus der Jörg-Passage schlugen Häme und Haß. Sie war unsouverän. Er hatte Jörg nicht gemocht und die Unklugheit gehabt, es öffentlich zu zeigen. Das war nicht professionell. Nach dieser Schreibe hätte ich auch, als Chef, auf -ax verzichtet, dachte er.

Wenn ich jeden in Verdacht ziehe, den ich nicht mag oder mochte, dann müßte die Welt aus allen Rohren auf mich schießen. Aber es müssen ja nicht alle, die ich nicht mag, gleich den Wunsch haben, mich zu ermorden.

Nicht mogeln, Sutter. Du hast Jörg einen durchaus präzisen Grund geliefert, es dir heimzuzahlen. Aber muß er von der Geschichte mit Leo erfahren haben? Und wenn: hätte sie ihn erschüttert? Sie waren ja schon geschieden. Es hätte ihn aber, wenn ich recht sehe, auch früher nicht erschüttert.

Hättest *du* es früher getan? Als sie noch verheiratet waren?

Ja, sagte er sich. Wenn es so zugegangen wäre, wie es ging, hätte ich es geschehen lassen, zu fast jeder Zeit meines Lebens.

Das wurde ja immer schöner. Er suchte einen Täter – und stieß immer nur auf sich. War er ein solcher Narziß? Oder war es der Einwegspiegel-Effekt? Deine Anläufe zur Redlichkeit in Ehren, Sutter, aber sie schließen nicht aus, daß du auch von anderen beobachtet wirst. Ein Täter muß nicht *deine* Motive haben, dich zu töten.

Sonst hätte er auch besser getroffen, dachte Sutter.

Er sah Jörg von Ballmoos vor sich, an dessen Herkunft wahrlich nichts von Adel war: seine Ahnen waren halb fahrendes Subproletariat, Korbmacher aus dem Berner Seeland, und er gab sich stolz darauf. Was nicht heißen sollte, daß er das Mißverständnis gleich und überall berichtigte: namentlich in Deutschland fuhr es sich mit dem »von« im Namen ganz gut. Jörg war ein wohlgebauter Mann mit einer Luftnase im Eulenspiegelgesicht – so hatte Ruth von ihm geredet, und durchaus nicht abfällig (*nie* hatte er sie abfällig über eine Person reden hören; wer ihr nicht zusagte, über den schwieg sie). Sie schätzte seine Arbeit und verfolgte ihre Entwicklung. Die »Luftnase«, spitz, stark aufgeworfen, pflanzte einen kindlichen Unernst in ein Gesicht, das diesen Ausdruck sonst nicht verdiente. Es war ein würdiges Gesicht, das, ohne die Jökelnase, von ferne an das Mirós erinnerte, nur daß Jörgs Augen nahe beieinanderlagen und trotzdem leicht schielten, was seinem Blick eine bohrende, manchmal verbohrte Intensität geben konnte. Der Mund war generös gezeichnet, edel geschwungen, von angemessener Sinnlichkeit und, wie das ganze Mienenspiel, beweglich, der ganzen Spannweite mächtig zwischen schnödem Hohn und warmem Lächeln. Der Mann gestaltete nicht nur, er redete auch gern und gut. Unzweifelhaft schön und ausdrucksvoll waren die Hände, die er seine »Korberfinger« nannte. Jörg war leicht zu mögen – Sutter mochte ihn nicht. Er hätte ihm als Täter gepaßt, er hängte ihm gern etwas an. Das war objektiv, Sutter. Bloß: *was* hängst du ihm an?

Er nahm das Buch wieder auf, seinen gebundenen Berufsabschied. Jetzt kam der zweite Artikel, derjenige nach einer durchwachten Nacht. Der hatte es gebracht. Wie las er sich heute, nach dem Schuß?

22

Wenn ein Verteidiger, wie gestern Herr Dr. Spitzer vor dem Obergericht, alle Register zieht, kann man, gebührend erschlagen, nicht gleich feststellen, ob eines gefehlt hat – und kommt erst hinterher auf die Idee, es könnte dasjenige gewesen sein, das, bei sparsamem Gebrauch, die Musik erst wirkungsvoll gemacht, das heißt: seiner Klientin, dieser Täterin aus einer anderen Welt, gedient hätte. Denn es hätte dem Verständnis der Tat und ihres Hintergrunds dienen können – und damit auch ihrer Würdigung durch das Gericht.

Nun: Sparsamkeit ist Herrn Dr. Spitzers Sache nicht. Er hat gestern, überaus eindrucksvoll, das hohe Lied der Passion gesungen und das sündige Paar, Dantes würdig, als Paolo und Francesca gemalt, die sich, beim reinen Kunstgenuß von der bekannten Himmelsmacht überrascht, zur Grenzüberschreitung haben hinreißen lassen – »an jenem Tage lasen wir nicht weiter«. Herr Dr. Spitzer sieht in solcher Passion die von ihm so genannte »List der Unvernunft« am Werk, in welcher er »das andere Gesetz« verehrt – eines, das, um des stärkeren Lebens willen, nicht die Regel, sondern die Ausnahme verlangt. Im zur Zeit besonders geläufigen darwinistischen Dialekt: die Mutation, den Sprung aus der Kopie in ein neues, abweichendes Original. Dieser Sprung, so Herr Dr. Spitzer, trage uns immer in entwicklungsgeschichtliches Neuland, ins Jenseits der Statistik. Denn in 999 von 1000 Fällen sei die Mutation erfolglos, schließe ihren Träger von der Fortsetzung des Lebens aus. In einem Fall aber sei es das Leben selbst, das zu seiner Rettung und damit zum Zweck seiner eigenen Steigerung interveniere, und dann werde der Mutant zum Stammvater einer neuen Welt. Herr Dr. Spitzer scheut sich nicht, die Sexualität selbst, »diese geniale und halsbrecherische Erfindung des Lebens«, als eine solche Mutation anzusprechen und unerschrocken für ihre Berechtigung zu werben – »unter allen Umständen, auch den schwierigen, ja trostlosen meiner von allen guten Geistern verlassenen Mandantin«.

In diesem Zustand habe ihr der Künstler B. als guter Geist erscheinen müssen, denn in ihm war die Gewalt des Lebens, des von ihr so grausam entbehrten Lebens. Stimmt nicht alles an der Tochter der Steppe – bei ihrer Physiognomie angefangen – zu dieser Spitzerschen Lesart? Und müssen wir uns nicht dazu überwinden, sie gelten zu lassen, auch wenn wir sie nicht wie Herr Dr. Spitzer feiern, im Lichte einer kulturellen Errungenschaft betrachten können? Ist Herr Dr. Spitzer nicht der Mann, unter 999 Fällen, bei denen das Gericht sein Recht sprechen muß, den tausendsten zu entdecken, die Ausnahmetat, die exzeptionelle Täterin, bei der Gnade vor Recht ergehen muß! und wo ein schweizerisches Gericht, gerade ein schweizerisches, wieder einmal, statt des dürren Strafgesetzes, das Recht des freien Dschungels zu vertreten hat, bei dem der Starke gewinnt – in diesem Fall: das stärkste der Gefühle? Haben wir nicht die Pflicht, seine heilige Stim-

me auch in der eigenen Brust zu vernehmen? Wenn wir strafen müssen, und wir werden es müssen, dann bitte mit Takt und Respekt. In ein hiesiges Strafmaß übersetzt: ein Jahr mit Bewährung. Wir können keinen Freispruch fordern – die Tat ertrüge ihn nicht. Zu diesem Freispruch hätten wir kein Recht. Aber wir können uns dieser Straftat würdig erweisen.

Schlichter gesprochen: Yalukha H. ist schon gestraft genug. Sie hat jede Brücke hinter sich abgebrannt, auch und zuerst diejenige zu ihrem Geliebten. Sie hat ihre kleine Tochter mit einem Streich beider Eltern beraubt. Ihre Tat ist zuverlässig einmalig, wie die Passion, die sie ausgelöst hat. Es gibt hier niemanden zu resozialisieren – diese Frau wußte, warum sie aus ihrer Bahn geschritten ist. Was soll es an ihr zu bestrafen geben? Hier wird der Buchstaben des Gesetzes selbst zur Strafe. Herausgefordert ist der Geist des Gesetzes – darum bittet Herr Dr. Spitzer das Gericht nicht um eine schonende Strafe, sondern um eine im Sinne der Strafidee – die hier weniger als je »Sühne« heißen kann –, um eine geistvolle.

Dafür hätte mich auch Spitzer umlegen können, dachte Sutter. So hat er ja nicht wirklich geredet. Ich habe hochherzigen Unsinn daraus gemacht – und Spitzer zur Karikatur. Aber Spitzer ist ein Vertreter. Er vertritt vor dem Gericht alles mögliche, am liebsten die Menschheit; beim Schießen aber gibt es keine Vertretung, und selber würde er es nie tun. Wäre er ein Winkeladvokat! Aber er ist ein Mann großer Horizonte, des aufgedonnerten Allgemeinen, vor dem der arme Einzelfall nur verlieren kann; Spitzer ist ein zuverlässiges Unglück für seine Klienten. Warum hat ihn Leonore angeheuert, wofür hat sie ihn bezahlt?

Aber: es gab nicht nur die Passion der Täterin zu einem Künstler. Es gab zuvor – und zugleich – eine Beziehung zur Frau dieses Künstlers, und vieles deutet darauf hin, daß man von Freundschaft reden darf, vielleicht der ersten tragfähigen Freundschaft im Leben der Yalukha H. Wir wissen nicht, wie sich die beiden Frauen verständigt haben, als Yalukha B.s Geliebte wurde. Darüber läßt sich Leonore B. so wenig vernehmen wie sie. Aber wir wissen, daß ihre Freundschaft weiter gegangen ist – unbegreiflich weit für unsere Denkmuster; wohl weniger unbegreiflich für die Konventionen einer weither gekommenen Frau, die der inneren Freiheit einer hiesigen, menschlich gereiften Frau begegnet ist.

War Leonore B., als Frau eines Künstlers, »Kummer gewohnt« und – aus Resignation oder Klugheit – zur Duldung seiner Amouren bereit? Die Boulevard-Presse weiß, wie es im Inneren einer »betrogenen Frau« aussehen muß; wir wissen es nicht. Was wir wissen, weil wir es aus Yalukha H.s Verhalten ablesen: Sie wäre nicht die Frau gewesen, eine »Duldung« ihrer Liebe anzunehmen, selbst wenn Leonore B. die Frau gewesen wäre, diese zu gewähren. Yalukha H. hat während des Prozesses einen Selbstmordversuch unternommen, zu dem die Verteidigung nur einen Passepartout geliefert hat. Wir halten es für möglich, sich um einen exakten Schlüssel zu bemühen.

Es könnte nämlich sein, daß Yalukha H. erst aufgrund der Verhöre – und nachdem der Geliebte gerichtlich ausgesagt hatte – ein Grundirrtum ihrer Passion aufgegangen ist, der ihrer Tat nachträglich den Boden entzog. Es könnte sein, daß sie nicht nur mit der »Erlaubnis« der Ehefrau für ihr Liebesverhältnis gerechnet hatte, sondern daß die Voraussetzung des Einverständnisses mit Leonore B. überhaupt die Bedingung dafür war, daß sie es einging; daß sie glaubte, ihrer Passion keinen Zwang antun zu müssen. Yalukha H. ist ein starker, auch strenger Charakter. Wie, wenn sie die von B. aktenkundig vielgebrauchte Anrede »meine kleine Frau« nicht als galante Floskel, sondern wörtlich verstanden hätte?

An einem solchen Familienverhältnis wäre in der Kultur, aus der sie kam, nichts Auffälliges gewesen. Unsere »Einehe«

ist für das nomadische Volk nur da zwingend, wo die Not sie gebietet. Die Sitte erlaubt dem Mann eine zweite und auch dritte oder vierte Frau, wenn er zu ihrer Versorgung imstande oder – aufgrund seiner Stellung – sogar dazu verpflichtet ist; und die Notwendigkeit sozialer Verbindungen kann ihn durchaus dazu verpflichten. In dieser Polygamie männlichen Brauch und Mißbrauch zu sehen, entspricht unseren Denkgewohnheiten – nicht denjenigen, in denen Yalukha H. aufgewachsen ist. Daß Frauen sich einen Gatten »teilen«, befestigt in vielen Kulturen nicht seine, sondern ihre Stellung; es ist ein im Patriarchat verstecktes Element jener matriarchalischen Kultur, von der die Verteidigung viel zu singen und zu sagen wußte, nur vielleicht das Zutreffende und Urteilsrelevante nicht. Die Grundlage dieser Familienstruktur ist das Einvernehmen, ein kooperatives und solidarisches Verhältnis der Frauen untereinander. Dazu gehört freilich auch eine Hierarchie: die zweite Frau ist, in der Tat, die »kleine«.

Ein solches Verständnis ihrer Bindung an B. war für Yalukha gewiß nicht so »unnatürlich«, wie es die uns gewohnten Szenarien finden. Für das ihrige war es die »zweite« Frau, die sich nicht von selbst verstand – für die Tochter eines adligen Clans, in dem nur »erste« Partien vergeben wurden. Daß ihr die »kleine« Frau groß genug war, beleuchtet darum nicht ihr Verhältnis zum prospektiven Ehemann – es wirft ein Licht auf den Rang der »großen« Frau, auf Leonore B. Daß sich Yalukha H. der Passion Jörg B.s sicher glaubte, ist das eine; viel mehr aber mußte sie sich der Geneigtheit seiner Ehefrau für die neue Verbindung sicher sein. Diese erst erlaubte ihr, die Avancen des Mannes zu erwidern. Von Leonore B. aber hatte sie mehr als Duldung, nämlich Nähe erfahren, und erfuhr sie immer noch – selbst nach ihrer blutigen Tat, mit der sie sich nicht von Hellmuth H., sondern für die neue Familie befreit zu haben glaubte.

Hast du selbst an das geglaubt, was du da geschrieben hast, Sutter, mit schlaflos glühendem Kopf, zwischen vier und sieben Uhr morgens? Du hast es dir schlicht aus den Fingern gesogen – da stand keine Stunde Recherche dahinter. Du wußtest nichts über die kalmückische Familienstruktur, du hast dich darauf verlassen, daß Gericht und Öffentlichkeit weniger als nichts davon wüßten, und hast dich nicht getäuscht. Nur die Erregung deiner Phantasie hat dich in ein paar inspirierten Minuten zum Kalmücken-Spezialisten gemacht. Die Überzeugungskraft deiner Argumente beruhte darauf, daß du, als sie dir einfielen, selbst an sie geglaubt hast – es war niemand da, der den Bluff hätte beim Namen nennen können. Yalukha gewiß nicht, Spitzer, der sich lieber an danteske Passionsbilder hielt, auch nicht, und Hellmuth H. war tot.

Bei Licht besehen, Sutter, verdankt Yalukha ihr mildes Urteil nicht nur einer Erfindung, sondern auch dem Unernst, mit dem du ihr ein Kostüm deiner Phantasie übergeworfen hast. Wenn Yalukha gewesen wäre, was du aus ihr gemacht hast, hätte sie dir dafür nur die Kugel geben können, sie vor allen anderen. Denn du hast dich ihr gegenüber wie ein Kolonialherr verhalten, ärger: wie ein Menageriebesitzer, der dem staunenden Publikum eine echte Wilde vorführt. Kein Wunder, daß Ruth deiner Berichterstattung nicht getraut hat – und du weißt, warum du ihr Verständnis dafür nie erwarten durftest.

Was Yalukha H. bei der Vernehmung erfahren mußte, und im Prozeß: aus erster Hand, nämlich vom Geliebten selbst, zerstörte das Bild, das sie sich von ihrer Lage gemacht hatte, ganz und gar. Danach war das Opfer, das sie gebracht hatte, nicht nur sinnlos, sondern frivol und – das war das schlimmste – lächerlich.

Sie hat nach dem ersten Prozeßtag versucht, sich das Leben zu nehmen. Nach ihrer Rettung, die ihr schrecklich gewesen sein muß, verzichtete sie auf jedes weitere Wort, denn die Koordinaten, in der ihre Verhältnisse eine – wenn auch prekäre – Ordnung gehabt hatten, waren gelöscht. Wenn es etwas gibt, was sie heute noch aufrechthalten kann – so aufrecht, wie sie im Stuhl der Angeklagten sitzt –, ist es die Erfahrung, daß sie von einer Person, einer einzigen nicht im Stich gelassen wurde.

Diese Person ist nicht der Geliebte. Es ist seine Frau. Es ist Leonore B.s Werk, daß Yalukha H. einen hoch gehandelten Verteidiger hat – auch wenn er leider eben das für sich zu behalten scheint, womit er ihr wirklich gedient hätte. Möglich, daß er ihr den besten Dienst zu leisten glaubte, wenn er sie zu einer kalmückischen Medea stilisierte. Eine blinde Passion hält man bei uns für einfühlbar; ebenfalls, daß im Verhältnis zu einem Künstler eigene Gesetze gelten. Ihm gesteht man einen Bohème-Bonus zu. Und wie seine Kunst als frei gilt, so auch seine Liebschaften: die Partnerin, die sich hierüber Illusionen macht, ist selber schuld.

Doch Yalukha H. hat nicht verdient, über die Vermutung ihrer Unzurechnungsfähigkeit entlastet zu werden. Sie nimmt für ihre Tat keine mildernden Umstände in Anspruch. Über Hellmuth H.s »Sturheit« bedurfte sie keiner Belehrung; sie teilte sie, darin war und bleibt sie ihm nahe, in seinem Ende, und darüber hinaus. Auch für ihn handelte es sich nicht um einen »Seitensprung« seiner Frau. Es war die nackte Katastrophe. Das Reh, das er »lieb hatte vor andern«, wie es im Liede heißt, hatte ihn verlassen, und das hatte ihn getötet. Fehlte nur, daß sie es wirklich tat, und so hatte sie die Strenge und Gnade, es auch zu tun.

Ja, Sutter – dieses Reh hast du dir auch von Ruth nicht verjagen lassen.

Müssen sich hiesige Richter um ein so barbarisches, ein »skythisches« Liebes- und Rechtsverständnis kümmern? Nein, aber sie sollten es bedenken, bevor sie ihr eigenes und ganz anderes Urteil fällen. Vielleicht täten sie gut daran, sich an starke Stücke unserer eigenen Literatur zu erinnern und es für denkbar zu halten, daß »Penthesilea« nicht nur für den Deutschunterricht existiert. Das Gericht braucht den Rahmen, in dem der Totschlag ihres Mannes für Yalukha H. nötig war, nicht zu übernehmen, aber im vollen Wortsinn würdigen darf es ihn, nicht zuletzt aus Rücksicht auf das Opfer. In Yalukha H.s Verständnis ist ihr Mann eben dies und nichts Geringeres gewesen.

Auch beim »Opfer« ist Sutter stur geblieben.

Für alle Beteiligten hätte Yalukha H. einen Ausweg aus einer dramatischen Beziehungssituation sehen können – für ihren Ehemann nicht. Er hatte sich von Anfang an mit Leib und Seele zum Hüter seiner Frau gemacht, gewiß auch aus gegebener Not und Notwendigkeit, ebenso gewiß aber nicht gegen seine Anlage und seinen Charakter. Vor Gericht sagten die Zeugen aus, er sei gewohnt gewesen, immer ganz zu tun, was er tat, gewissenhaft und restlos. Blieben doch Reste übrig, die in seinem Bild der Welt nicht aufgingen, verstand er die Welt nicht mehr und kam mit sich selbst nicht zurecht. Er konnte nicht anders sein als konsequent – in den eigenen Augen; »stur« in den Augen der anderen.

Das ist ehrenhaft, aber auch zum Fürchten. Dieser Charakter war nicht für ein Leben geschaffen, in dem er sich selbst als Sperrgut hätte sehen müssen; er lebte für das Liebesmonopol seiner Frau und von seiner Unerschütterlichkeit. Was Yalukha H. begegnete – in seinen Augen: was sie geschehen ließ –, war ein tödlicher Schlag gegen seine Würde und Selbstachtung. Als er beides zu verlieren begann, hat es seine Frau auf sich genommen, den Schlag auch wirklich zu führen, mit der Axt.

Darin einen Ausdruck der Achtung, um nicht zu sagen:

einen finalen Liebesbeweis, zu sehen, ist nicht unsere Art – aber alles deutet darauf hin, daß es ihrer Art entsprach. Es würde auch dem strengsten Richter nicht möglich sein, sie härter zu strafen, als sie es selbst schon getan hat. Denn da sie keine Wilde ist, mußte sie wissen, daß sie damit die Aussicht auf ein Leben mit dem Geliebten – nein: mit dem neuen Ehemann – für lange, wenn nicht für immer verwirkte. Dennoch hat sie es getan. Und glaubte sich dabei, außer von Hellmuth H., wenigstens von einem Menschen verstanden: von Leonore B.

Wir glauben: mit Grund. Aber als sie Leonores Mann vor Gericht reden hörte, wurde ihr dieser Grund unter den Füßen weggezogen. Denn da erfuhr sie: der Geliebte habe sein Verhältnis mit ihr zwar ernst gemeint, aber auch für begrenzt gehalten. Davon sei er ausgegangen, und die Wendung, welche sein Modell der Sache gegeben habe, sei nicht abzusehen gewesen – damit habe er nichts mehr zu schaffen. Darauf versuchte sich Yalukha H. im Gefängnis zu erhängen.

Wofür wurde sie gerettet? Wir hoffen: für einen Prozeß, in dem ihr Gerechtigkeit widerfährt, ohne daß sie darum dem Recht, unserem Recht, entgehen muß. »Multikulturell« darf in diesem Prozeß nicht Phrase bleiben. Wir haben es bei der Täterin nicht mit einer regellosen Person zu tun. Ihre Regeln mögen befremdlich bleiben, aber sie haben ihre eigene erschütternde Richtigkeit.

Er habe, gab der Künstler B. zu Protokoll, sein Verhältnis zu Yalukha H. nie »tragisch genommen«. Er hat es vielmehr als ein überwiegend ästhetisches geschildert, in dem es zu einem Kurzschluß gekommen sei; darin macht er respektable Vorgängerschaft geltend. Es sei ja nicht das erste Mal, daß Künstler selbst auf ihre Kunstwerke hereinfielen – er erinnerte an die Vögel, die sich auf die naturgetreu gemalten Früchte des griechischen Malers Apelles gestürzt hätten. Schön. Zwar hat der Gerichtssaal die klassische Referenz nicht gleich verstanden, aber Herr B. war um Erläuterun-

gen nicht verlegen; sie dienten seiner persönlichen Entlastung.

Es gibt zwei schweigende Frauen in diesem Prozeß. Und es gibt immer noch Hoffnung, daß dieses Schweigen das Gewicht eines Zeugnisses gewinnt, auch wenn das Urteil und sein Strafmaß am Ende von dieser unserer Welt sein müssen. Ganz ohne Phantasie für andere mögliche Welten braucht dieses Urteil darum nicht zu sein.

Wahrlich, Sutter, du hast gemogelt. In der Hitze des Gefechts hast du nicht einmal die Nähe deiner Argumente zu denjenigen Spitzers gesehen. Yalukha H. hatte zwei schlechte Anwälte, nur daß der eine für seine Schlechtigkeit prämiert und danach entlassen wurde.

Für wen, Sutter, hast du das nur getan?

Im Traum hast du sie Yalou genannt.

Am ersten Gerichtstag hast du sie nur von weitem gesehen, dann erschien ihr Bild in der Zeitung, mit dem der Gerichtszeichner des BLATTES aus dem Rahmen gefallen war, denn es war ein Werk der Andacht und Zärtlichkeit. Seit Yalukhas Selbstmordversuch hat dich das Bild nicht mehr losgelassen. Als sie zur Verhandlung zurückkehrte, hast du deinen Stammplatz aufgegeben und dich schräg hinter sie gesetzt. Sie trug ein hochgeschlossenes Kleid und schulterlanges Haar. Du hast auf das unerhörte Ereignis gewartet, daß sie es nach vorn geworfen und die Spur entblößt hätte, die die Schlinge um ihren Hals gezogen hatte; im Traum hattest du sie festgehalten, um sie mit den Zähnen zu fassen, an genau jener Stelle, die der gerötete Einschnitt vorgezeichnet hatte. Yalou! Und als sie sich aufbäumte, mit einem Schrei, schleuderte sie ihr Haar zurück, und langsam, ein schwarzer Regen, fiel es über deinen Kopf nieder und bedeckte ihn mit dem ihren zusammen in ein und demselben Grab.

23

Der Kirschbaum hat abgeblüht, im Biotop haben die Kaulquappen Beinchen angesetzt, es kommt der Mai, unerbittlich, dann werden es kleine Frösche, die den ersten Landgang versuchen, und weit werden sie damit nicht kommen. Die Katze sitzt täglich am Wasser und überprüft den Stand ihrer Fröschchenernte, sie wartet nur darauf, daß das hinreißende Spielzeug reif wird. Die kleinen Sprünge, die es tun kann, werden es nicht retten. Herr Darwin sitzt bereit, in Gestalt eines schwarzen Geschöpfs – das sich dir, Sutter, inzwischen wieder von der reizenden Seite zeigt –, um nicht nur für postnatale Geburtenkontrolle zu sorgen, sondern für Ausrottung: die kleinen Frösche sollen nicht sein. Aber zuvor sollen sie ein wenig hüpfen. Ihr Sterben soll Spaß machen. Fressen wird die Katze die Fröschchen nicht, vielleicht anstandshalber das eine, aus Versehen das andere. Froschschenkel mag sie nicht, außer zum Spielen. Zu Geschenkzwecken sind nur ausgewachsene Exemplare geeignet, die aber, wenn sie im März ihren Laich absetzen, leichte, daher reizlose Beute sind. Dennoch bringt die Katze sie mit der Miene des stolzen Großwildjägers auf die Terrasse, oft noch in intaktem Zustand. Der geht erst verloren, wenn sich Sutter auf die Fortsetzung des Spiels einläßt. Er soll sich unterstehen, der Katze den Frosch wieder zu entreißen. Dazu lädt sie ihn mit verheißungsvollem Knurren ein. Wehe, Sutter versucht ein Leben zu retten – die Katze wartet nur auf einen Vorwand, den Frosch zu ramponieren, und erinnert sich dabei wieder an ihre lustigen Monsteraugen. Sie meint es nicht böse. Sutter kann das Spielknurren trotzdem nicht leiden, noch weniger den Todesschrei der Frösche, der durchdringend sein kann, wenn sie jede Hoffnung aufgegeben haben, sich in den Scheintod retten zu können. Später fällt es Sutter zu, die zerpflückten Froschreste einzusammeln und im Rosenbeet zu begraben, nicht ohne einen Stein darauf zu setzen. Sonst kommt es der Katze in den Sinn, das langweilig gewordene Spielzeug wieder auszuscharren, um zu sehen, ob es sich nicht von einer aufmunternden Pfote dazu bewegen läßt, fortzuhüpfen.

Es hilft nichts, Sutter, du mußt dich jetzt erinnern: Jörg von Ballmoos und du sind kurze Zeit so etwas wie Freunde gewesen, und du, Sutter, aus Feigheit vor dem Feind. Der Künstler kam nach dem Prozeß, über den du Bericht erstattetest, auf dich zu, suchte dich, um dir sein Leid zu klagen. »Was hast du gegen mich, Äse?«

Zuerst dies: daß er ihn, wie in unguten alten Zeiten, mit verballhornendem, Kollegialität heischendem Berndeutsch ansprach. Später war er ihm dafür eher dankbar: es erlaubte ihm, den geschworenen Widerstand festzuhalten, wenn er unter Jörgs penetrantem Charme ins Gedränge geriet.

Jörg von Ballmoos fand, Sutter müsse etwas gegen ihn haben, wenn er Yalukhas Prozeß nicht als Veranstaltung zum höheren Ruhm des Künstlers betrachtete. In seinen eigenen Augen hatte er sich am Tod Hellmuth H.s nichts vorzuwerfen. Gegen die Erschütterung des DDR-Ehemannes hätte Jörg ein Rezept gewußt: »Man hätte ihn schütteln sollen.« Das Verhältnis hätte sich doch eines Tages »ausgetobt«. Und Yalukha konnte wissen – auch wenn es ihr Jörg, mit seinem Stilgefühl, nicht ins Gesicht gesagt hatte –, daß man es bei dieser Liebesgeschichte mit einem »Ereignis von begrenzter Reichweite« zu tun hatte; daß er natürlich nie, auch nicht im größten Rausch, daran gedacht hatte, sich von Leonore, »der Gefährtin von dreißig Jahren Elend«, zu trennen. »Von Leo trennt man sich nicht.« Er nahm für diese Verbindung so etwas wie die Beweiskraft eines epochalen Experiments in Anspruch, »wie bei Sartre und der Bovary«. Sutter lachte, aber verschwieg, worüber. Das wäre der kleine Finger gewesen, auf den Jörg nur gewartet hatte.

Es gelang ihm trotzdem, Sutters ganze Hand zu fassen. Er heuchelte Unberatenheit und verlangte, daß ihn »Äse« über seine Ansicht der Dinge belehre: »Du kannst mich nicht an den Pranger stellen« – damit meinte er Sutters Artikel – »und mir die Anklage vorenthalten. Du hast B gesagt, Äse, jetzt schuldest du mir das A.« Damit war eine seelische Grundsatzdiskussion gemeint, in der Jörg »seine Ehre wiederhaben« wollte – womit Sutter als Ehrabschneider gekennzeichnet war. Darauf mußte er erwidern, das wußte der in seiner Eitelkeit beleidigte Künstler. Zugleich war damit der Streit, den er suchte, auf ein persönliches Niveau gezogen. Hier rechnete er auf Platzvorteil für die Kunst, denn diese hatte den Widersprüchen des Lebens mit Kühnheit begegnen gelernt.

So kam es in der Folge zu Machtkämpfen, getarnt als bekenntnishafte Gespräche, Aug in Auge, von Mann zu Mann. Derjenige, der etwas zu bekennen hatte, genoß den Vorzug seiner Wichtigkeit – der Bekenntnisarme, immerhin ins Vertrauen Gezogene, hatte sie als Auszeichnung zu betrachten. Der nahezu weltbekannte von Ballmoos beanspruchte, als hätte er's nötig, den kleinen Sutter als Seelsorger. Sutter war nicht unempfindlich dafür, Ruth sei's geklagt, um so empfindlicher gegen ihre Bemerkung: »Ihr seid euch ähnlich.« Denn er hatte sich, seit »Hummel«-Zeiten, in der Gewißheit gewiegt, daß Ruth den Künstler nicht leiden und nur aus Rücksicht auf seine Frau ertragen konnte.

Es gab noch einen andern Punkt, den ihm Sutter verübelte: er hatte ihm zum Bewußtsein gebracht, warum er schrieb. Zur verspäteten Richtigstellung. Zur nachträglichen, dabei leidenden Rechthaberei vor sich selbst. Sutters Schriften waren Ausdruck seiner Schlagunfertigkeit. In seinem Archiv gab es den Ordner »Treppenwitz« aus dem Prozeßjahr 1992, in dem Sutter, sieben Jahre später – seinem Täter auf der Spur – widerwillig blätterte. Er stieß auf Notizen, und auch auf einige Briefe, von denen er nur hoffen konnte, er habe sie nicht abgeschickt.

An dem für dich allzeit freigehaltenen Tisch bei Emilio – »dir zu Ehren, Äse«, hattest du auf deine mitleidlos gewinnende Art gelacht – trafen wir uns am Freitagabend nach der Urteilsverkündung. Es war dir ein Bedürfnis, mich einzuladen. Wir hatten uns ja ewig nicht gesehen, dem gedachtest du beim Champagner (von »Cüpli reden wir doch lieber nicht«) abzuhelfen. Ich war ja doch interessanter »herausgekommen«, als du gedacht hattest (nun folgte der Satz mit den »stillen Wassern«), und Ruth, das mußtest du mir jetzt sagen, hattest du immer schmerzlich vermißt. Sie hatte doch schon in deiner »Wildwestzeit« – womit du dein Atelier in Paris meintest – »dazugehört«, und im »Hummel« erst recht – nicht bloß zur Clique, sondern zu den guten Geistern; und eigentlich hattet ihr schon zehn Jahre davor zusammen den »Hummel« ausgeheckt (»Leo, die Ruth, der Schlaginhauf und ich«), eine kleine Musterkommune, von der du, leider irrtümlich, angenommen hattest, sie sei der rechte Platz für deine Formate. Du hast damals noch gezeichnet, sogar auf Millimeterpapier, das man durch ein Lesegerät würdigen mußte. Eines Nachts aber fiel dir der ganze Müll der Zivilisation auf den Kopf, und du mußtest raus, nichts wie weg, natürlich nicht, ohne den Müll zu gestalten. Dafür war der Einödhof im Emmental die rechte Adresse, es gebe nichts so Kaputtes wie das Voralpengebiet. Es sei nur die verlängerte grüne Wiese der Shoppy-Lands und Sex-Centers. Und inzwischen war ja auch Ruth »errötend meinen Spuren gefolgt«, der Blutspur ins und vom Gericht, an der die Journaille zu lecken liebt.

Bevor ich deine Vorbehalte gegen meine »Zunft« würdigen konnte – du fühltest dich von ihr ausgebeutet und mißhandelt –, mußte ich dich bitten, mir die Menükarte vorzulesen, da meine Lesebrille nicht ausreichte, die Phantasieschrift beim Licht der hängengebliebenen Weihnachtsdekoration eines echt piemontesischen Etablissements zu entziffern. Weiße Trüffeln findet auch eine blinde Sau, ver-

kündigtest du generös. Und da man hier gar nichts anderes essen dürfe als weiße Trüffeln, botest du dich an, mich mit den drei einzig möglichen Formen ihrer Zubereitung bekannt zu machen. Der Cameriere brach in diskrete Freudenschreie aus: er bekam es, wie immer, mit Kennern zu tun und war überglücklich, auch in mir einen solchen zu begrüßen. Es war die übliche gestellte Szene; später hast du gestanden, daß du noch nie etwas anderes als eben das Menü bestellt hattest, das an diesem Abend das einzig mögliche war.

Und wahrlich, du hattest wegen meinesgleichen zu leiden gehabt, so sicher, wie du dir die weißen Trüffeln davon heute nicht verderben ließest. Was hattest du in den Groschen- und Gratisblättern dieser sauberen Stadt für Einzelheiten Deiner geschlechtlichen Hemmungslosigkeit lesen müssen, von der du dir nichts hattest träumen lassen. Du hattest dieses neue Atelier in Stadtnähe, eine aufgelassene Baumwollspinnerei aus dem frühen 19. Jahrhundert: die hätten die Papparazzi im Helikopter überflogen, um von oben dein Liebesnest zu markieren, mit Kreisen und Pfeilen. Auf dunklen Wegen hatten sich die Aasgeier auch Skizzen des »Modells« zu verschaffen gewußt, das sie hämisch in Anführungszeichen setzten; dabei nahmen die Schundblättchen sogar ein wenig Kunst in Kauf. Und meldeten, daß der Mann großer Assemblagen zu bescheidener Zeichenkunst zurückgekehrt sei – und so erfuhr die Leser- und Glotzerschaft, daß man eine nackte Frau nicht nur fotografieren, sondern auch zeichnen kann.

Du mußtest mir leider sagen, daß diese Nacktskizzen zu deinem Ruf allerhand beigetragen hätten – wie alles, was du mit deiner Wilden in natura angestellt haben mochtest. »Von der Leinwand aufs Leintuch«, war eine der SUBITO-Trouvaillen; »malte von Ballmoos mit Sperma?« eine der bangen Fragen, die meiner Zunft würdig waren. Und im Prozeß mußtest du für den Sex-Maniac, den meinesgleichen von dir malte, auch noch dankbar sein. Nur ein solcher liefere Alibis, die wir Spanner fassen könnten. Eine deiner erloschenen

Flammen hatte bei der Gelegenheit passend zu berichten gewußt, für dich sei es normal, es einer Frau fünfmal hintereinander zu besorgen. Da soll sich die Kunst nicht lohnen! Yalou mußte deiner Potenz ganz verfallen gewesen sein, um mit zwei Jahren wegzukommen.

Du warst beschwingt in deiner Verachtung. Der Pinot grigio, das einzig richtige zu den Trüffeln – du ließest dich in beiderseitigem Italienisch, das dich noch echter aussehen ließ, zu der vortrefflichen Wahl beglückwünschen –, schärfte deine Erinnerung, aber sie leistete sich auch genußvoll ihre Lücken, etwa die, daß der unselige Hellmuth H. das Porträt seiner Frau, nach Zeugenaussagen, »beim besten Künstler dieser Stadt« bestellt haben wollte. »Dieser Stadt« – nachdem du in den Galerien von Milano, New York und Paris zum Begriff geworden warst!

Was hat deine Kunst, auch wenn sie Grenzen überschreitet, mit dem begrenzten Rollenverständnis eines verliebten Modells zu schaffen? Gehörigen Orts wußte man ja gut genug, daß du das Genre Porträt verlassen und nur noch aus Gefälligkeit gepflegt hast. Was kannst du dafür, daß dir auch darin, quasi linkshändig, immer noch mehr gelingt als der lieben Konkurrenz! Du hast keine, und die Hemmung vor einem nackten Körper – du lieber Gott! – hast du schon seit deinem vierzehnten Jahr abgelegt. Damals hat dir die graphische Behandlung von Geschlechtsorganen die entrüstete Bewunderung des Zeichenlehrers, danach der braven Könner eingetragen, die ein paar Jahre später deine Aufnahme an die Hochschule für Gestaltung zu beurteilen hatten. Schon damals führte kein Weg an dir vorbei, und der Verdacht, daß einer, der das Geschlechtswerkzeug so darstellen kann, es auch zu gebrauchen weiß, hat deinem Fortkommen nicht geschadet.

»Er konnte mit Menschen machen, was er wollte.« Und auch wenn von »Verantwortung« die Rede sein mußte – so ganz streng nahm es das Gericht in diesem Punkte nicht, da

ihm nichts Menschliches fremd sein durfte. Die Menschen mußten wissen, worauf sie sich bei dir einließen. Unterm Strich hat dich das Gericht nicht angeklagt, es hat dich gefördert, keine Stiftung, kein großer Preis hätten es besser vermocht. Die wirksamste Förderung eines Künstlers ist der Skandal seiner Potenz.

Ich porträtiere nicht mehr – darauf hattest du Hellmuth H., den Kunstfremdling, aufmerksam gemacht. Danach soll er sich in seiner Treuherzigkeit geradezu aufs Betteln verlegt haben: seine Yalou habe es schwer, sie verdiene ein Geburtstagsgeschenk vom Feinsten, es könnte ihr helfen, Fuß zu fassen. Er tat es nicht anders – da mußte er auf Überraschungen gefaßt sein. Auf gewisse Tatsachen des Lebens hatten ihn seine DDR-Lehrgänge nicht vorbereitet.

So viel Lebenshilfe war dir bisher noch nicht abverlangt worden. Ein Computermensch, der seiner kalmückischen Frau sie selbst zum Geburtstag schenken will, so, wie sie nur »der größte Künstler dieser Stadt« malen kann! Hellmuth war bereit, aus Frankfurt/Oder einen großen Schritt in die Postmoderne zu tun. Und ein kleines Porträt würde auch nicht alle Welt kosten. Du hast ihm einen Freundschaftspreis versprochen. Er hat nur das Wort »Freundschaft« gehört. Es hatte im Ohr des DDR-Bürgers noch einen guten Klang. Schließlich hatte er seine Frau im Zeichen der »Völkerfreundschaft« kennengelernt.

Dieser Unglücksrabe redete noch immer von »Dürfen«: das treuherzige Hilfszeitwort verschwand nicht aus seinem Mund. Es schloß ja auch das Prinzip Moral mit ein: unter Genossen verstand sich, was man gegebenenfalls »nicht durfte«. Die Kunst aber darf, was sie kann, und um es zu können, darf sie es müssen. Verkürzt lautet die Gleichung: die Kunst darf alles. Und wenn der Satz unter Banausen noch strittig sein sollte – unter uns Weltbürgern gehört er zur Allgemeinbildung.

Und der Künstler? Die Kunst ist heute personalisiert – zwi-

schen Künstler und Kunst wird eine Differenz nicht mehr angenommen. Er braucht also, etwa vor Gericht, nur noch zu versichern, was er getan habe, habe er auch gemußt. Sollte er es etwa nicht gedurft haben, so gilt die Entgegnung, daß er gekonnt hat, als unwiderleglich, zumal wenn eine Frau ins Spiel kommt. Da stellt sich die Frage der Potenz abend- und blattfüllend vor die pedantische und unlustige Frage nach der Moral. Was ein Mann bei einer Frau kann, das hat sie ihm auch erlaubt. Oder: war sie etwa kein Mensch eigenen Willens? keine emanzipierte Herrin ihrer Entschlüsse? Das ist die Falle, die der gutgemeinte Feminismus einer Frau wie Yalukha gestellt hat, während er einen Mann wie dich entwischen läßt.

Du hast diese Frau gesehen, ihr Mann hat sie dir nicht ohne Stolz vorgestellt. Und nachdem du sie gesehen hattest, mit Künstleraugen, erklärtest du dich bereit, »es wieder einmal figürlich zu versuchen«, mit der kameradschaftlichen Bitte, »dich nicht zu verraten« – du tätest es »auf seine Verantwortung«. Ein halbes Dutzend Sitzungen sollten reichen, dann würde er »die Bescherung« rechtzeitig kriegen.

Ich habe wirklich »Bescherung« gesagt, hast du bei der zweiten Flasche Pinot grigio gestanden, unterdessen hatten wir die Antipasti hinter uns sowie den Rucola-Salat, jetzt durfte das Trüffelwunder kommen. »Bescherung«! merkwürdig, wie der Teufel mit unseren Zungen spielt.

Sie saß dir nur das erste Mal, beim zweiten »lag sie dir« schon, wie mein Kollege aus einer andern Zeitungswelt balkenstark zu melden wußte. Und hier, mußtest du gestehen, hatten die Ferkel auch noch recht. Was sollte ich machen? Als sie so saß, wie sie saß, war sie die leibhaftige Steppentochter und nicht mehr die unfrohe Person, die mir ihr Mann verkauft hatte. Ich will nicht geschmacklos sein, aber sie hat mir das Äußerste abverlangt, wenn du mich verstehst!

Dein Du klang mir obszöner in den Ohren als deine Angeberei, es roch nicht nach der »Hummel«-Solidarität, son-

dern nach gemeinsamem Schweinehüten mit deinen Politiker- und Wirtschaftskumpanen, die sich vom Duzfuß mit einem Künstler erhoben fühlen. Mein Gott, auch unter diesen Helden des Nadelstreifens sprang noch mancher wie ein Hengst, und ein wenig verdient man sich den Titel eines Künstlers auch, wenn man Bilanzen frisieren kann. Im Gönner- und Gockelvertrauen möchte man von dir wissen, wie du bei so viel männlichem Sprungvermögen denn noch zum Malen kommst. Aber Malen mußt du eben, und wär's mit Sperma.

So lief dein Geschäft. Wie hättest du ahnen können, daß es bei Yalou nicht lief und dich vor Gericht bringen würde.

Ja, eigentlich stand doch ich vor Gericht, beklagtest du dich mit schöner Empfindlichkeit. Spielverderberei warst du gewohnt – Spieler leben nun einmal mit Risiko. Aber eine Staatsaffäre? Ein moralisches Weltgericht? Der »Kirchenbote« entblödete sich nicht, dich mit König David zu vergleichen: ganze Schafherden nannte er sein eigen, und dann nahm er dem armen Uria nicht nur sein einziges Schäfchen weg, sondern schickte ihn dafür auch noch in den Tod. Prost, sagtest du an dieser Stelle, nicht, weil es eben gepaßt hätte, sondern weil die dritte Flasche fällig geworden war. Vor Entrüstung über deine verfolgte Unschuld hatten wir dem weißen Trüffelzauber gar keine Gerechtigkeit widerfahren lassen: die einzige Sünde, die nicht vergeben werden kann, sagtest du jetzt wirklich passend. »Da hilft nur noch das Saufen.« Und da blieb es nicht bei halben Sachen. Denn die Entrüstung über dein unverdientes Martyrium hielt sich ja doch in Grenzen. Du wirktest belebt, bübisch aufgeregt durch dein überstandenes Stück Männervergangenheit.

Glaube mir, sagtest du, wir saßen Blick in Blick, aber nicht lange. Sie wandte sich lächelnd ab, keineswegs verwirrt, sondern so, als habe sie gerade beschlossen, es gebe an ihr jetzt nichts weiter zu zeichnen. Dabei war ihr Augenschnitt heikel – da kann jeder Strich einer zuviel sein. Darum starrte ich so.

Das muß sie mißverstanden haben. Wo gerieten wir hin? Sie sah von mir weg. Und atmete nur noch. Fünf Meter von mir entfernt auf ihrem Hocker atmete sie so, daß mein Schwanz zu pochen anfing – ohne Warnung. Mein Puls hatte zu jagen begonnen, erst im Schwanz. Dann im Handgelenk, am Hals, überall –

Als ich dich von Details deiner Mannesbereitschaft zu entbinden suchte, schlucktest du und sagtest: Ich mach's kurz. Auch damals machte ich's kurz. Und als ich sie nahm, kämpfte sie mit mir. Dabei schloß sie die Augen wie zum Gottesdienst. Wahrlich, ich sage dir, sie ritt mich zuschanden. Es war die reine Schlacht, Äse, und es gab keine Waffe, die sie nicht eingesetzt hätte. Sie schlug die Zähne in meinen Hals, ich denke, sie reißt mir die Schlagader auf; sie fährt mir mit allen zehn Nägeln über Flanken und Schenkel und gräbt blutige Striemen hinein. Sie zeichnete mich wie ein Schlachtopfer, das ihren Göttern gehören soll, und das heißt, ihr allein und nie mehr einer andern. Stell dir vor, dein Leib wird mit Zangen gezwickt, du frierst vor Schmerz, aber zugleich bleibt auch dein Mannsglied eingefroren. Du spürst es gar nicht mehr, zugleich wird es ihm besorgt, daß Gott erbarm – aber selbst wenn er Erbarmen hätte, diese Frau kennt es nicht.

Du löffeltest deinen Zabaione, den Stolz des Hauses, mit abwesendem Blick. Das alles hatte einmal gesagt sein müssen, und wenn ich dein Freund war, litt ich mit dir.

Von da an, verstehst du, war sie mein, sagtest du, und es klang nicht im geringsten glücklich. Vielmehr, ich war der ihre. Mit Brandmalen bis unter die Haut. Und bei den nächsten Sitzungen war Yalou wie Tag und Nacht. Ein schmelzendes Kind, ein hüpfender lachender Spielball. Und nach der Liebe sollte ich sie zeichnen, so nackt als möglich. Doch je nackter sie war, desto keuscher sah sie aus. In ihre Nacktheit verschleiert. So habe ich sie gezeichnet, und immer ohne Gesicht. Willst du die Bilder sehen?

Ein andermal, habe ich gesagt.

Es war, sagtest du, noch nie dein Stil, mit Eroberungen anzugeben. Was du mir bei Emilio vorzeigen wolltest, waren deine Wunden. Von Schlüpfrigkeit ist keine Rede mehr, wenn man in eine Eiswand gerät. Du hattest von einer Katastrophe zu berichten. Du hattest dir eine Frau mit Axt angelacht. Du warst kein König David, sondern ein geschundener Hund. Um das wenigstens einem Menschen klarzumachen, hast du fünfhundert Franken springen lassen, ein Nachtessen bei Emilio, Trinkgeld exklusive.

Nur: wie weiter? Yalukha hat dich genommen »ohne Rücksicht auf Verluste«, das war, wenn ich mich recht erinnere, die Kurzfassung deiner Bekenntnisse für die Ohren des Gerichts. Für dein berufliches Renommee würden sich die »Verluste« in Grenzen halten – so viel konnte ich dir voraussagen. Ein Mann, für den eine Frau tötet, bleibt im Geschäft. Aber: was erwartet diese Frau von diesem Mann, während der zwei Jahre Gefängnis, und danach?

An dieser Stelle – wir waren beim Espresso angekommen, dem besten der Stadt, zu dem du einen doppelten Grappa brauchtest – stand dein Verstand still. Immerhin: eine Korrektur meines Artikels hattest du noch anzubringen. Natürlich hat Yalou ihren Mann nicht aus Mitleid getötet, Äse, aus Mitleid doch nicht! und auch nicht aus Sorge um seine Würde. Die hätte er in ihren Augen auch als Alkoholsüchtiger im Rinnstein behalten.

Sie schlug ihn tot, Äse, als er unsere Geschichte »dein Verhältnis« genannt hatte. Ein mildes Wort, er hat noch andere gebraucht. Eine Hure – das hätte sie nicht das Letzte gefunden. Aber ein Verhältnis – etwas, was man so nebenbei pflegt, was du managen, nach Terminkalender einteilen kannst –, so etwas, Äse, durfte sie nicht haben. Das hätte sie auch in der Ehe des Todes würdig gefunden. Hellmuth lebte nur für sie. Aber für dieses Wort – dein Verhältnis! – mußte er sterben. Wir waren kein Verhältnis und dürfen keines werden, nicht in zwei Jahren, nicht in hundert.

Die nackte Panik starrte mich aus deinen Augen an, kein Pinot grigio hatte sie dämpfen können, kein doppelter Grappa. Und ich las: warum hat sie sich nicht ordentlich aufgehängt? Warum hat sie nicht lebenslänglich bekommen? Und du hast noch an der Milderung ihrer Strafe mitgewirkt! Wie lebe ich damit. Was wird aus meiner Kunst. Was wird aus mir. Gut, sie wird am Ende des Landes verwiesen werden. Aber was geschieht vorher? Und danach: wo soll sie hin? Und was stellt sie an, bevor sie geht?

Was sagt Leonore dazu, habe ich gefragt.

Du kennst sie, sagte er tonlos. Leo ist, die sie ist. Sieglind kommt zu uns. Siggi.

Das Kind, sagte ich.

Sie ist acht Jahre alt, sagtest du.

Was macht sie gern?

Musik, sagtest du mit schwachem Stolz. Spielt Geige. Hoch begabt. Mir fehlt das Ohr dafür, aber Leo. Wir haben ja kein Kind.

Stiefvater also, sagte ich, gratuliere.

Du zogst ein Maul, als hättest du in eine Zitrone gebissen. Ich fürchte, sagtest du, dieses Talent wurde mir nicht in die Wiege gelegt. Ich kann nicht mit Kindern. Aber Leo.

Aber Leo. Es ist klar, woher du dir Hilfe in der Not versprichst. Was Leo bei Yalukha bewirken soll, ist dir nicht so klar. Dankbarkeit?

Die schlimmsten Taten der Welt werden aus Dankbarkeit begangen, sagte ich.

Du verstehst mich zu beruhigen.

Darauf hatte ich es nicht abgesehen.

Dann sage ich dir nur eins, Leo ist ein Mensch.

Sie hätte dir den Laufpaß geben können.

Skandal hätte sie machen können. Und weißt du, warum sie nicht daran denkt? Weil sie ein Mensch ist.

Wenn sie ein Mensch ist, sagte ich, kommst du noch zur Kasse.

Ich dachte, du kennst sie besser, sagtest du. – Leonore und ich sind dreißig Jahre zusammen und kennen uns in- und auswendig. Wir haben schon andere Sachen durchgestanden. Sie liebt mich noch immer, ein Wunder. Aber ohne dieses Wunder gäbe es mich gar nicht. Ich wäre längst erschossen.

Danke für die Einladung, sagte ich. Ich denke, ich schreib dir noch.

Nicht in die Zeitung, sagtest du.

Über euch: nie wieder, sagte ich.

Äse, sagtest du, dein Artikel war klasse. Macht dir keiner nach. Du bist auch ein – Mensch. Wie hätte ich mich dir sonst öffnen können. Weiß nicht, wie ich dir danken soll. Nichts Menschliches ist dir fremd.

Wenn du das als Kompliment gemeint hast: Der Mensch ist kein gutes Tier.

Wem sagst du das, Äse, lachtest du. Dann gute Nacht, und grüß mir die Ruth. Brauchst du einen Lift?

Jetzt gehe ich gern zu Fuß, sagte ich, ich habe Luft nötig. Du verbrauchst zu viel davon.

Und da lachten wir doch einmal ordentlich, Jörg.

24

Danach war Sutter dem Künstler einige Male wiederbegegnet. Der »Treppenwitz«-Ordner gab das Referat eines Gesprächs preis, das darauf schließen ließ, daß Sutter daran gedacht haben mußte, über Jörg von Ballmoos zu arbeiten – wozu? Um ihn loszuwerden?

Sutter wußte es nicht mehr, und wenn er, im Licht eines bösen Verdachts, seine eigenen Notizen zu lesen versuchte, fand er einen Menschen, der von Ballmoos nähergestanden hatte, als seiner Erinnerung lieb war. »Ihr seid euch ähnlich.« Das fand Sutter heute nicht mehr. Konnte man sich über sechs Jahre selbst ähnlich bleiben? So lange hatte er von Ballmoos nicht gesehen. Denn das undatierte Papier mußte 1993 geschrieben sein, im ersten Jahr von Yalukhas Strafvollzug, und nach einem Spaziergang in Sils, demnach im September. Sutter mußte mit dem Künstler über die Chasté zum Nietzsche-Stein gegangen sein, wohin es diesen unfehlbar zog.

»Und plötzlich, Freundin, wurde Eins zu Zwei.« Die Devise war nicht deplaziert, wenn man sie auf das Verhältnis zwischen dem Künstler und der in Hindelbank einsitzenden Yalukha bezog, die er jede Woche, in Gesellschaft der kleinen Sieglind, besuchte. Das Kind wußte der Mutter, die den Vater totgeschlagen hatte, nichts Artiges zu sagen. Wohl aber hinderte es die Liebenden (wenn das noch das rechte Wort war) am Austausch ihrer Gefühle, und, wie sich Sutter zu erinnern glaubte, zu beider Erleichterung. Jörg schilderte die Besuchsstunde als eine Hölle der Befangenheit, die man in einem trostlosen Raum, noch dazu durch eine Beamtin überwacht, durchzusitzen hatte und die nur durch die Rücksicht auf das Kind mit Fassung zu überstehen war.

Sutter hatte es seltsam gefunden, daß ausgerechnet Leo auf dieser Strafe für alle Beteiligten bestand; dabei hatte sie Mann und Kind nie nach Hindelbank begleitet. Sie gehe wohl hin, wußte Ruth, aber allein. Mit ihr könne Yalukha reden und danach wieder leichter atmen.

Kein Wunder, daß Jörg auf diesem Spaziergang gegen eine Rolle, in der ihm alle Hände gebunden wurden, aufbegehrte. Noch bitterer sprach er über den eigenartigen Erfolg, den ihm der gerichtliche Prozeß als Künstler beschert hatte und der ihn in seinen eigenen Augen degradierte. Die durch die Aktbilder entstandene Nachfrage war für ihn eine Strafe mehr – und er war auch noch, sprunghaft gewachsener Verpflichtungen wegen, gezwungen, sie auf sich zu nehmen.

Wie lebst du? fragte ich ihn.

Ich bin pleite.

Pleite im »Waldhaus«.

Wo denn sonst, aber den Neid kannst du dir sparen.

Er lebe davon, daß er die Logos von Firmen male. In Gestalt ihrer Aufsichtsräte, Top-Manager und Financiers. Schwarten, mit denen sie ihre Chefetagen tapezierten, Spiegel erfolgreicher Eitelkeit. Künstlerisch gesprochen, hänge nur frisierte Leere herum. Sie legten auch noch Wert darauf, sich wiederzuerkennen. Mit Kunst sei es da nicht mehr getan. Es gehöre auch Verachtung der Kunst dazu – womit er dienen könne. Es sei sogar das einzige, was er mit den Herrschaften teile. Aber die sähen sie ihren Porträts nicht an und freuten sich kindlich, gut getroffen zu sein. Teuer verkleidete Lausbuben, weiter nichts. Um den Profit zu mystifizieren, könne man gar nichts anderes sein.

Ich erinnerte mich an eine frühere Periode, in der er, nach Müll und Schrott, das Gegenständliche wieder entdeckt hatte, um – nach seinem Ausdruck – »Löcher hineinzuschießen«. »Die Figur als Explosion ihrer Idee«, »Ränder im Aufbruch«. Ich glaubte mich zu erinnern, daß er gut verkauft hatte.

War auch nötig, sagte er, damit ich die Fabrik bezahlen konnte. Und als die Räume bezogen waren, von denen ich ein Leben lang geträumt hatte, war mit dem Malen Schluß.

»Die Löcher«, das war mein Kommentar zum Ende des Kalten Krieges. Hinter der Explosion kam die Leere. Die Ränder flogen aus dem Bild hinaus. Die Leinwand wurde zum schwarzen Loch. Ich habe sie gegeißelt, mit einer Kamelpeitsche, die ich in weiße Farbe getaucht habe. Dann habe ich Mattscheibe gemalt, Säle voll. Die Säle blieben leer. Ebenso gut hätte ich tote Fernseher aufstellen können. Habe ich getan. Die Fabrik sah aus wie ein Pfandhaus. Die Pleite eines Billigherstellers. Ich habe Vögel auf die Bildschirme gemalt. Sie flogen nicht. Erinnerst du dich, wie das war, *wenn du als Kind durch einen Feldstecher geblickt hast? Nichts hast du gesehen, und auch das noch verwaschen. Da hatte ich meine Kunst-Krise, schön, aber dann muß sie etwas abwerfen. Die Kunst neu erfinden, gut. Nur darfst du nicht vergessen haben, was Kunst heißen soll. Da hockt der Meister und sieht: sogar zum Stümper hat er's noch weit. Das nächste Bild: Lichtjahre entfernt. Wie du da hockst, erlebst du das nicht mehr.*

Die Porträts, deren er sich schämte, seien seine Rettung gewesen, nicht nur finanziell. Da habe er gemerkt, daß er noch malen konnte. Die Bosse habe ihm Leo aus ihrer Atem-Kundschaft vermittelt. Sie seien die letzten, die von Kunst etwas begriffen, es reiche ihnen, sechsstellig dafür zu bezahlen. »Unter hunderttausend verkleide ich keinen nackten Kaiser mit meinem Pinsel.« Seinen Wert könnten sie nicht stützen, aber doch seinen Preis.

Und was stützt deinen Wert? fragte ich.

Nichts. Aber noch kann ich das Nichts malen, sogar in Form eines Konzernherrn. Es ist ein mystischer Vorgang.

Du hast Menschen nie gemocht, sagte ich.

Wenn das ist, unterscheiden wir uns wohl nicht allzu sehr. Immerhin, sagte er, habe er noch keine Frau umgebracht. Doch zahle er jetzt für mehr als eine, und dafür müsse der Ofen rauchen.

Im Juli habe er in Baltimore einen Herrn der »Celera« angefangen, zur Zeit vollende er ihn im »Fabrikli«. Der habe ihm immer nur minutenweise gesessen. Eine Minute seines Lebens koste siebentausend Dollar. Dem Künstler zahle er nur fünftausend pro Sitzung, sei also sicher, ein Geschäft zu machen. Eine preisgünstige Verewigung.

Celera? fragte ich.

Sag nicht, du hörst das zum ersten Mal.

Hugo, das personifizierte Human Genome Project, und Celera, das private Unternehmen eines Herrn Venter, seien daran, das menschliche Erbgut zu entschlüsseln, im Wettbe-

werb, doch jedes für sich. Hugo produziere sein Wissen allein zum Wohl der Menschheit und stelle seine Resultate ins Internet, bei Celera stehe man dazu, daß man hinter patentfähigen Resultaten her sei. In ein paar Jahren wollten sie beide hundert Prozent unseres Erbguts entschlüsselt haben, dann besitze man alle Rezepte, wo nicht für die Reparatur real existierender Menschen, so doch für die Herstellung eines verbesserten und pflegeleichten Modells. Wenn du die endlosen Buchstabenkolonnen der Genomsequenzen gesehen hast – Dadaismus total –, dann weißt du, die Kunst hat ihr Recht verloren – jede Kunst, Äse, außer einer einzigen: die Herren dieser Schöpfung wollen immer noch gemalt an der Wand stehen.

Romeo und Julia sind abgemeldet, Hugo und Celera übernehmen. Sie sind das Traumpaar der Hyperzeit. Die Geschichte ist so überholt wie die Liebe. Vorbei die Kunst. Begreifst du? Das egoistische Gen ist die neue Thora. Die digitale Armee rollt unser bißchen Menschheit auf, sie wikkelt unsere Geschichte ab. Wir sind nur noch die von ihr ausgeschlossenen Dritten. Dahinter kommt nichts mehr nach. Nichts als die Kinderspiele müßiger Nostalgie, das Biedermeier der Straßenkunst. Die letzte Marktlücke der Selbsttäuschung vor dem globalisierten Ende.

Und wie geht es Yalukha? wollte ich wissen.

Ach, sagte er, weißt du: die Liebe im Fabrikli, das war noch einmal Kunst.

Sutter sah von seinen Papieren auf. Über der Brille, die ihm auf die Nasenspitze gerutscht war, setzte sich das Bild des kleinen Gartens nur zögernd zusammen, und an dem Punkt, wo sein Blick sich endlich zu sammeln vermochte, begegnete ihm ein unbekanntes Objekt. Saß ein Vogel- oder Wespennest in der untersten Astgabel des Kirschbaums? War es eine krankhafte Schwellung des Stämmchens? Ein steckengebliebener Ball? Nicht mühelos kämpfte sich Sutter aus dem

Liegestuhl hoch und trat in die starke Sonne hinaus, die ihn einige Augenblicke lang mit Finsternis umfing. Unsicheren Schritts erreichte er die Gartenecke, griff in die Höhe, und wie eine trockene Frucht rollte der eingeklemmte Gegenstand in seine offene Hand. Es war das Naturspielzeug aus verbackenen Lärchennadeln, eine »Silser Kugel«, schon die zweite; und jetzt fiel ihm auf, daß ihm die erste seit der Entlassung aus dem Spital nicht mehr begegnet war. Wie kam sie an diese Stelle? Es war genau diejenige, an der Ruth an ihrem letzten gemeinsamen Ostern ein Ei versteckt hatte, das einzige ungefärbte; und da der Baum in hellweißer Blüte stand, hatte er es am längsten nicht gefunden.

Er wog das Gebilde in der Hand, die es, so fest wie leicht, mit dem Prickeln zarter Nadelstiche neckte und dabei die Spur einer ganz eigenen Wärme hinterließ. Wer spielte so mit ihm? Oder war er es schon selbst?

25

Im Juli schien OFritz freie Abende zu haben, und sein Bedürfnis, sich mit Sutter echt auszusprechen, war wieder hergestellt. Dabei hatte die subjektive Dringlichkeit des Gesprächs abgenommen, umgekehrt proportional zu seiner objektiven Notwendigkeit. Mit dürren Worten: es ging um Scheidung und also um Geld. Monika blieb in Pirmasens bei ihrem Volker (schon sein Name war Frevel), blieb bei der selbstgestellten Aufgabe, eine süchtige Mutter und zwei verstörte Töchter in ein gemeinsames Boot zu hieven, und zwar so, daß der überforderte Volker nur noch zuzusehen brauchte, hilflos und dankbar. Übrigens war er – typisch für ihn – gar kein Arzt, bloß Zahnarzt. Monika dachte nicht im Traum daran, Zahnarztgattin in Pirmasens zu werden.

»Die Dummheit einer Ehe wiederhole ich nicht. Ich erwarte von dir nur die Wohltat der Scheidung.« Und dazu verlangte sie ihr Geld zurück.

Sutter war so frivol, sich Monikas Aufgabe in Pirmasens wie die Knacknuß mit dem Fährmann vorzustellen, der einen Kohlkopf, eine Ziege und einen Wolf über einen Fluß transportiert und dabei jede Kombination vermeidet, bei der einer seiner Passagiere gefressen werden kann. OFritz aber wußte der Optik des Freundes die Harmlosigkeit auszutreiben. Du kennst dieses Weib nicht mehr, sagte er, sie geht über Leichen. Aber – setzte er tragisch triumphierend hinzu – wir haben damals auf Gütergemeinschaft abgeschlossen. Ihr Zahnarzt muß seine Entwicklungshilfe schon selbst finanzieren. Die Leute werden erleben, was passiert, wenn man von der Heiligkeit der Ehe nur noch den nackten Wahnsinn übrigläßt. »Lebensabschnittspartnerschaft«! Ein Zungenbrecher für den bittersten Hohn. Die Leute sollen ihr Wunder erleben!

Die Leute, sagte Sutter, eine davon ist immer noch deine Frau. Aber du scheinst wieder guter Dinge zu sein, seit du deine Buchhalterin vögelst.

Du bist vulgär, sagte OFritz.

Hauptsache, du nicht, sagte Sutter, ich habe nur unser letztes Gespräch zusammengefaßt.

So habe ich mich nicht ausgedrückt, sagte OFritz.

Versteht sich, sagte Sutter, aber ein Protokoll hat sich auf das Wesentliche zu beschränken. Die selbstlos dienende Dame hatte schon früher Gnade gefunden vor deinen Augen, hätte dir nur nicht die Heiligkeit der Ehe Entsagung auferlegt. Diese Rücksicht verdient Monika jetzt nicht mehr. Und du bist auch nur ein Mensch. Jetzt erlaubst du dir, einer zu sein.

In der Not lernt man seine Freunde kennen, sagte OFritz.

Außerdem weiß ... wie heißt sie?

Jeanette, sagte OFritz widerwillig.

Außerdem weiß Jeanette nicht nur in der Buchhaltung nach dem Rechten zu sehen. Sie ist die geborene Managerin, und jetzt braucht sie sich auch dabei keinen Zwang mehr anzutun. Drücke ich mich unpassend aus, wenn ich dich »gut beraten« nenne?

Nur hämisch, sagte OFritz, aber in der Sache liegst du goldrichtig. Zum ersten Mal in zehn Jahren stimmen unsere Bilanzen. Und das Zentrum schreibt schwarze Zahlen.

Dann wird der Segen der Landeskirche nicht auf sich warten lassen, sagte Sutter. Wie drückt sich Jeanette aus? Sagt sie »buchhalterisch« oder »buchhaltérisch«?

Buchhaltérisch natürlich, sagte OFritz.

Natürlich, sagte Sutter, so habe ich es auch von Herrn Kienast gehört, einem Altprokuristen des »Zinstragenden Sparhafens«. Dem Mann der Frau, die meinen Kopf gehalten hat, als ich zu verenden drohte. Buchhaltérisch. Da hat man's zum Ätherischen nicht mehr weit. Oder zum Nobélpreis. Buchhaltérisch klingt beinahe neutestamentarisch. Jeanette ist die Rechte für dein frommes Haus. Sie wird ihren Mann stellen, damit Monika nicht an euer Geld kommt.

Darauf kannst du dich verlassen, sagte OFritz, auch nicht mit Hilfe eines pfälzischen Rechtsanwalts. Eines Duzfreundes von Helmut *Kohl*! Kannst du dir das vorstellen? nach *unserer* Geschichte?

Lebhaft, sagte Sutter.

Sie saßen nebeneinander auf der schwarzen Terrasse und blickten in den sturzbachartigen Regen, der einem die Sprache verschlagen konnte, jedenfalls mußte man lauter reden, als für delikate Gegenstände schicklich war. Die mißbrauchte Atmosphäre probte die Sintflut.

Wie war das eigentlich bei euch? fragte OFritz, Ruth hatte doch Geld.

Ziemlich viel, glaube ich, sagte Sutter.

Glaubst du? fragte OFritz. Gesehen hast du davon nichts?

Nein, sagte Sutter, wir haben in Gütertrennung gelebt.

Darauf hat Ruth bestanden. Die Erbschaft ihrer Tante sollte keine Rolle spielen.

Tat sie aber, sagte OFritz, du hast geerbt.

Nein, sagte Sutter, ich habe nicht geerbt. Seit Ruths Tod wird ihr Vermögen von einem Rechtsanwalt verwaltet, ihrem Testamentsvollstrecker. Von dem kriege ich eine monatliche Rente, gleich viel wie das, was ich früher von der Zeitung bekam.

OFritz blieb eine Weile der Mund offenstehen.

Du bekommst eine *Rente* aus dem Vermögen deiner Frau? fragte er, und an das Vermögen selbst kommst du gar nicht?

So hatten wir's abgemacht, sagte Sutter. Solange ich lebe, ernährst du mich, sagte Ruth, wenn ich tot bin, ernähre ich dich. Ich habe das Geld meiner Tante nicht verdient. Für sie war es immerhin Schmerzensgeld. Sie hat ihren Mann dafür ertragen. Ruth hat unser Haus aus ihrem Geld bezahlt, aber das war's. Mein Krebs kommt uns schon teuer genug, sagte sie, Geld muß er nicht auch noch kosten.

Und wenn du krank würdest? fragte OFritz.

Ich muß obligatorisch versichert sein, sagte Sutter, und was darüber ist, bezahlt der Rechtsanwalt. Zum Beispiel das Vermögen, das der Spaß mit meiner Lunge gekostet hat.

Die Katze kauerte am trockenen Rand des Schieferbelags und beobachtete aufmerksam im satten Grün, das der Regen beutelte, die tausendfältige Bewegung. Diejenige im Gesicht OFritzens war erstarrt.

Du meinst, wenn du Kosten hast, reichst du die Rechnung einem Anwalt ein, damit er sie aus deinem Geld bezahlt?

So ungefähr, sagte Sutter, aber es ist nicht *mein* Geld, wie du hörst.

Emil, sagte OFritz, du bist doch nicht *bevormundet*?

Finanziell schon, sagte Sutter, es ist mir lieber so. Ich weiß mit Geld nichts anzufangen.

Und wer ist dein ... euer Rechtsanwalt? fragte OFritz.

Dr. Spitzer, sagte Sutter.

Ausgerechnet Spitzer? fragte OFritz. Der Reaktionär? Der Halsabschneider?

Der Heldentenor, sagte Sutter, der Spezialist für Menschenrechte. Buchhaltérisch scheint er auf der Höhe zu sein. Ich hätte ihn nicht genommen, aber Ruth. *Roma locuta, causa finita.*

Es muß sich um *Millionen* handeln, flüsterte OFritz.

Schon möglich, sagte Sutter. Aber ich habe mich nie darum kümmern müssen. Ich bin eng aufgewachsen, Fritz, bei uns zu Hause war immer nur von dem einen die Rede, was wir nicht hatten: Geld und wieder Geld. Damit wollte ich mich nie mehr beschäftigen, das habe ich mir geschworen. Ganz unabhängig davon, ob ich es hatte oder nicht. Mütterchen Fortuna sorgte dafür, daß mir dieser Wunsch erfüllt wurde und daß ich auch tatsächlich Geld hatte, dank Ruth. Da wurde es eine Anstandssache, so zu haben, als hätte man nicht. Diesen Anstand habe ich mit Ruth geteilt, ihre Millionen brauchten wir nicht dazu.

Gott, seid ihr verwöhnt. Und wo geht das Geld hin? fragte OFritz.

Ruth unterhielt ein paar Stiftungen, sagte Sutter, wie schon ihre Tante. Ärzte ohne Grenzen, Greenpeace und einige, die sie für sich behielt. Einer indischen Religionsgemeinschaft soll sie ein Kloster gestiftet haben.

Und da wunderst du dich noch, sagte OFritz mit ernster Stimme, daß dich jemand aus dem Weg räumen wollte.

Warum? fragte Sutter.

Warum?! fragte OFritz entgeistert. Ich bin kein Fahnder, nur Theologe, aber ich käme in zehn Minuten auf hundert Motive.

Schieß los, sagte Sutter amüsiert.

Für die Verwalter von Ruths Erbschaft bist du ein lästiger Mitesser, sagte OFritz, deine Rente ist ein regelmäßiger Nettoverlust. Diesen Posten könnte man streichen.

Das würde Spitzer zum Täter machen, sagte Sutter. Bitte weiter.

Er muß es nicht eigenhändig besorgen, sagte OFritz. Du hast keinerlei Übersicht, wohin die Gelder gehen, sagst du. Darunter könnte auch eine Organisation sein, die prompte Erledigung deines Falles garantiert.

Damit hätten wir die Mafia im Spiel, sagte Sutter. Welche darf's denn sein? Die russische oder die tschetschenische? Oder begnügen wir uns mit der klassischen aus beiden Sizilien?

Höre, sagte OFritz, ich spaße nicht. Vor allem sehe ich gleich *einen* unzweifelhaft Verdächtigen: dich.

Ich habe nicht auf mich geschossen, sagte Sutter. Aus fünfzig Metern: so weit reicht mein Arm nicht.

Aber deine Frau könntest du umgebracht haben, sagte OFritz, bist du nie auf die Idee gekommen?

Das ist eine andere Frage, erwiderte Sutter bedächtig, und mir scheint, du verwechselst sie mit einer, die deinem christlichen Herzen zur Zeit näherliegt. Mach ruhig eine Mördergrube daraus. Aber bitte, grab sie nicht *mir.* Das wäre … geschmacklos.

Aber plausibel, fuhr OFritz ungerührt fort. Wenn Ruth aus dem Weg ist, kommst du früher an ihr Geld. Und was ihr Krebs gekostet hat, weißt du nicht einmal.

O doch, ich weiß, daß eure famose Selbsterfahrungsgruppe fünfzigtausend Schilling gekostet hat, sagte Sutter. Dafür sollte ich dich und Monika verklagen.

Dann rate ich dir zu einem anderen Anwalt als Spitzer, sagte OFritz, den Spitzbuben, den du öffentlich blamiert hast. Den Verwalter deines eigenen Vermögens!

Da siehst du, sagte Sutter, wohin Geld führt: in die Unfreiheit, die Idiotie und die Finsternis blühender Verdächte. Und weißt jetzt auch, warum ich davon nichts wissen will.

Aber genommen hast du es, sagte OFritz, und nimmst es immer noch. Von Leuten, die deine Ansichten über Geld vielleicht nicht teilen. Ich teile sie auch nicht. Du bist ein

Narr, der nicht einmal wissen will, wie und womit er sich selbst gefährdet. Du bist immer noch ein Ziel, Emil!

Wenn ich dich höre, sagte Sutter, glaube ich an SUBITO. Seinen Reporter hat, als ich im Wald angeschossen wurde, nur noch eine Frage beschäftigt: »In welcher Welt leben wir?«

Verdammt richtig, sagte der Theologe, wir leben nämlich in einer real existierenden, und sie ist nicht nur beschissen. Sie will auch noch betrogen sein.

»In der Welt habt ihr Angst«, sagte Sutter, »doch seid getrost, ich habe die Welt überwunden.« Ich habe keine Angst, weißt du, warum? Weil ich noch ein bißchen Griechisch kann. Die Welt, von der hier die Rede ist, heißt *kosmos*, das bedeutet: Schmuck. Die Welt ist eine einzige Herrlichkeit, und ihr Fehler ist es nicht, daß wir damit nicht zurechtkommen. Warum soll ich mich über all den Schmuck beklagen, nur weil ich ihn nicht halten kann? Wird er davon unhaltbar? Ich will kein Spielverderber sein, Fritz, darum bin ich kein Christ und werde kein Ökonom. Einer, der mich für ein Stücklein Schmuck, das ihm so wenig gehört wie mir, um die Ecke bringen will, kann mir nur leid tun – ich nehme ihn nicht ernst, nicht einmal, wenn es ihm gelingt. Eine Welt, in der ich für mein liebes Leben Angst haben müßte, ist mir zu dumm. Und darum sind mir auch die Motive, die du mir dafür anbietest, zu dumm – überflüssig wie deine christliche Fassung, die ein Zahnarzt aus Pirmasens mühelos erschüttern kann. Wenn ich ein Narr bin, OFritz: du bist es auch.

Hochmut kommt vor dem Fall, seufzte OFritz.

Ich sehe hier weder Hochmut noch Fall, sagte Sutter. Um den Preis, den du für deine Welt haben mußt, kriegst du mich nicht zum Fall.

Emil, sagte OFritz, ich fasse es nicht. Dreißig Jahre lang bist du als Gerichtsreporter tätig gewesen. Du hast den Leuten auf die Finger geschaut, auf die Fingerspitzen, auf die

Nerven dahinter. Und jetzt willst du nicht einmal wissen, daß du bei Ruths Todesfall der Hauptverdächtige bist. Daß die Polizei dich *natürlich* in Verdacht hat und daß sie *natürlich* fortfährt, dich zu beobachten, bei jedem Schritt.

Ich ahne so etwas, sagte Sutter, und es belustigt mich. Es beruhigt mich sogar, denn vielleicht durchkreuzt der böse Blick der Polizei das bewaffnete Auge meines Täters. Doch ganz sicher bin ich mir da nicht, auch wenn die Kriminalität der Polizei hierzulande, verglichen mit Brasilien, noch immer niedrig ist. Das könnte sich ändern, wenn die Deregulierung fortschreitet. Wie soll der Staat seine treuen Diener aus dem knappen Etat noch bezahlen können? Man wird Sponsoren suchen müssen. Wo denn, wenn nicht auf der anderen Seite, mit der man professionell so lange im Geschäft war? Da gewährt man einander doch Rabatt. Den vollen Preis zahlt heute nur noch der Dumme. Also warum nicht ich?

Du bist ein Nihilist, sagte OFritz.

Ich überließe es nur gerne andern, mein Feind zu sein. Darum beschäftigen mich die Motive nicht, die du zu bieten hast. Pack sie ruhig wieder ein. Genießen wir den Regen – und die Katze, die ihn genießt.

Emil, sagte OFritz betrübt, dir ist nicht zu helfen.

Von Unbeholfenen nicht, sagte Sutter. Von Ruth war mir zu helfen.

Wenn du dich in ihr bloß nicht getäuscht hast, sagte OFritz. Sieh dir Monika an. Schminken sich die Frauen die Eitelkeit ab, die sie Liebe nennen, sind sie zu allem fähig.

Wir nicht? fragte Sutter. Mag sein, daß ich mich auch in Ruth getäuscht habe, aber dann habe ich es gewollt. Und als Christ mußt du wissen: des Menschen Wille ist sein Himmelreich.

Nach Himmelreich siehst du mir nicht aus, sagte OFritz.

Da hast du auch wieder recht, entgegnete Sutter.

26

Sutter hatte sich ein Ziel gesetzt: Wenn er im September nach Sils fuhr, wollte er ein aufgeräumtes Haus hinterlassen. »Im Hummel muß es leer werden.« Dazu hatte er im vergangenen Winter einen Anlauf genommen und war schon am Keller gescheitert. Dort stand sie noch, die Reihe praller grauer Müllsäcke, wie die »Zwölf Apostel« betitelte Assemblage aus Jörgs Emmentaler Periode, die in den siebziger Jahren Skandal gemacht hatte. War damit nicht religiösen Gefühlen nahegetreten worden? Heute würde kein Hahn mehr danach krähen, damals, dachte Sutter wehmütig, machten selbst Müllsäcke noch Sensation.

Da standen sie, nie bestellt und nicht abgeholt, und alle waren sie mit Andenken gefüllt, die er bei Troste niemals weggeworfen hätte. Um sich vom Inhalt ein Bild zu machen, hätte er die Säcke ausleeren müssen, und der Keller wäre wieder im Chaos versunken. So beschloß Sutter, diesmal am oberen Ende des Hauses anzufangen, wo man an schönen Sommerabenden bis halb zehn Uhr ohne Licht arbeiten konnte.

Ein Umzugsunternehmen hatte Kartons in zwei Formaten geliefert, die man ausfalten und zu Kisten verkleben mußte. Davon legte Sutter einen Vorrat an. Um Platz dafür zu schaffen, räumte er den Wintergarten aus und schleppte die Pflanzen ins Freie, die empfindlicheren in den Schatten der Terrasse; mochten sie hier die Luft ihrer heißen Herkunft atmen, denn der Juni war tropenwürdig. Erst im Juli setzte die Regenzeit ein, fast ein vorgezogener Winter, denn Mitteleuropa lag in einem »Kaltlufttropfen«, der sich nicht von der Stelle rührte. Doch Sutter lebte wetterlos in Gesellschaft seiner Kartons, die das Haus zum Irrgarten und jeden Gang zum Balanceakt machten. Sie streckten ihm ihre viereckigen

Mäuler mit den geknickten Zungen entgegen in der Erwartung, daß er sie mit Zeug fülle, das er entbehrlich fand; darauf konnten sie lange warten.

Denn Sutter verweilte sich. Was immer er anfaßte, wollte ihm nicht aus der Hand. Geleert waren Regale und Schränke meist rasch, nur, wenn der Ballast als solcher identifiziert war: wohin damit? Nicht in die Kartons, wo er denn doch zu voreilig verschwand, sondern auf den Fußboden – hier konnte man ihn im Auge behalten und der nötigen Feinarbeit unterwerfen. Bei dieser blieben die merkwürdigsten Dinge an Sutters Fingern kleben, wurden auch die gewöhnlichsten merkwürdig. Sutter hatte kaum Raum zum Sitzen, aber da saß er nun, ein Wäschestück Ruths in der Hand oder ein bereits aussortiertes Buch – im letzten Augenblick entdeckte es ihm eine Qualität, mit der er nicht gerechnet hatte.

Wenigstens für die Katze blieb der Abwesende gegenwärtig. Ihr hatte er Abwechslung zu bieten und machte ihr mit jedem Mißgeschick ein Spielangebot, etwa wenn ihm ein Filzschreiber auf den Boden fiel oder eine Mottenkugel entrollte. Stürzte ein Papierbeschwerer oder eine Schere ab, sprang sie wieder um ihr Leben und traute der ganzen Sache nicht. Sutter mußte mitansehen, daß die Wohnung seinen Versuch, sie zu leeren, vereitelte, ja diesen Vorsatz dazu verwendete, sich immer unübersichtlicher zu machen: sie verwilderte und verödete zugleich. Die Masse des in Jahren nutzlos Angesammelten, für einen fiktiven Nutzen Aufgehobenen bildete eine ausufernde Trümmerlandschaft. Die beste Absicht, nur Dinge zu behalten, mit denen sich ein schlichtes Lebensbedürfnis verband oder eine wirklich kostbare Erinnerung, erwies sich als undurchführbar. Für den entschlossenen Blick ist so gut wie alles entbehrlich, für den melancholischen so gut wie nichts. Er entdeckt immer mehr, was er nicht missen kann, um sich zu bestätigen – oder zu verbergen –, wieviel er vermißt. Die Beseitigung von Ruths Kleidern schien im ersten Augenblick das Notwendigste und war schon im nächsten die reine Unmöglichkeit. Wie konnte er Ruths Kleider als Abfall behandeln?

Mehr als hundert Bücher durften nicht bleiben, hatte er sich geschworen. Dann begann er Gesamtausgaben als ein Buch zu rechnen, obwohl er in den letzten Jahren auch nicht eine aufgeschlagen hatte. Aber sie gehörten zur Verkleidung seines Innenraums, sie bestritten auch einen Rest von Behauptung nach außen. Ganz leere Regale hätten angezeigt: das Haus war aufgegeben.

Das Haus war, anders als fast alle übrigen im »Hummel«, nicht mit einem Cheminée nachgerüstet worden, Schlaginhauf hatte es als Fetisch des Rückzugs ins Private – nach damaligem Sprachgebrauch: in die »Idiotie« – verpönt. Dafür gab es im Genossenschaftsraum eine mächtige Esse im sardischen Stil, die der gemeinschaftsbezogenen Solidarität einheizen sollte. Dieser Raum war inzwischen an einen Fitneß-Unternehmer vermietet und zum Kraftraum umgebaut worden, den die neue Bewohnerschaft stundenweise frequentierte; Sutter, trotz gewisser Blutdruckprobleme, gehörte nicht dazu. Sein Haus besaß immer noch den dänischen Ur-Ofen, der sich, zur Not, als offene Feuerstelle betrachten ließ und beim winterlichen Märchenlesen neben den praktischen Diensten auch stimmungsvolle geleistet hatte. Doch war er empfindlich und fraß nur wohlgetrocknete Scheite. Von dem Abfall, den er um sich scharte, hätte ihm Sutter nichts zumuten dürfen. Auch stockte die Phantasie bei der Vorstellung, dem Haus würde, Tag und Nacht, eine schwarze Rauchsäule entsteigen. Mochte schon lieber das ganze Haus brennen – aber dann blieb es nicht bei diesem Haus.

Als er Ruths Kleider in den Doppelschrank zurückhängte, vernahm er ein anzügliches Geräusch. Die Katze rollte sich auf Ruths Schuhen. Sie steckte die Nase in alle Öffnungen und rieb den Kopf so brünstig an Samt und Leder, daß sich ihr Leib überschlug. Das wäre etwas zum Tränenlachen gewesen, Ruth, da hast du einen Liebhaber, dem du gleich viel giltst, lebendig oder tot. Leibhaftig bleibst du im Nachgeschmack deiner Füße. Ja, Ruth, ich sehe Gespenster.

In Ruths letztem Lebensjahr mußte Sutter einen Elektriker kommen lassen. Es war im Haus zu rätselhaften Blackouts gekommen: Es gab Abende, an denen Sutter mit dem Märchenbuch plötzlich im Dunkeln saß. Das Zurückstellen des Sicherungsschalters half nie lange. Nimm gleich Kerzen, Sutter, sagte Ruth, die passen auch besser zum Herrn Korbes. Gewiß ist er selber ein Dunkelmann, auch wenn wir gar nichts von ihm wissen. Keinen Grund sehen, warum ihm Hühnchen, Nähnadel und Mühlstein den Garaus machen wollen. Er hatte nur einen Fehler: er »war gar nicht da«. Jedenfalls nicht, als ihn die bösartigen Dinger heimsuchten. Bei Kerzenlicht sehen wir ihn vielleicht.

Ich nicht, sagte Sutter, ich sehe gar nichts mehr. Und Ruth erwiderte ungerührt: dann erzähl, Sutter, man kann auch blind erzählen. Denk an Homer.

Nach dem zehnten Versuch, die Sicherungshebelchen zu fixieren, hielt das Licht zum Auskleiden, Zähneputzen und zum Auffinden der eigenen Bettstatt vor. Dann verabschiedete sich der Strom wieder und fehlte am andern Morgen beim Einschalten der Kaffeemaschine. Das Kühlgut verstand keinen Spaß, und so mußte ein junger Elektriker her. Er vermutete netzgefährdende Lecks am Fernseher, nur: einen solchen gab es nicht. Bei so bedürftigen Leuten war der junge Mann noch nie gewesen. Auch die Ärmsten der Armen besaßen einen Fernseher, und daß der Haushalt Gygax so viel Altpapier in Buchform sammelte, überzeugte ihn nicht von seiner Lebensfähigkeit. Auf der Suche nach einem Schaden robbte er mit seinem Meßgerät vermuteten Kriechströmen bis in die staubigsten Winkel nach. Er kam in Verlegenheit, als ihm die Gastgeberin für ungeleistete Arbeit ein zweites Frühstück aufdeckte. Von der weltfernen Gastlichkeit verwirrt, machte er den ihm widerstrebenden Vorschlag, einen Spezialisten beizuziehen, dem auch andere als elektromagnetische Wellen geläufig seien. »Muter« gebe es inzwischen mehr als Elektriker, und die meisten seien Scharlatane. Aber er kenne einen, den könne er empfehlen. Nur bleibe, wenn der ins Haus gekommen sei, kein Möbel am alten Platz, am wenigsten das Bett. Danach aber lebe man störungsfrei.

Ruth erklärte, warum das Bett keine Verschiebung vertrage. Es sei aus einem tausendjährigen Baumstamm geschnitzt, und der Strunk wurzle noch immer in der Erde, man habe das Haus wohl oder übel darum herum gebaut. Danach empfahl sich der junge Fachmann, der gerade unter diesem Bett hervorgekrochen war, in Eile, denn offenbar hatte er es hier nicht nur mit Armen zu tun, sondern auch mit Irren.

Ruth lachte nur: da er den Strömen nicht gebieten kann, überlassen wir sie sich selbst und muten ihnen nicht ins Geschäft.

Tatsächlich hörten die Phänomene auf. Die Poltergeister mußten gehört haben, was sie hören wollten.

Nie hat mir Ruth etwas von sich erzählt, dachte Sutter.

Dieser Satz war falsch wie jeder, der mit »nie« oder »immer« anfängt. Das hatte Ruth nicht so gesagt, aber sie setzte es voraus und verhielt sich danach. Sie konnte Menschen nicht leiden, die »nie« oder »immer« sagten. Mit denen stritt sie nicht einmal. Aber da beim Streiten, dachte Sutter, ohne faustdicke Wörter nicht auszukommen ist, gehörten sie vielleicht zum gesunden Exzeß, der ihrem Leben gefehlt hatte; jedenfalls hatte man ihr das in der Salzburger Selbsterfahrung beizubringen versucht. »Viel lieber möchte ich sterben.« Und das hatte sie ja auch getan.

27

»Im Hummel muß es leer werden« – nicht einmal mit seinen eigenen Papieren wurde Sutter fertig. Oft kam ihm der Bildschirm seines Laptops wie der einzige Platz im Chaos vor, wohin er sich vor diesem retten konnte, und das Klopfen der Finger auf den Tasten hörte sich wie das Fluchtgeräusch eines gehetzten Tieres an; doch stockte die Flucht immer wieder. Als ob das Tier vor einem Fall zurückschreckte, der hinter den sich jagenden Zeilen lauerte, die wiederum Reste bereits verstümmelter und verfehlter Anläufe vor sich herschoben wie einen undurchdringlichen Verhau.

Jedenfalls brauchten die Zeilen zum Erscheinen wenig Raum, und zum Verschwinden so gut wie gar keinen. Als Ruth noch lebte, hatte er ausgedruckt, was er geschrieben, oder vielmehr: womit er sich die Augen verschleiert hatte, um nicht zusehen zu müssen, wie Ruth »weniger wurde«. Er »redete von etwas anderem«, und das andere blieben seine Prozesse, auch wenn er nicht mehr in der Zeitung über sie berichtete. Überzeugte ihn sein Schreiben selbst, dann nur, wenn es auch »etwas anderes« zu verhandeln gab. »Sich selbst« hätte er eine ungemein naive Schöpfung gefunden, einen nicht ernst zu nehmenden Prozeßgegenstand.

Ruth nahm wenig Anteil an seinem Beruf. Er war sicher, daß sie seine Liebhabereien im stillen verachtete, sein Verhältnis zu Mord und Totschlag, zum Hehlen und Stehlen, zum Zirkus des Gerichts. Die Mehrdeutigkeit aller Dinge schien ihr keiner so dramatischen Anlässe zu bedürfen. Märchen waren das Territorium, auf denen ihre und Sutters Bedürfnisse einander begegneten: hier wurde tapfer geköpft und geschlachtet, ohne daß es viel zu bedeuten hatte – nicht mehr als das für alle Menschen gleich Wahre. In den Irrgängen und Dickichten der Märchen war das Wahre angemessen versteckt. In Sutters Prozeßmärchen war es unanständig aufgedonnert. Ihre sogenannten Fakten entfernten den Betrachter nicht nur von den Tatsachen. Sie berührten nicht einmal ihre Oberfläche.

Seit Ruths Tod druckte Sutter nichts mehr aus. Er schrieb auf die Tastatur, als wäre es in den Wind, denn dieser schien ihm das passende Heilmittel für den Fall eines Menschen, der sich von Dingen nicht zu trennen versteht. Eine komische Lage für einen, der ganz gut tot sein konnte. Da er noch lebte, blieb er nur seiner Gewohnheit getreu, wenn er sich lieber als Fall eines unbekannten Täters behandelte. Dingfest brauchte er diesen ja nicht gleich zu machen.

Für einen, der in den Wind schreibt, arbeitete Sutter zwanghaft, oft fieberhaft an seinen Prozessen. In den ersten Augusttagen fiel ihm nicht einmal auf, daß die Katze aufgehört hatte, ihr Futter anzumahnen. Erst nach und nach kam er auf den Gedanken, auch ihr könnte etwas fehlen. Er fand sie hinter dem kalten Ofen eingerollt. Sie hechelte im Schlaf und wollte nicht munter werden, als er ihr Fell abtastete. Endlich fiel ihm an ihrem Unterleib eine nässende Stelle auf, und darunter eine beträchtliche Schwellung.

Er legte die Katze, ohne daß sie protestiert hätte, in den Deckelkorb und trug sie zum Tierarzt. Zum Glück war seit zehn Jahren einer im »Hummel« niedergelassen und zu Fuß zu erreichen. Er stellte einen Abszeß fest und spritzte ein Antibiotikum. Das Tier wollte er für die Operation über Nacht behalten, und Sutter, Schlimmes ahnend, verabschiedete sich mit dem leeren Korb.

Es war der 10. August, Sutter schrieb fast die ganze Nacht und speicherte den Input unter dem Ordner »Erinnerung für meinen Täter«. »Von etwas anderem schlafen« konnte er nicht und holte sich so früh wie möglich am Telefon die ersehnte Entwarnung. Nichts Bösartiges; die Katze habe die Strapaze gut überstanden und schlafe, zum Abholen bereit, in der Box. Zu Sutters Erleichterung begann sie schon am ersten Abend zu fressen, und nach ein paar Tagen war sie wieder die alte.

Sutter nicht; er hatte am Tag, als er die Katze abholte, schon den zweiten heftigen Schwindelanfall hintereinander erlitten. Der »Hummel« hatte seit neuestem auch eine Praxis für Allgemeinmedizin zu bieten, und der junge Arzt, für Kundschaft dankbar, widmete Sutter viel Zeit. Er fand sein EKG unbedenklich, nicht so seinen Blutdruck. Er dachte sich für diesen die richtige »Einstellung« aus, tadelte Sutters sitzende Lebensweise und ließ die Mühen des Aufräumens nicht als Ausgleich gelten. Sutter legte ein Gelübde ab, die Spaziergänge im nahen Tobel wiederaufzunehmen.

Als Ruth noch lebte, hatte Sutter seinen Blutdruck mit einem Meßgerät kontrolliert; jetzt zeigte es, um die verbesserte »Einstellung« unbekümmert, hirnschlagverdächtige Werte an, wenn er am PC gearbeitet hatte. Dafür stürzten sie, wenn er sich, einen Grauschleier vor Augen, draußen bewegt hatte, ins Bodenlose ab. Darauf entschloß sich Sutter endgültig zur Nichtbeachtung seiner Person.

Am 28. August wurde sein Vorsatz durch ein merkwürdiges Ereignis unterbrochen. Er hatte zum ersten Mal wieder den gemiedenen Waldweg zur Endstation der 17 unter die Füße genommen, da begegnete er einer fremden Gewalt.

Ein Schuß war es diesmal nicht. Aber was immer ihm geschah: es traf ihn an derselben Stelle, wo vor bald einem halben Jahr der Schuß gefallen war. In einem Nu, solange der Schreck Sutters Augen öffnete, konnte er sogar den Schützen sehen, seinen Blick, zugekniffen hinter dem Visier des Karabiners, dessen Lauf genau auf Sutters Herz zielte. Die Anstalten zum Schuß sah er gestochen scharf – aber den Schützen nicht: nicht sein Gesicht, schon gar nicht seinen Körper, nicht einmal sein Auge. Nur den Blick darin, den Kniff, und die Richtung des Gewehrlaufs auf sein Herz.

Dabei erschien ihm das Waldstück wie durch ein Fernglas vergrößert. Jeder Riß im rötlich-borkigen Föhrenstamm, hinter dem der Schütze knien mußte, prägte sich unauslöschlich ein, und jede Windung des bloßgelegten, von Fußgängern blankgeschliffenen Wurzelwerks, das sich über den Weg hinzog. Er sah darauf sogar eine einzelne Ameise krabbeln, die Überlast eines Stückleins Rinde in der Zange. Überdeutlich sah er auch die Stelle, wo sich der Schütze befand.

Doch an ebendieser Stelle stand schon er, Sutter, selbst.

Nach ein paar Sekunden der Fassung schrieb er das Phantom einer Kaprice seines Blutdrucks zu, einer Verwerfung der Phantasie, die sich, bewußt oder nicht, lange Zeit mit diesem Ort beschäftigt haben mußte, und vielleicht um so intensiver, je länger er ihn nicht wiedergesehen hatte. Nun gaukelte ihm eine Art Einsteinscher Täuschung Täter und Opfer am gleichen Punkt in Zeit und Raum vor.

Der Fußweg war, wie damals, menschenleer. Sutter blickte in die Höhe des Buchenblätterhimmels, aus dem es ihm zuzwinkerte, mit zahllosen Augen, die zwischen den noch immer sommerlich grünen Blättern zerflossen.

In den Panikträumen seiner Kindheit hatte Sutter einen Trick gewußt, mit dem er sich aufwachen lassen konnte: er packte sich am Kinn und drehte mit einem Ruck den Kopf in den Nacken. Das bist ja gar nicht du, sagte er, das geschieht einem ganz andern.

Was tut der Mann? hörte er eine Kinderstimme fragen.

Stör ihn nicht, antwortete eine halblaute Frauenstimme, er macht Gymnastik.

28

Sutter ging den Weg zur Tramstation zum zweiten Mal, diesmal ohne Zwischenfall. Er wollte sich für die Reise nach Sils mit Medikamenten ausrüsten, mit neuen Wanderschuhen und einem Reißwolf; vielleicht fand er ein Modell, das zugleich tragbar und leistungsfähig war. Er hatte das Messer schon im Traum gesehen: wie es seine Prozeßvergangenheit kleinhackte, den Zellstoff zweideutiger Menschenliebe in sinnlose Streifen schnitt. Danach blieb nur die leichte Mühe, einen elektronischen Papierkorb mit dem Inhalt der Festplatte zu füllen und per Mausklick zu leeren.

Er war schon am Schützenhaus vorbei, da meldete sich ein Impuls, dem er zu folgen beschloß. Er betrat eine der rar gewordenen Telefonkabinen und rief Kienasts an, Markus und Irene. Sie hatten ihre Adresse im Krankenhaus hinterlassen, und er hatte sie in seine leer gewordene Agenda notiert. Der Besuch der alten Leute war nicht erlaubt worden, aber die drei Rosen waren auf sein Zimmer gekommen, und er hatte sich nie dafür bedankt. Sie wohnten in der Nähe, freuten sich sehr. Die Frau habe gerade einen Aprikosenkuchen gebacken. Das Paar schien auch keine Termine zu haben, von denjenigen abgesehen, die es sich aus dem Fernsehprogramm herausschrieb.

Es lief auch eine *Game Show*, die aber abgestellt wurde, als Sutter, eine Flasche Beaujolais im Arm, die bescheidene Etagenwohnung betrat, außer Atem; denn er hatte in einem Mietshaus der fünfziger Jahre sechs Treppen steigen müssen.

Verstohlen und ergriffen zugleich betrachtete er die Frau, die seinen Kopf in ihrem Schoß gehütet hatte. Sie wirkte zerbrechlich, doch lebhaft, nur zitterten ihr die Hände, als sie auftrug, so daß Geschirr und Besteck ein feines Klirren hören ließen. Der Mann wirkte wohlbehalten, hatte jedoch Mühe, sich von seinem Lehnstuhl zu erheben, und trug die nur scheinbar gesunde Farbe des Hypertonikers im Gesicht. Die Medikamente, die er nach dem Kaffee, von seiner Frau exakt vorgezählt, einnahm, kamen Sutter bekannt vor. Gestutzt hatte er beim Anblick des Lehnstuhls. Kleiner als Ruths Märchensessel, zeigte er dieselbe Jugendstillinie und ein verwandtes Muster, nur daß die Blumen tulpenförmig waren, gelb und grün.

Kienast kam nicht unbehaglich auf die Gebresten seines Alters zu reden. Sie garantierten ihm die Fürsorge seiner Frau, einer gelernten Krankenschwester. Am meisten bedurfte er ihrer wegen seiner Erblindung. Um kein Unglück anzurichten, ließ er sich die Hand zur Tasse führen und die Reste des Aprikosenkuchens zum Mund.

Für das Paar war Sutters Unfall ein Ereignis geblieben. Sie lebten auf, wenn sie mit dem Opfer darüber sprechen, seine Genesung feiern und schaudernd daran denken durften, wie knapp die Kugel ihr Ziel verfehlt hatte. Nein, vom Schützen hatten sie keine Spur gesehen, und sie hatten sich über ihn vergeblich den Kopf zerbrochen. Bei den Fernsehkrimis war Franz Kienast immer der erste, der den Täter erriet – oder die Täterin! fügte er bedeutungsvoll bei. Auch Frauen schämten sich ja nicht mehr, gewalttätig zu werden.

Kienasts Leben bestand denn doch nicht nur aus Behinderung. Er besaß eine Briefmarkensammlung, war aber nur an Marken bis 1945 interessiert. Danach wurde ihm die Welt zu unübersichtlich, die Postwertzeichen zu grell. »Schweiz« besaß er in der größtmöglichen Vollständigkeit, jedes Stück gebraucht und ungebraucht, die meisten in Viererblöcken und viele auch noch als »Ganzsache«, mit den Umschlägen zusammen, auf denen lapidare, damals noch ausreichende Adressen zu lesen waren, oft in deutscher Schrift: Hutterli Ernst, alt Landjägers, Steckborn. Herrn Kienasts Großeltern mütterlicherseits.

Er hatte sich seine Alben wie Schatzkästen von seiner Frau vorlegen lassen. Sutter sah zu, wie er sich, den Besucher vergessend, mit einer Lupe vor dem Brillenglas, mit geisterhaft vergrößerten Augen bis zur Berührung dicht über seine in Reih und Glied geordneten Wertzeichen beugte. Von jedem einzelnen hätte es eine Geschichte zu erzählen gegeben. Und die erste Begegnung mit jedem wäre wieder eine Geschichte gewesen, und die Entwicklung des Sammelwerts eine weitere.

Eigentlich waren die Kienasts jetzt wohlhabende Leute. Zählte man den Wert der Marken zusammen, kam man auf eine sechsstellige Zahl. Aber so durfte man nicht rechnen, das wußte Kienast von den Briefmarkenbörsen, die er nicht mehr besuchte. Es kam ihm nicht darauf an, seine Marken zu Geld zu machen. Er brauchte sie nicht herzugeben. In seinem Besitz blieben sie Einzelstücke, und ihre Geschichte hätte ihm ohnehin niemand bezahlen können.

Über Kienasts Alben war es halb sechs Uhr geworden, und die Frau fragte, ob man Sutter zum Nachtessen behalten dürfe. Er schien beim Blick auf die Uhr zu erschrecken. Er müsse noch die Katze versorgen.

Frau Kienast erlaubte sich, nachdem sie die Alben mit Sorgfalt zurückgelegt hatte, die Frage, wie Herr Gygax zurechtkomme. Sie hebe seit Jahren Todesanzeigen auf und habe in ihrer Sammlung auch diejenige seiner lieben Frau. Den letzten Satz könne sie auswendig, und sie sagte ihn mit bebender Stimme auf: »Wir haben in der Stille, die sich Ruth gewünscht hat, von ihr Abschied genommen.« Sutter hörte die Stimme von OFritz.

Ja, sagte Frau Kienast, und jetzt bebte sie am ganzen Leib. Die Stille. Sie ist genau das, was am meisten fehlt.

Es bleiben die Erinnerungen! sagte ihr Mann streng, die nimmt uns niemand.

Ruth hatte ein merkwürdiges Verhältnis zu Erinnerungen, sagte Sutter. Am liebsten hätte sie keine hinterlassen.

Das dürfen Sie nicht einmal denken! protestierte Frau Kienast. Sie war ein *wertvoller* Mensch.

Das Wort aus dem Briefmarkenhaushalt reizte Sutter. Ich werfe Ballast ab, sagte er, und möchte mich an immer weniger festhalten. Aber es hält *mich*. Ich fürchte, wenn ich es los wäre, gäbe es kein Halten mehr.

Das müssen Sie nicht! sagte Kienast empört. Erinnern Sie sich daran, wie es mit Ihrer lieben Frau war, dann ist es, als wäre sie immer noch da!

Das würde sie nicht wollen, sagte Sutter.

Wir sind Christen, sagte Kienast, und dürfen etwas dazu sagen: Ihre Frau liebt Sie immer noch, aber jetzt in Reinheit und Frieden.

Ich danke für Ihre Gastlichkeit, sagte Sutter.

Kommen Sie wieder, jederzeit! sagte Frau Kienast, wir würden uns freuen!

Erst fahre ich ins Engadin, sagte Sutter, und an Frau Kienast gewendet: Danke auch, daß ich meinen Kopf in Ihren Schoß legen durfte.

Bitte! sagte sie errötend, das war doch selbstverständlich.

Den Wein nehmen Sie besser wieder mit, sagte der Mann, wir trinken keinen Alkohol.

Dann trinke ich heute abend auf Ihr Wohl, sagte Sutter.

Ich begleite Sie zur Tür, sagte Frau Kienast. Franz, ich hole gleich noch die Fotos ab! Es dauert nicht lange.

So ging er neben der alten Dame Stufe um Stufe das Treppenhaus hinunter. Auf dem Podest der zweiten Etage stand ein Plastikgummibaum. Sie blieb stehen. Hier wohnt ein Schwerhöriges, sagte sie leise. Ich muß Ihnen etwas anvertrauen, Herr Gygax.

Unwillkürlich war er in die Ecke gefolgt, wohin sie zurückgewichen war. Ihre Wimpern zuckten.

Ich schäme mich, sagte sie. Ich habe immer wieder bei Ihnen angerufen.

Das tut mir leid, sagte Sutter, ich nehme das Telefon nicht ab.

Das wußte ich schon, sagte sie, sonst hätte ich mich auch nicht getraut.

Ich verstehe nicht ganz.

Sehen Sie, als ich mir vorstellte, wie Sie da leben, nach dem Tod Ihrer Frau, mußte ich Ihnen ein Zeichen geben.

Ein *Zeichen*? fragte Sutter.

Ich habe auch einen Menschen verloren, der mir lieb war, flüsterte sie. Er hat sich das Leben genommen. Nicht meinetwegen, das bilde ich mir nicht ein. Er war nicht für das Glück geschaffen. Das Dunkle war stärker als ich, und stärker auch als er.

Sie räusperte sich: Ich habe Ihre liebe Frau gekannt, sagte sie.

Ruth? fragte Sutter.

Ich habe ihre Tante gepflegt, sagte Frau Kienast. Sie hatte auch Krebs, und ich habe Nachtwachen gemacht. Ruth war eine schöne junge Dame. Sie studierte Medizin und kam nicht oft nach Hause, aber wenn, dann war es ein Fest. Sie saß immer in dem geblümten Sessel, in den sie sich als Kind gekuschelt hatte. Ob es den noch gibt? Mit einem großen Krokusmuster.

Herbstzeitlosen, sagte Sutter, den gibt es noch.

In dem ist die alte Frau Rohner eingeschlafen, sagte Frau Kienast. Ich fand sie eines Abends, als ich zur Nachtwache kam. Ein schneller Tod, er war ihr zu gönnen. Ruth war damals fort, in Indien, glaube ich. Am Reisen hat sie sich nicht hindern lassen. Daß es den Sessel noch gibt! Er war ein Familienstück von Mutterseite, Ruths Mutter war ja Belgierin, aus Brügge. Ich habe auch einen Stuhl geerbt.

Sie haben Ruth gekannt, sagte Sutter.

Sie hatte ein tiefes Wesen, sagte Frau Kienast, aber sie hat es nicht gezeigt. Wenn sie einmal heiratet, habe ich gedacht, kann sich ihr Mann »von« schreiben. Aber ich habe nicht geglaubt, daß sie es tut, offen gestanden. Sie hatte nur Freundinnen. Und soviel *Anstand.*

Frau Kienast, sagte Sutter, Sie haben mich angerufen. Wann?

In der Nacht, sagte sie, doch nicht zu spät. Ich bin an Ihrem Haus vorbeigegangen, um zu sehen, wie lange Sie Licht haben. Ich wollte nicht stören.

Sie haben um 23 Uhr 17 angerufen, sagte er.

Immer, wenn mein Mann eingeschlafen war, sagte sie, wissen Sie, er führt ein regelmäßiges Leben. Aber ich habe nicht jede Nacht angerufen. Ich hatte ein Gefühl dafür, wann Sie zu Hause waren. Manchmal, sagte sie wieder fast unhörbar, ist mein Mann doch wieder aufgestanden, dann konnte ich nicht.

Hören Sie, Frau Kienast, sagte Sutter, wenn Sie das waren – Sie haben immer *exakt* um 23 Uhr 17 angerufen, auf die Sekunde. Und Sie haben immer *exakt* gewußt, wo ich bin.

Das ist eine Gabe, sagte sie. Ich bin schon als Kind *geführt* worden. Ich habe einen Engel, flüsterte sie.

Sutter fröstelte. Die Seltsamkeit der Unterhaltung ging ihm durch Mark und Bein. Er stand mit einer alten Dame im Winkel eines Treppenhauses, das nach Bohnerwachs roch, und flüsterte, über sie gebeugt, denn sie war klein und ihre Stimme fast unhörbar. Er trat einen Schritt zurück.

Nicht böse sein, bitte, sagte Frau Kienast. Ich habe es für Ihre Frau getan. Ein Gutenachtgruß, der Sie an Ruth erinnern und ein wenig trösten sollte. Ruth *lebt*, sagte Frau Kienast eindringlich.

Sutter fröstelte stärker. Das ist – ungeheuerlich, wollte er sagen. Doch er sagte: Das ist sehr nett.

Haben Sie ein bißchen gerätselt? fragte Frau Kienast mit spitzen Lippen.

Das kann man wohl sagen, Frau Kienast, antwortete Sutter, ich habe *sehr* gerätselt. Seine Stimme war belegt.

Haben Sie bemerkt, daß ich an Ihren Geburtstag gedacht habe? fragte sie schelmisch. Ich habe nur noch zweimal geläutet.

Aha, sagte Sutter. Nein, Frau Kienast, meinen Geburtstag habe ich ganz vergessen.

Das sollten Sie nicht, sagte sie. Man wird nur einmal geboren.

Hat Ihnen der Engel auch verraten, daß man auf mich schießen würde?

Sie lächelte stillvergnügt. Zufall, sagte sie, war es jedenfalls nicht, daß ich am rechten Ort war. Alle werden wir *geführt.*

Wer hat auf mich geschossen? fragte Sutter. Was meint Ihr Engel dazu?

Böse Menschen, sagte sie, darf er mir nicht zeigen. Er ist keiner von den Großen. Er gehört nicht zu den Thronen und Gewalten.

Sutter starrte auf den immergrünen Gummibaum.

Haben Sie SUBITO gelesen? fragte sie verschmitzt. Der Reporter hat gefragt: »Existiert eine Verbindung zwischen dem Gerichtsreporter G. und dem Ehepaar K.?«

Frau Kienast, sagte Sutter, würde es Ihnen etwas ausmachen, mich heute nacht anzurufen, um die gewohnte Zeit?

Frau Kienast errötete heftig. Man darf es nie wiederholen, sagte sie, man spielt nicht mit so etwas. Darum habe ich nicht mehr angerufen, als Sie aus dem Spital zurückkamen. Es war nicht mehr nötig. Und jetzt entschuldigen Sie mich, sonst wird mein Franz unruhig.

Und was ist mit den Fotos? fragte er.

Sie legte den Finger auf die Lippen. Die sind erst morgen entwickelt, sagte sie, aber so lange kann er warten. Er hat seine Marken.

Sie reichte ihm eine knochige Hand und zog sie rasch wieder zurück. Dann huschte sie die Treppe hoch, blieb in der nächsten Biegung stehen und winkte.

Grüßen Sie die Berge, sagte sie. Wir waren auch gerade da. In Braunwald. Die Stille, Herr Gygax. Die Stille! Da liegt's.

Er hob zögernd die Hand. Sie hüpfte und entschwand.

Man spielt nicht mit so etwas, sagte er für sich, man darf es *nie* wiederholen.

III

Im Hochtal

29

Daß er sich auf die Fahrt nach Sils freute, war nicht ganz das rechte Wort.

»Heute ist ein schöner Tag zum Sterben.« Ruth hatte diesen Morgengruß der Mohawk-Indianer in der Selbsterfahrungsgruppe kennengelernt. Die Indianer als Naturkinder brauchten sich dabei nichts zu denken. Wir aber, die immer zu viel dachten, mußten lernen, bei diesem Satz etwas zu fühlen. Als ob zuviel Denken das Problem dieser Leute gewesen wäre, sagte Ruth. Stell dir vor, Sutter: verspätete Kleinkinder, die darauf brennen, trockengelegt zu werden, gewindelt und genudelt. Über ihre Geburt zum ersten Mal laut schreien oder über ihre blöde Mutter weinen zu dürfen. Und ich mit meinem Krebs. Ein schöner Tag zum Sterben. Dafür war ich nicht hergekommen. Mit denen wollte ich nicht einmal tot sein. Am liebsten hätte ich den einen oder anderen erwürgt.

Dazu hättest du die eigenen Hände nehmen müssen, Ruth.

Spielen hätte ich es schon dürfen. Die hätten das als Durchbruch betrachtet! Als *Coming out.*

Ja, Ruth, dir war nicht zu helfen.

Und jetzt gehst du hin, willst mich versenken. Glaubst du, das gelingt dir?

Heute gelingt mir noch etwas anderes, Ruth. Heute öffne ich der Katze dein Futter. Zur Feier des Tages. Die letzte Büchse, die du zurückgelassen hast.

Dazu müßtest du den Büchsenöffner meistern, Sutter, und das wäre das erste Mal.

Es ist auch das erste Mal, daß ich die Katze ins Tierheim bringe. Das erste Mal, daß ich allein nach Sils fahre. Allein – mit dir.

Mit dem Kistchen, Sutter. Bist du schon der Mann, der seine Frau mit einem Kistchen verwechselt?

Ich trenne mich von ihm, Ruth.
Viel Glück, Sutter.

Sutter murrte vor sich hin, während er seine Wohnung abschritt. Abschiede haben den Vorteil, daß man seine Siebensachen nochmals ansieht. Alles wieder aus den Kartons zurück in die Regale, und die Kartons geknickt und gefaltet in den Keller.

Die Katze sah ihn erschrocken an. Er hatte zu lachen begonnen. Sie saß auf dem Tisch, dachte nicht daran, seinen Inspektionsgang zu begleiten, bevor er unzweideutig in die Küche führte. Sie hatte zu Ruths Zeiten niemals auf dem Tisch sitzen dürfen, auch wenn Ruth am Ende ihre Mahlzeiten, wenn das für einen Teller Bouillon das rechte Wort war, nur noch auf dem Märchenstuhl einnahm. Nicht im Bett, darauf bestand sie. Aber auch darauf, daß der Tisch als Eßtisch behandelt wurde und Sutter für seine Mahlzeiten weiter an ihm Platz nahm. Die Aufbrechende auf dem Sofa, der Hinterbleibende am gedeckten Tisch. Daß die Katze auf dem Tisch saß, gehörte sich auf keinen Fall. Nach Ruths Tod war sie sofort hinaufgesprungen, und Sutter vertrieb sie nicht. Ruth ist fort, sagte er, da wollen wir uns etwas gönnen. Jetzt teilen wir Bett und Tisch.

Warum lachst du? hätte die Katze fragen können, statt Panikaugen zu machen.

»Nächtlich am Busento«, sagte Sutter mit schwankender Stimme. »Allzufrüh und fern der Heimat mußten sie ihn dort begraben / Während noch die Jugendlocken / Seine Schultern blond umgaben«. Und als die Katze ihn immer noch entgeistert ansah, fuhr er fort: »Untrainiert und fern der Heimat. Unrasiert und fern der Heimat.«

Es gab Tage, da war Ruth jeder Kalauer recht, um Tränen lachen zu können: »Und den Fluß hinauf, hinunter / Ziehn die Schatten tapfrer Goten. Ziehn die Gatten tapfrer Schoten.« Das war wie aus dem schrecklichen Märchen vom

Herrn Korbes, das Ruth immer wieder hören wollte. Tapfre Schoten gab es darin zwar nicht, aber es hätte sie geben können, und sie hätten sich unzweifelhaft an der Zerstörung des ebenso unbekannten wie unglücklichen Herrn Korbes beteiligt.

Heute, Katze, hast du eine Henkersmahlzeit verdient.

Er holte die letzte Büchse, die von Ruths Vorrat übrig war, vom Regal.

Weißt du denn nicht, Sutter, daß du sie nicht öffnen kannst? Das konnte Ruth allein, noch mit ihrer letzten Kraft. Man braucht keine Kraft dazu, Sutter. Die Elektrizität ist erfunden, sie tut alles für dich. Das kluge Gerät hängt mühelos in der Lochwand, du brauchst sie nicht herunterzureißen, um es zu bedienen. Es hat einen Stachel, den drückst du in den Dosendeckel. Dann hältst du die Dose fest, läßt ihr aber so viel Spiel, daß der Öffner sie um diesen Zahn im Kreis drehen und damit eben das tun kann, wozu er geschaffen ist.

Die Katze verfolgte fasziniert, was Sutter aus dieser Gebrauchsanweisung herausholte – alles, nur kein Futter. Entweder sprang der Schneidezahn wieder vom Dosenrand ab und ließ eine gequetschte Kante zurück, an die er sich nie mehr würde ansetzen lassen. Oder er schlug die Büchse zwar leck, war aber unwillens, das hoffnungsvolle Beginnen in kreisrunder Bewegung zu vollenden. Lieber hakte er sich fest und reizte die bereits aus ihrer Wunde herausriechende Büchse, so daß sie auf dem Küchentisch zu tanzen begann und nicht ruhte, bis es ihr gelungen war, das Oberste ihres Inhalts gegen Sutters Bauch zu kehren. Nicht alles davon war fest. Für die Katze mußte dieser Brodem von gepökeltem Aas wie Milch und Honig riechen. Jedenfalls drückte sie sich an Sutters Hosenbeine, über die der bräunliche Saft troff, und ließ ein vor Gier rostiges Krächzen hören.

Seinen Blutdruck hätte er nicht kennen mögen. Die helle

Hose war seine einzige gebügelte. Um das Elend voll zu machen, sprang die Büchse aus seinen verschmierten Händen vom Tisch auf den Fußboden, wo sie der Katze vor die Füße rollte. Diese hüpfte zur Seite, dann begann sie die sich durch die Küche ziehende Saftspur aufzulecken.

Nicht so gemeint, Katze, sagte Sutter mit schwerem Seufzer. Das kommt davon, wenn man sich fein macht, bevor man dich füttert. Jetzt werde ich entweder meine gute Hose anbehalten und stinke nach Rinderwahnsinn bis nach Sils hinauf. Oder ich zieh eine alte an und sehe dann genau so aus, wie ich mich fühle. Und das Beste: Du hast immer noch nicht gefressen.

Seit Ruths Tod hatte er sich angewöhnt, der Katze zu erklären, was er tat und warum. Meist lief es auf das Bekenntnis seiner Unzulänglichkeit hinaus. Alle Jahre ihrer Ehe hatte Ruth die Katze allein versorgt. Für das Tier mußte er immer nur den Status eines geduldeten Fremden besessen haben. Auch in ihrem letzten Jahr hatte Ruth nie versäumt, die Katze dreimal täglich zu füttern. Das ist meine Morgengymnastik. Laß mir meinen Abendspaziergang. Du fütterst mich, ich füttere sie, und wenn ich schlafe, sagt sie dir die Märchen ein. Die Katze ist ein Franzose. Die Grimms haben ihre besten Märchen den Franzosen abgehört.

Vor sechs Jahren hatte sich Ruth eine Kartäuser-Katze gewünscht. Für Sutter das Zeichen, daß sie den Wunsch nach einem Kind abgeschrieben hatte. Und die Erfahrungen, die Ruth damals in den Praxen der Spezialisten gemacht hatte, befestigten ihren Entschluß, die Zuständigkeit für ihren Körper nie wieder an die Medizin abzutreten. Von diesem Augenblick an hätte ich nur noch die Probleme meiner Ärzte, Sutter. Ich sähe meine eigenen nicht mehr. Dafür werden viele Leute gerne krank – ich würde es davon. Es ist nicht, daß die Medizin nichts kann, sie kann immer mehr und längst zu viel. Bloß: einen Schritt neben ihrem Weg sieht sie gar nichts mehr, das kommt von der Schärfe ihres Lichts. Für die Ärzte wird die Medizin immer besser, für die Kranken nicht. Weißt du, Sutter, was Krankheit ist? Die Dämmerung bricht über dich herein. Du weißt nur noch nicht, ob der Abend dämmert oder der Morgen. Wir sind dafür geschaffen, uns an die Dämmerung zu gewöhnen. Wir sehen immer mehr, wir wissen nur noch nicht, was. Ich möchte nicht am Blick der Medizin sterben, Sutter, da entginge mir zu viel. Ich hätte nicht einmal gesehen, was die Katze sieht.

Ja, Katze, sagte Sutter, diese Büchse ist die letzte. *It's now or never.* Kriegen wir sie nicht auf, gehst du ungegessen zu den Känguruhs.

Er hatte die Büchse abgewischt und die Hände gewaschen. Sie blickten einander an. Schenk mir deinen Blick für die Dämmerung, Katze. Von Rechts wegen hättest du ja auch grau werden müssen, katzgrau. Ein reinrassiger Kartäuser, so warst du uns versprochen. Ein halbes Jahr haben wir auf den nächsten Wurf deiner Katzenmutter gewartet, nachdem uns ihr letzter durch die Lappen gegangen war. Aber die Zuchtmutter versprach uns in die Hand: nächstes Mal wären wir dran und hätten erste Wahl. Der Kartäuserkater war Zeuge. Eindrucksvoll stand er vor seiner Kinderstube, ein Bild der Stammreinheit, sprungbereit.

Und so kamen sie denn wieder, Sutter und Ruth, nach Ablauf der gegebenen Frist. Sie kamen, obwohl die katzenzüchtende Apothekerfrau am Telefon ein Mißgeschick zu gestehen hatte. Bestünden Herr und Frau Gygax auf einem Rassetier, könnten sie sich den Weg sparen, leider.

Ruths Neugier war nun erst recht geweckt, und als sie die Bescherung gesehen hatte, welche die Rassemutter in ihrem Kindernest säugte, war sie hingerissen vom Spiel der Natur. Vier graue Tigerkätzchen und ein schwarzes mit weißen Pfoten – bis auf die vordere rechts – bezeugten hinreichend, daß die Edelmutter dem Edelvater mitgespielt hatte. Dieser ließ sich in seiner guten Haltung nicht beirren. Immer noch denkmalwürdig betrachtete er sein Kuckucksnest.

So war denn der kleine Bastard mit den drei weißen Pfoten, in den sich Ruth gleich vernarrt hatte, der ihre geworden, mit Namen: Katze, auch als er sich als Kater erwies. Daraus wurde eine weitere Geschichte, eine traurige diesmal. Dafür büßte Ruth mit ihren kaum noch erträglichen Morgengymnastiken und Abendspaziergängen, vom Bett zum Kühlschrank zum Futternapf. Und das Tier leuchtete schwarz durch die Weite der Dämmerung, in die sie sich schleppte: der einzige Lichtblick auf ihrem Weg. Die Laser- und Röntgenstrahlen verschmähte sie. Und einmal im Jahr suchte sie noch die Heiterkeit des Oberengadins. Dahin brauchte sie ihr schwarzes Licht nicht mitzunehmen.

Sutter stand da und starrte auf die ungeöffnete Büchse. Die Katze unterbrach sein Brüten nicht mehr. Sie hatte sich unter den Küchentisch gelegt und versteckte die Vorderbeine, das weiße und das schwarze, unter ihrem Leib. Dazu drückte sie die Augen zusammen.

Sutter aber sieht Ruth vor sich, wie sie, vom Schmerz versteift, mit langsamem Schritt von einem Raum in den nächsten schreitet – Gänge wie im Theater. Er hört sie mit der Katze reden, bei weitem weniger als er. Aber auch nachdem sie das Tier gestillt hatte, war ihre Stimme von einem Lockruf nicht zu unterscheiden.

Sutter, der Mann, hatte ihn gehört. Er ging ihm durch Mark und Bein und erreichte sein Geschlecht. Wo er ging und stand, erschütterte ihn die Begierde. Er schlich sich hin zur Küche, hob die Zerbrechliche, schwach Protestierende auf, trug sie zum Bett oder legte sie auf dem Teppich ab. Und die Behutsamkeit, mit der dies alles zu tun war, erregte ihn noch mehr. Er schlug ihren Morgenmantel zurück und suchte, vorsichtig, doch nicht schonungsvoll, Zutritt zu ihrem Leib, der ihm abwehrend entgegenkam und sich zu einem kleinen Sturm hinreißen ließ. Sutter brauchte es nicht geschickt anzufangen, der Bauer machte keinen Fehler. Und ob es noch eine Ehe war oder nicht, es blieb eine Liebe bis fast zu ihrem letzten Tag.

Oft hatte sich die Katze in die Umarmung eingemischt und ihnen ein keineswegs nur vergnügliches Lachen abgenötigt. Das Tier sprang in Spiellaune nach allem, was sich bewegte, etwa nach Ruths und Sutters Füßen, um sie mit den Vorderpfoten zu umschlingen und den Hinterläufen dagegen zu scharren. Dabei senkte sie ihr Gebiß immer hemmungsloser ins Menschenfleisch, wozu sie blinzelte oder Monsteraugen machte.

Hilfe, sagte dann Ruth, hilf Gott, ein Tier, ein wildes Tier! Worauf die Katze nach ihrem Arm sprang und Strampeln und Beißen verstärkte, bis er erschlaffte. So hatte der Arm keinen Anreiz mehr zu bieten. Das Tier ließ ab und schlief in einer der sich bietenden Armbeugen ein. Meist war es diejenige Ruths, so daß Sutter frei wurde, für alle drei ein Frühstück zu bereiten. Danach setzte er sich an den Computer und begann in einer Stimmung, die er österlich nannte, mit seiner täglichen Fron.

Es soll nicht sein mit dem elektrischen Büchsenöffner, Katze, sagte Sutter, aber nun habe ich eine Idee. Wozu ist der Mann Soldat gewesen? Damit er ein Soldatenmesser hat. Wozu hat der Mann ein Soldatenmesser? Damit er es benützt. Das Problem ist nur, ob es sich findet. Es war nämlich immer nur zur Reinigung bestimmt, nie zum Gebrauch. Das rechte Objekt der Mannszucht. Aber, wie Ruth sagen würde: man weiß nie, wozu etwas gut ist. Wie ich mich kenne, liegt es in der untersten Schreibtischschublade, wo alles liegt, was man sich noch zu brauchen einbildet. Oder zum Wegwerfen zu schade findet, wie diese zwei Dunhill-Pfeifen, einen Stoß Visitenkarten und – Gott behüte – einen Vibrator. Heureka, Katze, hier lag es gut, unser Schweizermesser, und jetzt wollen wir ihm seine Ruhe verleiden. Wollen doch sehen, ob wir ein Schweizermesser immer noch zu handhaben wissen. Ob wir ihn damit brechen können, den Widerstand deiner abscheulichen Leibspeise.

Dafür, daß Sutter auch mit diesem Büchsenöffner nie geschickt gewesen war, versah er erstaunlich willig seinen Dienst. Eine scharfe Zunge nach der anderen spreizte er aus dem Dosendeckel heraus. Schließlich ergoß sich der Inhalt so schnell in den Freßtrog, daß die Katze ihre Schnauze kaum noch hatte zurückziehen können, bevor sie sich, nun erst recht hemmungslos, hineinvertiefte.

Während Sutter dem Schandfleck auf der guten Hose mit dem Abwaschlappen zu Leibe rückte und ihn damit erst recht unübersehbar machte, stillte die Katze ihren Hunger und warf den Kopf, um Speisereste aus den Zähnen zu schütteln. Sie leckte sich immer noch schnalzend das Maul, als sie zum Reisegepäck stakte und die kleine Architektur beschnüffelte, die Sutter aufgebaut hatte, in der Illusion, damit besser zu überblicken, wenn etwas fehlte. Das Kästchen aus hellem Holz stand frei. Daran lehnte ein kleiner Jutesack, gefüllt mit den Steinen aus Ruths Manteltaschen. Hier hielt sich die Katze am längsten auf.

Ja, sagte Sutter, das war ein Mensch.

Plötzlich sprang die Katze, wie von einer Wespe gestochen, zur Tür und verlangte hinaus, mit durchdringender Stimme. Sie hatte den Deckelkorb bemerkt, den er hinter dem Koffer versteckt hatte.

Da hilft nichts, Katze, sagte er. Die Känguruhs sind dein Schicksal, die Tragstarre droht. Da mußt du hinein, und sogleich. Wie soll ich mein Zeug durch die offene Tür tragen, wenn du nicht auf Nummer sicher bist.

Er hob das Tier auf, das sich sperrig machte; kein Wunder, denn Sutters Griff war ungeschickt und schuldbewußt. Er behielt es im Arm und drückte die Nase in das schwarze Fell, das zerrte und zuckte. Ein Vers kam ihm in den Sinn, den Ruth vor sich hingesprochen hatte: »Morgenrot! Klabund! Die Tage dämmern!« Das Wasser schoß ihm in die Augen, und das Tier hielt still. Behutsam faßte er es am Nacken und hielt es in die Luft. Es zappelte nicht, und in seinem Gesicht erschien ein Ausdruck so engelhaften Wohlbehagens, daß er lächelte. Widerstandslos ließ es sich in den geflochtenen Korb niederlassen und gab keinen Laut, als Sutter den Dekkel schloß.

Als wäre es eine brennende Laterne, hob Sutter das beruhigte Gewicht vom Boden auf und ging hinaus zum Wagen, um es auf dem Hintersitz abzustellen. Der Frieden würde nicht lange halten.

30

Sutter hatte seine von Ruth so genannte Schlotterhose angezogen, die aus sandfarbenem Cord. Das letzte ist, daß man sich die Zähne putzt. Putz dir noch den Zahn, sagte Ruth. Ja, Ruth, das war immer das letzte. Fast so schlimm wie: geh dich waschen. Kleiner Bub Sutter.

Warum hast du mich geheiratet? Als Sutter das fragte, hatte man noch im November auf der Terrasse sitzen können, Ruth mit der Kamelhaardecke über den Knien. Die Blätter des Zierkirschbaums waren scharlach und rostrot gefärbt.

Und warum du mich?

Ich habe zuerst gefragt.

Weil ich mit dir so viel Spaß habe, sagte Ruth.

Das ist nicht dein Ernst.

Nein, sagte sie, das ist mein Sutter.

Ein Mann, dessen Frau sich das Leben genommen hat, steht nicht gut vor dem Spiegel. Sutter hatte sich beim Zähneputzen schon früher nicht ins Gesicht gesehen. Noch immer sah er an sich vorbei.

Merkwürdig, daß ihm die Zähne im Mund treu geblieben waren, abwesend, wie er sie behandelte, seit Jahrzehnten. Die letzte große Reparatur hatte er vor zwanzig Jahren vornehmen lassen, und der Zahnarzt hatte gesagt: Zwischen fünfzehn und zwanzig haben Sie viel versäumt, dafür bezahlen Sie jetzt. Wenn Sie älter werden, erhalten Sie die Quittung.

Er hatte einen plötzlichen Zusammenbruch seiner Zähne phantasiert. Im Traum waren sie im Mund herumgerollt wie Kiesel, die seine Zunge erschrocken befühlte, und dazwischen streifte sie über leere Kiefer. So würde es eines schrecklichen Morgens kommen, da war er sich damals sicher. Aber seither war er kaum beim Zahnarzt gewesen, und wenn er jetzt mit der Zunge die Zähne prüfte, rührte ihn ihre Anwesenheit, wie die von Wächtern, die ohne Auftrag immer noch da stehen, wo sie einmal jemand hinbefohlen hat, wie japanische Soldaten auf einer längst vom Krieg verlassenen Insel. An ihm gab es doch etwas, das ihm nichts nachtrug.

Zeig die Zähne, Sutter, wenigstens dir selbst.

»Mein Mann« hatte Ruth nie zu ihm gesagt, nur am Telefon im Verkehr mit Dritten oder einem Amt. Auch noch als sie krank geworden war, ging sie lieber einen weiten Weg, als ihn beim Namen rufen zu müssen. Auch der Laut ihres Entzückens brauchte keinen Namen.

Neunundneunzig Jahre werden wir hier wohnen, hatte sie gelacht, als sie im »Hummel« eingezogen waren, stell dir das vor: neunundneunzig Jahre leben, und so günstig!

Für uns hatte ich mit hundert gerechnet, sagte Sutter.

Ihr Lachen verstummte. Bis neunundneunzig hatte sie Spaß verstanden, bei hundert hörte er auf.

Kannst du dir vorstellen, hatte er später gefragt, daß wir ein neues Jahrtausend erleben? Da war von ihrer Krankheit noch keine Rede.

Vorher geht die Welt unter, sagte Ruth, unbedingt.

Jetzt schrieb man es, das Jahr mit den drei Nullen, und Sutter hatte niemanden mehr, dem sein Name so viel bedeutet hätte, daß er ihn verschwieg. »Rohner« hätte er nie heißen wollen, obwohl das bürgerliche Recht dem Mann jetzt erlaubte, den Namen seiner Frau zu tragen. Doch auch den hatte sie als Zufall betrachtet, wie ihren Krebs, wie ihren Mann. Nur sein fremder Name war ihr Werk, der Name eines Strichmannmalers ohne das französische »ou«. Wie er als Katze geheißen hätte? Vielleicht: Mensch?

Er würde nie in die Lage Rumpelstilzchens kommen, das sich für seinen Namen zerrissen hatte.

Lebe wohl, sagte er in den Spiegel.

Er sah den schneeweißen Schaum in seinem Mund weniger werden, während sich im Innern seines Schädels ein feines Brutzeln hören ließ.

31

Still doch, Katze, wir sind schon so gut wie da, brüllte Sutter durch den Wagenlärm dem geflochtenen Korb zu, der auf dem Hintersitz schütterte: Doch das Tierweinen durchdrang das Knirschen der Reifen, das Poltern des Fahrwerks auf der geschotterten Straße, wetzte zum Reißen dünn, was Ruth »Nervenkostüm« zu nennen pflegte. Darunter stellte sich Sutter ein Netz vor, das über eine Molluske oder einen Hackbraten gespannt war. Aber in kritischen Augenblicken gab es für ihn nicht einmal dieses Netz. Da lief er aus. Oder mutierte zu einem explosiven Gel.

Im Vorjahr hatte ihm die kranke Ruth die Fahrt ins Tierheim abgenommen. Sie wußte, was den Begleiter dieses Korbs auf der Reise erwartete. Wenn die Katze zum Tierarzt getragen werden mußte – ein abscheuliches Ziel, doch ein zwingendes, das schien sie zu wissen –, hielt sich ihr Jammer in Grenzen. Die Fahrt ins Tierheim aber war kein Schicksal der Götter. Da verzichtete sie auf jeden Nachlaß, man fuhr mit ihr durchs Fegefeuer. Es brachte nichts, wenn man ihr durchs Gitter alle Zärtlichkeiten der Welt zurief: Trefflich Tier! würdigster Katzmann! Katherlieschen, steh ab, halt ein! Wir sind doch schon so gut wie da! Da war es sauberer, als wortloser Henker nur noch geradeaus zu fahren, statt einen Trost, den man selbst nicht besaß, über die Schulter zu brüllen. Und die Katze schrie in Tönen zurück, über die sie sonst nur gebot, wenn sie das Brunstgeschrei ihrer Artgenossen nachahmte.

Das, Sutter, war die Sünde, die nicht vergeben wird: daß wir ihn haben kastrieren lassen. Aber dazu, Ruth, sind wir doch von der Tierschutzgesandten mit sittlicher Empörung angehalten worden, nachdem uns die Katze entlaufen war. Bis sie, schon abgeschrieben, nach acht Wochen im Park einer psychiatrischen Anstalt in Gesellschaft einer kleinen Dreifarbigen auftauchte. Ohne Monikas Depression wären wir nie auf dieses Liebesnest verfallen, zehn Kilometer, zwei Dörfer und ein Autobahnkreuz entfernt. Und als dein unwürdiges Tier von wirren, doch übereinstimmenden Zeugen gesichtet worden war: Erinnerst du dich an die Künste, die es brauchte, um nicht gefangen zu werden? Und wie es die Patienten genossen haben, als du Katze! Katze! schreiend durch ihren Lunapark schlichst! So verrückt waren sie denn doch nicht.

Hinterher lachten wir ja Tränen. Aber damals fandest du nichts Komisches dabei, die dreifarbige Lolita als Lockvogel in die Falle zu tragen – die psychiatrische Waschküche, in die euch der verblendete Liebhaber folgte, so daß ich die Tür nur zuzudrücken brauchte. Im Auto dann hast du den Dämon auf deinen Schoß gesetzt – er war so gnädig, dir nicht die Augen auszukratzen. Dafür stürzte er sich aufs Gaspedal, wand sich ins Lenkrad und mußte von der Windschutzscheibe gekratzt werden. Wir verstießen gegen jeden Paragraphen der Verkehrsordnung und gefährdeten Unbeteiligte an Leib und Leben. Und als wir nach Hause gekommen waren und deine Katze zur Ausnüchterung in den Keller gesteckt hatten – wer stand unter der Tür und verdarb uns den doppelten Cognac? Die Terroristin vom Tierschutzverein.

Du mußtest allen traurigen Mut zusammennehmen, um deine Katze unters Messer zu begleiten. Danach aber war sie pflegeleicht. In deiner schweren Zeit blieb sie im Haus. »Erzähl mir eine heile Welt / und gib, daß sie ne Weile hält.« Schüttelreime gegen Schüttelfröste. Wie ein Heizkissen lag die Katze auf deinem Bauch, wenn ich das nicht eben heile Märchen von Katherlieschen vorlas oder das vom Gestiefelten Kater. Verzärtelt hast du ihn nie, seine Distanz respektiert. Sie lebt noch nicht so lange mit dem Menschen wie Hund oder Ziege, hast du gesagt. Sie prüft jeden Tag, wieviel Nähe es verträgt mit unserer Sorte. Wir stecken immer noch in der Probezeit, und es ist ein Wunder, daß sie uns immer noch zuschaut. Das ist ihre Hauptbeschäftigung – merkst du das nicht?

Wir haben die Katze Kinderlosigkeit nicht büßen lassen durch Affenliebe. Und wir haben uns etwas herausgenommen: alle Jahre wieder zehn Tage Sils. Dann ging's ins Tierheim.

Nicht klaglos, wie Sutter von Ruth wußte. Aber doch nicht nur Klage, wie nun bei ihm. Es heulte aus dem Korb, und was konnte er dem Tier versprechen, wenn er wiederkam? Es weiß nichts von Zukunft, hatte Ruth gesagt, aber es spürt, wenn du nicht mehr an sie glaubst.

Der Mensch ist das Tier, das nicht weiß, wann etwas das letzte Mal ist. Aber Ruth hatte dafür gesorgt, daß sie es wußte. Und Sutter, über das Steuerrad gebeugt (dein Weitblick, Sutter, ist weg, du brauchst jetzt auch zum Fahren eine Brille), versuchte das Unvermeidliche gleichzeitig zu tun: auf den Verkehr achten; die Ampeln im Auge behalten; Richtungs- und Wegweisern folgen in dieser ungeläufigen Gegend. Die anderen Verkehrsteilnehmer bewegten sich schneller als er, selbst die Radfahrer, und gaben Ungeduld zu erkennen; die hatten alle ein Ziel. Gleich sind wir da, flüsterte er dem Korb zu.

Er wußte den Weg zum Tierheim nur im allgemeinen, wie er ihn seinerzeit Ruth anhand der Karte erklärt hatte. Jetzt fuhr er ihr die Strecke nach und fürchtete, sich bereits verirrt zu haben. Vielleicht war es nicht gut gewesen, ihm die Fahrten zum Tierheim zu ersparen. Vielleicht hatte OFritz, der Christ, recht, manches wäre anders gekommen, wenn sie einander nicht so viel erspart hätten. Vielleicht war die stumme Rücksicht nie so einvernehmlich gewesen, wie er sich eingeredet hatte. Er kannte die These, wonach Streiten gut sein soll gegen Krebs. Wenn Menschen im Streit wachsen, schwillt ihnen nichts Bösartiges im Leib. Ruth würdigte den Gemeinplatz nicht einmal der Verachtung. Zu tief haßte sie Streit in jeder Form, und von dieser Abscheu wollte sie nicht geheilt werden.

Er war am Steuer ins Zittern gekommen, zermürbt von der Herumfahrt, der wirkungslosen Seelsorge Richtung Katzenkorb. Auf zunehmend verkehrsarmen und gepflegter wirkenden Sträßchen war er in etwas hineingeraten, das Ruth ein »Weichbild« genannt hätte. Es nahm immer mehr das Gepräge eines Dorfbilds an, denn ein bescheidener Kirchturm grüßte über wohlbestallte Dächer, war aber mit dem Auto auf keine erlaubte Art zu erreichen. Alle Wegweiser versuchten Sutter in ein unterirdisches Parking zu lotsen, das dafür gebaut war, das Dorf bildhaft zu erhalten. Es war auch menschenleer, und das nachmittags um die vierte Stunde, die das Türmchen gerade mit Glockenspiel angezeigt hatte. Man durfte erwarten, daß die besserverdienende Bevölkerung jetzt aus der Stadt ins Dorf zurückpendelte. Doch das einzige, was sich hinter hohen Hecken rührte, war das Wispern der Rasensprenger.

Drei fremde Kinder kamen des Wegs, von denen sich eines als Mutter erwies, Tamilinnen, die vom Putzen in einem guten Haus zurückkehrten. Er kurbelte das Fenster herunter, doch seine Frage nach dem Tierheim blieb unverstanden. Dafür galt das Interesse dem Notgeschrei aus dem Deckelkorb. Nächtliche Kinderaugen musterten den Katzenräuber. Er wollte anfahren, doch nun ließen sich die Sittenhüterinnen nicht abschütteln. Die Mutter rief durch die Hecke gellend um Hilfe. Offenbar kannte sie die Bewohner, denn augenblicklich trat eine Halbwüchsige aus dem Gartentor. Sie war blond, trug zitronengelbe Shorts und die Spur eines dazu passenden Büstenhalters auf der goldbraunen Haut. Sutter wiederholte seine Frage nach dem Tierheim und wurde angesehen, als habe er sich nach dem Bordell erkundigt.

Mami! rief die junge Dame, und Mami war umgehend zur Stelle. Sie, im Sonnenbadeanzug, konnte nicht älter sein als ihre Tochter und wirkte noch entschiedener blond. Eine Gartenschere in der Hand, streifte sie den ungewaschenen Lack von Sutters Wagen mit einem Blick. Das Geschrei aus dem Inneren ließ ihre Miene finster werden. Ihr Pharaoninnenauge schien imstande, Sutter zu durchbohren, ohne ihn anzusehen.

Entschuldigen Sie, sagte Sutter, ich suche das Tierheim. Das Outback. Das Autbäck.

Ist das Tier verletzt? fragte die Dame. Dann müssen Sie zum Tierarzt.

Sutter wußte nicht, was über ihn kam. Warum nicht gleich ins pharmazeutische Labor, sagte er, oder in die chinesische Küche.

Die Tochter sah die Mutter an, als bedürfe ihr Hilferuf nun keiner Begründung mehr.

Ist das Ihre Katze? fragte die Mutter.

Nein, sagte Sutter. Sie ist ihre eigene Katze, aber seit sechs Jahren nimmt sie Futter von mir.

In diesem Augenblick fuhr ein aubergine metallisierter BMW hinter Sutters Volvo auf. Die Katze war verstummt. Ein Mann im Busineß-Anzug sprang heraus.

Was geht hier vor? fragte er.

Die Tamilinnen waren wieder näher getreten. Ich habe die Damen nach dem Weg zum Autbäck gefragt, sagte Sutter.

Dann fahren Sie zurück, wie Sie gekommen sind, sagte der Herr. Unter der Schnellstraße durch. Zweihundert Meter parallel, dann wieder auf die Schnellstraße, geradeaus bis zur nächsten Ausfahrt. Nehmen Sie die erste Abzweigung links. Da ist das Tierheim angezeigt.

Sutter dankte, kurbelte die Scheibe hoch und fuhr an. Da begann die Katze erneut zu demonstrieren. Er wendete den Wagen, im Rückspiegel war die Straße menschenleer. Mußt du mich blamieren! schrie er nach hinten.

Die Wegbeschreibung stimmte metergenau. Der letzte Wegweiser hatte die Form eines Bumerangs, dessen Schriftzeichen in Maserbrand als AUT BÄCK gelesen werden konnten. Die Silhouette eines Känguruhs verwirrte ihn, weil es mit dem Schwanz in die Fahrtrichtung zeigte. Aber in Australien stand die Mittagssonne im Norden, und im Abfluß drehte der Wirbel andersherum.

Müde bin ich Gezuruh, hatte Ruth als Kind bei ihrer Tante beten müssen und sich gewundert, warum sie so ein Tier sein sollte, und das für den lieben Gott. Ja, Gezuruh, ich bin müde. Müde von des Tages Lastern. Das war sein Beitrag zum Tränenlachen gewesen. »Müde von des Tages Lastern / Saß der Heiland a-abends hin«, sang Sutter in Bühnenlautstärke, denn seine Stimme hatte jede Resonanz verloren, doch vielleicht brachten fromme Lieder die Katze zum Schweigen. »Jesu geh voran. Auf der Eisenbahn. So nimm denn meine Hände und führe mich bis an mein selig Ende, und ewiglich. Ich kann allein nicht ge-e-hen, nicht ei-nen Schritt. Wo du wirst gehn und ste-hen, da nimm. Mich. Mit.«

Das Sträßchen befand sich in Reparatur. Die Katze haßte das Knirschen des Wagens auf dem Schotter. Gleich sind wir da, sagte Sutter, und glaubte diesmal selbst daran. Als sie durch einen Bestand hoher Föhren und Buchen fuhren, erinnerte er ihn an das Stück Wald, aus dem auf ihn geschossen worden war. Doch schon lag weit offenes Gelände vor ihm, auf welchem er Geschöpfe hoppeln sah, die für Hasen zu groß waren.

Lagunenblau grüßte der Greifensee aus der Tiefe; auf der Terrasse davor breitete sich der Autbäck aus, im Zentrum das Gehöft, ein Bauernhaus mit Stall und Scheunen, überblüht von Geranien, umlagert von Baracken. Jede besaß ein eigenes Freilaufgehege. Die weitere Umgebung des Anwesens war weiträumig umzäunt, darin stolzierten Strauße gruppenweise. Känguruhs verharrten oder verhofften – die Jägersprache war Sutter nicht geläufig, die Katze schrie – und drehten dem Wagen wie verabredet ihre zimperlichen Gesichter zu. Aus einigen Bauchtaschen guckten kaum kleinere Kinderköpfe. Das Gewicht schien die Beutel bis zum Boden ziehen zu wollen und erinnerte Sutter an bis zum Reißen gespannte Nervenkostüme. Als den Muttertieren das Herstarren zu dumm wurde, schnellten sie auf starken Keulen weiter und rafften ihre lächerlichen Vorderbeinchen. Die Katze schrie.

Vor dem Eingangsgebäude verödete eine leere Parkfläche. Dahinter begann bereits das Katzenrevier. Die Katze verstummte augenblicklich. Sutter entstieg dem Sitz mit einer Grimasse, seine Bandscheibe erwachte, wenn er lange gesessen hatte. Auch die Katzen im Freigehege erstarrten in Aufmerksamkeit. Weiter hinten begann es zu bellen, in allen Stimmlagen. Die Ferienhunde erinnerten sich ihrer Pflicht zur Wachsamkeit.

So war man angemeldet, und Sutter schritt, einen mäuschenstillen Korb am Arm, auf die Tür mit geschmiedetem Fenstergitter zu und zog an einem Glockengriff in Straußenform. BITTE LÄUTEN UND EINTRETEN. Durch wie viele Praxistüren war er mit Ruth gegangen, erst in der Hoffnung auf ein Kind, dann auf das Leben.

Die Katze im Korb riskierte einen Fragelaut.

Aha, sagte es aus dem Hintergrund. *MrchömeMrchöme.*

Umenidgschprängt.

Eine junge Frau in Strampelhosen mit herzchenbestickten Trägern stand in einer Büronische an einem Stehpult; das Türfenster öffnete sich ins Katzenrevier. Sie verglich Einträge in einem Zucht- oder Stammbuch, auf das sie sich behaglich abstützte, während sie Haken auf das linierte Papier malte. Als sie sich aufrichtete, gab sie sich als schlanke Person mit kurzem Haar zu erkennen, die man, ohne den berndeutsch schwingenden Alt, für einen Jungen hätte halten können. Ruth hatte von der jungen Frau Vertrauenerweckendes zu erzählen gewußt. Sie war als »Modi« anzureden, was in ihrer Gegend nichts weiter bedeutet als »Mädchen«.

Modi war Angestellte der Tierfarm. Diese gehörte dem Sohn des Bauernpaars, das einst Ferientiere in Kost genommen und sich damit ein Zubrot verdient hatte. Der Sohn war ein Unternehmer größeren Stils geworden, von dem seine Villa am Rand der Terrasse nicht das sicherste Zeugnis ablegte. Kleintiere machten den Kohl nicht mehr fett. Er besaß ein Gestüt in der Nachbargemeinde, samt Reitschule, in der vorstädtische Töchter ihrer Passion frönen durften. Im Pferdedunst ließ sich auch die Gesellschaft pflegen, in die der Bauernsohn noch weiter aufsteigen wollte. Hund und Katz blieben Modi anvertraut, auch die Exoten, attraktiv für geschiedene Väter an ihren Kinderbesuchstagen. Modi war, so Ruth, die Geliebte des Aufsteigers gewesen. Doch ihre Zurücksetzung lasse sie, als Naturkind, an den Tieren nicht aus. Außer Landwirtschaft habe sie eine sektennahe Psychologie studiert, aber da »Studieren« in ihrer Sprache Grübeln oder Depression bedeute, habe sie es damit nicht übertrieben. Von Tiefsinn werde sie nicht angefochten, doch pflege sie eine Sicht der Dinge, die sie »ganzheitlich« nenne.

Modi trat auf Sutter zu, drückte ihm die Hand und nahm ihm den Korb ab.

Sutter, sagte er und verschwieg seinen bürgerlichen Namen. Herzliches Beileid zu Ruths Tod konnte er nicht gebrauchen.

Soso, sagte sie. *Deweimereisgugge.*

Sie schlug die Griffe des Korbs auseinander. Die Katze lag mit großen Augen und gesträubtem Fell auf dem Boden ihres Käfigs. Sie drückte sich flach, die Ohren waren an den Kopf gelegt. Sie bot ein widersprüchliches Bild der Fluchtbereitschaft – sprungbereit, doch von der Angst gebannt, jeder Sprung könnte ins Unabsehbare führen.

Modi streichelte das Tier und nestelte an der operierten Stelle. *Gsiehtsuberuus.* Sie faßte das Tier unwiderstehlich am Nacken und hob es hoch. Und wie ihm die Tragstarre gefiel! Im grinsenden Leckermaul erschien die rosa Zungenspitze.

Weheissischde? fragte sie und nahm die Katze auf den Arm.

Das war die Gewissensfrage, und Sutter hatte sich vorbereitet. Von Ruth wußte er, daß die Katze im Tierheim einen Namen brauchte. Und als Ruth keiner einfallen wollte, hatte Modi die Katze »Bäärli« genannt.

Bäärli, sagte Sutter. Modi musterte ihn kritisch.

Sägiteis, die Katze kenne ich doch, aber den Meister nicht.

Sutter: Ich habe sie von der früheren Halterin übernommen.

Frau Gygax, sagte Modi. – *KännitDerse*?

Ruth hatte hier also ihren Ehenamen gebraucht, nicht ihren Mädchennamen. Sutter schluckte. Sie ist verzogen, sagte er, und hat die Katze nicht mitnehmen können.

Färn isch se gar nümm wou gsy.

Sutter fühlte die drei eisernen Ringe des Treuen Heinrich um seine Brust. Ja, letztes Jahr war Ruth gar nicht mehr wohl gewesen. Färn. Wie weit her. Aber der Chatz, sagte er, der Chatz isch es wohl bi Euch. »Bei Ihnen« wollte ihm nicht über die Lippen. Wo komme ich hin, dachte er, jetzt bin ich da. Aber wo gehe ich hin.

Hier ist das Impfbüchlein, flüsterte Sutter und legte es auf den Tisch.

Är schnurrlet, sagte Modi und verzichtete auf weitere Nachfragen. *Guete Bäärli.*

Was er fresse, wisse sie noch. Wie lange er bleibe. Zehn Tage. Es wäre gut, das Kissen hier zu lassen. Dann könne er sich riechen, fühle sich zu Hause. Das werde er aber *einewäg*, wie andere Male auch. Sei ja ein erfahrener Pensionär. Leider mußt du noch ein wenig auf dein Appartement warten, *gäu*, es wird grade gereinigt. Genieß ein bißchen Ausgang. Wir tun dich in eine Klasse mit lauter netten Kindern.

Nochmals befühlte sie die Narbe des Tiers, durchwühlte sein Fell, griff nach seinen Drüsen, drückte ihm das Maul auf und murmelte Zaubersprüche. Dann drehte sie es auf den Rücken und spreizte seine Hinterläufe. Beim Kopfverdrehen machte Bäärli die Katzen jenseits des Fensters aus. Sie lagerten auf Hochsitze verteilt in der künstlichen Kletterlandschaft.

So Bäärli, sag dem Meister *tschou*, sagte Modi, hob das Tier auf und öffnete die Tür. Behutsam setzte sie es aus, während sie drei Katzen mit dem Fuß am Eindringen hinderte. Sutter stand vor dem Glas. Er stand hinter dem Glas.

Die Katze verharrte da, wo man sie niedergelassen hatte, wölbte den Rücken und legte die Ohren flach. Mit nervöser Vorsicht witterte sie in alle Richtungen. Dann begann sie langsam wie eine Krabbe seitwärts zu staken, duckte sich plötzlich zum Schleichgang und verdrückte sich, Zickzack laufend, in eine dünn besiedelte Ecke.

Tuet em nü-me wee, sagte Modi.

Kennen Sie das Lied? fragte Sutter. *Wett en nümme foh mit Hände / Ghörti numme gärn sys Lied.*

Er habe ja eine Singstimme, sagte Modi, und Berndeutsch könne er auch.

Ruth habe das Lied gesungen, sagte er. *'S hett emol e Vogel gsunge, I der Hoschtet vor em Hus. Han-e wöue foh mit Hände, Bin em noh dur d'Hoschtet us.*

Ruths Katze hatte sich an der entferntesten Wand mit künstlich wirkender Behutsamkeit auf die Vorderbeine niedergelassen, als wäre der Boden ein Minenfeld. Zugleich war sie, die Pfoten unter die Brust gesteckt, bemüht, keinen Raum einzunehmen. Sie war nur mit dem Problem ihrer Unsichtbarkeit beschäftigt, so daß Sutter die Versuchung spürte, sich sofort davonzuschleichen.

Sich abwendend prallte er gegen einen weiblichen Körper. Modi war es nicht.

Do you speak English? fragte sie fast akzentfrei. – This is my friend Ginger from Oklahoma.

The End of the Trail, sagte die Neue.

Sutter blickte in ein Sommersprossengesicht, das überwiegend aus Lebensfreude bestand. Hi, sagte sie.

Hi, sagte er.

Ginger besuchte ein College, dessen Namen er gleich vergaß, in einer Stadt namens Chickasha, die man ihr vom T-Shirt ablesen konnte. Sie studierte Tiere und liebte sie, darum schrieb sie eine Thesis über Mensch-Tier-Beziehungen und kulturell definierte Liebeserwartungen beiderseits.

Beiderseits? fragte Sutter.

Sure, sagte Ginger. Tiere lernen eine Fremdsprache, wenn sie mit uns umgehen. Sie gehören nicht nur zu unserer Evolution. Wir sind auch ein Stück der ihren.

Ginger möchte ihm ein paar Fragen stellen, sagte Modi, *she does it with everybody.*

But not with anybody, sagte Ginger. Tscheigäx. Ich kann deinen Namen nicht aussprechen. Darf ich Emil sagen?

Ginger aus Chickasha kannte seinen Namen, auch wenn sie ihn nicht aussprechen konnte. Modi wußte demnach, was Ruth zugestoßen war.

Ginger bat Sutter auf einen Barhocker. Es gab eine Theke neben dem Eingang, im Stil der Pferdefreunde bestückt mit ihren Requisiten und Trophäen. Die Sitze hatten Sattelform und waren drehbar, also drehte sich Ginger ihm zu, mit arglos gespreizten Jeansbeinen. Er konnte nicht gut in ihre Grätsche starren, also hob er die Augen etwa halben Wegs zu ihren kieselgrauen Augen, aus denen ihn eine erschreckende Energie anstrahlte. Zum Glück war Gingers Mund mit Reden beschäftigt, und ihr Lächeln war ohne Hinterhalt. Er setzte sich bequemer.

Ginger interessierte sich also für Mensch-Tier-Beziehungen, mit besonderer Berücksichtigung der Schweiz, im Vergleich mit ähnlichen oder verschiedenen Verhaltensmustern in den Staaten, *and with a view to these relationships being broken up by death.* Wie ging man in der Schweiz – sie sagte: in Zwitscherländ – mit Verlust um, welche Sitten und Bräuche beobachtete man bei Verlust im allgemeinen und beim Verlust eines geliebten Haustiers im besonderen?

Wir sind nie gute Verlierer gewesen, sagte Sutter. *Yes*, sagte er zu Gingers Kinn hinauf, meine Frau verließ mich vor einem Jahr. Sie entlief mit einem Zigeunergeiger. Zigeuner hat sie immer bewundert, aber daß sie es so weit treiben würde, habe ich mir nie vorgestellt. Sie spielte selbst Zigeunergeige, darum kam sie wohl nicht zu kurz. Ich schon.

Wie lang seid ihr verheiratet gewesen, fragte Ginger, und darf ich das Tonband laufen lassen?

Laß laufen, was will, sagte Sutter. Vierzig Jahr.

Dann solltet ihr Kinder haben, sagte Ginger.

Sollten wir, sagte Sutter. Aber die sind gewachsen wie verrückt, haben uns längst ausgewachsen. Einer ist Kreisläufer bei der Handball-Nationalmannschaft, einer Festredner und der dritte programmiert Computer. Ein Top-Hacker. Seine Maus klickt nur so, das hält keine Katze aus.

Du bist witzig, sagte Ginger.

O yes, sagte Sutter, ich bin ein Witz. Mein Witz ist das letzte, was du an mir totschlagen mußt.

Ich will gar nichts an dir totschlagen, lachte Ginger.

Nett von dir, sagte Sutter.

Modi sagte mir, daß deine Frau vor einem Jahr gestorben ist, sagte sie.

Modi war nicht mal bei der Beerdigung, sagte er. Kunststück, es gab auch keine. Jemand, der mit einem Zigeunergeiger durchbrennt, kriegt keine Beerdigung. *You just don't care.*

I think you do, sagte Ginger. Und was bedeutet dir die Katze jetzt? Oder ist sie immer die Katze deiner Frau gewesen?

Sie war ihre eigene Katze, sagte Sutter.

Darum liebst du sie.

Ich? sagte Sutter, es gibt keinen Grund, sie zu lieben. Nicht den geringsten.

Fühlst du dich schuldig, fragte sie, wenn du sie hier läßt und in den Urlaub fährst?

Schuldgefühle täte ich keiner Katze an, sagte Sutter.

Du bist Gerichtsreporter, *I understand you are a champion of the underprivileged.*

I am the World Champion of the Underprivileged, Zigeunergeiger eingeschlossen, sagte er, und habe meine Sünden fahrenlassen wie einen Furz. Ich lege jeden Zigeunergeiger um, aber einer Fliege krümme ich kein Haar.

Du bist ein hartgesottener Lügner, sagte sie.

Falsch, sagte er, ich bin ein weichgekochter Lügner. Ich bereue schneller, als ich lügen kann.

Why do you cry, frage sie.

Er hatte am Bourbon kaum genippt, der ihm dennoch aus den Augen zu laufen begann. Stellen Sie sich vor, sagte er, Sie sind eine Katze, eine ganze Katze, und nichts als eine Katze. Und der einzige Mensch, den Sie noch haben, läßt Sie allein mit lauter Debbies, Mousies, Maudis, Modis und Gingers und fährt weg, keiner weiß, wohin.

Du identifizierst dich zu sehr mit deiner Katze, sagte die junge Frau aus Chickasha, Oklahoma, er schafft es ganz gut ohne dich. Das mag dein Selbstgefühl kränken, aber komm nur mit und schau gut hin.

Sie zog ihn ohne Umstände am Ellbogen von seinem Hokker, legte ihm einen Arm um die Schulter und führte ihn durch den Gang und vor die Tür, wo man das Freigehege übersehen konnte, wenn man denn sehen konnte. Sutter sah Katzen, immer mehr Katzen, aber Ruths Katze nicht. Ginger stützte ihn. Modi war ebenfalls nach draußen gekommen.

Er hat schon eine Menge Freunde, hörte er Ginger sagen, und sie tun ihm gut. *He's having good clean fun, Emil, you can be at rest and go in peace, wherever.*

Thank you, sagte er, *thank you both. I have heard the voice from the bible belt. Pray for me, good-bye, and never miss a good fuck, Down Under.*

Ich bin nicht von *Down Under*, Emil, lachte Ginger.

Wait and see, sagte Sutter. Die Känguruhs sind auch von da. Und ich bin nicht von Zwitscherländ.

I see, sagte Ginger.

I don't, sagte Sutter, *I don't see a thing.*

Du schaffst es, Emil, *just take good care of yourself.*

Er schüttelte den beiden die Hand, verneigte sich und ging nicht ganz sicheren Schrittes dem Parkplatz zu. Außer Sichtweite der Frauen blieb er stehen und atmete tief ein und aus. Dabei starrte er auf die Gruppe Känguruhs, die zurückstarrte, auf ihre Schwänze gestützt. Er starrte so lange, bis er wieder sehen konnte, sogar ein Junges im Beutel, und am Ende auch den Greifensee in der Gletschertiefe.

32

Und dahin führen, wohin du nicht willst.

Sutter stand in einem mit gelbstichigem Tannenholz getäfelten Dienstbotenzimmer. Der Öldruck an der Wand zeigte einen Antonius, der staunenden Fischen predigte. Das Licht der Birnen – von der Decke hing grauer Tüll, auf dem Nachttisch stand roter Chintz – schien die Dämmerung noch zu verstärken. Diese ging von der Felswand aus, die sich gleich hinter dem Fenster erhob. Es war sinnlos, daß Sutter seine Lektüren auspackte, ein paar Bücher Ruths, in denen er in der Nacht vor ihrer Beisetzung hatte lesen wollen. Dieses Loch war nur zum Verkriechen geschaffen.

Er öffnete den Koffer und entnahm ihm Zahnbürste, Mundwasser und Kamm. Da war noch eine Plastiktüte, Übergröße, mit der Abbildung einer Polstergruppe und der Anschrift in grellem Rot: STREICHKONZERT BEI MÖBEL-KRÄUCHI!! Bis zu 60% RABATT!!! Direkt nach Ausfahrt HEIDILAND.

In diesem Beutel war Ruth.

»Fremdenzimmer« hatte das Gebäude versprochen, vor dem ihn der junge Mann abgesetzt hatte, um in seinem Nutzfahrzeug wieder an die Stelle zurückzufahren, wo Sutter den Wagen hatte stehenlassen müssen. Nun wartete der darauf, vom selben jungen Mann in die Garage abgeschleppt zu werden.

Sutter war hinter einem Dorf namens Schiers liegengeblieben. Der Wagen war immer langsamer geworden, schließlich stand er inmitten von Schokolade- und Kaugummipapierchen am Straßenrand und wollte nicht mehr angelassen werden. Sutter blieb nichts übrig, als nach Schiers zu marschieren und Hilfe zu holen. Daß er kein Handy besaß, war das einzige, was den Garagisten erschütterte, einen Prättigauer algerischer Herkunft. Bei Sutters Auto, zu dem er ihn im Abschleppwagen zurückfuhr, sah er kein Problem, der Schaden freilich war erst morgen früh zu beheben.

Damit war für Sutter eine notfallmäßige Übernachtung angesagt, und der junge Mann wußte Rat. Weiter vorn gab es das Weiße Kreuz. Am Wochenende war es eine Disco, deren Lärm niemanden störte, denn sie lag allein auf weiter Flur. Unter der Woche war es ruhig. Nach hinten hinaus gab es besonders ruhige Zimmer. Sutter fragte Achmed, wie er dazu komme, ihm, Sutter, ein so ausgeprägtes Ruhebedürfnis zu unterstellen. Achmed geriet in Verlegenheit. So hatte er es nicht gemeint.

Sutter las sein Bild in Achmeds Augen: ein aufgeregter, halbblinder Greis, der mit seinem Schrotthaufen die Landstraße unsicher macht. An diesem Bild arbeitete er noch in Gegenwart des Helfers: Er hatte, um ihm sein Auto aufzuschließen, in alle Taschen greifend, die Schlüssel nicht finden können, die vor seinen Füßen lagen. Achmed brauchte sie nur aufzuheben.

Daß er ihn im Kranwagen zu dem extrem ruhigen Gasthaus fuhr und nach dem Frühstück mit dem reparierten Wagen abzuholen versprach, war ein Akt schierer Nächstenliebe oder, falls er Moslem war, ein gottgefälliges Almosen. Das Gepäck des Alten bestand aus einem abgeschabten Lederkoffer, einem Rucksack, einer verschnürten Holzkiste und einem Kartoffelsack voller Steine. Er hatte sich geweigert, seinen Müll im Pannenfahrzeug zu lassen – als könnte er gestohlen werden. Die Holzkiste gab der Mann nicht aus der Hand. Damit sie überhaupt zu tragen war, spendierte Achmed die XXL-Plastiktüte. Damit hatte er ein CD-Rack transportiert. Er hatte im Kranwagen eine Anlage eingerichtet und ließ ein paar Takte von Bachs Goldberg-Variationen laufen, dann wartete er vor der Tür, bis er sicher war, daß der Mann ohne Bügelfalte im Weißen Kreuz ein Plätzchen gefunden hatte.

Seit seiner Kindheit hatte es zu Sutters Spielen gehört, sich in andere Leute zu versetzen, auch für die Betrachtung seiner selbst. Er genoß es, sich zur Karikatur zu entstellen und dem Unbekannten, der ihm in der Straßenbahn gegenübersaß, die Stichworte dazu frei Gehirn zu liefern. Sutter besaß das Talent, sich die Gedanken eines andern zu machen, auch solche, die diesem noch nicht gekommen waren. Er war dann schon weiter im Text einer Lebensgeschichte als derjenige, dem sie zustieß. Sutter aber konnte sie kommen sehen.

Dabei war er kein Prophet. Er sah nur die Palette dessen, was einer Person an Gedanken, Gefühlen, Erregungen zu Gebote stand, besser assortiert als diese selbst. Oft stellten sich seine Überblicke in Gedankenblitzen her, die einer Erleuchtung nahekamen. Er sah die komplette Landschaft einer Persönlichkeit vor dem inneren Auge. Er konnte sie ausmalen, doch damit hatte es keine Eile; er »hatte« sie, die andere Figur.

Diese Fähigkeit war ihm für seine Gerichtsreportagen zustatten gekommen. Mühelos konnte er das Gras in den Köpfen fremder Leute wachsen hören. Und wenn sie hinter dem Bild zurückblieben, das er sich von ihnen machte, war es zu ihrem Nachteil. Sutters Bilder waren, was ihn betraf, selbstlos und darum anderen immer leicht unheimlich: Was führte er im Schilde? Nichts. Wozu wollte er sie manipulieren? Zu wieder nichts – jedenfalls zu nichts, das für ihn von Vorteil gewesen wäre. Im Gegenteil: Bilder, die zu seinem Nachteil ausfielen, freuten ihn geradezu diebisch, und er hatte sogar den Ehrgeiz, sich darin von niemandem übertreffen zu lassen. Kein Wunder, daß Sutter vielen unheimlich war. Er war höflich und undurchsichtig. Auch hinter seiner Selbstlosigkeit suchte man ein Motiv. Doch er wußte von keinem und hätte sich eines ganz neu erfinden müssen, um damit zu dienen. Vielleicht war das überhaupt seine Lebensbeschäftigung, wie für die Katze das Menschengucken? Du bist vielleicht ein Charakter, Ämil, hatte ihm ein Kommilitone gesagt, aber du hast keinen. Du wirst es weit bringen.

Bis ins Weiße Kreuz hatte er es immerhin gebracht. Beim Anblick von »Zi.Nr. 6« – so stand es auf dem Porzellanschild über der Tür – fiel ihm eine von Ruths Redensarten ein: »In diesem Zimmer kann der Onkel nur ermordet werden.« Tot war es darin vielleicht auszuhalten, oder mit einem todähnlichen Schlaf. Ich besorge mir die nötige Schwere dafür, sagte er dem Plastikbeutel in der Ecke, ich bitte um deinen Rabatt. Sechzig Prozent müssen es nicht sein. Der schlechte Rotwein hier wird's auch tun. Zum Vergessen, was ich nicht weiß. Zu deinem Gedächtnis. Über ein kleines bin ich wieder da, und dann bleibe ich bis an der Welt Ende. Ob man es überhaupt bemerkt? In der Gaststube unten hat es schon stattgefunden – leerer kann ein Raum nicht sein als mit zwei Leuten darin und einem Fernseher. War's das schon? Kommt nicht's mehr nach? Einmal wäre ich doch gern noch gespannt gewesen. Aber auf was? Wenn du es weißt, Ruth, verrate mir nichts.

Laß dich überraschen, Sutter, auch wenn's schwerfällt.

Als er draußen im dämmrigen Flur den Schlüssel umgedreht hatte, überfiel ihn aus dem Treppenhaus ein Geruch, für den es keine Worte gab – er wehte geradewegs aus der Tiefe einer nie gelüfteten Kindheit herauf.

33

Am Ende der Theke saß ein einzelner Mann. Er mochte jünger sein, als er aussah, mit einer hohen Stirnglatze, pochender Schläfenader, einem dünnen Mund und großen Augen von glasigem Blau. Er saß, über ein Rotweinglas gebeugt, von dem er sein Gesicht schräg anhob, blickte in Sutters Richtung und redete vor sich hin. Gelegentlich hob er die Stimme, dann wurde sein Blick schärfer.

Der Zett, sagte er. Der Zett. Begreifst du das. Der Zett.

Sutter wäre am liebsten von der Theke wieder weggetreten, aber der bestellte Whisky reute ihn, und hätte er sich an einen der leeren Tische verzogen, der Mann wäre imstande gewesen, ihm zu folgen. Und es gab nur leere Tische, gedeckt wie für eine Altersbescherung, mit immer demselben Häufchen verpackter Biskuits, Honigkuchenfladen und Chips. Die Gaststube gähnte wie ein Nachtasyl bei Tage oder ein Wartesaal in Weißrußland. Leicht mondän sah es erst um die

Bar herum aus. Die Spiegelwand, in der man dem toten Raum wiederbegegnete, war mit Art-Deco-Darstellungen eines Tango-Paares geschmückt, das im Braunstich vereinigt dahinschmolz. Ein paar Reihen bunter Flaschen standen mannhaft für das Abenteuer des Lebens, und die Beleuchtungskörper waren ausgehöhlte Kugelfische, deren Pergamenthaut das Licht in schmutzigem Gelb austreten ließ. Daneben der Eingang zum Keller, mit dem Schriftzug APACHE TRAIL. Abgelöscht wirkten die Neon-Röhrchen zerbrechlich. Im Fernseher, der angekippt hoch in der Ecke hing, zappelte eine Spur von Leben, und Sutter erkannte die Game Show wieder, die Kienasts vor einigen Tagen zur Ehre seines Besuchs unterbrochen hatten. Hier lief sie fast lautlos nur für die ältliche Schönheit, die Sutter den Zimmerschlüssel zugesteckt und sich wieder hinter der Bar niedergelassen hatte. Sie schien nicht zu hören, was sie mit starrem Blick verfolgte, der, wie Sutter festgestellt hatte, die Folge einer Behinderung war, denn unter der massiven Kosmetik war eine Gesichtshälfte gelähmt. Daß die Frau ihn zuvor mit schiefem Mund begrüßt hatte, war also kein Ausdruck von Geringschätzung. Sie saß nun wieder in ihren Stummfilm vertieft, zu dem der Ton vom Ende der Bar her geliefert wurde.

Die Zurufe an alle und keinen drehten sich um immer dieselbe Größe, um einen Zett, von dem Sutter so viel verstand, daß es sich nicht um ein Individuum handeln konnte. Der Zett schien eine Körperschaft und zugleich eine Katastrophe zu sein. Jedenfalls provozierte er den Rotweintrinker zur unablässigen Teilnahme, Beschwerde und Klage. Mit wankender Stimme verlangte er Herzenseinsatz für seinen Zett und erklärte ihn desselben für unwürdig. Der Zett schien seine Klientel fortgesetzt zu betrügen und dennoch – oder darum – anhaltend zu beschäftigen. Der Mann verfluchte den Zett, gab ihn verloren und vermochte sich über seinen Verlust nicht zu trösten.

Widerwillig begann sich auch Sutter für Zett, die halbtrunkene Wesenheit, zu interessieren, die so außer Rand und Band geraten schien, daß auch der treueste Zuschauer an ihr irre wurde und mit Irrewerden nicht aufhören konnte. Er schloß aus einzelnen Redeformeln, einem bald ersten, bald wieder letzten Drittel, aus Strafminuten und einer roten und blauen Linie, es müsse sich beim Zett um einen Eishockey-Verein handeln. Entwirren ließ sich das Labyrinth mit diesem Faden noch nicht, aber es begann etwas wie tragische Vernunft anzunehmen.

Nämlich den Zett gab es nicht mehr. Es gab ihn noch, aber er hatte mit dem Zett, den es gegeben hatte, nichts zu tun. Mit diesem hatte der Mann an der Bar fiebern können, ja müssen, war aber mit fürchterlicher Regelmäßigkeit von diesem Fieber wieder geheilt worden. Denn der Zett verlor, er hatte schon wieder verloren. Wenige Sekunden vor dem Schlußpfiff hatte es noch ganz anders ausgesehen, zuerst beinahe nach Sieg, dann nach einem gerechten Unentschieden. Praktisch mit dem Schlußpfiff hatte es wieder eingeschlagen beim Zett, unverdient, denn in den letzten Minuten hatte er das Letzte gegeben und den Gegner schwindlig gespielt. Der Zett hatte es auf dem Stock gehabt, vier, fünf, sechs todsichere Chancen zu verwerten, und hatte eine Chance um die andere versaut, verkalbert, vertändelt und verlauert. So verdient man nicht zu gewinnen, heute nicht mehr, nicht im eiskalten Eishockey-Geschäft. Und so kam es am Ende, wie es kommen mußte: der Zett verlor. Er schaute ein. Er ging unter. Was nützten ihm die wunderbarsten Spielzüge, und beim Zett gab es immer noch die wunderbarsten, es war ja auch ein Wunder, das Tor zu verfehlen, nachdem man die andern schwindlig gespielt hatte, aber das brachte der Zett immer noch fertig: das leere Tor nicht zu treffen, nachdem er sich wie im Traum zu diesem Tor durchgespielt hatte, aber wie im Traum. Und dann: nichts. Wieder auf der Verliererstraße.

Diese Verliererstraße gehörte zu den Leibgegenden des Kunden an der Bar. An dieser Verliererstraße gestikulierte er wie einer, der unbedingt mitgenommen werden will, etwas zu melden hat, etwas kommen sieht, das er verhindern könnte, einen Unfall, eine Katastrophe. Und dann: sie kommt, kommt unnötig und unerbittlich. Der Anhalter kann nur noch beiseite gehen und mit dem ganzen Arm abwinken. Vorbei. Wieder vorbei. Alles brotlose Kunst, alles wieder Sense.

Aber jetzt kommt es erst, jetzt kommt das Schlimmste. Das wirklich Trostlose. Das war einmal. Die Zeiten, wo der Zett ein Märchen war, mit dem man fiebern konnte, sind vorbei – auch sie: vorbei. Der Zett gewinnt! Hundsgewöhnlich hat er zu gewinnen angefangen, schon beinahe regelmäßig gewinnt er und geniert sich nicht einmal. Jetzt hat er ja Geld. Und Geld kauft alles, auch Spiele, auch Spieler. Ein Dealer hat den Zett gekauft, dealt mit Billigwagen, diesem polierten Schrott aus Korea, den sich jeder Arsch unter den Arsch klemmen kann, und wenn's auf Pump ist. Dieser Weihnachtsmann hat den Zett so in die Tasche gesteckt, daß er nicht einmal mehr frech herauslugen kann, und was passiert: der Zett gewinnt. Er gewinnt, daß Gott erbarm. Der mag sich erbarmen, aber er, der Mann an der Bar, tut es nicht. Er schämt sich nur noch. Er fragt: ist das noch der Zett? Das sind jetzt die Zett-Eh-Zeh-Teigahs, eine Söldnertruppe, gemischt und gekauft, die Polster mit Dollars gestopft, eislaufende Tresore sind das, kurvenschneidendes Raubzeug, diese Teigahs, die sind imstande und werden auch noch Meister. Da kennen die gar nichts. Aber der Zett. Aber der Zett ist das nicht mehr.

Sutter braucht einen neuen Whisky und bekommt ihn auch, nachdem er die Stumme hinter der Bar aus ihrer Glotzenstarre gerissen hat. Sutter hat es aufgegeben, dem bald bohrenden, bald glasigen Blick vom andern Thekenende auszuweichen. Der Mann hat eine Geschichte, er braucht ein

Ohr – geschenkt, nicht nur geliehen. Sutter nimmt das nachgefüllte Glas und setzt sich drei Hocker näher an die menschliche Stimme heran.

Der Zett, sagt Sutter.

Der Mann wendet sich heftig ab, blickt, ohne es anzurühren, tiefer in sein Glas und murmelt: Es stinkt. Alles stinkt.

Was tut's, sagt Sutter, aber der Zett. Was ist das gegen den Zett.

Grüßen läßt er, sagt der Mann, der Zett läßt grüßen.

Aber von ferne, sagt Sutter.

Ganz von ferne, sagt der Mann, ganz *ganz* von ferne.

»Von ferne sei herzlich gegrüßet«, summt Sutter vor sich hin, es ist ein altes Lied vom Rütli, das er einst in der Schule hat singen müssen.

Du stilles Geländer am See, fällt der Mann mit Summen ein, er hat keine üble Singstimme, Sutter hört es, und so fangen sie miteinander noch einmal an: Von ferne sei herzlich gegrüßet, du stilles Gelände am See.

Du stilles Geländer, grinst der andere.

Sutter schüttelt sich, als gäbe es etwas zu lachen.

Von ferne sei grüßlich geherzet, sagt der andere, und diesmal fahren sie zweistimmig fort: du stilles Geländer am See.

Kein Halten mehr, sagt Sutter, da kann das Geländer still sein, wie es will.

Bist du Pfarrer? fragt der andere.

Lieber nicht, sagt Sutter.

Warum bist du kein Pfarrer? drängt der andere. Du singst wie ein Pfarrer.

Halleluja, sagt Sutter.

Wann fing dein Trauern an? will der Rotweintrinker wissen.

Zu Straßburg auf der Schanz, sagt Sutter und beginnt die Melodie zu summen, diesmal ohne Spott, und singt die erste Strophe zu Ende, während der andere ihn ansieht, hellwach.

Zu Straßburg auf der langen Brück, sagt Sutter, kennst du den auch?

Auch nicht, sagt der andere und fängt seinerseits zu singen an, mit Kopfstimme, sehr zart: Da stand ich eines Tags. Nach Süden wandte sich mein Blick. Im grauen Nebel lag's. Da dacht ich mir, wie bist du schön. In deinem Wunderreiz. Mit deinen Tälern, deinen Höhn. Mein Vaterland, die Schweiz.

Du kannst es, sagt Sutter, du hast eine Stimme.

Ich habe keine Stimme, nicht mehr, sagt der andere.

Aber wie, sagt Sutter, drehen wir noch eine Runde. Machen wir eine Kirche auf. Ich bin der Pfarrer, du der Vorsänger.

So nimm denn meine Hände, beginnt der andere zu singen, und führe mich. Bis an mein selig Ende, und ewiglich. Ich kann allein nicht gehen. Nicht einen Schritt. Wo du wirst gehn und stehen, da nimm – mich – mit.

Diesmal übernimmt Sutter die zweite Stimme, und bei den letzten drei Worten, die sie nickend taktieren, kommen sie zusammen ins Ziel, wie bei den Soldaten.

Aber der Zett, sagt Sutter.

Den lassen wir, sagt der andere.

Was nicht zu halten ist, sagt Sutter.

Das müssen wir stoßen, sagt der andere.

Souverän, sagt Sutter.

Kennst du den: Jesu geh voran. Auf der Eisenbahn.

Kenn ich nicht, sagt Sutter.

Aber den kennst du: Der Pilger aus der Ferne. Zieht seiner Heimat zu. Da leuchten seine Sterne. Da findt er seine Ruh.

Sutter schweigt.

Sein Liebstes liegt im Grab, heißt es, sagt der andere, und als ich verstand, was das hieß, du, da sang ich das nicht mehr mit. Dabei war es in der Sonntagsschule mein Lieblingslied. Aber ich war neun Jahre, und von einer Liebsten wollte ich nichts wissen, auch nicht im Grab.

Recht hast du, sagt Sutter. Aber der Zett.

Der liegt auch im Grab, sagt der andere, und da bleibt er. Da kann er verfaulen. Verreist du, fragt er ohne Frageton, hast du ein Geschäft.

Ich fahre zu Ruth, sagt Sutter und erschrickt, denn plötzlich mustert ihn der andere, und seine blauen Augen werden scharf.

Vögeln, sagt er. Das willst du, immer vögeln, mit Ruth, und du glaubst, sie läßt dich.

Nicht mehr, sagt Sutter, Ruth ist tot.

Der andere sieht ihn an, forschend aus der wachen Tiefe seines Rausches, und dann geht ein verschmitztes Lächeln über sein Gesicht. Erledigt! sagt er mit einer schneidenden Armbewegung.

Sutter hält ihn am Ärmel fest, denn die Gläser sind in Gefahr.

Gut gemacht. *Bien fait.* Aber das muß man können. Ich bin kaputt, siehst du, Ruth hat mich kleingekriegt. So klein. Ich bin mausetot und hab's zehn Jahre lang nicht gemerkt.

Prost! schreit er, Ruthli, schreit er, wir reden mit *dir*! Noch einen Halben, und für den Herrn Pfarrer ein Glas!

Ich heiße nicht Ruthli, sagt die Frau hinter der Theke.

Jaja! ruft der Trinker, natürlich heißt du nicht Ruthli, du mit deinem schrägen Maul! Natürlich nicht, am Ende will's keine gewesen sein. Wer hat dich geschlagen, Ruthli? Sag's! Heraus mit der Sprache! Weiß er, warum er dich geschlagen hat? Hauptsache, du weißt es, gelt?

Du bekommst nichts mehr, sagt die Frau.

Aber der Herr da, sagt er, der bekommt, was er will, dem kannst du nicht nein sagen, Ruthli, noch einen Halben, auf meine Rechnung.

Sie brachte den Wein und schenkte Sutter ein Glas voll. Du hast genug gehabt, This, sagte sie, jetzt ist Schluß. Sonst bekommst du's mit der Schmier, und ich auch.

Mit der Schmier, sagte der Mann, mit der Schmier bekommst du's sowieso, alle paar Wochen bekommst du's, dann hast du Kopfweh und läßt keinen mehr drüber, stimmt's? Zum Kopfweh muß man einen Kopf haben, Ruthli, und du hast nur einen Grind, einen Grind mit falschem Haar.

Sutter sah die böse Wut in den blauen Augen, faßte den Mann bei der Schulter und goß aus dem vollen Glas die Hälfte in das leere um. Ich glaube, sagte er, du verwechselst die junge Frau. Prost, This.

Aber der Angesprochene ließ kein Auge von ihr. Du hast schon wieder einen Fürsprecher, murrte er, brauchst nur das Maul aufzumachen und hast einen Fürsprecher, und wenn du hinten aufmachst, kriegst du wieder ein Goal, aber das dümmste Goal, das kann ich dir nur sagen. Schon wieder ein dummes Goal, und wieder weg vom Fenster. So war das immer, Mann, sagte er, immer wenn der Zett vorne stark war, machte er hinten auf. Hinten offen wie ein Scheunentor, und was dann?

Die Verliererstraße, sagte Sutter.

Warum sagst du das? fragte der andere mit Augen, die das Mißtrauen blank gemacht hatte, glaubst du, du darfst? Für den blöden Schluck Wein da? Weißt du, was ich damit mache?

Er goß das Glas hinter die Theke und stellte es mit einem Knall darauf nieder.

Draußen war die Vorfahrt eines Busses zu hören, bald öffnete sich die Tür, und eine Gruppe überwiegend junger Männer drängte herein. Man redete in einheimischer Mundart durcheinander, und Sutter verstand so viel, daß es die Feuerwehr war, die in Küblis an einem »Theorie« genannten Fortbildungskursus teilgenommen hatte und den Tag mit einem Umtrunk beschließen wollte. Auch die Bar bevölkerte sich, und einer der älteren Männer, der Sutter zunickte, steuerte This an, um ihn zu begrüßen. Offenbar war er eine im Tal bekannte Respektsperson, die Bardame, obwohl beschäftigt, nahm sich Zeit für ein paar Worte.

Er sollte nicht mehr fahren, sagte sie halblaut.

Du kommst mit uns, This, sagte der Neue. Wir haben Platz genug.

Ich bin mit dem Wagen da, sagte This.

Dann fahre ich mit dir, sagte der andere. Gib mir den Schlüssel.

Er streckte die Hand aus; der Angesprochene erhob sich fast ohne Unsicherheit, schob die ausgestreckte Hand beiseite und legte Sutter seine eigene auf die Schulter.

Hier sitzt ein Mensch, sagte er mit strenger Stimme, die vor Erregung schwankte, und als er überlaut fortfuhr, begann es im Saal still zu werden. Von dem könnt ihr euch was abschneiden. Der hat eine Ahnung. Der versteht mich aufs Wort. Kollege! sagte er, und Sutter, der dem Atem des Mannes auszuweichen versuchte, sah, wie ihm jetzt die Tränen aus den Augen liefen. Ich segne dich. Du bist kein Pfarrer. Du hast deine Frau getötet. Du bist wie jeder andere. Kein bißchen besser. Aber du bist ein Mensch. Wer wirft den ersten Stein? Ich? Ich nicht. Aber ich gehe. Und wenn du mitfahren willst, Flütsch, ich habe Platz genug.

Die Gesellschaft hatte zugehört und dem fremden Gast zugelächelt, halb Nachsicht heischend, halb schadenfroh. Sutter lächelte nicht zurück. Er stieg vom Hocker und umarmte This.

Komm gut heim, Kollege, sagte This.

Du auch, sagte Sutter. Und vergiß nicht: der Zett.

Der Zett, sagte der andere. Der Zett. Und jetzt floß das Wasser wieder über sein Gesicht. Er klaubte Autoschlüssel aus der Tasche und überreichte sie dem jüngeren Mann.

Ich gehe schon voraus, hinter mir kannst du zumachen. Für immer, Kollege, rief er und winkte, ohne sich umzuwenden, die Hand hoch über dem Kopf. Wenn ich einmal soll scheiden. Du stilles Geländer am See. Tout va bien. Ich hatt' einen Kameraden. Der Rest ist Schweigen.

Die beiden verschwanden. Das Anfahrgeräusch eines Wagens ging im wieder anschwellenden Lärm des Lokals unter. Sutter blieb sitzen, man sprach ihn nicht an. Um halb zwölf saß er wieder allein an der Theke. Als sich die Servierdame ihm gegenübersetzte, sagte er: Ich muß es nicht wissen.

Was?

Was Sie mir über This erzählen wollen.

Ich will Ihnen gar nichts erzählen, sagte sie und sah in der schnippischen Art, mit der sie sich am Geschirr zu schaffen machte, plötzlich viel jünger aus.

Geh jetzt schlafen, Sutter, du hast morgen etwas vor. Du bist gut, Ruthli, erst muß ich aufstehen können.

Er mußte laut gesprochen haben, denn die Frau hinter der Theke sagte: Von mir aus können Sie sitzen bleiben.

Gute Nacht, sagte er.

Gleichfalls, sagte sie.

34

Sutter hätte nicht angehalten, wenn die junge Frau am Straßenrand gestanden und den Daumen gehoben hätte oder ein Schild, etwa mit der Aufschrift MILANO.

Einmal hatte er über einen Fall berichtet: Da hatte sich ein Mädchen im aargauischen Seetal als Lockvogel an die Straße gestellt, worauf der anhaltende Wagen von zwei Jugendlichen gestürmt wurde, die sich im Gebüsch versteckt hatten. Der Fahrer, ein Prokurist in Sutters Alter, war herausgezerrt, halb ausgezogen, dann bewußtlos geschlagen und mit einem Strick an einen Baum gefesselt worden. Darauf hatten sich die drei im Wagen des Opfers aus dem Staub gemacht. Als es schon dämmerte, hatte er sich befreien, an den Straßenrand und, da ihn niemand bemerkte, auf die Fahrbahn schleppen können, wo ihn der nächste Wagen anfuhr, dem dabei ein Reifen platzte. Später gab das junge Paar an, von der tiefstehenden Sonne geblendet worden zu sein. Der Mann hätte dann das Rad gewechselt, während die junge Frau den Verletzten besser lagerte, der ihr noch Direktiven geben konnte.

Schließlich hätte das Paar den Bewußtlosen auf dem Notsitz ihres offenen Sportwagens in die nächste Kleinstadt und ins Krankenhaus gefahren. In der Notfallstation war das Opfer für die Polizei nicht mehr ansprechbar, die sich damit begnügte, das junge Paar über Nacht festzuhalten. Am nächsten Tag war der Prokurist gestorben, nicht ohne seine unglücklichen Helfer entlastet zu haben. Als Hobby-Ornithologe war er auch in der Lage, eine Beschreibung der eigentlichen Täter zu liefern. Er erinnerte sich sogar an die Schilder zweier Fahrzeuge, die während des Überfalls die Fahrt verlangsamt, dann um so eiliger fortgesetzt hatten (Sutter hatte den Bericht »Zuschauerflucht« überschrieben). Die Täter, gefaßt und zur Rechenschaft gezogen, zeigten sich zur Einsicht in irgendein Verschulden nicht bereit, sondern empört, daß man sie als Totschläger zu verklagen wagte. Sie hätten das Opfer nicht einmal ausgeraubt! Es sei ihnen um weiter nichts als eine Wette gegangen. Die junge Frau, Tochter eines Arztes, habe sich anheischig gemacht, jeden Mann, den ersten besten, »vergewaltigen«, zum Sex nötigen zu können, man brauche ihm nur genügend Angst einzujagen. Dafür wollten die beiden jungen Männer aufkommen, doch an den Erfolg glaubten sie nicht. Nun, die Wette galt. Man hatte nie die Absicht gehabt, es allzu grob zu machen. Man müsse sich in der Versuchsperson vergriffen haben, denn diese habe keinen Spaß verstanden und schlappgemacht über Gebühr. Also sei man weitergefahren, um Hilfe zu holen, habe es sich unterwegs aber wieder anders überlegt. Mit dem saublöden Ausgang der Sache habe man nichts zu tun. Wozu habe man den Mann angebunden? Damit er sich nicht auf die Fahrbahn verirre!

Die Geschichte schoß Sutter durch den Kopf, ohne seinen Bremsweg erheblich zu verlängern. So alt war er noch nicht. Als er die Frau unweit der Straße in einem Geröllfeld sitzen sah, sagte ihm etwas an ihrer Haltung, sie brauche Hilfe. Zwei Räder schon auf der Wiese, legte er den Rückwärtsgang ein.

Dabei hatte sie keine Miene gemacht, ihn anzuhalten. Sie hockte auf einem Stück Fels und massierte mit beiden Händen ihren rechten Fuß, neben dem der Turnschuh lag. Den Stoß ihrer Jeanshose hatte sie zurückgezogen, befühlte den Knöchel, drehte sich humpelnd im Kreis und kauerte wieder auf den Stein, um ihre Untersuchung fortzusetzen. Als Sutter den Motor abstellte, blickte sie nicht auf, ließ aber mit einem Fluch von ihrem Fuß ab. Strähnen weizenblonden Haars fielen ihr bis zur Brust, auf die sie jetzt auch ihr ausgeprägtes Kinn drückte, während sie den Mund geöffnet hielt. Ihre Bewegungen hatten brüsk, noch kindlich gewirkt, aber sie war groß und schlaksig, Sutter schätzte sie auf siebzehn Jahre.

Er kurbelte das Fenster herab und fragte, ob etwas fehle.

Als hätte er mit dem Wind geredet, knetete sie Fuß und Knöchel, hob endlich die Augen und seufzte angeödet.

Kann ich Sie irgendwo hinfahren?

Sie erhob sich, nahm den kleinen Rucksack auf und humpelte, ihn am Riemen nachschleifend, auf den Wagen zu, schien ihn aber erst zu bemerken, als sie dicht davor stand.

Fuß vertreten? fragte Sutter.

Sie sah ihn nicht an; er blickte in ein verhangenes Gesicht, das hübsch sein mochte, in dem aber wenig zusammenpaßte. Sie ließ ihre müden, etwas schief geschnittenen wasserblauen Augen in die Weite wandern, als sähe sie die Gegend zum ersten Mal: aufgeräumt wirkende, über die falbe Flur verstreute Ställe, von Lärchenwäldern gesäumte Bergzüge, auf deren Gipfeln sich der erste Schnee zeigte. Nun starrte sie auf seine Hand, die er auf dem warmen Fensterrand liegen ließ. Nicht ganz gebacken, dachte er, nicht richtig da. Drogen?

Wo fährst du hin? fragte sie mit gepreßter, etwas flatternder Stimme.

Nach Sils, sagte er.

Sie öffnete die Wagentür und ließ sich neben ihm auf den Sitz fallen. Er hatte kaum Zeit gehabt, seinen Arm zurückzunehmen. Mechanisch zog sie die Gurte über die Brust, ließ aber die Tür offenstehen. Scheiße, sagte sie zum zweiten Mal. Kennen Sie das »Waldhaus«.

Kein Frageton. Sutter hätte gern im »Waldhaus« Urlaub gemacht, doch war Ruth nie zu bewegen, der Pension des alten Fräuleins untreu zu werden. Sils, das ist für mich: die Seraina. Wenn sie nicht mehr da ist und du noch einmal einen Preis gewinnst, kannst du ins »Waldhaus« gehen.

Ich kann Sie zum Arzt fahren, sagte Sutter.

Kennst du einen Arzt.

Ja, sagte er, er hat vor einem Jahr den Tod meiner Frau festgestellt.

Der Satz ärgerte ihn, aber wenn die junge Frau noch von dieser Welt war, mußte er sie wecken. Sie reagierte nicht darauf. Sie spitzte den Mund und pfiff eine komplizierte Tonfolge, völlig rein, wenn sein Ohr ihn nicht täuschte.

Machen Sie Musik? fragte er.

Geige, sagte sie. Wenn du spielst, mußt du nicht quatschen.

Mit wem? fragte er.

Mit den Tanten im »Waldhaus«.

Sie hatte in die Mundart gewechselt und sprach sie in der Färbung seiner engeren Heimat. Zieh doch deine Sonnenbrille aus, sagte sie, sie ist eklig.

Wir fahren nach Süden, sagte er, es blendet.

Fahr nur.

Wenn Sie bitte die Tür schließen würden.

Keine Bewegung. Er ließ sich nicht zwingen, über ihren Schoß zu reichen oder um den Wagen herumzugehen.

Sie können gehen, sagte er. Also gehen Sie.

Sie blieb sitzen und sah geradeaus.

Ich habe etwas vor und keine Lust auf Spielchen, sagte er.

Sie zog die Tür zu, als wäre diese zerbrechlich und dürfe keinen Laut geben.

Nochmals, schlug er vor.

Beim zweiten Versuch fiel sie ins Schloß.

Die offene Strecke zwischen Zuoz und Madulain waren sie wortlos gefahren, dann sagte das Mädchen: Du hast schon wieder eine Freundin. Mit schwarzem Haar.

Sutter fühlte sich erstarren, und fast zugleich war ihm, als zöge jemand an seiner Hand. Das Steuer drehte sich nach rechts, und in diesem Augenblick schoß ein Sportwagen vorbei. Der Fahrer bohrte einen Finger in die Schläfe.

Du hast ihm den Weg abgeschnitten, sagte sie, er denkt, du bist der letzte alte Socken. Fahr langsam, dann zeige ich dir etwas.

Mit den Fingerspitzen zupfte sie ihm ein Haar vom Hosenknie und hielt es unter seine Nase: Deine Freundin.

Von der Katze, sagte er, wir hatten eine schwarze, sie haart ab und zu.

Die junge Frau hatte eine schöne Hand mit auffällig langen Fingern. Sie sagte: Ihr hattet eine Katze. Aber du hast sie ja noch.

Sie ist im Tierheim.

Kann niemand nach ihr sehen, wenn du wegfährst?

In den Ferien haben wir sie immer ins Tierheim gegeben.

Sie hat dich nicht losgelassen, darum hast du Haar auf der Hose.

Ich habe vergessen, sie zu bürsten.

Das hat immer deine Frau gemacht.

Entschuldigung, aber Sie sind eine sehr junge Frau und ich der letzte alte Socken. Darum habe ich nichts gehört, als Sie Ihren Namen nannten.

Auch darauf reagierte sie nicht.

Kürzlich bin ich in Deutschland mit dem Zug gefahren, wollte mal die neuen Bundesländer sehen. Ich fuhr vier Stunden, und in meinem Abteil saßen vier Leute und redeten kein Wort. Einer sah mich immer nur an, wenn er glaubte, ich würde es nicht merken. Als wir schon fast angekommen waren, überreichte er mir seine Karte. Er war Ministerialdirigent. Dirigieren Sie Minister, fragte ich ihn. Schön wär's, sagte er und wurde rot. Vorher kein Wort, aber jetzt sagte er: Rufen Sie mich an, wenn Sie sich in Berlin einsam fühlen.

Sie waren sicher nicht einsam, sagte er.

Nach einer Weile fragte sie: Was machen Sie? Ihm fiel auf, daß sie die Anrede gewechselt hatte.

Früher habe ich als Journalist gearbeitet, im Gericht.

Darum sind Sie so scharf.

Scharf? fragte er erstaunt. Sie fuhren durch ein schneeweiß restauriertes Engadiner Dorfbild.

Du wolltest mich vorhin gleich wieder rauswerfen, sagte sie.

Er räusperte sich, dann erzählte er ihr die Geschichte vom weiblichen Lockvogel, der Zuschauerflucht und dem toten Mann, der keinen Spaß verstanden hatte.

Hatte sie zugehört? Offenbar fand sie an der Geschichte nichts bemerkenswert.

Ich sage Ihnen etwas, und Sie sagen nichts.

Jetzt blickte sie ihn an. Ich höre Ihnen gerne zu, sagte sie, Sie erzählen gut. Ich habe einen gekannt, der konnte das auch. Einen Briefträger. Dem bin ich nachgelaufen. Er erzählte von seiner Schulzeit, wie er noch in einem offenen Tram fuhr, und von Lokomotiven, die wie Krokodile aussahen. Seine Familie war die einzige, die keine Zentralheizung hatte, und alle saßen jeden Dienstagabend vor dem Radio und hörten ein Kriminalhörspiel.

Durbridge, sagte er. Das nannte man damals einen Straßenfeger.

Später haben sie ihn verhaftet, sagte sie, weil er kleine Mädchen geschändet hat. Mir hat er immer nur erzählt. Sie kicherte. Wenn wir vorhin einen Unfall gehabt hätten – und beide tot! Die Schlagzeilen möchte ich sehen.

Die sehen Sie dann nicht mehr, sagte er. Und was ist mit Ihrem Fuß?

Nichts, sagte sie, ich bin nur zu lange gegangen. Gegangen

und gegangen. Erst eine Stunde gerannt. Ich bin nicht mehr trainiert. Bei uns hocken sie tagelang im Kraftraum. Das kotzt mich an.

Bei uns?

Im Internat. Ein Sportinternat. Snowboard das ganze Jahr, im Sommer auf dem Gletscher.

Sie musizieren auch, sagte er.

Ich höre auf damit. Das müssen die wissen.

Ich heiße Sutter, sagte er, Emil. Und Sie?

Viola, sagte sie, Designori. Künstlername.

Und mit einem Künstlernamen wollen Sie aufhören?

Sie schwieg. Dann sagte sie: Mit einer bekannten Frau zu schlafen, bringt Glück.

Bitte?

Träumen Sie oft? fragte sie.

Er dachte nach. Gute Frage. Nein, er träumte wenig, oder seine Träume wollten nicht haften, weil er sie niemandem erzählte. Das war auch zu Ruths Zeiten nicht anders gewesen. Niemals hatten sie einander Träume erzählt, sie hatten die Märchen.

Wähnt ein Verheirateter, er feiere Hochzeit, wird er Witwer werden, sagte sie.

Wovon reden Sie? fragte er.

Mein Traumbuch, sagte sie, bückte sich und zog ein krummgedrücktes Taschenbuch aus dem Rucksack. Sie öffnete es und begann vorzulesen.

Feiert einer Geburtstag, wird er bald sterben. – Wer eine Hochzeit rüstet, hat mit erheblichen Verlusten zu rechnen. – Der Anblick von Frauenhaar verscheucht alle Schwierigkeiten.

Nicht im Iran, sagte Sutter, da kriegen Sie welche.

Unterwegs sein und dann sich ins Gras strecken zeigt vergebliche Mühe an. – Rudern beschwört unruhige Zeiten herauf. – Ißt einer Katzenfleisch, wird er von einem Dieb Nutzen haben.

Um Himmels willen, sagte er.

Schwimmen macht von vielen Übeln frei. – Wer Löwenfleisch ißt, wird über seinen Prozeßgegner siegen. – Hundemilch trinken prophezeit Schrecken und Siechtum.

Kein Wunder, sagte Sutter.

Was heißt Siechtum? fragte sie.

Langwierige Krankheit, sagte er.

Langwierig. Ein schönes Wort.

Lebenswierig ist noch schöner, sagte er. Die Ehe sei ein Verband zum lebenswierigen Gebrauch der wechselseitigen Geschlechtseigenschaften, sagt Kant. Ein berühmter Philosoph.

Ist bekannt, sagte Viola, blöd bin ich nicht. – Zu träumen, die Ehefrau sei gestorben, hat für jedermann günstige Folgen.

Davon spüre ich nichts, sagte er, und habe es auch nicht nur geträumt.

Mein Stiefvater träumt davon, sagte sie, aber meine Mutter ist unsterblich.

Was ist das eigentlich für ein Büchlein, Ihr Traumbuch? fragte Sutter.

Volkstraumbücher des byzantinischen Mittelalters, las sie den Umschlag vor. Was ist byzantinisch?

Byzanz ist ein anderer Name für Konstantinopel, sagte er.

Und Konstantinopel?

Der frühere Name von Istanbul, der türkischen Hauptstadt.

Ankara, sagte sie.

Richtig, sagte Sutter, neuerdings Ankara. Seit es keinen Sultan mehr gibt.

In Byzanz gab es ihn noch?

In Byzanz noch nicht, sagte Sutter, da saß noch ein römischer Kaiser. Ein sehr christlicher.

Erzählen können Sie, sagte Viola, aber Geschichte möchte ich bei Ihnen nicht haben.

Byzanz, sagte Sutter, war eine Stadt für alte Männer.

Nimmt jemand Speck in die Hand, steht Verwandten der Tod bevor, las sie vor.

Und was sagt Ihnen das alles? fragte Sutter.

Die Sprache, sagte sie. Die Sprache ist super. Typisch Stiefvater. Der hat mir das Buch geschenkt. So viereckig möchte ich auch mal träumen.

Viereckig? fragte Sutter.

Für mich ist die Sprache viereckig, sagte sie. Aber besser, als was wir in der Schule müssen. Das Glasperlenspiel!

Viola Designori, sagte Sutter. Steht die nicht im »Glasperlenspiel«?

Ohne das Surfen wäre ich nicht mehr am Leben, sagte sie.

Surfen? fragte er.

Windsurfen. Ich habe ein Board am Silser See. Da sind wir den ganzen Sommer, jedes Wochenende.

Wir, sagte er.

Gian und ich.

Gian?

Will nicht mehr, sagte sie, nicht mit mir. Ein kurzer Blick sagte ihm, daß sie weinte, ohne daß sich ihre kleine monotone Stimme veränderte. Sie grub in der Tasche ihrer Jeanshose. Er reichte ihr eine Packung Papiertaschentücher hinüber. In ihrer Selbsterfahrungsgruppe, hatte Ruth erzählt, habe heftiges Weinen dazugehört. Die Teilnehmer hätten einander Taschentücher zugeworfen wie Papierschlangen.

Wie bringst du jemanden vor Gericht?

Indem ich ihn bei der Polizei anzeige. Einen guten Grund muß ich schon haben, sagte Sutter.

Sie schießen, sagte Viola. Mit der Pistole. Auf Scheiben, aber die haben die Form von Menschen. Langsam hob sie beide Hände mit gestreckten Armen zur Windschutzscheibe. Sie drehen sich, sagte Viola, einen Augenblick lang siehst du sie von vorn. Und dann mußt du treffen. In den Kopf oder ins Herz. Pscht, zischte sie durch die Zähne und schnalzte mit der Zunge.

Sportschützen, fragte Sutter, oder Polizisten?

Viola brach zusammen, konnte nicht aufhören zu lachen. Ja, sagte sie, stimmt genau. Sie könnte Polizistin sein. Wenn ich nicht sechs Stunden am Tag übe, schießt sie mich tot. Das tut sie mit den Menschen. Sie kann nicht anders.

Sie starrte vor sich hin. Nach einer Weile hob sie die Arme zum zweiten Mal, stützte das rechte Handgelenk mit den schönen langen Fingern ihrer linken Hand, schüttelte das Haar aus der Stirn und wiederholte das Schußgeräusch mit gekniffenen Augen. Er konnte noch das Steuer herumreißen, nachdem ihn ein Fahrzeug auf der Gegenfahrbahn, auf die er geraten war, heftig angeblinkt hatte. Viola war zu vertieft, um die Gefahr zu bemerken.

Wer ist sie? fragte Sutter.

Gute Frage, sagte Viola, das weiß sie selber nicht. Meine Mutter. Sternzeichen Schütze.

Gefährlicher Haushalt, sagte Sutter. Viola lächelte.

Und Ihre Mutter wollen Sie vor Gericht bringen? fragte er.

Hilft nicht, sagte Viola, da war sie schon. Hat ihr nicht weh getan.

Sie schlug wieder ihr Büchlein auf. Scheint es einem, als ginge die Mutter dem lockeren Gewerbe nach, droht ihm Unheil, las sie. Steht alles da drin, sagte sie. Nur locker ist sie nicht.

35

Schauen Sie sich das an, sagte Sutter.

Der Parkplatz war gedrängt voller Fahrzeuge, schwarze Limousinen der Diplomatenklasse, exklusive Sportwagen mit Schildern verschiedener Kantone. Vor der Einfahrt zwei Wächter, der eine in Zivil, der andere in Schockorange, beide bewaffnet, auch mit Funkgeräten. War das noch die Pension Bazzell?

Können Sie eine Minute warten, fragte Sutter, ich checke nur eben ein.

Er holte Luft, sein Rücken schmerzte. Alles war noch da: die kleine Ebene, der blaue Strich des Sees, der Hügel der Halbinsel, das gespaltene Haupt der Margna. Langsam stieg er die Steintreppe hinauf, betrat das Entree. An der Wand ein langer Tisch, bedeckt mit Stößen von Büchern, Broschüren und Skripten, und wo er in eine Art Pult überging, stand eine junge Dame im sandfarbenen Tailleur. Über viel gewelltem Blond ein schief getragenes Mützchen, geschmückt mit einem dreifachen H in goldener Spirale. Auf der Brust dasselbe Label, worauf NADINE gedruckt war. Die Lettern flimmerten, Sutter hatte die Brille im Wagen vergessen. Die Dame plauderte in ihre wattierte Schulter hinein, an die sie das Handy eingeklemmt hatte, während sie die Tastatur ihres Computers hackte.

Sutter stand ausreichend lange, um den Personenverkehr zu verfolgen, der zwischen Gaststube und Speisesaal hin und her ging. Einige Gesichter kamen ihm trotz Unschärfe bekannt vor, so dasjenige des Präsidenten einer großen Landespartei, der ein Bürstchen auf der Lippe trug, außerdem Shorts. Die Gäste waren locker oder sportlich gekleidet, Männer und Frauen mittleren, auch vorgerückten Alters, die meisten in Trainingsanzügen. Man unterhielt sich angeregt, lachte oft, Entspanntheit lag in der Luft, nur der zivile Wächter, der Sutter gefolgt war, blickte dienstlich.

Die Empfangsdame drehte sich mit abwesender Heiterkeit um ihr Handy, ohne ihn zu bemerken, auch wenn ihr Lächeln auf ihm zu ruhen schien. Sie sprach baseldeutsch und unverkennbar privat. Durch die offene Tür war die Gaststube zu sehen, aber, bis auf den Kachelofen, nicht wiederzuerkennen. Tische und Stühle fehlten. Der Raum hatte sich in ein Spielzimmer verwandelt, eine grün unterlegte Landschaft bunter Hocker mit Gymnastikbällen dazwischen. In der Mitte blieb freier Platz für ein Notenpult und einen Gitarrenkasten. Die Deckenbalken trugen Transparente, auf denen etwa zu lesen war: ALLE HASSEN DEN WECHSEL – NASSE BABIES NICHT. Vom Kachelofen hing ein heraldisches Arrangement herunter, der blaue Sternenkranz, in dem EU stand, und darüber ein gekröntes großes N. Ging es hier um die Restauration des napoleonischen Kaiserreichs?

Hallo, sagte Sutter, aber die Dame lächelte immer noch im allgemeinen.

Allô Chantal! schrie er.

Moment, flüsterte die Dame dem Handy zu, hielt es aber noch immer zwischen Schulter und Kinn. Ja, fragte sie wie träumend.

Sutter sagte in ihr unerbittlich gepflegtes Gesicht hinein: Ich komme einen Tag zu spät, aber ich bin gemeldet. Sutter.

Die junge Dame hackte auf ihrer Tastatur.

Suter Florian, sagte sie. Was kann ich für Sie tun.

Ich möchte ein Zimmer, sagte er, und Florian heiße ich nicht.

Sind Sie mit Ihrem Zimmer nicht zufrieden.

Ich habe noch keins. Ich möchte eins. Nr. 21.

Sie haben Nr. 45.

Das habe ich nicht, und das möchte ich auch nicht.

Nummer 21, sagte sie und hackte heftig herum. Richtig, da

sind Sie, Herr Vögeli. Entschuldige, hauchte sie in ihr Handy, das sie jetzt auf den Tisch legte, wo es munter weiterplauderte. Und welches Zimmer möchten Sie jetzt?

Ich möchte Fräulein Bazzell, sagte er.

Die junge Dame sah einen Augenblick den Wärter an, der einen Schritt näher trat. Frau Ba...?

Bazzell. Zweimal »z« und zweimal »l«.

Sie starrte auf den Bildschirm. Mit diesem Namen habe ich niemanden, sagte sie. John! rief sie plötzlich, würdest du diesem Herrn weiterhelfen. Und nahm das Handy wieder auf.

Ein ernster junger Mann im marinefarbenen Blazer trat auf Sutter zu. Was kann ich für Sie tun? fragte er.

Wenn ich fragen darf, wer Sie sind, sagte Sutter. Der Herr trug ein OSKAR auf der Brust, kein JOHN.

Sie suchen Herrn Suter? fragte er. Oder Herrn Vögeli?

Ich suche Fräulein Bazzell, sagte Sutter.

Oh, die, sagte Haenseler. Die ist verstorben. Leider. Glaube ich.

Leider, wiederholte Sutter mechanisch. Glauben Sie.

Aber Herr Suter ist gerade da! rief der junge Mann. Köbi! Er hört mich nicht.

Das kann nicht sein, flüsterte Sutter. Hören Sie mir bitte zu. Ich komme jedes Jahr um diese Zeit. Gestern habe ich angerufen, daß ich mich um einen Tag verspäte. Ich hatte eine Autopanne. Ich...

Ach so, sagte die junge Dame und blickte vom Handy auf, genau. Den Anruf habe ich genommen. Genau. Sie hatten sich für gestern abgemeldet, und dann sind Sie doch gekommen. Sie sind auf Nr. 45.

Und Sie sind verrückt, sagte Sutter.

Dürfte ich Ihren Ausweis sehen, sagte der Wächter in Zivil. Sutter griff in seine Brusttasche und entnahm ihr den Führerschein. Der Mann drehte ihn herum. Gygax, sagte er dann. Gottlieb Emil, geboren am 23. November 1934.

Schütze! sagte die junge Dame. Wie ich.

Er heißt Sutter, sagte eine Stimme hinter Sutter, und er ist gerade angekommen. Nicht gestern. Jetzt, in diesem Moment.

Viola – die hatte Sutter noch gefehlt. Konnte sie nicht im Auto sitzen bleiben?

Ein junger Mann mit Crew-cut und schwarzem Trainingsanzug eilte heran. Du hast mich gerufen, John? sagte er zu Oskar.

Das ist Herr Jakob Suter, sagte dieser, aber offenbar sind *Sie* nicht Herr Suter.

Lassen Sie mich erklären, sagte Sutter kurzatmig, er hatte das Gefühl, gleich tot umzufallen, und das wäre nicht mehr gutzumachen gewesen. Mein bürgerlicher Name ist Gygax. Bei meinen Freunden heiße ich Sutter. Fräulein Bazzell ist eine nahe Freundin von uns. Daher haben wir uns – meine Frau und ich – unter diesem Namen angemeldet, seit über zehn Jahren. Sutter ist – aber das führt zu weit.

Sind Sie Künstler? fragte John oder Oskar. Schauspieler vielleicht?

Journalist, soufflierte der Wächter und blickte in den Führerschein.

Die jugendliche Viola – seit über zehn Jahren Sutters Gattin? – hätte sich zum zweiten Mal einmischen dürfen, doch nun blieb sie stumm.

Der Wächter wiederum schien auf eine Direktive zu warten, das Paar festzunehmen, aber John oder Oskar hob die Hand. Journalist, sagte er überaus höflich. Sie berichten über unser Seminar?

Sutter seufzte tief. Bitte, rufen Sie Fräulein Bazzell.

Fräulein Bazzell ist tot, sagte der Mann, der Suter hieß, im schwarzen Trainingsanzug mit den breiten weißen Streifen. Sie war hier die Wirtin, John, bis dieses Frühjahr. Ich war damals zum Skifahren hier. Es stand in allen Zeitungen.

Bringen Sie bitte einen Stuhl, sagte Viola, die den Arm um Sutter gelegt hatte.

Der Sportsmann, der Suter hieß, war mit einer Stabelle zur Hand und stützte Sutter von der anderen Seite, als er sich setzte. Eine der vertrauten Stabellen des Hauses. Sutter hielt sich mit beiden Händen am Sitz. Einen Arzt, sagte John oder Oskar. Professor Nigg!

Bei diesem Namen kam Sutter wieder auf die Beine. Nein, sagte er, es geht schon.

In der Umgebung hatte sich ein gewisser Alarmzustand ausgebreitet. Ein sportlicher Vierziger, ebenfalls im Trainingsanzug, gesellte sich zu der Gruppe und streifte Viola mit einem Blick. Emil! rief er, was machst denn du hier! Sutter erkannte den Chefredakteur seines BLATTES.

Sutter lächelte mühsam. Werner, sagte er, bitte identifiziere mich.

Einzig die herrschende Besorgnis schien den Angesprochenen an einem Heiterkeitsausbruch zu hindern. Bereits die Andeutung davon war wirkungsvoll und unübersehbar. Das ist unser Mann für die Gerichtsberichterstattung, oder war es manches gute Jahr, fügte er schnell hinzu. Emil Gygax oder auch Sutter, einer der *ganz* Bedeutenden unserer Zunft. Er kam jedes Jahr nach Sils, als das hier noch eine Pension war, mit seiner Frau. Er musterte Viola scharf. Das ist es nicht mehr, Emil, die Pension ist verkauft. Sie ist – oder wird – ein Tagungszentrum. Oskar Haenseler, unser John, ist der Juniorchef.

Fräulein Bazzell ist tot? fragte Sutter.

Leider, sagte auch der Chefredakteur, leider ja.

Möchten Sie immer noch ein Zimmer? fragte John oder Oskar fürsorglich.

Ja, sagte Sutter, bitte Nr. 21.

Bevor die junge Dame wieder auf ihrer Tastatur zu hacken begann, sagte der Juniorchef: Das regeln wir schon. Darf ich Sie zu einem Kaffee einladen, Herr Gygax? Und einem guten Cognac dazu?

Ich warte im Auto, sagte Viola.

Nein, sagte Sutter, wir gehen zusammen. Er nahm ihren Ellbogen, und im gleichen Augenblick fühlte er sich selbst daran gefaßt.

Der Speisesaal. Die Ecke, wo er mit Ruth gegessen hatte. Die Tische nicht mehr weiß gedeckt, sondern rostrot. Wo das Klavier gestanden hatte, hing das napoleonische EU an der Wand, groß wie eine Trophäe. Zwei endlose Tafeln, dahinter sandfarbene Hostessen. Eine Kaffeemaschine, Berge von Tassen und Tellern, auch mit Gebäck, Menschen im Raum, die knabberten, Tassen hielten und zum Mund führten, redeten oder laut lachten. Fast alle in bunten Strampelhosen. Und die ganze Zeit war Seraina tot, und jemand in seinem und Ruths Zimmer, ein Herr Vögeli. Und auch Suter gab es schon.

Herr Bundesrat! sagte Haenseler, und da stand einer wie aus der Zeitung geschnitten, lächelte dreidimensional und trug ebenfalls einen Trainingsanzug, hellgrün. Konflikt ist unsere Chance, hörte Sutter ihn sagen. Festina lente, und: Chrigel, paß auf, solche Flecken gehen nicht weg!

Immerzu nickend hörte sich Sutter an, was ihm Haenseler zu erzählen wußte, nachdem er im Feldherrenton für Sutter und Viola Kaffee bestellt hatte und eigenhändig Armagnac einschenkte. Sutter lehnte am Fenster, mit Blick auf die kleine Scheune, die Ruth geliebt hatte: wenn ein Haus eine Katze sein könnte, dies wäre eine. Das windschiefe Häuschen stand immer noch, darüber zürnte ein strahlender Himmel und tat den Augen weh. Sie standen und standen, Sutter und Suter, Viola und Haenseler, Professor Nigg und der Bundesrat, und rührten in ihren Tassen, nachdem Haenseler gefragt hatte: Zucker? Milch? Danke, hatte Sutter gesagt, aber er rührte trotzdem. Wächter mit Waffen waren keine mehr in Sicht. Bei uns darf sich ein Minister immer noch frei bewegen, sich geben, wie er ist, sagte Haenseler, darauf sind wir stolz.

Fräulein Bazzell war im März von einem Auto angefahren worden, mit Todesfolge. Eine Persönlichkeit! Ihr Neffe, einziger Erbe, arbeitete in der Basler Pharmazie und war mit Moritz befreundet, Moritz Halpern, Unternehmensberatung, ökologisch, kreativ, neuerdings *narrativ*. Die kleine Pension war ein Bijou, solange Tante Bazzell drauf saß, aber ohne sie: nichts, Geige ohne Ton, Geisterhaus ohne Geist. Dir bringt es so nichts, sagte Moritz Halpern zum Großneffen, eine Renovation bringt dir die Gäste nie, die gut bezahlen können, dafür verscheucht sie die anderen, die das Haus unbezahlbar gemacht haben. Verkauf es uns, HHH, wir bauen es um, machen daraus ein Seminarzentrum mit bester Adresse, Nietzsche, Hesse, Adorno, Thomas Mann, da fließt Energie, und wenn das Land etwas brauchen kann, dann einen Energiestoß. Genau der Standort, ihm eine neue Geschichte zu erzählen. Halbeisen Senior hatte im April eine Heart Condition, *April is the cruellest month*, er ist dem Tod nochmals von der Schippe gesprungen, aber als er im Monitor zusah, wie sie ihm die Arterie erweiterten, da hatte er eine Vision: die Schweiz braucht einen Ballon! Nächstes Frühjahr bauen wir um, nach allen Regeln des Denkmalschutzes und mit allen Schikanen von Cyber World, holen uns den hipsten Architekten, Haenseler sagt nur: Schlaginhauf! Aber warum starten wir den Seminarbetrieb nicht gleich, hat sich HHH gefragt, führen ihn groß ein, bis das Projekt durch ist, nutzen die schönen alten Räume, wie sie sind, profitieren von der Aura, stellen ein Herbstprogramm ins Netz? *Narrating the World from the Top of Switzerland!* Diesen Herbst haben wir mit Europa angefangen, wir müssen dieses Europa, das wir nicht kaufen wollen, zuerst uns selbst verkaufen. Erzählen müssen wir es uns! Dann spüren wir auf einmal: das sind wir ja selbst! Und sind schon mitten im Prozeß. Schon das erste Seminar: dreifach überbucht. Wissen Sie, Herr Sutter, was wir uns am ersten Tag vorgenommen haben? Das Gästebuch der guten alten Seraina Bazzell. Da stehen fünfzig Jahre Europa drin. Jeder Teilnehmer beschäftigt sich mit einem Eintrag: Name, Beruf, Herkunft, Verweildauer, Bemerkungen, und dann erzählt er uns eine Geschichte dazu. Wer keine Phantasie hat, wird von Frau Zapf drangenommen, unerbittlich, das ist unsere Psychodrama-Frau. Da fühlt sich der Vizedirektor von Shell in die Kunsterzieherin aus Buxtehude ein. Die Personalchefin von Novartis in den dänischen Indologen. Der Unternehmer aus Herisau in das jüdische Paar aus Wien. Ein christlicher Ständerat in einen holländischen Anthroposophen. Manchmal grenzt das an ein peinliches Verhör, dann kippt es, greift ans Gemüt, wird zum Lachen und Weinen, zum Kugeln, zum Brüllen. Aber: es wird erzählt. Was erzählt wird, geht unter die Haut! Wir lernen von wildfremden Menschen in der Ichform reden. Wir finden Geschmack an fremdem Schicksal. Ihre Generation, Herr Sutter, hat das nötig. Und es bekommt ihr wie eine Tiefmuskelmassage. Wir fangen etwas von dem zu erleben an, was uns erspart geblieben ist. Aber es steckt uns dennoch im Blut, und es macht das Blut stocken. Oft bleibt uns nur so der Mund offen, was da um Tante Serainas Kachelofen herum alles aufbricht. An persönlichem Leid, an europäischen Konflikten. Wir haben sie alle, und jetzt machen wir sie mit. Endlich sind wir dabei! Der Herr Bundesrat ist gekommen und geblieben, hat alle Termine gestrichen, ist immer noch mit uns. Gestern war es das Gästebuch. Heute ist es die Meditation. Über die Sinnsprüche auf den Balken. Unter Anleitung eines Zen-Meisters, den wir aus Schottland eingeflogen haben, ein Aargauer. Das ist unsere Spielregel: dieses Mal sind es Schweizer, die Schweizern etwas erzählen. Wir sind unter uns, wenn wir von Europa reden, und plötzlich ist Europa unter uns. Dann läuft die Abwehr ins Leere, und wir spüren auf einmal: Wir gehören dazu. Wenn Sie heute dabei gewesen wären! Wie wir geschwiegen haben! Daß sich die Balken bogen. Und die Sätze wurden Teil eines tiefen Schweigens. Eines sprechenden Schweigens. Denn auch mit unserem Schweigen erzählen wir uns etwas. Die Stimmung danach war festlich gedämpft, und heiter ist sie immer noch. Und jeden Tag ein Überraschungsgast. Ein Einsiedler vom Zuger Land. Ein Bundesrat aus dem Thurgau. Übermorgen ein Wasserriecher aus Kandergrund. Für morgen hatte ich eine Hexe aus dem Laufental gebucht, aber sie hat abgesagt. Wir haben auf sie gezählt, denn morgen stehen Hänsel und Gretel im Programm. Wir spielen sie mit verteilten Rollen. Wissen Sie was, Herr Sutter? Seien Sie unser Überraschungsgast! Sie verstehen nichts von Märchen? Märchen erzählt doch jeder! Ihre entzückende Begleitung ist ja schon eins. Ihre Präsenz ist uns etwas wert. Haben Sie bestimmte Honorarvorstellungen? Unterkunft im »Waldhaus«, wie der Bundesrat? Oder lieber im »Margna«?

Pension Bazzell, Zimmer 21, sagte Sutter.

Ich rede mit Herrn Vögeli, sagte Haenseler, darf ich Sie gleich vorstellen? Er vertritt die Qaqtaq, unsere größte E-Tail-Gruppe.

In diesem Augenblick schlug ein Gong, mit hinscherbelndem Nachklang, und eine Sandfarbene eilte herbei, um mit dem Juniorchef zu flüstern und ihm ein paar Blätter zu reichen. Sie strahlte, als er sie Sutter weitergab.

Chantal hat Ihre Einträge aus dem Gästebuch herauskopiert, sagte er, nehmen Sie's zum Andenken. Ich habe das bestimmte Gefühl, daß Sie gestern von jemandem erzählt worden sind. Das finde ich heraus, Herr Sutter. Wäre doch fabelhaft, wenn ich Sie einander vorstellen könnte.

Fabelhaft, sagte Sutter. Und Sie bringe ich jetzt zu Ihren Eltern, Viola.

36

Sutter fuhr Viola ins »Waldhaus«, und es war halb drei Uhr geworden, als der Wagen den Platz erreichte, wo der Fexbach aus seiner Schlucht tritt und die Pferdekutschen auf Kundschaft warten, die sie ins autofreie Tal befördern können. Der alte Volvo nahm die Rampe mit hörbarem Protest in Angriff und hatte das erste flache Stück erreicht, als Viola sagte: Halt an. Sofort.

Er gehorchte verblüfft, sah zu, wie sie ihren Rucksack vom Hintersitz zerrte. Sie riß die Tür auf, warf sie hinter sich zu und lief, das Gepäckstück am Riemen, die Straße nach oben, auf der, einen Steinwurf entfernt, eine Frau zu sehen war, die sich mit der Hand die Augen beschattete. Sutter hatte die Handbremse gezogen; mitsamt dem Auto stehengelassen zu werden ist ein merkwürdiges Gefühl. Bevor es in Verstimmung übergehen konnte, hatte Sutter die Frau erkannt, auf die Viola zulief. Die Fremde war zierlich, trug ein dunkelgrünes Schottenkleid mit breitem weißem Gürtel und einen graublonden Bubikopf. Es war Leo, Leonore.

Viola hatte den Rucksack hingeworfen und war ihr in die Arme gefallen, wozu sie sich kleiner machte; geknickt hing sie über der Schulter der Frau, die denn also die »Tante« sein mußte. Damit aber war Viola – Siggi, die Tochter Yalukhas; die Zusammenhänge stellten sich sprunghaft her. Aber Sutter sah nur die Augen der einen Frau über die Schulter der anderen auf sich gerichtet, wie in einer Turniertanzpause, wenn die Paare sich nicht voneinander trennen, aber zugleich die Konkurrenz in den Blick nehmen und sich für die nächste Figur sammeln.

Sutter löste die Handbremse, legte den Gang ein und fuhr langsam auf die Gruppe zu, aber Viola blieb in ihr Schulterversteck versenkt, und Leo, als erkennte sie ihn durch die

Scheibe noch immer nicht, gab kein Zeichen. So fuhr er vorbei, beschleunigte, sah die Umarmung im Rückspiegel kleiner werden, fuhr über den Parkplatz hinaus, der das Ende der erlaubten Strecke bezeichnet, steuerte über die weite Schleife ins offene Tal hinauf und hielt irgendwo wieder an, über das Steuerrad gebückt. Einige Schritte weiter bemerkte er die Ausfahrt einer in den Berg eingelassenen Garage, da stellte er den Wagen ab und stieg aus. »Einmal zu Leo, und du kannst wieder atmen.« Über ihm stand, über und über in Sonne getaucht, das nach ihr benannte Gasthaus mit der weißen Kapelle daneben. War es die Luft, die zitterte, oder zitterten seine Beine? Er ging keuchend, die ersten Tage in der Höhe hatten ihm schon früher zu schaffen gemacht.

In der »Sonne« bestellte er, wie früher, ein Stück Heidelbeertorte zum Kaffee. Nur war sie diesmal von Fertigkäsekuchen nicht mehr zu unterscheiden.

War er eingeschlafen? Fröstelnd fand er sich am Windschutz auf der schattig gewordenen Terrasse lehnen; sie hatte eben noch im Sonnenlicht gelegen, jetzt war sie leer. Bald vier Uhr, er zahlte. Vor dem Gasthaus stand eine einzelne Karosse. Er bestieg sie und ließ sich talwärts rütteln. Das letzte Mal war er hier mit Ruth ein Jahr vor ihrem Tod gefahren. »Keiner bekommt mehr, als er tragen kann.« Das hatte sie gesagt, als dem Grafikerpaar in Nr. 17 ein Kind an Leukämie gestorben war, ein siebenjähriges Mädchen. Länger leben wäre schön, sagte Ruth, wenn das Leben schön ist, aber mit Dauer hat es nichts zu tun.

Allmählich kam er wieder zu sich. In der Luft lag ein Schimmer, den Ruth »staubig« genannt hätte. Als bestünde das Licht aus Spuren schwebenden Glanzes, die sich zu einem goldenen Duft verdichten. Hier herrschte nicht, wie anderswo in den Alpen, ein streng-kühler Wind vor, der die hohen Lagen scheuerte und ihre Linien, Firne, Gletscher, Felsen unnachsichtig ins reine schrieb. Hier wehte ein Atem, der sich aus einem nicht mehr ganz fernen Meer erhoben hatte, seinen Schleier um helle Inseln wob, durch Gärten und Weinberge, Akropolen und flimmernde Ebenen strich, um sich in diesem Hochtal noch einmal zu sammeln und den Staub vieler Kulturen steigen zu lassen, wie Opferrauch, in den besänftigten Äther. »Äther« nannte Ruth den Brand, den sie aus dem Abgrund des Himmels lodern sah; am Mittelmeer zittert die Luft davon, er entblößt die Klippen, legt Feuer in den Hainen und verzehrt die Gesichter. Im Engadin aber ist der Brand gestillt, der Äther kommt zu sich selbst. Sein Glanz schmerzt die Augen nicht mehr. Kein Ding tut dem andern weh. Du kannst gelassen sein.

Ruth, die Vielgereiste, war nie in Griechenland gewesen, dem Ort, an den sie sich seit früher Jugend gesehnt hatte. Je älter sie wurde, desto weniger ertrug sie den Gedanken, dieses Griechenland mit Touristen zu teilen. Es blieb der Archipel, den sie nie gesehen hatte, und darum ein ungestörtes Land der Seele. Ins Engadin begleiteten sie die Märchen nicht, sondern Reisebeschreibungen, von der Odyssee angefangen und immer wieder zurückkehrend in ihre »braune Nacht« und »smaltene« Flut – unter der sie sich etwas ähnlich Traumhaftes vorgestellt hatte wie unter dem »Continental«, das ihr auf einer Gummisohlen-Reklame beim Schuhmacher ihrer Kindheit begegnet war. Das Engadin blieb für sie das Continen-Tal, und Griechenland hatte sie fast ebensowenig, also nie gesehen. Doch besaß sie es in einer Schilderung ihres Kleinen Prinzen, die Sutter in seinem Reisegepäck mitführte, und diese Stelle dachte er wiederzufinden:

Was in diesem Licht lebt, das lebt wirklich: ohne Hoffnung, ohne Sehnsucht, ohne Grandezza: es lebt. »Im Lichte leben«, das ist's. Aus diesem Licht gehen, zum Schatten werden, das war das Furchtbarste, dagegen gab es keinen Trost ... Ich sehe von einem Hügel aus irgendwo an einem Abhang ein paar Ziegen. Ihr Klettern, ihr Kopfheben, dies alles ist wirklich und zugleich vom geistreichsten Zeichner gezeichnet ... Ein steiler Gipfel, ein paar Pinien – ein kleines

Weizenfeld – ein Baum, dessen Wurzeln das geklüftete Gestein umklammern – eine Zisterne, ein immergrüner Strauch, eine Blume: ... in diesem Licht ist Für-sich-sein nicht gleichbedeutend mit Einsamkeit ... in dieser Luft ist man herrlich ausgesondert – aber man ist nicht verlassen, so wenig als einer der Götter verlassen war, wenn er wo immer auftauchte oder durch die Luft dahinfuhr. Und hier sind alle Wesen Götter. Diese Pinie, schön wie eine Säule des Phidias, ist eine Göttin. Diese Frühlingsblumen, die Duft und Glanz von einem Wiesenhang herab ausstreuen – man hat gesagt, und man hat es mit Recht gesagt: sie stehen da wie die kleinen Götter.

Diese kleinen Götter, dachte Sutter, hat sie im September ihres Todes nicht im rechten Flor erlebt, sie hat nur die sparsamen Nachzügler gesehen. Aber so ist es ihr vielleicht ganz recht gewesen. Nicht nur im Raum hat sie die Gipfel des Glücks vermieden, auch in der Zeit. Der Frühling im Engadin wäre ihr zu viel gewesen, wie Griechenland. Auch für den »Hummel«-Garten hat sie den unzeitigen Blüher gesucht, die japanische Pflaume, nicht die üppig weiße Kirsche, die wir an ihrer Stelle pflanzen mußten.

Zu den Geschenken des Hochtals aber gehörten die Tage, da es sich entgeisterte, ohne den Zusammenhang im Licht zu verlieren. Nur wurde es dann ein anderes, ein glanzloses Licht, in dem die Seen wie unter der Mitternachtssonne lagen, zart ohne Wärme, das dünne Licht einer Schattenwelt. Dann war das Engadin für Ruth »norwegisch« geworden, und vielleicht liebte sie es dann noch mehr. Denn die umfassende Dämmerung hatte nichts Erkältendes. Der Schmetterling, den sie im hellen Tag hatte gaukeln sehen, schwebte nun in die noch tiefer geliebte »helle Nacht« hinaus. Und aus dem Flügelstaub, der im Licht schöner Abende geleuchtet hatte, wurde die Asche einer unterweltlichen Frühe. In einer solchen »hellen Nacht«, in welcher die Berge des Oberengadins sie umstanden wie eine zyklopische Schafherde, mußte sie den Tod im Wasser gesucht haben, dem nachleuchtenden Spiegel ihres erloschenen Äthers.

Als sich das Gefährt nach der großen Schleife die kurze Gegensteigung hocharbeitete, schrak Sutter auf. Doch das grauenerregende Ächzen kam nicht aus den Rädern, sondern von einer Bank, auf der ein Mensch saß und sich, von Krämpfen geschüttelt, nach hinten lehnte; dabei hielt er sich eine Zeitung vors Gesicht. Anhalten! rief Sutter dem Kutscher zu. Der Mann auf der Bank ließ das BLATT sinken. Seine Augen schwammen in Wasser, aber jetzt öffneten sie sich weit, und das Lachen verebbte, das ihn eben noch geschüttelt hatte.

Äse! rief er.

Es war Jörg von Ballmoos, der Künstler, gealtert, aber seine Luftnase war noch die bekannte, und seine nahe zusammenliegenden Augen affenwach. Er trug gepflegte Spaziergängertracht und eine Lederjacke.

Die Kutsche stand, und der Mann auf dem Bock sah sich um.

Ich glaubte, du brauchtest Hilfe, sagte Sutter.

Immer, Äse, lachte der andere, von dir: immer. Darf ich zusteigen?

Er wartete die Antwort nicht ab. Um so mehr war Sutter jetzt nach Abweisung zumute, er kam sich mißbraucht vor. Doch das »Waldhaus« war nicht mehr weit.

Was war denn so lustig? fragte Sutter.

»Dein wie du weißt gestorbener Vater«, schrieb einer eurer Rezensenten über ein Buch, dessen Autor mit der Exposition nicht zurechtkam.

Damit kommt niemand zurecht, sagte Sutter.

Du machst Urlaub hier? Wie immer? fragte Jörg,

Ohne Ruth, sonst wie immer, sagte Sutter. Da er das Nachfragen seinerseits unterließ, sagte Jörg: Wir bereiten einen Kongreß vor.

Wie viele seid ihr denn? fragte Sutter.

Nur meine Damen, sagte er, Leo und Yalou.

Und Siggi? fragte Sutter.

Schaut ab und zu herein. Sie nennt sich Viola. Ihrer Geige zuliebe, aber die war einmal. Wenn sie kommt, dann nicht wegen uns. Sie hat einen jungen Mann, mit dem geht sie windsurfen.

Sutter hätte schweigen können, doch nun fuhr er fort: Ich habe sie hergefahren, sagte er, ein Zufall, nicht? Sie machte Autostopp.

Viola und Autostopp, sagte Jörg, das paßt nicht zusammen.

Ich dachte, sie brauche Hilfe, sagte Sutter, und habe angehalten, irrtümlich, wie eben bei dir.

Laß uns die Irrtümer feiern, wie sie fallen, sagte er, kommst du einen Augenblick ins Haus?

Die Droschke war auf der Höhe des »Waldhauses« angelangt, und Jörg rief dem Kutscher »Halt« zu. Zugleich streckte er ihm eine Hundertfrankennote entgegen.

Ich kann nicht wechseln.

Behalten Sie's, sagte Jörg.

Ich fahre noch weiter, sagte Sutter. Sie nehmen das Geld bitte nicht an!

Das tust du nicht! rief Jörg, Leo bringt mich um, wenn ich dich wieder aus den Fingern lasse!

Sie bringt dich um, sagte Sutter, das geht ja fix.

Muß in der Familie liegen, sagte Jörg mit schiefem Lächeln.

Leo hat mich gerade ignoriert, sagte Sutter.

Das gibt es nicht, sagte Jörg, nicht möglich. Sie liebt dich! Dann kann sie dich nicht gesehen haben. Sie ist kurzsichtig. Kontaktlinsen verträgt sie nicht, und für Brillen ist sie sich zu schön.

Was ist jetzt, fragte der Kutscher und hielt den Schein immer noch in die Luft.

Du nimmst einen *afternoon tea* mit uns, sagte Jörg parodierend geziert, nur ein Halbstündchen. Nachher fahre ich dich, wohin du willst.

Sutter stieg aus. Vor Leo wollte er nicht ein zweites Mal ausreißen.

37

Beim Eintreten ins »Waldhaus« wurde Sutter übersehen, von Ballmoos aber mit jener Dienstfertigkeit begrüßt, die in solchen Häusern den Respekt ersetzt, weshalb sie dem Künstler lieb waren und teuer sein durften. Beim ersten Schritt in die Halle hielt er inne und legte den Finger auf den Mund. Und deutete zu einer der Kojen mit hohen Lehnen.

Darin saßen Leonore und eine östlich aussehende Person mit hochgestecktem, reichem und tiefschwarzem Haar, das im Nacken zu einem Knoten gerafft war. Hinter der Lehne war ein Stück des weißseidenen Capes zu sehen, das sie über einem schwarzen plissierten Kleid trug. Im Viertelprofil war die Ähnlichkeit mit ihrer Tochter nicht nur frappant, es schien sich um dieselbe Person zu handeln, nur mit einer dunklen statt hellen Perücke. Die Frauen beugten sich über ein Brettspiel.

Jörg hatte Sutter beim Ellbogen gepackt und fortgezogen, in den weitläufigen, mit Sitzgruppen bestückten und von Kronleuchtern überhangenen Raum hinein.

Wollen wir uns auf Lila setzen oder auf Grün? Grün paßt besser zu deinem Zeug.

Jörg war sichtbar nervös. Sie spielen Go, sagte er, und Go ist heilig. Sie sind zu zweit, Leo und Yalou, das ist auch heilig. Nicht stören!

Sonst bringt dich eine um, sagte Sutter.

Du sagst es, lachte Jörg, aber wir beide wissen uns auch zu

beschäftigen. Was nimmst du? fragte er, als der Ober vor ihnen stand. Ich empfehle Pimm's Nr. 1.

Einen Tee, bitte, sagte Sutter. Wo ist Siggi?

Viola, berichtigte Jörg. Weiß nicht. Ich weiß nur: wenn Yalou da ist, ist Viola nicht da. So ist das mit Mutter und Tochter.

Ich weiß nichts mehr von euch, sagte Sutter.

Zur Einführung: meine Visitenkarte, sagte der Künstler, griff in die Brusttasche und zog ein Bündel Postkarten heraus. Die oberste zeigte eine gefühlvolle Plastik, wie sie auf lateinischen Friedhöfen zu sehen sind, etwa auf dem Grab einer jungen Frau. Durch eine Felsspalte war, zum Teil verdeckt, eine weibliche Figur zu sehen, die ihren bloßen Arm graziös erhoben hielt und die flache Hand gegen die Decke stützte. Plastischer als sie, weil aus der offenen Ritze drängend, zeigte sich das Kind, ein draller Putto, den es in der mütterlichen Höhle nicht hielt.

Artig, sagte Sutter, aber wohl nicht von dir.

Von mir wiederentdeckt, sagte Jörg, prostete Sutter zu und hob den Humpen mit bräunlichem Getränk, auf dem eine rote Kirsche schwamm. Alle Postkarten zeigten dasselbe Motiv.

Du hältst es verkehrt, sagte von Ballmoos, die Frau steht nicht, sie liegt. Es ist eine Grabplatte. Der fromme Vers darauf, den du nicht entziffern kannst, ist von Haller. Mitte 18. Jahrhundert. Weißt du, wo das gute Stück liegt? Als Sutter verneinte, fuhr er fort: In Hindelbank, dem Dorf mit dem Frauengefängnis. Da liegt's in der Kirche, und niemand kennt es. Dabei war es einmal Gegenstand empfindsamer Wallfahrten.

Jörg habe Yalukha im Gefängnis besucht – ach, wir sind verheiratet, weißt du das überhaupt? Anfangs habe Viola, damals noch Siggi, nicht mitgewollt, aber Leo habe unerbittlich darauf bestanden. Und als wir auf dieses Grab stießen, hat es bei uns etwas gegeben, wenn du mich verstehst.

Leo habe sich damals ein neues Leben aufgebaut, und er sei, wie sie alle, Teil dieses Lebens geworden. Siehst du auf diesem Bild, was ich sehe?

Dann mußte Sutter es hören: Die Kleine war damals neun Jahre alt. Als wir die Kirche entdeckt hatten, saß sie stundenlang darin. Sie kam nur noch wegen der Figur mit. Der ideale Babysitter. Aber ich brauchte das Kind fürs Gefängnis. Worüber hätte ich sonst mit Yalou geredet. Es war tot zwischen uns. Aber Hellmuth lebte, kann ich dir nur sagen. Es brauchte Leo, um die Macht des Toten zu brechen, Leo – und dieses Bild.

Er griff sich ins offene Hemd, aus dem das krause Brusthaar drängte, und zog ein Medaillon am Kettchen heraus: nochmals, jetzt ohne Kind, die junge Tote in der Grabesspalte.

Siggi hatte zwei Mütter, sagte Jörg, eine gefangene, die ihr fremd wurde, und eine allmächtige, Leo. In der Kirche von Hindelbank adoptierte sie eine dritte, und diesmal war sie selbst auf dem Bild: als Kind, unterwegs ins Freie. Zu dieser Mutter konnte sie beten. Niemand, Äse, hat ihr das Beten beigebracht. Sie hat es neu erfunden. Stundenlang saß sie vor ihrer »Tante« – so nannte sie alle Frauen, die für sie wichtig waren, auch die Mutter – und betete mit ihr. Eines Tages brachte sie die Geige mit und spielte für sie.

Es ist eine reformierte Kirche, fast immer geschlossen. Aber Siggi lernte die Frau des Siegrists kennen und holte den Schlüssel bei ihr ab. Dann kniete sie vor dem Grab, und nachdem sie gebetet hatte, spielte sie für Mutter und Kind. Die hätten ihr ins Ohr geflüstert, was sie hören wollten. Dann spielte sie Bach, Haydn, Mozart, Bruch – sie war ja ein Geigenwunder. Oder, wie die Frau Siegrist sagte: ein gottseliges Kind. Sie kannte die Geschichte des Grabmals nicht, sie betete und spielte ihre eigene zusammen. Wenn ich spiele, sagte sie, kommt das Kind auf die Welt.

Danach spielte sie auch im Gefängnis, nicht nur für ihre

Mutter. Für jede Gefangene einzeln, und die Direktion ließ sie zu jeder. Sie war ihnen bei der Auferstehung behilflich. Sie *stillte* die Frauen, Äse, sie war längst nicht mehr nur das Kind. Sie brachte auch die Mutter zur Welt. Leo sagte: sie schenkt den Frauen Lebensluft. Atemübertragung durch Musik. Das Kind hat mich gelehrt, was *Erlösung* heißt: Lösen der Krämpfe. Ich hatte es nötig, Äse, mein Leben war nur noch Unfreiheit, meine Kunst ein einziger Krampf. Ich war toter als Hellmuth, gefangener als die Frauen.

Und dann habe ich das Kind geschändet, Äse, sagte er, und seine Augen begannen seltsam zu leuchten. Sutter schlug die seinen nieder, nachdem er ihn ungläubig angestarrt hatte.

Es war vor Weihnachten, sagte der Künstler, wir fuhren von Hindelbank zurück. Es dämmerte schon, da hatte sie noch einmal in die Kirche gewollt, zu ihrer Tante. Als wir an der Raststätte angekommen waren, wo sie ein Eis bekam, immer dasselbe Eis am Stiel, sagt sie aus heiterem Himmel, Jörgli, das habe ich auch. Sie nannte mich so. Ich verstand sie nicht. Schau, sagte sie und deutete auf ihren Bauch, was das Grab hat, habe ich auch. Ich habe auch eine Frau darin, und ein Kind. Die Postkarte da lag im Handschuhfach, und sie nahm sie heraus. Wir saßen auf dem Parkplatz der Raststätte, du kennst sie. Die mit der doppelten Schalenkonstruktion. Siggi knipst die Wagenbeleuchtung an und zieht sich das Höschen runter. Da, sagte sie, fährt über ihren Schlitz und sperrt ihn mit zwei Fingern auf. Fühl mal, sagt sie.

Jörg schwieg. Sutter rührte sich nicht.

Von da an jedes Mal, sagte der Künstler. Wir fuhren ins Frauengefängnis, besuchten Yalou, Siggi spielte, und ich wartete draußen. Ich streunte vor dem Gefängnis herum wie ein Hund, der nichts will als *hinein*. Wenn sie dann endlich kam, mit ihrem Geigenkasten, gingen wir in die Kirche, sie betete mit der Tante, und ich saß auf der Empore. Holte mir einen runter. Ich wollte nicht geil werden, wenn sie mir nachher ihr Gräblein zeigte, in der Raststätte mit den dünnen Schalen. Ganz nackt gemacht hat sie sich nie. Du darfst nur das sehen, sagte sie, und Yalou darfst du nie etwas sagen, sonst schlägt sie uns auch tot. Und Leo? fragte ich. Leo brauchst du nichts zu sagen, sie weiß alles. Damals habe ich meine Kunst kaputtgemacht, Äse, aber das Kind nicht. Ich schwöre es dir. Ich habe doch nichts mit einem neunjährigen Kind. Ich ließ es nur machen. Was es machen wollte. Am 13. Februar, an meinem 56. Geburtstag, sagte mir Leo dann: Jörgli, das verzeihe ich dir nie. Von da an war ich in ihrer Hand. Ich bin nie mehr nach Hindelbank gefahren, das Kind auch nicht. Aber Leo. Sie hat die Gelegenheit beim Schopf gepackt, aus uns allen ganz neue Menschen zu machen. Als erstes verfügte sie unsere Scheidung. Dafür verband sie sich mit Yalou und bestimmte sie zu meiner Frau. Damit war ihre Landesverweisung außer Kraft gesetzt, und ich bekam meine Hausaufgabe. Eine Josephsehe hat man das in frommen Zeiten genannt, und natürlich durfte ich sie nicht als Strafe betrachten. Tätige Reue, Äse – und was meine Begehrlichkeiten betraf: untätige. Die waren mir auch hinreichend ausgetrieben. Nachdem Yalou und ich geheiratet hatten, begegnete sie mir mit der Förmlichkeit einer entzauberten Prinzessin. Ich bekam neue Tätigkeitsfelder angewiesen. Künstler war ich nur noch im Nebenberuf – Leo gab mir zu verstehen, was sie von meiner Kunst gehalten hatte. Was braucht einer noch im Abfall zu wühlen, wenn er Schätze im Himmel sammeln kann? Meine Sünden waren subaltern und unappetitlich, Äse, ein Knabenlaster.

Warum erzählst du mir das? fragte Sutter.

Weil du dir diese Postkarte ansehen mußt, sagte Jörg. Ist sie schmutzig? Die reine Unschuld. Und die nackte Anatomie. Das Kind zeigte mir beides. Äse, sagte er, *was können wir dafür*? Haben *wir* den Menschen erfunden?

Die Tante, sagte er, war im 18. Jahrhundert eine Frau Pfarrer, Langhans mit Namen. Sie soll die Schönste im ganzen Land gewesen sein. Der Bildhauer hieß Nahl, ein Preuße dänischer Herkunft, eine Berühmtheit auf der Flucht vor Friedrich dem Großen. Die Schloßherrschaft Hindelbank hatte ihm den Auftrag erteilt, Papa ein Grabmal auszurichten – einem Schuft europäischen Umfangs, Feldherr für beide Seiten, Seelenverkäufer an den Meistbietenden, der den Glauben wechselte wie die Ehefrauen, am Ende auch Regierender Schultheiß des alten Bern, das er zum Untergang reif machte. Eine rechte Künstlernatur, und Nahl hat ihm das Grab geschaufelt, das er verdient, barock, pompös, korrekt, mit allen guten Geistern des Altertums drauf, und alle wenden sich von ihm ab. Aber dann wurde noch ein Grab fällig, und der Bildhauer hätte die Tote lieber lebendig gehabt. Das war die schöne Pfarrfrau. Sie starb vor Ostern im Kindbett, und das Kind starb ihr nach. Und aus diesem Grab hat er keine Mördergrube gemacht, Äse, sondern einen Auferstehungszauber. Er hat die süße Tote gebildet, und den Spalt gleich dazu. Und dabei hatte er einen Ständer, jede Wette. Die Kleine hat schon richtig gesehen, daß ihr Leib Auferstehung feierte, und dafür hat sie sich meinen Ständer geborgt. Und seither, Äse, hat sie mich nicht einmal mehr angesehen. Seit acht Jahren bin ich für sie nichts als schlechte Luft.

Sutter betrachtete den Mann, der schwitzte und dessen Affenaugen beschlagen waren vom Elend der Kreatur. Zum ersten Mal glaubte er ihm sein Künstlergesicht, denn er sah es von allen guten Geistern verlassen.

Sie liest dein Buch, sagte Sutter, und kann es schon fast auswendig.

Welches Buch? fragte von Ballmoos verständnislos.

Das byzantinische Traumbuch, das du ihr geschenkt hast.

Ist das wahr?

Was treibst du sonst? fragte Sutter.

Jörg schien sich zu beleben. Ich besorge uns das Geschäft. Es läuft. Leo macht Schule, und die Schule expandiert, der Ofen raucht, und alles will atmen. Wir haben inzwischen Filialen in fünf Ländern. Wir atmen global. Ende Zwonullnullzwo machen wir ein Open Air for Breath in Ayer's Rock, ein phantastisches Energiezentrum. Wir ändern die Welt, sie braucht es.

Er lächelte unschön. Der »Hummel« lebt, Äse, und viele Veteranen tragen ihr Scherflein bei, nicht nur deine Ruth.

Ruth, fragte Sutter erstaunt, war bei eurem Verein?

Naja, sagte Jörg, du kanntest ihre Art. Immer mit Abstand. Heute kommt das Geld herein, aber am Anfang waren ein paar Hunderttausend kein Pappenstiel. Leo ist dankbar, daß sie Ruth helfen konnte – bis zum letzten Tag.

Aha, sagte Sutter.

Jetzt erzählst du aber von dir, sagte Jörg.

Da ist nichts zu erzählen, sagte Sutter, ich muß sehen, wie ich weiterkomme. Ich habe den Wagen im Fextal stehen lassen.

Und bist mit der Kutsche heruntergefahren? fragte Jörg.

Ich wollte mich erinnern, sagte Sutter.

Dann fahre ich dich zu deinem Wagen, sagte Jörg.

Ich gehe lieber zu Fuß.

Äse, sagte Jörg, dessen Gesicht sich verdunkelt hatte, es gibt noch etwas, was du wissen mußt.

Für heute weiß ich genug, sagte Sutter.

Da kommt Yalou, sagte von Ballmoos.

Tatsächlich kam sie, die Polstergruppen so schwungvoll umschreitend, daß sie das helle Cape raffen mußte, während die Plisseefältchen auf ihrem Hosenkleid mit Fließen nicht nachkamen. Alles an der kleinen Person überstürzte sich, ohne daß sie die Würde fahren ließ; alles an ihrem Gesicht war ein wenig zu groß oder zu schwer geraten, Kinn, Augenlider, Haar und der weiß geschminkte Mund. Sutter hatte Yalukha seit ihrem Auftritt im Gerichtssaal nicht mehr gesehen. Sie wirkte damenhafter als vor acht Jahren, aber diese Jahre hatten sie beweglicher gemacht, ja verjüngt. Jetzt hörte er auch zum ersten Mal ihre hohe, etwas zwitschernde Stimme, die exakt und etwas dramatisch phrasierte, doch vom

Tonfall abgesehen, verriet ihr Hochdeutsch die entfernte Herkunft nicht mehr. Als sie vor Sutter stand, der sich erhoben hatte, leuchtete sie mit Leib und Seele.

Herr Gygax! rief sie.

Er wußte nicht, wie er sie anreden sollte, darum sagte er: Frau Yalukha! und deutete eine Verbeugung an. Sie reichte ihm eine kleine Hand nach oben, wie für ein Menuett; dieses Händchen hatte Viola nicht geerbt. Eine Sekunde schien Yalukha in den Boden zu versinken, ein Mädchenknicks, der an ihre deutsche Vergangenheit erinnerte.

Gewonnen? fragte ihr Ehemann aus dem Sessel. Sie beachtete ihn nicht.

Ich bin überglücklich, Sie kennenzulernen, sagte sie. Ich danke Ihnen für alles, was Sie getan haben. Leo hat mir Ihre Bücher gebracht.

Bücher? dachte er. Nun ja.

Sie sind ein guter Mensch! rief sie, und er wünschte sich, es möchte nun genug sein, denn in den andern Sitzgruppen begann man sich zu amüsieren.

Wo ist Leonore? fragte er.

Sie braucht Ruhe, aber sie läßt Sie sehr, sehr grüßen, sagte sie mit dem Schmollmund der Übertreibung.

Ich hatte das Vergnügen, Ihre Tochter hierherzufahren.

Oh, sagte sie, Viola ist auf dem See. Sie ist immer auf dem See. Wo logieren Sie?

In der Pension Bazzell, wie alle Jahre, sagte er. Ich hoffe jedenfalls. Ich bin nicht sicher, ob ich ein Zimmer habe.

Ihre Augenspalten schlossen sich. Ihre Frau, sagte sie leise.

Ja, sagte Sutter.

Es tut mir weh, sagte sie. Plötzlich öffnete sie die Augen schreckensweit.

Sie haben kein Zimmer? fragte sie in einem Ton, als hätte sie vom Hungertod eines ganzen Volkes gehört. Wieso haben Sie kein Zimmer? das Zimmer, das Sie immer hatten, mit Ihrer lieben Frau?

Eigentlich gibt es die Pension gar nicht mehr, sagte Sutter. Die Besitzerin ist gestorben. Es ist jetzt das Seminarhaus einer Firma.

Die Besitzerin ist gestorben, fragte sie mit empörtem Flattern, und davon sagt man Ihnen nichts?

Yalou, sagte von Ballmoos, willst du dich nicht setzen? Das braucht keine öffentliche Verhandlung zu sein.

Und wieder war es, als hätte er gar nicht gesprochen. Yalukha blieb stehen, und so auch Sutter.

Sorgen Sie sich nicht, sagte er, ich werde schon unterkommen.

Und wenn's im »Waldhaus« wäre, Äse, sagte von Ballmoos. Laß mich nachfragen beim Empfang. Du bist mein Gast.

Da geschah etwas Sutter gänzlich Überraschendes. Yalukha warf sich an seinen Hals. Sie umschlang ihn und legte den Kopf an seine Brust. Er spürte den sanften Druck ihres Leibes gegen seinen; etwas so Durchdringendes war ihm seit der Tanzstundenzeit nicht mehr vorgekommen. Behutsam faßte er ihre Schulterblätter, die unter seinem Griff zuckten, und brachte es nicht über sich, sie fortzuschieben.

Ringsum genoß die Szene fast ungeteilte Aufmerksamkeit. Sie gehen nicht gleich wieder fort, hörte er an seiner Brust sagen.

Um sichtbar und gequält zu verneinen, mußte er Abstand nehmen, aber Yalukha hatte diesen jäh geschaffen und sah ihn mit aller Strenge an. Sie dürfen nicht! wiederholte sie entschieden.

Er lächelte und drückte ihr die Hand, die ohne Gegendruck in der seinen lag.

38

Die beiden Männer waren schweigend den Weg zurück ins Fextal gegangen.

Du siehst, sagte von Ballmoos.

Ja, sagte Sutter, nur weiß ich nicht, was.

Du bist seit acht Jahren der böse Geist meines Hauses.

Das erklärst du mir, sagte Sutter.

Gerne, Puppenmeister. Eine deiner Puppen beschwert sich. Acht Jahre tanzt sie an deinen Fäden. Das Stück wird 24 Stunden am Tag gegeben, und sein Titel lautet: Die kalmükkische Großfamilie. Ein apartes Szenario. Wo hattest du es her?

Sutter schwieg.

Die wahre Geschichte von einem, der zur Kasse gekommen ist, sagte Jörg. Nach Yalous Prozeß war ich mit Besuchen dran, und mit dem Kind. Nach zwei Jahren kam ich mit Heiraten dran, auf besonderen Wunsch Leos, meiner – wie hast du dich ausgedrückt? – »großen Frau«. Mit Zahlen war ich schon eher dran – und das war erst der Anfang. Ich hatte jetzt doch eine kalmückische Großfamilie. Unser aller Kind brauchte Stunden. Weißt du, was eine Stunde bei Ulrica Pult kostet? Die Geige wurde beiseite gelegt – jetzt kam das Internat dran. Ich zahle der Prinzessin erst das Bett, dann die Erbse, die sie zwingt, ein neues Bett zu beziehen, dann das neue Bett, und natürlich zahle ich immer für das Königreich mit, das zu einer Prinzessin gehört. Nicht zu vergessen: die ganze Zeit komme ich für die Verachtung auf, die einem bösen und dummen Stiefvater gebührt. Der muß in die Atemtherapie, aber bitte nur als Geschäftsführer. Und da geht auch die Kunst.

Ich habe in dir einen Liebhaber des Verhältnismäßigkeitsprinzips verehrt, Äse, sagte er. Für eine Strafe muß es Grenzen geben. Ich aber zahle mich kaputt für das Bild, das ich einem unbedarften Ehemann von seiner westmongolischen Gattin gemalt habe, für ein Butterbrot. Das geht über Künstlerpech ein wenig hinaus. Das Bild hängt jetzt bei Spitzer, Yalous Anwalt – erinnerst du dich an den Charakter? Leo hat es ihm geschenkt – als Zugabe zu dem stattlichen Honorar, das *ich* bezahlt habe. Nun hängt es in Spitzers Salon und dient als *conversation piece*. Doch das alles kostet nur Geld, Äse, und ein wenig Gesicht. *Dein* Bild aber hat mich meine Existenz gekostet – deine gut erfundene Fälschung. Denn bei den Kalmücken hat nie jemand etwas von dem polygamen Familienbetrieb gehört, den du für uns maßgeschneidert hast. Die wissen nichts von einem einvernehmlichen Haushalt von zwei, drei, vielen Frauen mit einem Mann. Keine Spur von einem flotten Dreier mit dem Patriarchen. Deine Kreation, und die trägt man exklusiv bei Ballmoosens, der Horrorfamilie. Die Damen finden sich darin ganz hinreißend.

Hast du darum auf mich geschossen? fragte Sutter.

Von Ballmoos blieb stehen. Wovon redest du, bitte?

Sutter gab in dürren Worten Auskunft.

Ich habe von deinem Zwischenfall gehört, sagte von Ballmoos, aber nein. Das war ich nicht. Er lachte, und wie es Sutter schien, ungezwungen. Äse, wenn es den waffenlosen Dienst nicht gegeben hätte, wäre ich Totalverweigerer geworden. Ich habe in meinem ganzen Leben kein Schießzeug angefaßt.

Er blieb stehen. Du bringst mich auf Ideen, sagte er. Meine kleine Frau schießt, und meine große Frau nimmt Unterricht bei ihr. Natürlich geht es um eine ganz neue Form von kompletter Geistesgegenwart: Du triffst nur, wenn es dir von selbst schießt. Dann hast du schon getroffen, die Kugel braucht den Treffer nur noch anzuzeigen. Atmen oder schießen, für die Meisterin der Kunst ist alles eins.

Sie waren, immer wieder stehenbleibend, vor Sutters Wagen angekommen. In der Tiefe hatte sich Dämmerung ausgebreitet, und einzelne Fenster zeigten Lampenlicht. Auf den Anhöhen, welche die mit Chalets bestreute Talsenke begleiteten, lag noch der rötliche Duft, mit dem sich die Sonne verabschiedet hatte. Hinter dem Scheibenwischer von Sutters Volvo klemmte ein rosa Strafmandat.

War es das, was du noch loswerden wolltest? fragte Sutter, als er in allen Taschen nach dem Schlüssel suchte.

Nein, sagte von Ballmoos, ich wollte dir sagen, daß ich mit Ruth geschlafen habe.

Sutter hatte die Wagentür geöffnet, jetzt hielt er sich an ihr fest.

Wann, fragte er.

Jörg dachte nach. Muß im Herbst 1995 gewesen sein, nach der Heirat mit Yalou, einschließlich Kontaktsperre und Berührungsverbot.

Wo, fragte Sutter.

Hier, sagte von Ballmoos.

Das ist nicht wahr, sagte Sutter.

Du warst ins Unterland gefahren, sagte von Ballmoos, deine Zeitung hatte dich zu einer Konferenz zitiert.

Sutter erinnerte sich widerwillig. Es ging um eine Reportage, mit der er damals einem Staatsanwalt zu nahe getreten war, so daß dieser dem BLATT mit einer Klage drohte. Eine Majestätsbeleidigung, bei der zu entscheiden war, ob man sie niederschlagen mußte, beschwichtigen konnte oder ignorieren durfte. Die Chefredaktion ließ eine öffentliche Entschuldigung folgen.

Aha, sagte er mit rauher Stimme. Und wie ging das zu?

Ich kam von der Chastè zurück, sagte Ballmoos. Ich war allein heraufgekommen, nach der Retrospektive in der Kunsthalle, und am Boden zerstört. Von der Besprechung, die mich vernichten wollte. Sie stand in deinem Blatt.

Komm zur Sache, sagte Sutter.

Erst mußte ich zu mir selbst kommen, wenn du erlaubst,

erwiderte Ballmoos. Ich habe hier nicht nur Spaziergänge gemacht. Zweimal habe ich mich im Nebel verlaufen. Einmal am Berg übernachtet.

Ich schenke dir alle mildernden Umstände, sagte Sutter.

Das kannst du leider nicht, antwortete Ballmoos. Damals dachte ich: verloren wie ich kann ein Mensch nicht sein. Irrtum. Ich hockte jeden Abend am Nietzsche-Stein. Es regnete, ich bemerkte es nicht. Auf dem Rückweg über die Plaun da Lej sah ich eine einzelne Frau auf der Bank sitzen. Ich erkannte sie nicht. Es regnete stark, sie saß ohne Schutz, und die Tränen liefen über ihr Gesicht.

Weiter, sagte Sutter.

Ich blieb stehen und fragte, ob ich etwas für sie tun könne. Dann sah ich erst, daß es Ruth war, und legte meinen Mantel um sie.

Und den Arm, sagte Sutter.

Ja, sagte Ballmoos, und begleitete sie über die Ebene.

Sutter hatte sich auf den Fahrersitz gesetzt. Von Ballmoos mußte sich vorbeugen, um gehört zu werden.

Schritt für Schritt, sagte Sutter.

Ich habe sie nie so aufgelöst gesehen, sagte Ballmoos.

Nie? fragte Sutter.

Wir hatten uns schon vor eurer Ehe gekannt, sagte Ballmoos.

Im »Hummel«, sagte Sutter.

Vorher. Sie hat schon in Paris dazugehört. War eng mit Leo befreundet.

Bring's zu Ende, sagte Sutter. Wohin hast du sie abgeschleppt?

Als sie reden konnte, sagte sie: ich hab's an der Brust, Jörg, ich muß sterben und kann nicht reden. Das tust du jetzt, sagte ich, und das ist gut. Der Knoten geht davon nicht weg, sagte sie. Der Knoten, sagte ich, da ist kein Knoten.

Das hast du gleich gefühlt, sagte Sutter.

Als wir unter Dach waren, sagte von Ballmoos, habe ich's festgestellt.

Davor oder danach, fragte Sutter.

Davor, wenn das wichtig ist, sagte von Ballmoos.

Ruth ist nicht an Brustkrebs gestorben, sagte Sutter.

Daß das nicht so kommen würde, habe ich ihr schon als Laie sagen können.

Du warst kein Laie mit Brüsten, sagte Sutter, und nach dem Schreck war sie wieder so gut wie neu.

Äse, sagte Ballmoos, wenn ich dich höre, weiß ich, warum Ruth nicht reden konnte.

Und weißt auch, woran sie gestorben ist, sagte Sutter.

Nein, sagte Ballmoos, es war eure Ehe.

Ach so, sagte Sutter.

Es könnte sein, daß du sie nicht gekannt hast.

Wenn das ist, sagte Sutter, habe ich dir nur zu danken, daß du mit ihr zu schlafen geruhtest.

Der eine stand, der andere saß, und unterdessen fuhr eine Droschke vorbei, gefüllt mit älteren Japanern; eine Frau winkte ihnen schüchtern zu. Dahinter folgte, im Schritttempo, der schwarze Wagen eines deutschen Ministerpräsidenten, der von seinem Amt hatte zurücktreten müssen, weil er nach Kriegsende als Marinerichter in Norwegen einen jungen Mann wegen Fahnenflucht zum Tode verurteilt hatte. Was gestern Recht gewesen war, hatte er zu seiner Verteidigung vorgebracht, kann heute nicht Unrecht sein.

Bitte steig ein, sagte Sutter.

39

Als sie vor dem »Waldhaus« vorgefahren waren, blieb Jörg im Wagen sitzen.

Jetzt sollst du alles wissen, sagte Jörg.

Das ist viel, sagte Sutter.

Nicht hier, sagte Jörg, fahren wir zum Nietzsche-Stein.

Wortlos löste Sutter die Handbremse. Der Wagen rollte den Berg hinab und durch das Dorf. Sie parkten vor der »Alpenrose« und gingen über die Ebene auf den See zu. Das Licht schwebte zwischen Nachmittag und Abend, es war die Stunde, in der das Nächste fern, das Weite ungreifbar nah aussieht und das Gebirge im Duft seine Schwere verliert.

Erinnerst du dich an die Love Parade 1999? fragte Jörg, als sie die Bootsanlage erreicht hatten, von der aus der Einstieg auf die Halbinsel begann.

Die Verwandlung der Stadt in eine pulsierende Masse hatte im August stattgefunden, Ruths letztem August. Sutter sagte: Ich werde wohl geflohen sein.

Weißt du noch, wohin?

Ich erinnere mich, sagte Sutter, ich war im Wagen zum Flughafen unterwegs und hörte im Radio die Empfehlung, »die Stadt weiträumig zu umfahren«. Ich brauchte Brot für den Sonntag und Futter für die Katze. Die Flughafengeschäfte waren am Wochenende geöffnet, und im toten Winkel hinter einer Rolltreppe gab es die einzige Bäckerei, deren Brot nach Kindheit roch.

Du warst auf der Aussichtsplattform und hast den Flugzeugen zugeschaut, sagte Jörg, und neben dir standen zwei ältere deutsche Damen, die du schockiert hast.

Aha, sagte Sutter, und womit?

Sie hatten die Love Parade »endlich wieder etwas Positives« genannt, worauf du gesagt hast: Ich lasse alle Positiven erschießen.

Sutter lachte unfröhlich. So etwas muß ich bei Nietzsche gelesen haben, sagte er. Er lasse alle Antisemiten erschießen, schrieb er seiner Schwester, die selbst eine war. Da näherte sich die Finsternis schon mit Riesenschritten.

Bei dir auch, sagte Jörg. Die Damen haben den Satz auf sich bezogen.

Es war ein blöder Spruch, sagte Sutter.

Ein lebensgefährlicher. Du hast ihn vor zwei Agentinnen gemacht.

Agentinnen? fragte Sutter.

Atem-Agentinnen, sagte Jörg. »Ich lasse alle Positiven erschießen« – ist dir klar, wie gründlich man diesen Satz mißverstehen kann?

Nein, sagte Sutter.

Die Wörter schwanken. Es weht ein scharfer Wind, der sie auf beiden Seiten schleift wie Messer. Wo du sie anfaßt, schneidest du dich. Die Zeit versteht nur noch Spaß. Äse, das heißt, sie versteht keinen mehr. Die beiden Damen könnten eine Drohung gehört haben. Vielleicht kamen sie gerade aus Leos Atemstunde.

So verrückt können sie nicht gewesen sein, sagte Sutter.

Was heißt verrückt? fragte Jörg. In »Hummel«-Zeiten hatte Leo noch einen kleinen schmusigen Wellness-Laden. Atme dich schön. Erwecke die Galle deiner Leber, stärke dein Immunsystem.

Ruth, sagte Sutter, hat das nicht geholfen.

Beschäftigungstherapie, dachte ich, für Leo. Ich habe viel Platz verdrängt. Neben mir war nur noch die Stelle einer Lebenskünstlerin frei. Pulloverstricken, Kuchenbacken und Pferdestehlen. Der Mann muß hinaus ins feindliche Leben, aber zu Hause gibt es immer noch eine Seele, die für ihn atmet. Kannst du dir vorstellen, daß sie dreißig Jahre lang nur für einen einzigen Gedanken gelebt haben könnte: wie kriege ich den Kerl klein? Dazu gehört ein trainierter Atem, Äse, dagegen bin ich ein asthmatischer Pottwal. Sie hat mich aufs Trockene gelotst, wo mir mein Gewicht zu nichts mehr gut war, außer zum Verenden.

Jörg war stehengeblieben und guckte in die leere Luft. Wir sind groß im Geschäft, Äse, sagte er. Erst atmeten wir uns eine Reserve von Antikörpern zusammen. Wir atmeten gegen Fußschweiß, Herzinfarkt und Liebeskummer. Heute reicht es nicht mehr, unsere Kundschaft aus dieser oder jener

Klemme herauszuatmen. Symptombehandlung überlassen wir den Kleinkrämern. Mit Antikörpern geben wir uns nicht mehr *en détail* ab. Wir bauen den ganzen Körper zum Antikörper um. Die Todesangst macht's, Äse, sie ist unser Rohstoff und die Quelle des Lebens. Wer sie anzapft, hat ausgesorgt, der ist im größten Busineß seit Menschengedenken. Todesangst *unlimited.*

Sutter war einige Schritte weitergegangen. Jetzt keuchte Jörg hinter ihm her und faßte ihn am Arm.

Warum geht den Inszenierungen von *Fun and Games* jeder Inhalt ab? Warum tanzt an der Love Parade nur noch übermalte Haut auf den Straßen? Weil sie nichts anderes ist als der gewendete Balg der Todesangst. »Immer spielt ihr und scherzt? ihr müßt! o Freunde! Mir geht dies / In die Seele, denn dies müssen Verzweifelte nur.« Wetten, daß die neue Menschenart nicht mal mehr die Ausrufezeichen versteht? Sie versteht nichts als Bahnhof, Peace, Love und Ecstasy, sie demonstriert für nichts und abernichts, wie das Leben selbst. Der Atem der Leere, Äse, wer den zu fangen weiß. Wer den zu nützen versteht. Leo versteht es.

Der Weg führte in gleichem Abstand zum Seeufer über einige beträchtliche Schwellen, und Sutter stellte ohne Genugtuung fest, daß der Atem des Gefährten kürzer wurde als sein eigener.

Am Anfang war ich Leos Zuhälter: Leute, die sich mit Kunst abgeben, gehören in die Atemtherapie. Fettaugen, die schon gefürchtet hatten, unterzugehen – einmal mit Leonore geatmet, und schon schwammen sie wieder obenauf. Ich mußte nicht wissen, wie weit meine Große Frau den Service trieb. Doch bald war sie es, die mir Kundschaft zuhielt. Leo saß jetzt am längeren Arm. Und an dem hielt sie mich in die freie Luft hinaus. Seit der Geschichte mit Siggi konnte sie mich fallen lassen, jederzeit, ins Bodenlose.

Inzwischen hatten die beiden den Gedenkstein erreicht. »O Mensch, gib acht«, las Jörg von Ballmoos. Paß auf, Äse, jetzt spricht die tiefe Mitternacht. Es gibt in Europa und der ganzen Welt ein paar hundert Leute, die positiv sind, atempositiv. Sie sind mit einem Erreger angesteckt, der tausendmal virulenter ist als das HIV-Virus. Todesangst. Wer sie vergessen will, kommt zu uns. Aber wehe einem jeden, der uns beim positiven Denken stört.

Wer ist »wir«? fragte Sutter, eine Sekte?

Nicht nötig, sagte Jörg, oder solltest du noch nicht bemerkt haben, daß das Ganze sektenförmig geworden ist? Vor ein paar Jahren habe ich mit Leo die Ausstellung des *Plastifikators* besucht – vielmehr: Leo mit mir, denn da hat sie mir gezeigt, wo Gott hockt und was Kunst heißt. Objekte, die ein delikater Chirurg aus lebenden Menschen hergestellt hat – tot mußten sie schon erst gewesen sein. Aber statt sich stumpfsinnig kremieren oder begraben zu lassen, erblickten sie als Sehnen- oder Nervenplastiken das Licht einer neuen Welt. Zu sehen brauchten sie es nicht mehr. Aber sie wurden darin gesehen – und konnten sich sehen lassen. Der Künstler schnitt sie in hauchdünne Scheibchen. Dann streckte er sie, mit viel Raum dazwischen, auf sieben Meter Länge. Er veredelte ein Dutzendgesicht zur Goldmaske, und die Besucher blickten durch. Da blieb kein Auge trocken. Du kannst dich zum antiken Diskuswerfer präparieren lassen, Äse. Oder als werdende Mutter exponieren, säuberlich längs durchgeschnitten, komplett mit Embryo im Bauch, dessen Schichten an Patisserie erinnern – da kann sich der alte Nahl mit seiner schönen Pfarrfrau nur noch verstecken. Das Publikum geht auf Zehenspitzen durch einen Messepavillon, in dem du auch Badezimmer oder Schredder verkaufen könntest. Jetzt ist es ein Andachtsraum mit Gruselkammer.

Ich sah mir das Publikum an, Äse, wie es die Denkmäler des gelungenen Todes beschnupperte, lüstern und ehrfürchtig – wer sich doch auch so verewigen lassen könnte! In einem Winkel des Schauhauses hatte der Wunderdoktor sein

Gästebuch aufgelegt. Eine Warteliste. Da feierten ihn arme Seelen als Spitze der Wissenschaft, als Wohltäter der Menschheit, als Gipfel der Pietät. Sie empfahlen sich zur Behandlung. Alle, alle wollten sie drankommen beim Wunderdoktor mit dem schwarzen Borsalino, dem Beuys-Verschnitt. Alle drängelten sie zur ultimativen Kosmetik, die sie nichts kosten sollte als ihr bißchen Leben! Ich suchte Leonore, hielt sie immer noch für die schutzbietende Künstlerfrau. Und was sah ich? Ihre Augen strahlten! Da wußte ich, was es geschlagen hatte, Äse. Mitternacht. Leo erblickte den größten Schwarzen Markt der Welt. Sie war erleuchtet. Sie wurde ein Vampir.

Alle, alle wollen sie werden, was sie sind: Artefakte. Und da will einer noch Kunst *machen*? Kühlschränke für den Nordpol?

Atem, erklärte mir Leo zum Heidelbeerkuchen, ist eine Textur ohne Stoff. Aber ziehst du ihn richtig unter die Haut, verbindet er sich mit dem Zellgewebe, stützt es, bildet es um, schreibt den Körper neu. Jörgli, sagte sie, ich webe dem inneren Menschen ein Festkleid, das soll schön werden wie ein Brautschleier, reißfest wie Feenhaar, leicht wie der Wind. Mit Atmen öffne ich ihm einen Himmel, in den er fliegen kann. Was sie nicht sagte – eigentlich verstand es sich von selbst –: daß es gegen Todesangst nur ein einziges wirksames Mittel gibt.

Den Tod, sagte Sutter.

Es ist nur die Frage, wie man ihn inszeniert, sagte Jörg. Leo plant ein Abschiedsfest wie ein Feuerwerk, eine Rakete in zwei Stufen. Die erste zünden wir auf Ayer's Rock. Da hält die Welt den Atem an. Das Vakuum sammelt Energie, speichert sie bis zum Gehtnichtmehr. Drei Jahre später explodiert sie, und wir heben ab. Die Welt läßt ihre Geschichte fahren wie einen langen Seufzer. Das Nichtendenwollende darf enden. Schluß, Herr Nietzsche, mit Ihrer Ewigen Wiederkehr.

Dernière, sagte Sutter, und wo soll sie steigen?

An den Quellen des Nils. In Afrika hat die Erde den Menschen erstmals eingeatmet, in Afrika wirft sie den Fremdkörper wieder aus.

Warum lernen deine Damen schießen? fragte Sutter.

Wer die Luft nicht halten kann, sagte Jörg, riskiert, vor der Zeit zu verschwinden. Kürzlich blätterte Leo die Zeitung durch, bis zu den Todesanzeigen. Immer noch das Schärfste in deinem Blatt. Da las sie den Namen eines mehrfachen Verwaltungsrats. War ihr Kunde gewesen – meiner auch. Und jetzt also weg vom Tisch. Ja, sagte Leo, Nigg hat ihn entlassen. Nigg ist Chefarzt, im Stadtspital.

Ich weiß, sagte Sutter, ich bin ihm gerade in der Pension Bazzell begegnet. Er nimmt am Erzähl-Seminar teil.

Da wirst du noch manchem Kunden Leos begegnet sein, sagte Jörg.

Und die zwei Damen im Flughafen? fragte Sutter.

Du könntest dir dort dein Todesurteil gesprochen haben.

Jörg, sagte Sutter, das ist Kinderzeug.

Du sagst es, antwortete Jörg, doch Kinder kennen keine Gnade. Du hast keine Kinder, sonst wüßtest du das. Kinder nehmen Kinderzeug blutig ernst. Das dürfte einen Gerichtsreporter nicht wundern.

Setzen wir uns, sagte Sutter.

Die Bank beim Nietzsche-Stein war frei geworden. Das junge Paar, das darauf geschmust hatte, war weitergegangen, zu nachhaltig gestört von zwei flüsternden Senioren.

Sutter blickte durch tiefhängende Äste ins Wasser, das sich im Uferschatten verdunkelt hatte. Du hast einen Verfolgungswahn, sagte Sutter.

So muß einer reden, antwortete Jörg, den Leo schon hat. Längst.

Davon müßte ich doch auch etwas merken.

Je weniger man davon merkt, desto mehr gehört man ihr, sagte Jörg. Die Welt wimmelt von Schwarzen Löchern. Die sieht der Astronom auch nicht. Er stellt nur fest, wie sich ihre Umgebung verändert. Jede Bewegung wird krumm, der Raum hat sich gebogen. Anziehungskraft total. Da wirst du eingestaucht, zusammengeknautscht bis auf den Kern. Bist so gut wie nie gewesen.

Jörg verstummte, denn auf dem Weg war das Näherkommen flotter Tritte zu hören. Das Himmelblau eines Trainingsanzugs hüpfte durch die Zweige, die rasch seinen Träger zu erkennen gaben. Beim Vorüberlaufen hob er mühelos lächelnd eine Hand zum Gruß, und Sutter glaubte ihn in der Pension schon gesehen zu haben. Von Ballmoos blickte ihm nach.

Da laufen die Zombies, sagte Jörg, und laufen das Ende ein, zehn Kilometer jeden Tag. Und wenn der jüngste kommt, werden sie nur den Ehrgeiz haben, jung genug dafür auszusehen, *up to date, just in time.*

Deine Erfindung schmeckt mir nicht, sagte Sutter.

Weil's keine von deinen ist? lachte Jörg grimmig. Wäre meiner kalmückischen Großfamilie kein Weltuntergang zu gönnen? Äse, über deine famose Erfindung bin ich in eine Mühle gestolpert, die mich kleingemahlen hat wie Max und Moritz. Seit jetzt acht Jahren bin ich damit beschäftigt, eine Person namens Jörg von Ballmoos zu simulieren. Als mir der Atem ausging, sprang Leo mit dem ihren ein. Verlangt nur ein ganz kleines Opfer dafür. Den Schatten meiner selbst.

Heute hast du mich getroffen, sagte Sutter. Wie mich noch kein Mensch getroffen hat.

Jörg hob den Kopf und starrte Sutter an. Dann schlug er sich die Hände vor das Gesicht. Dahinter war das Stöhnen zu hören, das Sutter schon vor ein paar Stunden irregeführt hatte.

Jörg griff in die Brusttasche seines Lederjacketts, zog einen Stein heraus und hielt ihn in der flachen Hand.

Den kennst du, sagte er.

Sutter schwieg.

Sie war siebzehn damals, so alt wie Viola heute, sagte Jörg, und zum ersten Mal auf Reisen mit einer Freundin. Die Tante hätte sie sonst nicht fahren lassen. Aber die Freundin war ich. Ich war zwei Jahre älter und an der Kunsthochschule. Ein Jahr zuvor war ich nach Griechenland getrampt, allein. Danach war ich ganz sicher: du bist ein Künstler. Jetzt mußt du nur noch werden, was du bist. So erfüllt war ich von meiner Sendung, ich wollte alles zu Kunst machen. Und jeden, der mir in die Nähe kam, zum Künstler. Kannst du Ruth lachen hören? Ich werde Ärztin, sagte sie, dann kriege ich dich immer wieder auf die Erde. Wir hatten da gezeltet, wo mich Apollo getroffen hatte, wo das Land endet mit dem Kap Sunion. Die weißen Säulen im Rücken, erwarteten wir den Sonnenaufgang über dem Meer. Wir hatten kaum geschlafen: jetzt schlug die Welt ihr Auge auf. Stundenlang saßen wir stumm, der Tag wurde neu geboren. Der Boden um uns war mit den Resten des Poseidontempels übersät. Ruth hob zwei Marmorsplitter auf, einen davon gab sie mir. Ich habe ihn getragen bis heute. Er ist für dich.

Sutter nahm ihm den Stein von der Hand und schloß die Faust darum.

Für mich ist Ruth nie in Griechenland gewesen, sagte er.

Mit ihr hätte ich mir das Leben vorstellen können, sagte Jörg.

Ich nicht, sagte Sutter.

Er wog den Stein in der Hand. Sutter war als Linkshänder geboren und hatte sich für feinere Arbeit umgewöhnen müssen, aber zum Werfen gebrauchte er noch immer den stärkeren Arm. Für einen Augenblick fing der Stein, hochgeschleudert, einen Funken des Lichtes ein, das sich vom Talgrund schon zurückgezogen hatte; fallen sehen konnten sie ihn nicht, und auch den Aufschlag verschluckte die Stille.

40

Der Bart war meliert, doch nähme der Mann ihn ab, könnte ein junges Gesicht zum Vorschein kommen; auch das eines Fünfzigjährigen. Man könnte ihn mager nennen oder schlank, er scheint nur aus Sehnen zu bestehen. Die beiden sichtbarsten steigen aus dem offenen Hemd bis zu den Ohren, wie zwei gespannt vorspringende Pfeiler, die einen wild gelockten Kopf mit freundlichen Augen zu stützen haben. Dabei stecken sie ein dreieckiges Hautfeld mit scharfen Kanten ab, auf dem die regelmäßig wiederkehrende Welle des Pulses zu sehen ist. Wenn Ruth und Sutter sich nach einem Gang um die Halbinsel ausruhten, haben sie den Mann beim Hantieren auf seinem Boot beobachtet; an seinen Bewegungen gab es nichts Hastiges oder Überflüssiges. Er war es, der Ruth aus dem Wasser geborgen hatte.

Ich wußte noch, wo Sie wohnen, aber den Namen nicht mehr, sagte Sutter, als der Mann im beleuchteten Viereck seiner Haustür stand.

Cahannes, sagte der Mann.

Sutter entschuldigte sich für die späte Stunde, erklärte, daß er vom Fischer für morgen früh gern ein Boot gemietet hätte, und nannte den Grund.

Kommen Sie herein, Herr Sutter, sagte Cahannes und trat beiseite, so daß Sutter der Einladung schon gefolgt war, bevor er darüber nachgedacht hatte.

Er ging rasch an einem Spiegel vorbei und stand in einer geräumigen, von Lampenlicht erfüllten und schmucklosen Stube. Am Tisch saß eine junge Frau mit auffällig heller Haut und kugelrunden Augen, die schwarz waren wie das in der Mitte gescheitelte Haar. Sie hielt ein Bündel im Arm und lächelte Sutter zu. Den Schulterumhang, unter dem ein herzhaftes Schmatzen hervordrang, hatte sie tiefer gezogen. Das ist Shaila, sagte Cahannes, und das ist Herr Gygax.

Er rückte unter dem Tisch eine Stabelle hervor, aber sie war schon besetzt. Eine Katze lag darauf, Ruths Katze. Halb ausgestreckt lag sie auf der knappen Plattform und deckte den weißen Gesichtsanteil mit der dunklen Vorderpfote ab, während die übrigen weiß gestiefelt waren, und weiß war auch die Halskrause auf dem glänzend schwarzen Fell.

Wie kommt die Katze hierher? fragte er.

Sie ist uns vor einem Jahr zugelaufen, sagte Cahannes, und da sie gepflegt aussah, glaubten wir die Besitzer bald zu finden. Aber es ist nicht gelungen, und als die Katze häuslich wurde, haben wir sie behalten.

Ich hätte gesagt, es ist unsere, aber die habe ich ins Tierheim gebracht, und sie kann mir ja nicht nachgelaufen sein. Ich setze mich auf den andern Stuhl. Wie heißt sie?

Wir haben keinen Namen, sagte Cahannes, wir rufen sie *gat*.

Katze, sagte Sutter.

Auf dem Schiefertisch lag eine Schneiderarbeit, Stücke roten Seidentuchs, Schere und Nähzeug, und da Cahannes sich in der Küche zu schaffen machte, war Sutter allein mit der jungen Frau. Sie hatte ihr Lächeln zurückgenommen, aber es nahm, auch beim Lautwerden des Schmatzens an ihrer Brust, keine Befangenheit an.

Sutter betrachtete seine stockfleckigen Hände auf dem Tisch. Sie zitterten, er hatte seit dem Frühstück im »Weißen Kreuz« keine Mahlzeit mehr gehabt. Der Fischer deckte den Tisch mit Trockenfleisch, Räucherschinken, sauren Gurken, Pfeffer und Salz, Butter und Brot, einem Salat mit vielen Nüssen. Cahannes hatte schon gegessen, doch beim Veltliner hielt er mit, während seine Frau nichts berührte. Sie fuhr fort, das Kind zu halten, als es eingeschlafen war, und wiegte es leicht.

Die sparsame Unterhaltung wurde in mehreren Sprachen

geführt, doch schien es für die Verwendung jeder einzelnen genau bestimmte Situationen zu geben. Mit dem Kind flüsterte die Frau in ihrer Muttersprache, und da sich das Paar bald auf Hindi, bald ladinisch unterhielt, blieben Sutter große Teile des Gesprächs verschlossen.

Sutter erfuhr, daß Cahannes aus einer altansässigen Familie stammte, welche die Hotels von St. Moritz und Pontresina seit über hundert Jahren mit frischem Fisch versorgte. Dort hatten die Cahannes, nach dem Aufkommen der Wintersaison, auch im Service gearbeitet und daneben eine kleine Landwirtschaft betrieben. Der Fremdenverkehr hatte der Bergbevölkerung Kontakt mit anderen Kulturen gebracht. Cahannes hatte sich schon als Junge für Indien und besonders für die Jain, eine sehr alte Religionsgemeinschaft, interessiert. In den Sechzigern, nach dem Abschluß einer Mechaniker-Lehre, war er nach Indien getrampt, hatte in einem Dorf gelebt und seinen Meister gefunden. Später unternahm er mit einem Kollegen aus Flensburg, den er im gleichen Dorf kennengelernt hatte, Fernfahrten nach Vorderasien. Sie hatten sich den Job so geteilt, daß immer einer bleiben konnte, während der andere leer zurückfuhr. Als der Kollege in Afghanistan eine Frau gefunden und sich dort niedergelassen hatte, half Cahannes im Sommer dem Vater beim Fischen und verdiente im Winter Geld als Skilehrer in St. Moritz.

Als er schon fast fünfzig geworden sei, erzählte Cahannes, habe es ihn wieder nach Indien gezogen, und diesmal sei er drei Jahre geblieben. Mit seinem Bart habe man ihn für einen Großvater gehalten und sich nach seinen Enkelkindern in Schweden erkundigt. Da habe er sich nur noch den Rat gewußt, eine junge Frau zu heiraten.

Er hatte Bündnerdeutsch erzählt, trotzdem schüttelte Shaila an dieser Stelle lachend den Kopf und hob ihrem Mann das Kind entgegen. Shaila, sagte Cahannes, sei die Urgroßnichte seines inzwischen verstorbenen Meisters gewesen, jetzt sei sie, wie der Gast sehen könne, sein Meister geworden. Mit einer so jungen Frau habe man ihm im Dorf auch seine Jugendlichkeit glauben müssen. Shaila habe aber noch etwas von der Welt sehen wollen. Darum seien sie vor der Heirat nach China, Japan und Amerika gereist, wo sie gejobbt hätten, aber als das erste Kind unterwegs gewesen sei, hätten sie sich im Engadin niedergelassen, »vorläufig definitiv«. Jetzt, nach dem Tod seines Vaters, fische er wieder und mache Bootsdienst, während Shaila hinter seinem Rükken Romanisch gelernt habe. Verheiratet seien sie jetzt auch. Übrigens sei er ihr begegnet, als sie noch ein kleines Kind gewesen war, und damals schon habe sie angefangen, ihn herumzukommandieren. Das erste Kind, ein Bub, sei gestorben, und auf ein zweites hätten sie lange warten müssen, doch jetzt hätten sie endlich diese kleine Ruth. Nein, ein Zufall sei der Name nicht. Sie seien Frau Rohner in Sils immer wieder begegnet, und man habe sich miteinander befreundet. Ruth sei eine Persönlichkeit gewesen, und die Kultur der Jain habe sie gut gekannt. Sie habe oft hier gesessen, und sie beide vermißten sie sehr. Darum hätten sie das Kind auf ihren Namen getauft. Sie wäre gerne seine Patin geworden.

Sutter, der zu träumen glaubte, trank Glas um Glas, auch wenn ihm Cahannes nur mäßig nachschenkte. Wenn Sutter mit Ruth in Sils war, hatte sie nachmittags allein lange Spaziergänge gemacht, auch bei trostlosem Wetter, während er in der Pension geblieben war, um zu lesen. Erst jetzt fiel ihm auf, daß sie ihm von ihren Nachmittagen nichts erzählt hatte, da er anders als beiläufig auch nie danach gefragt hatte. Diese Menschen aber hatten Ruth eine Chance gegeben, sich geborgen zu fühlen.

Sutter trank zu viel. In diesem Augenblick kam ihm Hellmuth in den Sinn, der DDR-Flüchtling, der mit seiner Frau so wenig bekannt gewesen war, daß sie hatte die Kraft finden müssen, ihn mit der Axt zu befreien, von ihr und von sich, von seinem unerträglichen und für alle Betroffenen unverdienten Unverständnis.

Er wollte hören, wie Fräulein Bazzell gestorben war.

Die bald Achtzigjährige war im März, von einer Besorgung im Dorf zurückkehrend, von einem jungen Automobilisten, einem Hiesigen, angefahren worden. Er hatte bei einem Überholmanöver, als er in sein Handy sprach, die Herrschaft über das Fahrzeug verloren. Es war gerade wieder viel Schnee gefallen. Drei Tage später war sie gestorben, ohne das Bewußtsein wiedererlangt zu haben. Es hatte ein großes Begräbnis gegeben, sogar ein deutscher Professor hatte gesprochen, der regelmäßig in ihre Pension gekommen war. Diese hatte sich nach ihrem Tod nicht halten lassen. Das alte Haus hatte den Komfort nicht zu bieten, den die Gäste heute verlangten. Ihr Erbe, der bei der Basler Chemie arbeitete, verkaufte Hals über Kopf an ein internationales Counselling-Unternehmen, das ein Schulungszentrum daraus machen wolle. Wo Herr Gygax dieses Jahr untergekommen sei?

Sutter habe von der Entwicklung nichts mitbekommen und sich auf die vorjährige Reservation verlassen. Als er im alten »Bazzell« angekommen und aufgelaufen sei, habe das neue Management versprochen, eine Lösung zu finden. Bis dahin schlage er die Zeit tot.

Cahannes redete ein paar Worte auf Hindi mit seiner Frau, ohne Antwort zu erhalten. Sie blickte vor sich hin.

Es wird elf Uhr, sagte Sutter, höchste Zeit, daß ich mich um die Unterkunft kümmere. Er wolle morgen früh auf sein und hätte sie aufgehalten, aber die Gastlichkeit und das Gespräch hätten ihm viel bedeutet.

Cahannes stand auf. Bleiben Sie noch einen Augenblick sitzen, sagte er, ich sehe nach dem Boot und mache es bereit. Ich könnte Sie morgen auch rudern, wenn Sie möchten.

Danke, sagte Sutter, aber das muß ich allein.

Sutter hörte ihn draußen am Schlüsselbrett klingeln, das er beim Eintreten schon bemerkt hatte; dann ging die Haustür.

Die indische Frau wiegte das ruhige Kind, wie Sutter vorkam, jetzt in Unruhe. Dann sagte sie, auf englisch: Könnten Sie es einen Augenblick halten?

Das Gesicht des Kindes kam, als sie aufstand, unter dem Umhang zum Vorschein. Es runzelte die Stirn in der unverhofften Helligkeit, verzog die kleine Miene und seufzte tief. Die Augen blieben geschlossen. Sutter, der sich erhoben hatte, fühlte, daß sein Stand nicht mehr der sicherste war. Beklommen vor Behutsamkeit griff er unter das Bündel, nahm es entgegen und zog es näher an den Leib. Als die Mutter aus der Tür war, blickte Sutter auf das Kind nieder, das Ruth hieß. Es war schwer, vielleicht auch groß für sein Alter, von dem Sutter keinen Begriff hatte, und hing locker in seinen Armen. Es vertraute ihm ganz und gar entspannt sein Gewicht an, wobei sich seine kleinen Nasenlöcher unmerklich öffneten und wieder zuzogen. Zugleich ließ es die Arme hängen, die fein gedrechselten Finger gerade so weit geöffnet, wie es ihren Muskeln am bequemsten war.

Draußen ging die Wasserspülung, und Sutter spürte einen schwachen Druck am Bein, der ihm sogleich vertraut war. Shaila kam herein, nahm ihm das Kind mit einer Neigung des Kopfes ab und setzte sich wieder hin. Sutter stand und blickte auf die Katze nieder. Sie ließ ihren Leib an seinem Hosenbein vorbeistreifen, bis das gekrümmte Schwanzende den Kontakt verlor, dann wandte sie sich brüsk um und wiederholte den Vorgang in der Gegenrichtung. Ihre Augen waren nicht gelb, sondern blau, ihre Stimme kräftiger und fordernd. Sie roch das Fleisch auf dem Tisch.

Geben Sie ihm bitte nichts, sagte Shaila, er hat heute genug gehabt.

Ich habe noch einen Wunsch, sagte Sutter.

Bitte, sagte sie.

Ich habe eine Katze wie diese, aber eigentlich ist es die Katze Ruths. Sie ist gutartig, aber ich kann sie nicht behalten. Darf ich sie vielleicht Ruth schenken, der neuen Ruth?

Sie schlug die Augen nieder.

Bitte ja, sagte sie. Seien Sie ganz ruhig. Wo ist Ihre Katze jetzt?

Im Tierheim, sagte Sutter.

Können Sie mir die Adresse geben? fragte Shaila.

Er zog die Agenda heraus und versuchte die paar Zeilen auf das Papier abzuschreiben, das er herausgerissen hatte.

Ich sehe nicht gut, sagte er.

Sie streckte eine Hand aus, dann schrieb sie die Adresse auf dem Leib des Kindes ab und reichte die Agenda zurück.

Was sie mache, fragte er. Sie übersetze, Märchen ihrer Gegend, aus dem Hindi ins Englische. Nur um mich zu beschäftigen. Ich war Sekretärin, und ich werde es auch wieder. Wenn Ruth größer ist. Jetzt lerne ich den Computer.

Darin sind die Inder stark, sagte er.

Ich nicht, lächelte sie. Darf ich Ihnen auch etwas schenken?

Auch? fragte Sutter. Ich habe Ihnen ja nichts geschenkt.

Die Katze, sagte sie lächelnd. Aber es gehört Ihnen sowieso. Sie griff in eine Falte ihres weiten bunten Rocks und legte den Gegenstand, den sie hervorgezogen hatte, vor ihm auf den Tisch. Es war ein fester brauner Knäuel, nicht ganz rund, gebildet aus tausend Lärchennadeln.

Eine Silser Kugel, sagte Sutter.

Ihre Frau hat sie uns mitgebracht, sagte Shaila, sie hat sie am Ufer gesehen, unter einem Strauch, der ins Wasser hinunterhing. Viele Male ist sie daran vorbeigegangen. Sie wünschte sich, daß die Kugel noch etwas wächst. Aber es hätte sie auch jemand mitnehmen können. Als sie am letzten Tag noch da war, hat sie sie uns mitgebracht.

Dann gehört sie Ihnen, sagte Sutter.

Ja, sagte Shaila, darum kann ich sie Ihnen schenken.

Sutter stand auf, nahm die Kugel in beide Hände und neigte den Kopf.

Cahannes kam zurück, sah Sutter schon stehen und erklärte, welches Schiff er ihm zugedacht habe, wo es liege, und den Gebrauch der Schlüssel. Es habe einen breiten Boden, sei aber leicht zu bewegen. Der Wetterbericht sei nicht der günstigste, doch bis Mittag müßte es halten.

Sutter verabschiedete sich von Shaila und ihrem Kind. Cahannes begleitete ihn zur Tür.

Herr Gygax, sagte er, wenn es Probleme gibt, kommen Sie zurück. Wir haben ein Gastzimmer und sind noch eine Weile wach.

41

Er war gestolpert, die Gepäckstücke knallten auf den Fußboden, während er auf die leeren Hände fiel. Und auf das rechte Knie. Die Heftigkeit des Aufschlags machte es taub, der grelle Schmerz schoß einen Augenblick später nach. Im Hosenstoff zeigte sich ein Riß. Die Empfangsdame hatte Oh! geschrien und war beiseite gehüpft wie ein erschreckter Stelzvogel.

Wer ist schon da? fragte er durch die Zähne. Auf dem Preisschild der Dame stand MELANIE.

Ihre Gattin, sagte sie. Haben Sie etwas gebrochen? Es scherbelte so.

Das war meine Gattin, zischte er. Sie steckt in diesem Sack. Er rappelte sich auf und knickte wieder ein.

Sie hat den Schlüssel mitgenommen, glaube ich, sagte Melanie lächelnd.

Sie glauben, zischte Sutter. Dann wollen wir doch lieber *sehen*. Kommen Sie bitte mit.

Sie hatte ihm den Koffer abgenommen und ließ ihn, den Plastikbeutel in der Hand, vorhumpeln.

Sie sind der Überraschungsgast, sagte sie.

Der Teufel bin ich, sagte er und zog sich am Geländer hoch. Auf dem obersten Absatz blieb Melanie stehen. Er drehte sich um. Weiter, bitte, sagte er.

Ich möchte nicht stören.

Das müssen Sie aber, sagte er, ich habe niemanden auf mein Zimmer bestellt! Wer immer die Person ist, Sie nehmen sie gleich wieder mit!

Er konnte das Knie nicht belasten und spürte einen kühlen Luftzug an der Kniescheibe. Melanies Gesicht hatte die Starre der grundlos Gekränkten angenommen. Er schleppte sich durch den dürftig erhellten Korridor bis zum Ende und mit einem Seitenschritt, bei dem er aufstöhnte, auf das etwas tiefere Niveau des Anbaus. Hier gab es noch drei Zimmer, und Nr. 21 war das rechte.

Klopfen Sie, sagte Sutter.

Pst, flüsterte sie und deutete auf die Nebentür, hier schläft ein Herr Nationalrat.

Aber sie klopfte. Keine Antwort. Sie klopfte beherzter.

Öffnen Sie die Tür! zischte Sutter. Sie blickte ihn an, als wollte sie ihn vergiften, aber sie drückte die Falle. Rosenduft hauchte durch den geöffneten Spalt. Drinnen war es dunkel bis auf einen Streifen Mondlicht auf den Dielen, auf einem Stuhl schimmerte undeutlich ein großes Blumenbukett. Sutter machte Licht.

Nachdem sich die Augen von der Stichflamme erholt hatten, waren die beiden Betten zu sehen, dazwischen die Fuge für den Nachttisch. Im Bett an der Wand lag ein schwarzer Haarschopf auf dem Kissen, und die gebuckelte Decke verbarg eine Menschengestalt.

Es ist gut, flüsterte Sutter, Sie können gehen.

Melanie sah ihn an.

Gehen Sie, sagte Sutter.

Er schloß die Tür, in welcher der Schlüssel steckte, und hörte die Stöckelschritte sich entfernen.

Die Decke des belegten Bettes hob und senkte sich regelmäßig. Die Person schlief. Er löschte das Licht; langsam kehrte das Mondlicht zurück und erlaubte die Wahrnehmung jeder Einzelheit. An der Ruhe des fremden Atems änderte sich nichts. Zum Schmerz im Knie hatte sich ein übermächtiger Harndrang gesellt. Sutter starrte durch das Fenster, dessen Vorhänge nicht zugezogen waren, auf ein Stück Ebene hinaus. Es war geisterhaft hell. Der Weg lief seewärts, nur ging kein Mensch darauf. Und doch sahen die Bänke in ihrem regelmäßigen Abstand zueinander so aus, als warteten sie auf einen nächtlichen Gast. Der Ansatz der Halbinsel lag in doppelter Finsternis, während die Nadelhölzer auf dem Kamm wie Scherenschnitte in die kristallreine Höhe stachen.

Er stahl sich am näheren Bett vorbei zur Toilettentür. Sie knarrte wie eh und je. Er schloß sie nicht eher, als bis er sich die Positionen von Bad, Lavabo, Bidet und Kloschüssel eingeprägt hatte. Dann stand er in lückenloser Finsternis.

Gleich würde es hier laut werden.

Doch sein Unterleib war unter dem Überdruck erstarrt. Sutter tastete nach dem Hahn im Waschbecken, der sachte zu plätschern begann.

Viertelstundenlang, die klebrige Urinflasche mit ihrem kalten Hals ans Glied gedrückt, hatte er neben dem Spitalbett gestanden, zitternd von Schwäche und Schweiß. Das Wasser lief aus dem Hahn. Er ignorierte die Schwester, die eintrat, als er fast am Ziel gewesen war. Danke der Nachfrage, Sie haben gerade vereitelt, wonach Sie sich gütigst erkundigen. Erst als es nicht mehr darauf ankam, als er sogar das Animierwasser vergessen konnte. Da fing an ihm etwas zu zucken an und entschloß sich, kein Halten mehr zu kennen. Das war nach der Anästhesie, die reine Pflichtschuldigkeit. Und jetzt hätte er gemußt. Und konnte nicht. Fassung, Sutter.

Die nächste Szene, ungerufen. Neunzehn warst du auf den Tag. Ohne Geburtstag hättest du sie nicht auf die Bude gelockt. Um Musik zu hören, damals noch Langspielplatten. Ein Flötenkonzert mit Jaunet. Anne-Marie hieß sie, war französisch auszusprechen und lernte Flöte am Konservatorium. Ein Jahr stockende Bekanntschaft, viel herumgedruckst, herumgequetscht, und nie das richtige. Es war ja auch unvorstellbar. Aber nun lag sie da, ihr letzter Zug fuhr 11.48, über Nacht durfte sie keinesfalls wegbleiben, und als du auf ihr lagst, war es schon 10.50. Du fühlst den violetten Strickstoff noch in der Hand, du ziehst ihn hinauf, sie zerrt ihn herunter, schließlich bedeckt er sie nicht mehr. Als auch ihr Höschen weg ist und Anne-Marie so nackt wie geträumt, ist es dir längst gekommen. In die Hose, die hattest du nicht auch noch ausziehen können – zwei Augenblicke loslassen, und sie hätte sich bedeckt und aufgesetzt, tief erkältet, endgültig vergrämt. Und jetzt der Augenblick der Wahrheit. Was du herauskramtest, war nicht das Festeste. Und fing schon wieder zu zucken an, als es an diesem zarten Ungeheuer herumtastete. Zum zweiten Mal naß und noch nirgends gewesen. Dabei hatte Anne-Marie schon die Augen zugemacht und zu stöhnen angefangen. Du, nur einen Augenblick, du. Ich möchte mich auch nackt machen.

Ob sie einsah, warum du dafür aufs Klo rennen mußtest? Da standest du und versuchtest die Schüssel nicht zu sehen. Dachtest an Anne-Marie, die nackt auf deinem Bett lag und sich sehnte. Seit Monaten hattest du von diesem Augenblick geträumt. Dein Steifer grub erbarmungslos in der geträumten Anne-Marie herum. Fliegend wechseltest du die Schöße: es ging mit jeder. Bei Frl. Högger ließest du dich kommen. Frl. Högger war Angestellte im Elektrogeschäft, die du nur vom Grüßen und Bedienen kanntest, auch wirkte sie überaus gesetzt. Aber nicht mehr, wenn du ihr die im Jupe so zuverlässig verschweißten Beine aufgemacht hast. Dann kannte sie nichts mehr, und du auch nicht.

Nun erwartete dich Anne-Marie nackt, und du durftest nicht einmal an sie denken. Nachdem du ausreichend an Frl. Högger gedacht hattest, warst du soweit, mit einem Halbfesten in der Faust in die Bude zurückzurennen. Aber er brauchte nicht mehr fester zu werden. Anne-Marie saß angezogen auf der Bettsofakante. Vor lauter Arbeit warst du nicht dazu gekommen, dich nackt zu machen. Ein Glück. Wie hättest du dagestanden. Da nahm dich Anne-Marie in die Arme. Jetzt reichte es ihr noch auf den Zug. Sie versicherte, sie liebe dich sehr, sehr, und achte dich nur noch mehr. Du verdrücktest deine Erleichterung. Für maßlose Enttäuschung war morgen noch Zeit.

Danach hatte sich die Liebe als »Freundschaft« noch etwas hingeschleppt. Freundschaft zwischen Mann und Frau: das Seltenste, was es gibt, man darf es nicht mit Sinnlichkeit verderben. Und so war sie bald ganz zu Ende. Anne-Marie begann bei Jaunet zu studieren, nannte sich Marie-Anne, hat trotzdem nicht Karriere gemacht. Sie ist lesbisch geworden, wenn du recht gehört hast. Kein Trost, auch wenn du keinen mehr brauchst.

Vier Jahrzehnte später: jetzt. Wieder steht Sutter vor der Schüssel, im Dunkel, an der Wand zum Zimmer, in dem Ruth und er sich geliebt hatten, problemlos. Und ist auf dem Sprung. Doch was für einem: sich der Person, die in Ruths Bett lag, als Notfall zu präsentieren. Hilfe! Ich kann mein Wasser nicht abschlagen.

»Problemlos« – sein Hahn hatte das Lügenwörtchen kaum gehört, da hüpfte er und zeigte sich zum Ablaß bereit. Nur konnte Sutter keine Sekunde länger auf seinem Knie stehen. Er öffnete den Gürtel, drehte sich und tastete mit dem Hintern nach der Schüssel. Es ist ein Knie, sonst nichts, sagte er vor sich hin, und dabei begann er halb sitzend, halb angelehnt und an ein Leitungsrohr geklammert, auszufließen, fast lautlos.

Um so besser. Sutter hatte die Toilette gar nicht wirklich benützt. Er war nur hineingegangen, um der Person in seinem Bett Gelegenheit zu bieten, sich ebenso lautlos zu entfernen. Das Signal dazu hatte er gegeben, durch seinen sofortigen Rückzug, die taktvolle, aber entschiedene Verweildauer am stillen Ort.

Die Spülung betätigte er nicht. Händewaschen war unverdächtig. Licht machen durfte er auch. Sein Gesicht im Spiegel: besser nicht. Der Dreiangel am Hosenknie. Nun gut. Wenn noch jemand da war, der er sich zeigen mußte, dann als Verunglückter. Der mit einem vollen Tag hinreichend geschlagen war. Er trocknete die Hände und spürte Feuchtigkeit in der Unterhose. Hatte sie im Weibersitz nicht gut genug heruntergelassen. Diesen Tag mußt du noch überleben, Sutter.

Er öffnete die Tür, ging geradewegs durch Mondschein und Rosenduft und machte Licht.

Als die Blendung nachließ, lag die Frau nackt auf dem Rücken und hielt sich die Augen zu. Einen Schenkel hatte sie über den anderen geschoben, so daß von ihrem Geschlecht nichts zu sehen war. Um so krasser traten ihre Brüste hervor, und der bleiche weitläufige Mund, den sie, wie beim Blindekuhspiel, zu einem kleinen Lächeln geöffnet hatte.

Yalou, sagte er.

Du hast mich gesehen, sagte sie mit hoher Singstimme, mach das Licht wieder aus.

Er gehorchte, und als sich in der Finsternis das Mondlicht zurückmeldete, sah er, daß Yalukha auf dem Bauch lag. Sie tastete hinter sich und drapierte ihr langes Haar zu einer Schleppe, die ihr bis zu den Hüften reichte, bis zum Ansatz eines kindlichen Hinterns. In der Teilung zeigte sich ein Bündel dunkler Blätter, die bewimperte Frucht.

Ich sehe nicht, wenn du dich ausziehst, sagte sie, aber ich höre dich.

Um sich zu setzen, mußte Sutter ihre Kleider vom einen Stuhl wegnehmen, oder das Rosenbukett vom anderen.

Yalukha, sagte er, was sollen die Blumen.

Nichts, sagte sie vor sich hin und drehte den Kopf zur Seite, ohne die Augen zu öffnen.

Wie kommen sie in dieses Zimmer?

Wie kommst du in dieses Zimmer? fragte sie. Es gab doch kein Zimmer mehr.

Sie haben es frei gemacht.

Ja, sagte sie, als ich mit dem Manager geredet hatte. Wissen Sie, wer Gygax ist? habe ich ihn gefragt. – Leider nein. – Dann wird er sie *leider* auch nicht kennen, sagte ich. Da hat er angefangen zu zittern.

So machen Sie das, sagte er. Und woher bekamen Sie die Rosen? nach Ladenschluß?

Für mich gibt es keinen Ladenschluß.

Hier in diesem Beutel ist die Asche meiner Frau, sagte Sutter, morgen streue ich sie in den See.

Dein Problem, sagte Yalukha.

Er lachte wider Willen. Richtig, sagte er, darum kann ich diese Überraschung hier nicht gebrauchen.

Bitte hättest du sagen können, sagte sie. Sie stützte sich langsam auf Ellbogen und Knie und streckte ihm den Hintern entgegen.

Bitte, sagte Sutter. Zieh dich an.

Sie stand auf, ging zum anderen Stuhl und begann sich anzukleiden, als säße er nicht da, Schlüpfer, Strümpfe, Büstenhalter, das schwarze Plisseekleid, das helle Cape.

Ich habe noch etwas für dich, es dauert nicht lange, sagte sie. Bitte setz dich an den Tisch und stell die Rosen darauf.

Sie öffnete den Schrank und entnahm ihm eine Streichholzschachtel und zwei Kerzen, die sie auf dem Tisch anzündete. Dann breitete sie ihren Umhang mit beiden Armen weit aus. Sie drehte sich einmal um sich selbst und fragte: Wie sehe ich aus?

Wie ein Albatros, sagte Sutter.

Ich bin nicht ausgestorben.

Der Albatros auch nicht.

Du hast mich schön gemacht, sagte sie, schöner, als ich je gewesen bin.

Ich sehe dich heute zum ersten Mal von nahem, sagte Sutter.

Du hast mich vor dem Gericht gesehen.

Von weitem, sagte Sutter.

Nein, sagte sie, du hast mich besser gesehen als ich mich selbst. Ich habe gelesen. Leo liebt dich. Sie hat mir alles ins Gefängnis gebracht, was du geschrieben hast.

Ich glaube dir nicht, sagte er.

Das ist mir egal, sagte sie. Du bist ein Menschendichter. Darum bin ich zu dir gekommen. Du hast etwas Schönes geschrieben, jetzt mußt du etwas Häßliches tun.

Was? fragte er und wußte auf der Stelle, wovon sie sprach.

Ja, sagte Yalukha. Du mußt mich töten.

Sie beugte sich zu ihrer Tasche, griff hinein und versteckte die Hände unter ihrem Umhang. Dann streckte sie Sutter mit einer entschiedenen Bewegung einen kleinen, mit Perlmutt eingelegten Trommelrevolver entgegen. Er sah wie ein galantes Spielzeug aus.

Yalou, bitte! sagte Sutter.

Kein Bitte. Ich habe es für meinen Mann getan, und jetzt tust du es für mich. Sie drehte den Lauf des Revolvers gegen sich und schüttelte ihn fordernd.

Du hast einen anderen Mann. Jörg.

Dem erlaube ich nichts, sagte sie, schon gar nicht, mich zu töten.

Sutter atmete tief durch. Durch den Panzer seiner Erschöpfung schlich sich etwas Warmes, das sich in Übermut verwandelte. Er nahm Yalukha die Waffe ab und wog sie in der Hand. Sie war unerwartet schwer.

Yalukha hatte den Träger ihres Kleids von der linken Schulter gestreift und im Rücken den Büstenhalter gelöst. Im Kerzenschein sah Sutter zwischen Brustbein und linker Brust, die sie wegdrückte, ein schwarzes Kreuz.

Hier, sagte sie und deutete mit der Nagelspitze darauf. Sie ist geladen. Schwöre. Schwör bei allem, was dir heilig ist, daß du mich tötest.

Mir ist nichts heilig, sagte er.

Schwör bei Gott!

An den glaube ich nicht, sagte Sutter, und wenn ich es täte, so würde er mir nicht glauben.

Schwöre bei Ruth.

Da, sagte Sutter, hätte ich mit Schwören noch weniger Glück.

Gib die Waffe zurück! befahl Yalukha.

Er reichte ihr das Schießgerät über den Tisch. Sie nahm es und richtete den Lauf auf ihn.

Wenn du mich nicht tötest, flüsterte sie, tu ich's. Aber erst töte ich dich. Das schwöre ich. Ich *kann* schwören.

Sie sahen einander in die Augen. Sutter spürte keinen Luftzug, doch die Kerzen flackerten. Sie zeigten die Klarheit in Yalukhas Gesicht, und ihre Hand mit der Waffe war ruhig.

Dann tu's, sagte Sutter.

Einmal hatte er der Katze zugesehen, wie sie kauerte, Aug in Auge mit einer Amsel, die sie geschlagen hatte. Der eine Flügel des Vogels war geknickt, die Füße durchgebissen. Die Katze hatte ihn auf den Gartensitzplatz gebracht, um Sutter ein Geschenk zu machen. Dort ließ sie ihn fallen, er flog nicht mehr fort. Aber er lebte noch. Die gelb geänderte, starr geöffnete Pupille begegnete der spaltförmig geschlossenen der Katze wie eine Leere der andern. Auch die Katze rührte sich nicht. Der letzte Ausdruck des Lebens war nur noch Natur. Beide Geschöpfe erwarteten nichts mehr als den Tod. Eines duldete ihn, das andere fügte ihn zu.

Jetzt war die Ruhe von Yalukhas gestreckter Hand so vollkommen wie die Heiterkeit in seinem Herzen, auf das der Lauf der Waffe zielte. Tu's, hatte er gesagt, und dachte es mit ganzer Seele.

Sie ließ die Waffe sinken. War das gut? fragte sie.

Ja.

Und für dich?

Auch, sagte Sutter.

Sie sicherte die Pistole und schob sie in die Tasche zurück. Dann stand sie auf und griff sich mit beiden Händen an den Hals.

Würden Sie mir bitte helfen, sagte sie. Sie begann den Haarstrom mit den Fingern zu teilen und in Stränge zu kämmen, die sie einige Male anhob und wieder sinken ließ.

Tragen Sie es offen, sagte Sutter.

Ich bin keine junge Frau, antwortete Yalukha.

Er stellte sich hinter sie und begann, einzelne Strähnen festzuhalten, während sie andere bändigte und hochzustekken anfing. Dabei begegneten sich ihre Hände, ihre winzigen, seine stockfleckigen.

Mögen Sie Katzen? fragte Sutter, würden Sie meine Katze nehmen, wenn jemand mich totschießt?

Das erlaube ich nicht! rief sie und drehte sich so brüsk nach ihm um, daß der Haarknoten wieder auseinanderfiel. In ihrem Gesicht stand Empörung. Dann lächelte sie. Ihnen passiert nichts mehr, sagte sie.

Diesmal gelang es gemeinsamer Bemühung, die Krone auf Yalukhas Kopf zu befestigen.

Wer ist Ihnen zu Hause behilflich?

Leo, sagte sie, aber ich kann es auch allein.

Noch stand er dicht an ihrem Rücken. Und während er Wärme aus ihrem dünnen Kleid steigen fühlte, richtete sich ohne Warnung das Geschlecht zwischen seinen Beinen auf.

Unmöglich, daß sie das nicht spürte. Doch sie rührte sich nicht.

Wenn Sie sich auszögen, sagte Sutter.

Ich ziehe mich nicht mehr aus. Sie müssen das tun.

Als er sie umdrehen wollte, sperrte sie sich. Warum nicht so? sagte sie.

Sie beugte sich über das Fußbrett des unberührten Bettes und fand es zu hoch. So führte sie ihn, ohne sich umzusehen, an seinem Mannsglied, das sich befreit hatte, zur Bettseite, legte den Oberkörper darüber und den Kopf auf die Arme. Ruths Bett.

Er schlug Yalukhas Kleid auf und legte es ihr, samt dem Umhang, über den Kopf. Dann zog er Strumpfgürtel und

Schlüpfer herunter, und sie trat sich, nach den Schuhen, beides von den Füßen wie Schlingzeug, in dem man sich nicht verfangen will. Sutter legte die Hände auf Yalukhas Hüftknochen und befühlte die zierlichen Zinken. Ob sie sich daran führen ließ? »Geführt« fiel ihm ein, die rätselhafte Anschrift in Kreide, mit Datum, die er als Kind im Kuhstall des Nachbarn gelesen hatte, unter den Namenstafeln der großen Tiere, die ihm ihre Hinterteile zukehrten: weitläufige, geschlitzte Landschaften, die mürbe aussahen und von denen eine spitzgedrehte Kotsträhne herabhing oder, wenn sie geschwollen waren, ein Faden Blut.

Über der üppigen Pfingstrose die kleine Sandrose. Sie möchte ungesehen bleiben. Versiegelt und verkniffen sitzt sie auf der Naht. Nur der Notdurft will sie gehorchen, und keinesfalls vor Zeugen. Sollte Genuß nicht nur beim Essen, auch bei der Ausscheidung sein, so bleibe er verschämt. Den lernt das Geschöpf, wenn es ein Mensch ist, sogar sich selbst verheimlichen, sonst wird es nicht als solcher angesehen. Das haben wir gemeinsam, Mann und Frau, das geschämige Ende der Leiblichkeit. Hier fürchten wir zu stinken. Dieses Örtchen hüten wir vor Bruder und Schwester wie vor uns selbst. Seine Bescheidenheit trügt. Es hütet ein Geheimnis, tiefer als das Geschlecht. »Man weiß nie, wofür etwas gut ist.« Vom After weiß man es gut genug. Ihm ist nicht nur mit Anstand gedient. Ich bin sicher, Ruth, ich hätte dich riechen können. Was für ein Elend, daß dir erst der Krebs diese Stelle öffnen durfte. Am Ende hast du einen See dazu verschwendet, dich von diesem Scheißleben rein zu waschen.

Erinnerst du dich an das Märchen aus dem Morgenland? Da hieß ein junger Mann Said, der hatte zwischen zwei Kästchen zu wählen. »Glück und Reichtum« versprach das eine, »Ehre und Ruhm« das andere. Das Märchen erlaubte keinen Zweifel daran, welches zu wählen war. Ruth und er hätten das andere gewählt. Was sollten sie mit Ehre und Ruhm! Nimm das Glück, Sutter, mit dem Reichtum werden wir auch noch fertig. Warum, Ruth, hast du hinterrücks doch das andere gewählt? Du hast an dich gehalten, welche Ehre; du hast davon keinen Ruhm gehabt als einen tapferen Tod.

Sutter beugte sich über Yalukha, holte ihr Kleid von der Schulter zurück, legte es wie einen Vorhang über ihren nackten Leib und bedeckte ihn damit. Sie richtete sich auf, setzte sich aufs Bett und betrachtete Sutter. Sein Mannsglied stand unvermindert aus der Hose, und sein Gesicht war tränenüberstömt.

Nach einer Weile sagte sie: Ich weiß genau, warum du nicht gekommen bist.

Warum? fragte Sutter.

Du hast an Jörg gedacht, sagte sie. Du wolltest mich nicht nehmen, wie er mich. Das erste Mal. Das hat dich gestört.

Er lächelte. Du denkst an viel, sagte er.

Jetzt sah sie ihn finster an. Oder stinke ich? fragte sie.

Ich habe noch an keinem Menschen lieber gerochen.

Schwörst du? fragte sie.

Ich schwöre, sagte er.

Was hast du so lange auf dem Klo gemacht?

Ich wollte pissen, sagte er, und konnte nicht. Ich war zu aufgeregt.

Bist du sicher? fragte sie.

Sieh mich an, sagte er, kein Mann in diesem Zustand kann pissen.

Ich muß auch, sagte sie. Bitte nicht zuhören. Sie nahm Unterkleider und Tasche und verschwand in der Toilette.

Als sie wiederkam, hatte sie sich hergerichtet. Ihr Mund war tiefblaß geschminkt.

Noch einen Kuß, sagte sie.

Er beugte sich über ihr Gesicht und streifte mit seinen trockenen Lippen über ihre fettig geglätteten.

Noch mal richtig, sagte sie, für Leo.

Er hatte Yalou an den Hüften gefaßt und hielt sie von sich weg. Für Leo? fragte er. Warum für Leo?

Ich komme von ihr.

Ich verstehe dich nicht, sagte er.

Dann lies, sagte sie. Ich habe einen Brief für dich.

Als er den Brief nicht abnahm, legte sie ihn aufs Bett.

Affe, sagte sie. Warum schaust du so? Du hast es doch als erster gewußt. Und in die Zeitung geschrieben.

Was?

Ich kann es dir nur mit meinen Worten sagen.

Sag es mit deinen Worten.

Daß sie mir ihren Mann ausgeliehen hat, sagte Yalukha. Er hat mich ein wenig aufgeregt. Aber geliebt habe ich nur einen Mann, und auch das hast du geschrieben.

Hellmuth, sagte er.

Du hast es gespürt, sagte sie, du und Leo, sonst kein Mensch.

Und jetzt hat Leo dich mir – ausgeliehen? fragte er ungläubig.

Du siehst zum Verlieben aus, rief sie, so dumm! Lies den Brief. Aber lies ihn nicht gleich! sagte sie, legte ihm die Arme um den Hals und preßte sich an ihn. Lies ihn morgen, wenn du wieder gute Laune hast, sonst ist es zu schade. Sie legte ihm die Hand auf den Mund. Und was ist mit deinem Knie?

Was soll sein? fragte er.

Siehst du, sagte sie. Wir haben dich geheilt.

In der Tat, sagte Sutter.

Leo prüft dich, sagte Yalukha, sie hat einen Auftrag für dich. Sei klug. Und nicht so ernsthaft! lachte sie und gab ihm einen kleinen Schlag auf sein Glied, das inzwischen vom Fleisch gefallen war. Ich komme wieder, und dann machen wir ein Kind.

Sie zog seinen widerstrebenden Kopf zu sich herab und flüsterte ihm ins Ohr, in dem ihr Atem zischte und schnalzte: Sie möchte ein Kind von dir, du bist noch ein junger

Mann. Aber, sagte sie, und trat von ihm weg, du mußt den Kuhstall zumachen.

Kuhstall, wiederholte er ungläubig, als er ihre leichten Schritte draußen verklingen hörte.

42

Als Sutter erwachte, lag der Raum in einem Grau ohne Gewicht. Mochte sein schwerer Kopf im Dunkel verharren: was draußen herrschte, konnte keine Abenddämmerung mehr sein. Also war es früh.

»Morgenrot! Klabund! die Tage dämmern!« Doch hatte ihm der Traum ein anderes Wort auf die Zunge gelegt. Seine Lippen konnten es noch nachsprechen: »Wir fahren mit dem Kahn in großem Bogen.« Auch das Bild dazu ließ sich zurückrufen. Doch nahm hinter den geschlossenen Lidern nicht nur seine Lichtstärke ab, auch seine Tiefe im Raum verflachte sich, und zugleich veränderte es die Materie. Dem Traum-Ursprung näher, war es ein Gebirge aus metallisch schimmernden Baumhäuptern gewesen, die sich hier buchenförmig, dort lindenartig, doch stammlos, von Windschauern gelockert aus schwarzem Gewässer in einen taghellen Sternenhimmel erhoben. Dann entkörperten sich die Baumkronen und fingen an, getrockneten Pflanzenblättern zu gleichen, die Sutter aus einer Tabakreklame kannte. Dabei wußte er, daß sie in ein Herbarium gehörten, und betrachtete sie durch das Vergrößerungsglas, hinter dem sie festgepreßt waren. Bald waren auch Papierstreifen zu sehen, die das Laub befestigten, und er stellte fest, daß die kleinen Balken einseitig gezähnt waren. Es handelte sich um die Ränder der Briefmarkenbogen, die sein Vater abgetrennt hatte, um sie als Kleber wieder verwenden zu können. Sutter erinnerte sich, wo sie ihm wieder vorgekommen waren: in Herrn Kienasts Briefmarkensammlung. Er hatte sie in brüchig aussehenden Cellophan-Täschchen verwahrt, im Album »Ganze Schweiz«.

Zugleich gehörte das inzwischen gelb verfärbte Blattwerk in das Herbarium, das Sutter als Kind angelegt hatte. Da waren die Dörrpflanzen mit blau geränderten Etiketts angeschrieben, wie sie die Mutter zur Beschriftung der Gläser mit selbstgekochter Konfitüre verwendete. Der Traum schrieb deutsche Fraktur, die aber so verblaßt war, daß Sutter sie nicht mehr lesen konnte. Dennoch war ihm klar, um welche Blätter es sich ursprünglich gehandelt hatte: um Sassafras. In Kanada war Sutter nie gewesen und wußte doch: die gepreßten, gelappten Blätter mit den starken Rippen waren kanadischer Sassafras, nichts anderes.

Dann gaben ihre Konturen nach, das Bild schmolz in eine gestaltlose Helligkeit hinter den Lidern, die Sutter an das Ende von Lichtbildervorträgen seiner Kindheit erinnerten. Er seufzte unwillkürlich. Dann öffnete er die Augen.

»Wir fahren mit dem Kahn in großem Bogen.« Er hatte das Buch bei sich und konnte die Stelle suchen.

Er setzte sich im Bett auf, immer noch angezogen, sogar die Schuhe steckten noch an seinen Füßen. Die Armbanduhr zeigte halb sechs. Das Zimmer: der weiße Rosenstrauß, der im noch unentschiedenen Tageslicht aus sich selbst zu leuchten schien, die Kerzen auf dem Tisch. Unter dem Fenster der braune Lederkoffer, an dem die weiße Plastiktüte lehnte; auf ihrer schlaffen Haut zeichneten sich die Kanten des Kistchens ab. Die Steine lagen immer noch im Kofferraum.

Er erhob sich, dabei knisterte es unter ihm. Es war der »Auftrag«, den ihm Yalukha hinterlassen hatte.

Er las den Brief, einmal, dann ein zweites Mal. Er sah sich nach einem Aschenbecher um. Im alten »Bazzell« hatte es solche gegeben, trotz begründeter Brandgefahr. Die neue Menschenart rauchte nicht mehr, sie lernte erzählen.

Er trug den Brief ins Badezimmer, legte die Blätter ins Bidet und steckte sie in Brand, eins um das andere. Die Flamme schlug höher auf, als ihm geheuer war. Er sah zu, wie sie die Handschrift anschwärzte und sie zu fast nichts einschnurren ließ. Als er den Umschlag nachschob, gab es einen Knall wie von einem Schuß: das historische Bidet, mit dem schwungvollen Namenszug eines Herstellers aus Sheffield, war gesprungen. Aber Feuer läuft nicht aus, und so beendete es sein Geschäft des Zurückbuchstabierens, bis sich sein letztes bläuliches Zünglein ins Nichts zurückzog.

Sutter starrte auf die schwarzen Reste, die gelbbraunen Schmauchspuren auf dem Porzellan, den durchgehenden Riß, aber da das Bidet zusammenhielt, ließ er, nachdem er die Aschenblättchen mit beiden Händen in die Toilette umgeschaufelt hatte, an beiden Orten Wasser laufen; dazu scheuerte er die Wände des Bidets mit dem Handtuch.

Lies weiter im Guevara.

Er ging zu seinem Koffer, öffnete ihn und entnahm ihm ein Buch. Auf dem Vorsatzblatt stand »Ruth Rohner« in der huschenden Kinderschrift, die Ruth ein Leben lang beibehalten hatte. Hier hatte sie noch auf jeden einzelnen Buchstaben Wert gelegt. Später war sie, immer noch aufrecht, in rascheres Fliehen geraten, aber dank vieler widerstrebender Züge machte ihre Schrift nie einen flüchtigen Eindruck. Schon zu ihrer Studienzeit wäre es nicht Ruths Stil gewesen, ihren eigenen Namen anders zu behandeln als die Namen aller übrigen Dinge, etwa flotter oder mit Kunst.

Sutter erinnerte sich, daß Ruth den Verfasser einen finsteren Zauberer genannt hatte, der ihrem Prinzen Loris mit den kurzen Hosen zu nahe getreten war, ohne ihn verhexen zu können. Vielmehr habe die Begegnung den Zauberer versteinert. Wenn man Ruths Leidenschaft für Steine kannte, wußte man, daß der Versteinerte davon nicht weniger genießbar geworden war. Einen klingenden Marmorblock nannte sie ihn, einen Luzifer auf tönernen Füßen. In Ruths mädchenhaft verziertem Band stieß Sutter auf die Adern des Marmors, die verschwiegenen Bruchstellen, von denen er lebte. »Der hügel wo wir wandeln liegt im schatten / Indeß der drüben noch im lichte webt / Der mond auf seinen zarten grünen matten / Nur noch als kleine weiße wolke schwebt.«

Früher wurde das beste Papier aus Lumpen gemacht, dachte Sutter, und ich habe mich gefragt, woher die Papiermühlen so viele Lumpen genommen haben. Papiermühlen, auch das war einmal ein Wort aus der Ferne, wie Sassafras, und wenn einem diese Ferne abhanden kommt, kann er verschwinden. »Der dunkelfalter zwei die sich verfrühten Verfolgen sich von halm zu halm im scherz. Der rain bereitet aus gesträuch und blüten Den duft des abends für gedämpften schmerz.« Ruth, Ruth, dachte Sutter, bis ihm die Tränen kamen. »Nur daß du meinem schutz dich nicht entfernst Bevor das scharfe licht ersterbend loht Und dir der gartenwald versöhnlich ernst Mit seinen schatten wieder abend bot. Wenn gras und furche auf dem pfad versteinen, Gehäufter reif die wipfel beugt, versteh« ... Sutter konnte nicht weiterlesen, er glaubte zu verstehen. »Wir waren glücklich bloß solang wir einst Nicht diese Hecken überschauen konnten.« So ist es, wenn das ist, schluchzte Sutter, blätterte weiter, und endlich hatte er es gefunden.

»Die wespen mit den goldengrünen schuppen
Sind von verschlossnen kelchen fortgeflogen,
Wir fahren mit dem kahn in weitem bogen
Um bronzebraunen laubes inselgruppen«.

Hier oben weiß das Laub nichts von Bronze. Der weite Bogen – geschenkt. Und jetzt an die Arbeit.

Er nahm die Zahnbürste aus seinem Necessaire, das Ruth »Kulturbeutel« genannt hatte, ging ins Badezimmer und putzte sich umständlich die Zähne.

Die Zahnbürste ließ er im Glas stehen. Den Koffer schloß er zu und stellte ihn an die Wand. Das Buch mit dem gestreiften Einband legte er auf Ruths Bett. Er zog die Jacke an und klopfte an seine Tasche. Die Bootsschlüssel machten sich fühlbar. Noch einmal blickte er auf die Uhr, bevor er sie auf dem Nachttisch hinterlegte. Zwanzig vor sieben. Im Haus waren Geräusche zu hören. Die Erzähler rappelten sich auf, beim Nationalrat blieb es noch still. Dann nahm er die Plastiktüte bei den Griffen, ihm schien, sie wiege leichter als gestern.

Ohne sie nahm sich das Zimmer aufgeräumt aus.

43

Wer in der HHH-Akademie, vormals Pension Bazzell, zwischen Frühstück und Tagungsbeginn (um halb acht), durch das Fenster nach dem Wetter, also mit Vorzug gegen Maloja geblickt hätte, wo nicht selten unheildrohendes Gewölk über die Talschwelle zu brauen pflegt; wer dann Licht- und Sichtverhältnisse auf der Margna geprüft hätte – mit der Gelassenheit des Betrachters, dessen Einsatz nicht an der Kletterwand gefordert ist, sondern nur in den vier Wänden der ehemaligen Gastwirtschaft; wer also am Fenster gähnend auf Bereitschaft zur Verdauung gewartet hätte, sich dafür eine der verpönten Zigaretten gönnte, um ein paar Minuten später aus fröhlichem Leib der Konkurrenz das Nötige erzählen zu können; wer sich aber auch vom Zeitdruck den Blick in die von Nietzsche zu Recht gefeierte Gegend nicht hätte rauben lassen: der konnte um 7.15 Uhr einen einzelnen Mann über das offene Feld sich entfernen sehen.

Und sollte später jemand nicht nur nach dem Zeitpunkt, sondern auch nach Erscheinung und Ausrüstung dieser Person befragt werden – die Polizei verlangt, wie das Seminar, daß Einzelheiten die nötige Beachtung geschenkt wird –, muß von einem älteren Mann im ockerfarbenen Cord und von gelben Wander-, eigentlich nur Turnschuhen die Rede sein, von einer Schirmmütze, die auch nicht mehr die jüngste gewesen sein kann, sowie von einem olivgrünen (oder feldgrauen?) Rucksack, den der Abgehende auf sich trug.

Eine junge Akademie-Mitarbeiterin bezeugt, daß sie ihn, so ausgerüstet, schon von seinem Wagen hat weggehen sehen und daß er sich den Rucksack wie einen Fallschirm auch noch über dem Bauch festgegurtet habe. Offenbar hatte er eine Bergtour mittleren Schwierigkeitsgrads vor, die er freilich, wie sie gleich gedacht hatte, nicht alleine hätte unternehmen dürfen. Auch sein Schuhwerk fand sie nicht passend. Weiterhin hatte sie befremdet, daß er seinen Proviant, oder was immer, in einem unhandlichen Plastikbeutel mitführte. Die sportliche junge Dame hatte sich von alledem »im Kopf eine Notiz gemacht«, ohne seminarseits dazu verpflichtet zu sein; diese mentale Übung sollte ihrem Zeugnis später zustatten kommen. Den leicht unsicheren Gang des »Senioren« hatte sie der ungünstigen Verteilung seiner Traglasten zugeschrieben.

Um andere Sonderbarkeiten des Mannes, etwa hörbare Atemnot oder mutmaßliche Kurzsichtigkeit, »auf der Strekke« bzw. »vor Ort« zu registrieren, mußte man besser positioniert sein, wie weitere Zeugen, welche die frühe Stunde zum Jogging genützt hatten. Der Mann war nach ihrem übereinstimmenden Eindruck tatsächlich unsicher, dabei jedoch zügig gegangen. Lange nachgesehen hatte ihm aber niemand. Der Gong hatte die Teilnehmer zu ihrem eigenen Atemtraining gerufen sowie zu bestimmten Meditationsübungen, durch die man auch *indoors* dazu gelangt, »sich wieder zu spüren«.

Sutter hatte den baumgeschützten Rastplatz über dem Bootssteg erreicht, wo »das höchste Kursschiff Europas« anlegt; das freilich tut es um diese Stunde noch nicht. Ruth und Sutter hatten die kleine Fahrt vor Jahren gemacht, an einem Tag, der ähnlich bedeckt gewesen war wie der heutige. Hie und da hatten sie ein Wort mit dem Bootsmann gewechselt und dabei gefroren bis ins Mark. Sutter hatte den wortkargen Mann über Renovationsvorhaben an der »Alpenrose« vernommen, dem majestätisch ausgedienten Kasten, der am Eingang zur Plaun da Lej seit Jahren vor sich hin ödete, ruiniert und schon halb ausgeweidet. Jetzt sollte aus ihm ein Vorzeigestück raffinierter Parahotellerie werden, in dem Eigentumswohnungen an meistbietende Teilzeitgäste zum Verkauf kamen. Sutter gönnte sich die luxuriöse Altersphantasie und versuchte Ruth mit der nötigen Vorsicht darauf einzustimmen, denn ohne ihr Erbvermögen wäre an eine Verwirklichung nicht zu denken gewesen. Doch Ruth hatte sich alleine hinausbegeben, um an der Brüstung zu lehnen und sich die vorwinterliche Landschaft ins Gesicht wehen zu lassen. Damals war von ihrer Krankheit noch keine Rede gewesen, erst von einer drohenden Verkühlung; und um dieser vorzubeugen, war Sutter, jetzt wieder wortlos, neben sie getreten und hatte seine Windjacke um ihre Schultern gelegt.

Jetzt löste er den blau gestrichenen Kahn von der Kette, zog ihn daran bis auf die Kiesbank und tat den Schritt ins Boot, wo er seine Lasten, Rucksack und Tüte, ablegte, um die Fessel aufzuschließen, mit welcher der Bootsmann die Ruder befestigt hatte. Eines verwendete Sutter dazu, sich vom Ufer loszustaken. Als er das Boot frei tänzeln fühlte, legte er beide Ruder in die Dollen und faßte die Holme, an denen er, ungeschickt erst, zu ziehen anfing. Bald aber war offenes Wasser gewonnen, er legte sich in die Riemen und spürte mit zunehmender Sicherheit, wie dem Widerstand des Wassers zu begegnen war, Stoß um Stoß, mit Kraft zwar, doch ohne Gewalt und mit immer weniger Geräusch.

Er ruderte mit dem Rücken zur Fahrtrichtung, aber ein

Blick über die Schulter sagte ihm, daß die Wasserweite leer war. Glasklar, windkalt breitete sie sich im diesigen Licht aus, dessen Quelle, von bewegungslosem Gewölk verdeckt, über dem Corvatsch-Massiv nur zu erraten war. Je weiter sich Sutter vom Schutz der ausladenden Halbinsel entfernte, desto fühlbarer kämpfte der Kahn mit den kurz und hart nach seiner Wand schnappenden Wellen, desto schärfer spürte der Rudernde den Wind gegen die Stirn, die sich bei der ungewohnten Tätigkeit mit Schweiß bedeckte. Er hatte die Wolkenküche im Rücken, doch über die Bergflanken, die das Tal nach Nordosten begleiteten, gewann die Sonne Gewalt, gedämpft, doch klar und durchsichtig wie im Traum. Die von Geröllsträhnen gezeichneten Hänge der linken Talseite, die diskreten Gipfel dahinter hatten Morgenlicht gefangen und begannen ihr Dunkelviolett, von einzelnen Schneeadern durchzogen, in feines Lila zu verschieben, das stufenlos in das warme Gelbbraun der Hochmatten und dieses in das immer tiefere Grün der Nadelwälder überging. Die Halbinsel war erst in Spuren beleuchtet, doch über die Ebene huschten, wie vom Wind angefacht und schnell wieder gelöscht, die irrenden Sonnengeister.

Sutter hätte nicht angeben können, zu welcher Stelle er fuhr, doch war er sicher, sie würde ihm angezeigt. Im Boot begleitete ihn ein Gefühl für die Tiefe, die sich unter ihm ausbreitete. Er vermutete sie hinreichend in der Nähe der felsigen, zu seiner Linken schroff ansteigenden Geländestufe; ihre äußerste Stellung hielt das »Waldhaus« besetzt, das seine blitzenden Fenster spielen ließ. Er hoffte es zum Verschwinden zu bringen, wenn er stärker links hielt, gegen die dunkle Wand.

Der nächste Blick über die Schulter zeigte ihm eine weitere Störung. Das rotgelb gemusterte Segel eines Surfers bewegte sich, von Isola kommend, in die Seefläche hinaus. Es machte Fahrt, die es mit plötzlichen Wendungen unterbrach, dann verschwand das kleine Dreieck einen Augenblick, wie vom Wasser verschluckt, um dann, wie es Sutter schien, vergrößert wieder aufzutauchen. Deutlich war die insektenhaft dünne Gestalt an der Stange zu erkennen, die sich, bei geöffnetem Schritt, weit hinauslehnte, um das schiefliegende Dreieck dann wieder näher zu ziehen und ihm, selbst verschwindend, eine neue Richtung zu weisen. Immer unverkennbarer nahm es diejenige auf Sutters Boot. Der Segler nützte den frisch gewordenen Wind, gegen den Sutter schwitzend anruderte, zu einem nahen Zusammentreffen.

Um ihm auszuweichen, steuerte Sutter weiter links und suchte die Deckung der Inselchen, die dem von Isola her sich ausbreitenden Delta vorgelagert sind. Aber da die Waldstufe dahinter zurücktrat, schien auch die Wassertiefe abzunehmen. Die gewellte Glasschmelze verfärbte sich in helles Vitriol, in dem schwarze Streifen auf bewachsenen Grund deuteten und das Heraufsteigen von Sandbänken vermuten ließen. Hier wollte Sutter seine Last nicht loswerden. Im tieferen Wasser aber drohte die Begegnung mit dem Geschöpf einer anderen Welt, das nimmermüde seine Figuren auf die offene Wassertafel zeichnete. Beim ersten Lichtschein hätte Sutter aufbrechen müssen, um den See dieses einzige Mal für sich allein zu haben. Jetzt fühlte er sich gedrängt – zur Rücksicht, oder schlimmer, zur Übereilung.

Sutter ließ die Ruder sinken und atmete. Geräusch von Fahrzeugen in annehmbarer Entfernung. Von irgendwoher klapperte ein Hubschrauber, der einen Notfall zu transportieren hatte oder ein Stück Fallholz. Über die Maloja lappte eine Wolkenzunge, ohne sich zu rühren, ihren obersten Rand nur kräuselte der Wind, und auf den Locken hüpfte schwaches Sonnenlicht.

Einstweilen war der Surfer außer Sicht. Sutter ließ die Ruder hängen und balancierte zum Heck des Bootes, wo er kniend den Rucksack aufschnürte. Er entnahm ihm einen Sack aus heller Jute, den zwei Dutzend Steine beschwerten.

Er griff hinein, wie in einen Kasten mit Losen, und als erstes stieß seine Hand auf die drei leichten, aus Nadelspitzen gefertigten Körper; behutsam fühlte er über die fein gestachelte Rundung, bevor er sie mit festem Griff umschloß, jede Kugel einmal, bevor er sie herausnahm und in den freien Raum zwischen den Spanten legte, wo eingesickertes Wasser plätscherte; hier rollten sie ihm nicht fort. Wieder griff er in den Sack, bekam einen Stein in die Hand, betastete ihn und zog ihn durch die Öffnung ein kleines Stück ans Licht. Kantig, keine halbe Hand groß, schimmerte er in fast schwarzem Dunkelgrün wie ein Stück geronnene Flut. Er wog auffallend schwer und sah bearbeitet aus, doch fühlten sich die Flächen glatt wie Seide an, als wären sie im Feuer angeschmolzen. Vielleicht hatte ihn ein vorzeitlicher Jäger so gefunden und zum Schaben von Tierhaut verwendet, oder als Pfeilspitze. Sutter legte ihn in den Sack zurück. Die andere Hälfte der Steine, die im Rucksack zurückblieb, machte diesen immer noch schwer genug.

Der liegende Kahn schaukelte, und Sutter fühlte den Schwindel, der ihn beschlichen hatte, stärker werden; er mußte das Werk bald zu Ende bringen. Er sperrte das schlaffe Maul des Plastikbeutels auf und sah das helle Kistchen noch einmal auf seinem Grund schimmern. Früher nahmen sie Bleisärge, Ruth, wir tun es mit 60% Rabatt. Er drehte den Plastikbeutel so oft um sich selbst, bis seine Aufschrift unlesbar geworden war und er satt um die Holzkiste saß; dann faßte er den streng gewundenen Pfropfen mit den Zähnen bei der Wurzel und schlang die bereitgehaltene Kokosschnur darum, doppelt und dreifach, bevor er sie aufatmend verknotete, und als das getan war, sprang das freigelassene Ende wie eine Kunstblüte auseinander. So hob er das Bündel – daß es plötzlich kaum zu tragen war, mußte am Zittern seiner Arme liegen – in den Jutesack, in dem es auf der steinernen Grundlage festsaß wie eingegossen. Zuoberst blieb immer noch so viel Raum für die drei Silser Kugeln, daß sie, wenn er das Ganze verschnürte, nicht zu leiden brauchten. Er legte sie auf das Kistchen, wo sie sich nicht mehr rührten.

Aus der Außentasche des Rucksacks zog er eine goldene Taschenuhr. Sie lag an einer langen Kette und hatte Ruths Großvater gehört. Sie stand längst still, und Ruth hatte die Zeiger auf ihre eigene Geburtsminute gestellt: 11.17 Uhr. Vormittag, Vormitternacht? Leonore hatte Ruth ein Horoskop gestellt. Der Tod war darin nicht vorgesehen. Beim Datum von Ruths Geburtstag pflegte sich Sutter zu irren, und Ruth lachte: du kennst ja deinen eigenen nicht. Die Minute aber sollte sie anzeigen, Großvaters Uhr, dafür war sie noch zu brauchen. Jetzt, Sutter, bin ich geboren für immer.

Sutter löste die Uhr von der Kette und legte sie zwischen die drei Silser Kugeln. Er wog die schwere silberne Kette in der Hand. Jetzt binde ich den Sack zu, Ruth, mit einem Knoten, den die Zeit so bald nicht öffnen soll.

Sutter brauchte nur noch so viel Kraft, den Sack über die Bordkante zu hieven, und das Gewicht in seinen Händen wollte ihn gleich nachziehen; doch als es die Wasseroberfläche berührte, ließ es nach, gerade so weit, daß er ihm ein stark schwankendes Gegengewicht zu halten vermochte. Ruth die Erste, die Letzte. Komm nicht wieder, spar dir die Totenmüh. Wir machen es anders. Dir blüht noch etwas.

Sutter verkrampfte die Beine nicht mehr, er ließ sie sich wiegen, dem Wellentakt entgegen, und ohne daß er viel zu tun brauchte, fielen sie ganz von selbst in einen kleinen Tanz ohne Schwere. In unvergleichlicher Klarheit sah er die Weite des Wassers vor sich liegen, dessen Spiegel gegen Maloja hinüber so weit gegen den Himmel erhoben schien, daß es Sutter so vorkam, als könne es nur noch überfließen. Dabei schwebte es verhalten in größter Stille. Hinter der Bastion der Margna schien die Landschaft abzubrechen, so daß aus dem Hintergrund nur noch ein paar versinkende Spitzen über den flüssigen Horizont zurückblickten. Doch war ihnen immer noch, selbst an diesem nördlichen Tag, die Spur eines heiteren Südens anzusehen, zu dem sie weiterflohen, während das hohe Wasser im Licht eines vollkommen durchsichtigen Abschieds zurückblieb.

Schon fast mutwillig vorgebeugt, hielt Sutter den Sack an der Kette fest und prüfte, ob sie sich nicht lockere, wenn die Schwerkraft an dem Gebilde zog, dessen gerafftes Ende er in beiden Fäusten hielt, eine Krone aus Bast. Er sah zu, wie sich der Sack, von der Nässe verdunkelt, im Wasser auseinandertat, denn nicht alles an ihm wollte gleich untergehen. Du konntest immer gut schwimmen, Ruth, viel besser als ich. Im Meer, im See oder im Schwimmbecken: jedes Mal bist du mir mühelos davongeschwommen, während ich Wasser gehackt habe wie ein Holzfäller. Sinke leicht, Ruth, aber zuverlässig.

Sutter lehnte sich zurück, während er den Sack im Wasser baden ließ; mit weiß gewordenen Fingern schwenkte er ihn neben dem Bootsrand hin und her, wie einen Teebeutel, der noch etwas ziehen muß. Einmal hin, einmal her, dann kannte das Gewicht in seiner Hand die Richtung, und Sutter ließ es fahren.

Er sah dem Körper nach, der nun versank, ohne Zögern, aber auch ohne Hast. Über ihm schloß sich das Unbestimmte. Sutter nahm den Rucksack auf und schlüpfte in die Tragriemen, nicht ohne zuvor alle Taschen verschlossen zu haben. Er setzte sich auf das Brett am Heck und drehte sich so, daß die Füße ins Wasser hingen. Während er den Riemen vor seiner Brust festzog, spürte er die schneidende Kälte des Wassers, und doch zögerte es noch, durch Schuhe und Strümpfe einzudringen. Dann kamen die Blasen.

Sutter staunte, das hatte er nicht vorausgesehen. Und doch war es nur zu natürlich. Ganze Trauben von Blasen stiegen zur Oberfläche und schossen mit einem hörbaren Hüpfen der Erleichterung an die Luft. Es folgte ein Nachtrag, noch einer, und immer noch gab es etwas Kleines zu melden.

Das zarte Gewitter aus der Tiefe schien sich erschöpft zu haben, und doch ließ Sutter sich noch nicht fallen. Er wartete mit den Augen. Und es kam noch etwas nach, sparsam, vereinzelt, Blasen zu zweit, zu dritt, man konnte sie zählen. Und auf einmal ein kleiner Blasenkranz, das bescheidene Schlußbukett, das noch ein paar Augenblicke an der Oberfläche weiter trieb, bevor es verging; als wäre es aus anderer Luft, die jemand angehalten hatte, Atemluft.

Wenn das ist, sagte Sutter.

44

Es kommt darauf an, ausgelitten zu haben. Alles vorher ist nicht schön.

Mit dem Tod um dein Leben zu kämpfen, wie es heißt, ist gar nicht schön. Aber wer so redet, gibt schon zu erkennen, daß er nicht weiß, wovon. Er bleibt auf der Seite dessen, was er »Kampf« nennt. Geht es ans Sterben, so fängt eine andere Sorte Erleben an, und die Redensarten bleiben zurück.

Gegen den Tod um dein Leben kämpfen heißt an einem Seil hängen oder auch an einem Faden, und sich daran wieder herausziehen, oder eben nicht. Wenn ja, kann die Geschichte, die du Kampf nennst, noch etwas weitergehen, und wir können ihn erzählen; davon zu reden brauchen wir nicht. Wirst du aber nicht herausgezogen, bleibst du hängen, bis alle Stricke reißen, so kannst du auch die Seilschaft der Worte weiterziehen lassen. Du stehst an einem anderen Berg.

Ein Name wie »Todeskampf« wird erst verdient, wenn du nicht mehr um dein Leben kämpfst, sondern für deinen Tod. Du hast den Schritt getan, und nun taucht jemand auf, der an dir festhält. Du hast die Kälte schon hinter dir, auch das Gröbste dessen, was man Ersticken nennt und was gar nicht schön sein kann; doch die erste Lektion dürfte dir aus den sogenannten Lebensschulen schon bekannt sein, der gefürchteten Schwimmschule in deiner Kindheit zum Beispiel, oder durch einen glatten Lungendurchschuß. Die erste Lektion war ein Ereignis, an das du dich nicht erinnerst: die Geburt. Von einem gewissen Punkt an, wollen wir doch hoffen, münden alle Todeskämpfe in den ruhigsten, den Tod durch Erfrieren im Schnee. Es kommt nur darauf an, ausgelitten zu haben und zu erleben, daß, was nicht mehr schön ist, auch immer weniger wird.

Aber dann noch mit dem prallen Leben um deinen Tod kämpfen zu müssen: das schmerzt, »echt«, wie die Retterin sagen wird. Was an dir Leben ist, hatte schon alle Hände voll mit Loslassen zu tun. Plötzlich sollst du diese Hände dafür brauchen, dir ein sportlich gestähltes, zu deiner Rettung unerbittlich entschlossenes Leben vom Leib zu halten. Es könnte sein, daß du in etwas so Grausiges wie Neopren greifen mußt – kennt diese Jugend denn gar nichts? Was das Neopren betrifft (und um dir für alle Zeit einen Prozeß mit dem Hersteller zu ersparen): viel weniger grausig wäre es nicht, wenn du in ein Bukett weißer Rosen greifen müßtest, in tränenfeuchtes Haar oder in eine christlich dargereichte Hand. Grausig ist der Kampf als solcher, wenn er gegen das Leben um deinen Tod geführt werden muß – und damit auch gegen die grausigsten Mißverständnisse, die Redensarten wie »Leben und Tod« begleiten.

Da will eine gute Seele nichts als hilfreich sein und hat keinen Schimmer, wie grausam ihre Hilfe ist. Wäre sie doch mörderisch grausam! Statt dessen wirst du mit dem größten Unsinn aufgehalten. Doch sei getrost: hast du der ungeduldigen Retterin nur genug zu schaffen gemacht, so wird sie zuschlagen müssen, sie kann gar nicht anders. Sie darf nicht selbst ertrinken, um dich für das Leben zu retten, und muß dir eine Ohnmacht besorgen und damit, Gott sei Dank, eine noch beschleunigte Beförderung aus diesem Leben und auf deinen Weg.

Du beginnst es hinter dir zu haben, und als erstes bleiben

die Redensarten zurück – von »Kampf« schweigen wir zuallererst. Die Anstrengung weicht, der Krampf verduftet aus Lungen und Poren, du brauchst nicht mehr »loszulassen«, alles läßt dich zugleich, und allmählich gehst du ein, gehst ein in das, was los ist, wie es eingeht in dich, Wasser in einen Schwamm.

Man könnte es so erzählen:

Du beginnst zu sehen, und du weißt. Sehend weißt du, wissend fühlst du, daß du dich in einem ungeheuren Strom befindest, dem sich deine Haut, deine Form, dein Dasein so geöffnet haben, daß du ein Teil davon wirst. In dem Zustand, den du Leben nanntest, bist du unermüdlich gegen diesen Strom geschwommen, jedenfalls ist das die Redensart. Du hast dich für und gegen alles mögliche gewehrt, mehr oder minder sportlich gerührt, mehr oder minder heftig gezappelt. Du hast aufgehört zu fragen, wie du in diese Veranstaltung hineingeraten bist: in keiner Ich-Form jedenfalls, denn du wurdest geboren. »Ich komme« oder dergleichen hast du nicht gesagt. Geschrien hast du, nachdem du geschlagen wurdest, damit du ins Leben zappeltest: da fing dein Zappeln an. Du zappeltest deiner Ich-Form entgegen, rudernd, dich rührend wurdest du in einen Strom gelotst, in dem es darauf anzukommen schien, einen kleinen Wirbel zu machen, und lieber noch einen ziemlich großen. Der Strom müsse sich an dir brechen, glaubtest du, damit es dir zu einer ordentlichen Ich-Form reiche. Du hast auch, naiv zuerst, dann vorsichtiger und mißtrauischer, wenn auch nie klug genug, alle möglichen Wir-Formen ausprobiert; damit ließen sich noch stärkere Wirbel machen. Es schien dir, als wärst du in diesem Leben besser nicht allein, sondern in Gesellschaft, mit einem Schwarm anderer Lebenskämpfer, die in gleicher Richtung schwammen, gegen den Strom. So schien es dir – und schien allerhand. Dieser Schein leuchtete deinem Ich voran, so daß du einen Weg zu erkennen glaubtest. Es kam dir immer wieder vor, als bewegtest du dich mächtig vorwärts. Zugleich beschlich dich auch schon die Angst, nicht vom Fleck zu kommen, schüttelte dich die Panik zurückzufallen. Und sie war nur zu berechtigt: in der Welt der Redensarten bist du, je länger du in diesem Strom zappeltest, desto unvermeidlicher zurückgefallen und hast – das schmerzte noch mehr – so manche Zurücksetzung erlebt. Du fürchtetest den Tod, begreiflicherweise, als definitive Zurücksetzung, Kämpfer, der du warst, zum Kampf erzogen, wie man dich hatte.

Fängst du aber an, ausgekämpft zu haben, kann der gefürchtete Tod endlich eintreten, durch alle Öffnungen deines Leibes, alle Pforten deines überhitzten Stoffwechsels: dann wirst du durchlässig für das Andere. Dann fängt endlich alles an aufzuhören, zuerst die Redensarten. Und du siehst und weißt, was ist.

Es ist nie an dem gewesen, daß du, solange du lebtest, auch nur einen einzigen Schritt vorwärts getan hättest. Dafür bist du auch keinen Schritt zurückgefallen. Das sind Bewegungstäuschungen, gerade wie es optische Täuschungen gibt. Du bist in diesem Strom immer nur an einer einzigen Stelle geschwommen, an deiner Stelle. Und dabei hat das, was wir, in unserer Redensart, »Strom« nennen, an dir geformt.

Wahr ist, daß dir etwas entgegenkam, du hast es »Zeit« genannt. Du hast ihm, an deiner Stelle, deinen ganz eigenen Widerstand geleistet, einen Widerstand in der Ich-Form. Und wahr ist auch, daß du damit etwas bewirkt hast, aber kein Vorwärtskommen oder Zurückfallen. Sondern du hast dem Zeitstrom, der dir unaufhörlich entgegenkam, mit deinem Widerstand eine Oberfläche geboten, an welcher er modeln konnte. Und wenn dein Angebot an Widerstand und Oberfläche erfinderisch und eigensinnig genug war, so konnte er auch reicher an dir modeln. Er konnte aus deiner immer etwas dürftigen Ich-Form etwas Kunstförmiges oder gar Vorbildliches machen, ein Gemeinschaftswerk von Kraft und Widerstand, von Ich und Nicht, von Nun und Nie. Denn dieser Strom ist eine fließende Werkstatt, in der das, was an Form anfällt, von ihrem dunklen Ursprung an, der Geburt, in jedem Augenblick des Lebens bearbeitet wird, geschliffen, gehöhlt und gebügelt, ausgeschwemmt und beseelt, kurzum: es wird gebildet. Für gar nichts wird dein Wirbel nicht gewesen sein, auch wenn sein Drehsinn von Unsinn selten zu unterscheiden ist, und hinterher gar nicht mehr. Doch kommt es darauf nicht an. Denn der Strom ist mächtig, alles, was ist, ist Strom. In diesem Strom entsteht Bildung nur dadurch, daß sie zugleich abgetragen wird. Der Ich-Form widerfährt der stärkste mögliche Abtrag, aber er geschieht auf jeden Fall, ob ein Lebendiges Ich *sagt*, wie die Menschen, oder Ich *ist* wie Pflanze und Tier.

Doch der Abtrag, den der Zeitstrom bewirkt, ist keine Zurücksetzung und auch keine Zerstörung, er ist Bildung seinerseits, und vielleicht die würdigste. Denn erst die ausgewaschene, vom Strom ausgekochte Form bringt ihr Karat an den Tag, die Maserung, das Korn, die geprüfte und prüfenswerte Schönheit, die ihr eingebildet war. Darauf darf sie sich, wenn sie denn muß, auch selbst etwas einbilden. So landen am Meeresstrand selbst Backsteine und Coca-Cola-Flaschen des Aufhebens würdig an, und alles jemals Gebildete darf sich als ursprüngliches Rätsel zeigen. Wahre Künstler bilden nur, indem sie wegnehmen. Auch von dir wird, wenn der Zeitstrom an dir zehrt, und der Ich-Widerstand schwächer und eigensinniger wird, unendlich viel weggenommen, mehr, als du glaubst, daß an dir gewesen sein kann. Und doch wärst du, gestrandet, des Aufhebens wert, und würdest es immer mehr. Nur mußt du sehen und wissen: auch stranden kannst du nicht, denn für diesen Strom gibt es keinen Strand.

Hat sich die Mühe, dich zu bilden, gelohnt? Ja. Denn an einer von innen her gebildeten, bis auf die reine Oberfläche zurückgesetzten Form hat der Strom etwas zu modeln gefunden, was über Redensarten hinausgeht, auch über »Strom«. Erst davon nämlich, daß ihn keine Redensart jemals gekümmert hat, wird er Strom, und nichts hat ihn weniger gekümmert als die Zeit. Die Zeit, das ist nur etwas für dich; also nicht wenig, auch wenn du darin nur weniger werden kannst.

Doch es kommt der Augenblick, wo Tag und Stunde aufhören; und es kommt der Punkt, wo die Stelle des zappelnden Widerstandes, den du der Zeit geboten hast, müde werden darf; da sich der Wirbel, den du an dieser Stelle gemacht hast, legt. Du brauchst nicht zu fürchten, ins Bodenlose fortgerissen zu werden. Da ist kein Ich mehr zum Fürchten übrig, und ist nichts Bodenloses mehr; da ist aber auch kein Boden, der dich nicht tragen würde; da ist nicht einmal einer, den du je verlassen hättest. Auch der Strom, von dem die Rede war, ist nichts anderes als fließende Form, ohne Anfang und Ende, Ursprung aller Formen, in die sie zurückkehren, wenn sie an ihr Ziel gekommen sind. Aber nein: es ist das Ziel, das auf sie zukommt; es ist der Ursprung, der sie zurückholt in seine Verschwiegenheit.

Nirgendwohin wirst du fortgerissen; es kommt nur der Augenblick, da sich an der Stelle des Stroms, die du eingenommen hast, Kämpfen und Zappeln erübrigt. Diese Stelle schließt sich, sie wird zum übrigen gelegt. Und doch ist es möglich, daß sie sich wieder öffnet, für eine neue Geburt. Da wirbelt ein grünes Holz heran, das danach verlangt, im Zeitstrom geschliffen zu werden zu einer gültigen Form; zum aufhebenswerten Stück Schwemmholz, das in seiner Festigkeit etwas verrät von der Grenzenlosigkeit des Flusses. An diesem Stück Treibgut ist das Grenzenlose zurückgenommen zur Kenntlichkeit einer guten Faser, eines tapferen Korns. Im Tod wird, wenn das vereinzelte Leben ausgelitten hat, nur los sein, was immer los war, bald wieder los sein wird. Es tut dem Strom nicht weh, wenn wir ihn an unsern Wirbelchen messen, und es kümmert ihn nicht, ob wir ihn »Zeit« nennen. In seiner Wirklichkeit müßten unsere zeitigen Wirbel am Strom gemessen werden; aber auch dieses Messen läßt er sein.

Der Tod sei der Augenblick, in dem sich die keineswegs grundlose und auch nicht gleichgültige Oberfläche, die wir uns in der Ich-Form gebildet haben, als grundlose Tiefe erkennen darf, in der nichts gleichgültig ist, aber alles gleich gültig. Dahin gehen wir ein, wieder, oder zum ersten Mal. Dann, Sutter, wird die Stelle, wo du bist, zum Ort, wo es war. Du hast deinen Fall nicht gelöst; jetzt löst er dich. Die Geschichte, die du gemacht hast, geht auf wie ein Auge, in dem du nichts mehr siehst, aber jetzt sieht es durch dich. Und du verschwindest in die Tiefe einer Einsicht, die du nicht mehr zu sehen brauchst, oder, Gott behüte, zu haben. Es gibt sie auch ohne dich, zum Glück; wenn du willst: endlich auch zu deinem Glück. Und wenn du erst ausgelitten hast, verschwimmst du darin, eine kleine Welle, mühelos.

45

Die Lebensretterin konnte das Boot nicht kommen hören, das sich von der andern Seite der Bucht näherte, in der für seine Pferdestärken höchstmöglichen Eile, mit über die Oberfläche schnappendem, auf sie zurückprallendem Vorderteil; denn von »Bug« zu reden wäre bei dem behäbigen Fischerkahn zu großspurig gewesen. Er hatte seinen Außenbordmotor nur für den Notfall, und ein solcher mußte hier eingetreten sein. Die junge Frau im schwarzen Neopren-Dreß sah auch nicht, wie das ankommende Fahrzeug zwei andere, unbemannt im Wasser treibende, in sicherem Abstand umfuhr: ihr eigenes Surfboard, dessen Segel sich flachgelegt im Wasser wiegte, und einen blau gestrichenen Kahn, der seine Ruder nach beiden Seiten hängen ließ. Erst als der

Bootsmann dem Inselchen schon ganz nahe gekommen war, würgte er den Motor ab, ließ den Kahn auf Grund laufen und sprang hinaus, in Gummistiefeln, und nicht ohne ein Stück Tau mitzuziehen, dessen Ende er um den tiefhängenden Ast einer Kiefer schlang.

Die Andeutung eines Strandes, eigentlich nur eine kiesige Scharte im sonst unzugänglichen Hochufer, bot kaum Raum für die zwei Personen, die sich bereits dort befanden, so daß die dritte, ein bärtiger Mann mittleren Alters, der jungen Frau wohl auf die Füße getreten wäre, hätte sie nicht auf dem Mann gekniet, der, mit ausgebreiteten Armen auf dem Rükken liegend, schon mehr als den verfügbaren Platz für sich allein beanspruchte. Sein Gesicht war nur zu sehen, wenn die Frau, die das ihre darauf preßte, einen Augenblick abließ und hochkam, um Luft zu holen. Dabei schien ihr schwarz bespannter Oberleib zu jagen und weitete sich mächtig, bevor sie sich wieder über den Mann warf und seine Lippen suchte. Dabei duckte sich ihr langgestreckter Nacken, während eine Ader auf dem zitternden Hals zu bersten schien und der Kopf eine durch die Teilnahmslosigkeit ihres Gegenstands erzwungene Schräglage einnahm. Die junge Frau ließ nur von ihm ab, um sich mit verdoppelter Inbrunst in ihn versenken zu können wie eine Butterfly-Schwimmerin, die ihrem Ziel entgegenstürzt. Die Füße des Mannes lagen im Wasser, und die gelben Turnschuhe wendeten sich im Takt der Angreiferin gleichmütig hin und her. Sie hockte mit gespreizten Knien, während ihr Hinterteil von Nässe glänzte, die ihr auch aus dem blonden Haar troff; wenn sie es, wie bei seiner Länge nötig, beiseite warf, sprühten Tropfen in alle Richtungen. Hielt sie ein, um fast schluchzend den gleich doppelt benötigten Atem zu schöpfen, war, unter ihrem erhitzten Gesicht, das tiefblasse eines älteren, fast kahlen Mannes mit starr nach oben gedrehtem Blick zu erkennen.

Die einzige Bewegung, die der eben gelandete Dritte an dem Mann feststellen konnte, war diejenige, welche die Frau auf ihn übertrug. Seine halb offenen Hände rollten hin und her, und Cahannes hatte einen Arm des Mannes genommen, um an ihm den Puls zu fühlen. Nichts.

Als Cahannes sein Boot losgemacht hatte, war es sein Vorsatz gewesen, auf Sutter ein Auge zu haben, doch wollte er sich Zeit lassen, um die zu erwartende Beisetzung nicht zu stören. Schon vor der Abfahrt war erkennbar gewesen, daß sich das Wetter nicht bis zum Mittag halten würde. Der Wolkenbehang um die Margna deutete auf nahen Regen. Davon hat ein Fischer guten Fang zu erwarten, und Cahannes hatte beabsichtigt, den Fischgrund auf der Hinterseite der Halbinsel anzulaufen; auf dem Weg dahin ließ sich die Seeweite überblicken. Es war fast neun Uhr, als er, in der Nähe des Inselgrüppchens, zwei Fahrzeuge ausmachte, beide ledig, den vermieteten Kahn und, nicht weit davon, das flachliegende Segel eines Surfboards. Alarmiert griff er zum Feldstecher, in dem die Vermißten bald zu finden waren. Das ungleiche, ihm wohlbekannte Paar lag, halb unter Zweigen versteckt, am Ufer des Inselchens und schien nur mit sich selbst beschäftigt. Cahannes hatte sich, an gerade diesem Tag, über das Rendezvous gewundert, nahm deshalb das Fernglas noch einmal vor das Auge. Darauf änderte er auf der Stelle seinen Kurs und verlangte dem Motor alles ab, was er zu geben hatte.

Nun aber setzte er sich auf ein Stück angetriebenes, beinweiß gebleichtes Holz. Er nahm einen Kiesel in die Hand. Violas Versuch, Sutter ins Leben zurückzurufen, mochte schon eine Stunde gedauert haben oder auch länger. In immer kürzeren Abständen wurde das Schluchzen, mit dem sie sich aufbäumte, stärker als ihr Atem. Einmal saß sie nur noch und schloß, wie von einem Schwindel gepackt, die Augen. Cahannes ließ den Stein fallen. Viola öffnete die geröteten, verstörten Augen, sie schien zu erwachen und erkannte den Menschen, der zum Greifen nahe neben ihr saß.

Lassen Sie es sein, sagte er, er ist tot.

Nein, sagte sie. Nein! Ruf an. Ruf einen Heli. Er lebt noch, man kann ihn holen, ich weiß es.

Cahannes schüttelte den Kopf. Ich habe kein Handy, sagte er, und ich glaube, das ist gut so.

Ich hab ihn doch herausgeholt, rief sie fassungslos, ich bin mit ihm hergeschwommen! Er kann gar nicht tot sein, er hat eben noch um sich geschlagen. Hilf doch, Mann, komm, mach du weiter, wir schaffen es noch! Mach doch, bitte mach!

Ich kann es nicht besser, sagte er.

Sie starrte ihn an. Dann schien ihr bewußt zu werden, wo sie kniete: auf dem Leib eines Toten. Sie ließ ihn los, stieg über ihn weg, kauerte sich ins flache Wasser und versteckte den Kopf hinter den Armen. Ihr Leib zitterte. Sie konnte ihren Atem nicht für sich allein verwenden, ohne heftig zu weinen. Langsam kehrte sein natürlicher Rhythmus zurück, und die Kauernde hörte auf zu schwanken. Schließlich schien sie überhaupt nicht mehr zu atmen und verharrte in der Hocke, mühelos wie ein kleines Kind. Als sie aufblickte und zu reden begann, verbarg sie Mund und Kinn hinter dem Arm.

Ich mußte ihn schlagen, sonst hätte ich ihn gar nicht hierhergebracht. Ich wäre ertrunken. Am Anfang war er schon ziemlich weit unter Wasser. Er hatte einen Rucksack an. Den hab ich weggekriegt, da rührte er sich schon nicht mehr. Ich zog ihn auf dem Rücken, am Kopf. Sein Gesicht war nie unter Wasser. Auf einmal begann er um sich zu schlagen. Und hatte Kraft, so viel Kraft. Ich schlug ihn, was konnte ich sonst tun, danach war er wieder still. Und ich brachte ihn hierher. Mensch, ich muß ihn getötet haben.

Sie zitterte stärker und hechelte mehr, als sie redete. Es tut weh! sang sie auf einmal mit einem kindlichen Klagelaut.

Mann, es tut so weh! Sie hob ihre rechte Hand, die sichtbar geschwollen war.

Ich sehe, sagte Cahannes.

Ich habe ihn totgeschlagen, echt, sagte sie mit gefaßter Stimme. Plötzlich lachte sie auf, schlug die Hände vor die Augen, dann die Fäuste gegen die Stirn. Um ihn zu retten, mußte ich ihn totschlagen, sagte sie. Mann, ist das verrückt. Extrem ist das.

Schon, sagte Cahannes.

Als ich ihn ins Wasser fallen sah, dachte ich, er hätte das Übergewicht bekommen. Er hatte einen Rucksack an. Der war schwer. Aber er ging weg. Ich habe den Riemen um seinen Bauch aufgekriegt.

Er hat die Urne seiner Frau ins Wasser gelassen, sagte Cahannes, die hat sich hier das Leben genommen, vor einem Jahr. Sie hatte sich die Taschen mit Steinen gefüllt.

Viola sah ihn streng an. Dann hätte er doch die Urne in den Arm nehmen können, sagte sie.

Cahannes dachte nach. Vielleicht wollte er sicher sein, daß sie versank. Er hat sie immer gern vorgehen lassen, glaube ich.

Du hast sie gekannt, beide? fragte sie.

Die Frau etwas besser, sagte er. Sie machten jedes Jahr Urlaub hier, dann bekam sie Krebs. Es waren gute Leute. Gestern am späten Abend hat er noch das Boot bei mir gemietet.

Hast du ihm nichts angemerkt? fragte sie.

Hinterher schon, sagte er, meine Frau hat es gespürt. Er ist unterwegs, sagte sie, er geht bald aus diesem Leben.

Was heißt: aus diesem Leben? fragte Viola.

Es gibt ein anderes, antwortete er, viele andere.

Glaubst du? fragte sie, bist du fromm?

Nicht besonders, sagte er. Ich töte ja auch.

Du? fragte sie.

Ich bin Fischer, sagte er, also töte ich Fische.

Das ist etwas anderes.

Es ist noch schlimmer, sagte Cahannes, die Fische wollen nicht sterben. Fleisch esse ich auch.

Und?

Meine Frau ist Inderin, sie ißt keins, sagte er, aber ich bin hier aufgewachsen. Ich mag Fleisch, und den Fisch verkaufe ich.

Das ist dein Beruf.

Ich muß ihn nicht haben, aber ich mache es gern und bin es gewohnt. Der Meister hat es nicht verboten.

Welcher Meister? fragte sie.

Ein heiliger Mann, sagte Cahannes, den ich in Indien kennengelernt habe. Er nahm einem Geschöpf nie etwas weg, was es nicht von selbst erneuern konnte. Er trug auch keine Kleider. Er war der Großonkel meiner Frau. Wenn dein Vater gefischt und Fleisch gegessen hat, tu es auch, sagte er mir, mach dir kein Gewissen, das nicht dein eigenes ist. Davon würdest du nicht weise, nur eingebildet. Die Fische, die du tötest, und das Fleisch, das du ißt, machen keinen Unterschied in der Ordnung der Welt. Tu nichts, bevor du es lassen kannst.

Viola war ruhig geworden. Muß man so viel lassen können? fragte sie.

Man muß nicht, sagte Cahannes, aber man kann.

Könntest du deine Frau lassen?

Nicht, wenn ich müßte, erst, wenn ich könnte. Und dann wäre ich in einem anderen Leben.

Ich kann meinen Freund nicht lassen, sagte sie, aber er mich. Findest du das fair?

Das Leben ist nicht fair, sagte er, aber es kommt immer ein neues.

Viola blickte den Toten an. Für ihn auch? fragte sie.

Cahannes antwortete nicht. Dann sagte er: Es gibt nicht nur Leben und Tod. Es gibt etwas Drittes.

Das wäre?

Das Vielleicht, sagte er. Der Meister nannte es: das Vielleicht. Es gibt ein indisches Wort dafür, aber ich vergesse es immer wieder.

»Vielleicht« kann ich am wenigsten brauchen, sagte Viola.

Dann wirst du es wohl am meisten nötig haben, erwiderte er. Aber so würde der Meister nie reden. Was du selber merken kannst, mußt du dir von keinem sagen lassen.

Ist deine Frau auch so heilig? fragte Viola.

Cahannes lachte und zeigte zwei Reihen gesunder Zähne. Gut, daß sie dich nicht hört, sagte er. Ich möchte auch keine heilige Frau.

Und wenn du heute nicht vom See zurückkämst, was würde sie sagen? fragte Viola.

Daß sie es sich anders gewünscht hätte, hoffe ich. Aber nicht alle Wünsche werden uns erfüllt. Vielleicht.

Ich habe noch nie einen Toten gesehen, sagte Viola. Er ist der erste. Gestern hat er mich noch im Auto mitgenommen, er konnte gut erzählen, und ich habe ihm nichts angesehen.

Man sieht den Menschen den Tod nicht an, sagte Cahannes, das wäre ja auch kaum auszuhalten. Machst du ihm die Augen zu?

Ich? fragte sie. Er antwortete nicht.

Viola stand auf und beugte sich über den Toten. Mit der heilen Hand stützte sie sich auf seine Schulter, mit der verletzten fuhr sie über seine Stirn und den kleinen borstigen Widerstand seiner Lider. Sie waren, als sie die Hand wegnahm, geschlossen, aber nicht ganz. Viola kannte die Bewegung aus Filmen. Doch sie hatte sich die Haut schon kalt vorgestellt, und sie war noch nicht einmal kühl.

Wie heißt du? fragte sie.

Peider, sagte er, Cahannes. Er hieß Gygax, Emil, aber seine Frau nannte ihn Sutter.

Ich weiß, sagte sie. Als er mir von seiner Frau erzählte, redete er mit ihrer Stimme. Und da nannte er sich Sutter. Viola kicherte. Besser als Gygax, sagte sie. Er dachte, ich brauche Hilfe, dabei habe ich nur Tänze gemacht. Alles wegen Gian. Kennst du ihn?

Ich denke schon, sagte Cahannes. Gian Bezzola. Er ist unser Nachbar. Ich habe euch ein paarmal auf dem See gesehen.

Ich war zum ersten Mal allein auf dem See, sagte sie. Als ich neben Sutter im Wagen saß, war er für mich nichts als ein alter Herr, und ich war froh, daß es nicht zu peinlich wurde. Wir hatten nichts miteinander zu tun.

Cahannes griff sich in die Tasche und holte ein großes sauberes Tuch heraus, das noch wenig gebraucht aussah. Du mußt ihm das Kinn hochbinden, sonst bleibt der Mund offen. Aber mit Kraft.

Sie hob die rechte Hand, die jetzt rot geschwollen war wie ein Fäustling, aus dem lange schlanke Finger herausschauten. Jetzt bist du dran, sagte sie.

Halt sein Kinn fest, sagte er und knotete das bunte Tuch über Sutters Schädel zusammen. Er sah aus, als hätte er Mumps.

Später hält es auch ohne, sagte Cahannes, und außer uns sieht ihn niemand.

Weißt du, was ich ihm wünsche? sagte Viola. Daß er in seiner letzten Nacht noch einmal richtig glücklich gewesen ist.

Er war noch auf einen Schluck Wein bei uns, sagte Cahannes.

Viola musterte den Toten. Wo ist er jetzt?

Die Jain haben eine Theorie, sagte Cahannes. Das waren die indischen Leute, bei denen ich gewesen bin. Für sie besteht die Welt aus lauter ganz kleinem stiebendem Zeug. Das wird von unseren Begierden massenhaft angezogen. Es setzt sich auf uns ab und klebt an uns fest. Es wird so viel, daß sich mit der Zeit eine Hülle um uns bildet, die uns schwer macht, unkenntlich. Dann führt der Tod einen einzigen Schlag darauf, und der Kokon zerspringt.

Viola blickte auf den See hinaus und sagte: Ich friere mich zu Tode.

Die verlassenen Boote waren ein Stück Richtung Silser Ebene abgetrieben. Der Wind hatte aufgefrischt, und aus der Wolkenzunge über Maloja war eine Wand geworden, die sich der oberen Seeseite näherte.

Wir fahren zurück, sagte Cahannes.

Aber wie? fragte Viola. Er will doch gar nicht mit. Eigentlich sollten wir ihn versenken. Das war sein Wunsch.

Bei seiner Frau hat er sich ein Jahr Zeit gelassen, sagte Cahannes. Und wenn er Freunde hat, sollen die auch etwas tun. Tragen wir ihn ins Boot.

Er zog es am Strand hoch, bis es festsaß, dann schafften sie es, der Mann an Sutters Kopf, die Frau an seinen Beinen. Cahannes hob eine Ruderbank aus der Halterung und legte Sutters Kopf auf einen Stapel Netze, wo er sich, inmitten der weißen Schwimmkörper, häuslich ausnahm wie ein altes Kind, das, wenn es nicht ordentlich essen kann, einen Latz umgebunden kriegt, oder wie ein erschöpftes Bergweiblein im bunten Kopftuch.

Nachdem Viola eingestiegen war, löste Cahannes das Tau vom Ast, schob das Boot an, sprang hinein und ergriff die Ruder. Vor Sutters leerem Kahn drehte er bei und verband die Fahrzeuge mit einem Schlepptau; es durfte nicht in die Schraube geraten. Dann warf er den Motor an und steuerte zu Violas Board hinüber.

Am liebsten würde ich mich bei dir anhängen, sagte sie, und ihre Zähne schlugen aufeinander. Wie soll ich das Rigg heben und auch noch festhalten. Bei dem Wind.

Die Richtung ist gut, sagte Cahannes, und es schadet nichts, wenn du dich bewegst.

Sie sah ihn an, dann sprang sie kopfüber von Bord. Ihre Crawlbewegungen waren kräftig, sie wühlten das Wasser nicht auf. Auf dem Board rutschte sie mehrfach aus, bevor sie die Schot zu fassen bekam. Sie zog Mast und Segel daran hoch, ein rotgelbes Leuchten fuhr über die Wasserfläche und befestigte sich zu einem Spiegelbild mit bebenden Rändern.

Ahoi! rief sie herüber und begann, vom Rigg weggelehnt, Fahrt aufzunehmen. Als er das Gas aufdrehte und das leere Boot im Schlepp zu hüpfen begann, als wäre es keines Taus bedürftig, war ihm das bunte Segel schon so weit vorausgeflogen, daß es wenden mußte, um den kleinen Leichenzug nachkommen zu lassen. Kaum hatte er Viola hinter sich gelassen, fing sie wieder Wind ein und tanzte schließlich, ein befreiter Schmetterling, durch die sich verengende Bucht hinüber und herüber. Manchmal schien das Segel, das sie verdeckte, selbsttätig zu fahren, bald verschwand es in der Wendung, die ihm Violas wieder sichtbarer Körper gab: eine Strichfigur, schien sie sich, mit offenen Armen ins Leere gelehnt, an gar nichts mehr festhalten zu müssen. Aber schnell wuchs ihr der bunte Flügel wieder nach, an dem sie der Wind weiterscheuchte, ohne sie in den verdunkelten Himmel zu tragen.

So spielend begleitet, nahmen die Rückkehrer mit zwei Booten, doch im vorderen vereinigt, ihren schnurgeraden, gemächlich brummenden Lauf, dem näherrückenden Ufer entgegen. Beide waren still. Doch hatte der eine bereits die Landestelle ins Auge gefaßt und Geschwindigkeit zurückgenommen, während der andere, fast geschlossene Augen in das dramatisch gewordene Schauspiel der Wolken gerichtet, immer so weiterfuhr. Und während Sutters Gesicht keine Miene verzog, fielen die ersten schweren Regentropfen darauf.